三辉书系 - 纳菲西系列

在德黑兰读《洛丽塔》
以阅读来记忆

[美]阿扎尔·纳菲西 著
朱孟勋 译

Reading Lolita in Tehran:
A Memoir in Books

Azar Nafisi

外语教学与研究出版社
北京

图书在版编目（CIP）数据

在德黑兰读《洛丽塔》：以阅读来记忆 /（美）纳菲西（Nafisi, A.）著；朱孟勋译. — 北京：外语教学与研究出版社，2015.5（2023.2重印）
（三辉书系．纳菲西系列）
ISBN 978-7-5135-6118-1

Ⅰ. ①在… Ⅱ. ①纳… ②朱… Ⅲ. ①长篇小说－美国－现代 Ⅳ. ①I712.45

中国版本图书馆CIP数据核字（2015）第121265号

出 版 人　王　芳
策 划 人　严搏非
特约编辑　李伟为　窦飞翔
责任编辑　孙嘉琪
装帧设计　pdo
出版发行　外语教学与研究出版社
社　　址　北京市西三环北路19号（100089）
网　　址　http://www.fltrp.com
印　　刷　山东临沂新华印刷物流集团有限责任公司
开　　本　880×1240　1/32
印　　张　13
版　　次　2015年8月第1版　2023年2月第3次印刷
书　　号　ISBN 978-7-5135-6118-1
定　　价　48.00元

购书咨询：（010）88819926　电子邮箱：club@fltrp.com
外研书店：https://waiyants.tmall.com
凡印刷、装订质量问题，请联系我社印制部
联系电话：（010）61207896　电子邮箱：zhijian@fltrp.com
凡侵权、盗版书籍线索，请联系我社法律事务部
举报电话：（010）88817519　电子邮箱：banquan@fltrp.com
物料号：261180001

谨以此书纪念我的母亲
娜扎特·纳菲西

也献给我的父亲
阿莫德·纳菲西

以及我的全家：比冉、妮佳和达拉。

作者说明

书中人物与事件皆经过修饰，主要是为了保护个人安全，避开审查官的虎视眈眈，避免相关人士阅读后对号入座，利用他人的秘密填补自己的空虚并借此发迹。书中的事实皆按记忆忠实呈现，但我尽可能以各种方式保护朋友与学生，替他们改名、伪装，让他们也认不出自己，并将他们的经历交错互换，以确保他们的秘密不致泄漏。

我们对谁倾诉世上发生之事，
为谁到处竖起巨大的
镜子，并期望镜子能被填满
而且保持不变？

1980年诺贝尔文学奖得主、波兰诗人米沃什，《安娜莲娜》

目录

洛丽塔 Lolita

1

1995年秋，辞去上一份教职后，我决定纵容自己去圆一个梦。我挑了七位最优秀最用功的学生，邀请她们每星期四早晨到我家来讨论文学。她们清一色是女性——在我私人的住所开男女合班的课风险太大，即使讨论的不过是小说。我们的课堂虽是男性止步，但仍有一名男学生锲而不舍，坚持伸张他的权利。于是他，也就是尼玛，私下照样阅读指定的作品，并在某些特殊的日子到我家来讨论我们正在看的书。

我时常玩笑似的以斯帕克的《布罗迪小姐的青春》（*The Prime of Miss Jean Brodie*）提醒学生，并问："你们哪个最后会出卖我？"因为我生性悲观，相信到头来总会有人背叛我。娜丝琳曾调皮地回答："你自己说过，到头来我们都会背叛自己，成为出卖自己基督的犹大。"玛纳则强调我并非布罗迪小姐，而她们不过就是她们自己罢了。她让我想起我常挂在嘴边的叮咛：无论是什么情况，千万别把小说当成现实人生的翻版，而小看了它；我们在小说中探求的并非现实，而是真相的顿悟。不过假如要违背自己的告诫，选一部最能反映我们在伊朗生活的小说，那绝非《布罗迪小姐的青春》或《一九八四》,而是纳博科夫的《斩首之邀》(*Invitation to a Beheading*),或更贴切的《洛丽塔》(*Lolita*)。

我们的周四晨间研讨会进行了两年,我在德黑兰的最后一夜,有几个朋友和学生前来道别,顺便帮我打包。当我们将屋里所有的东西打包,当所有物品和色彩褪成八只灰皮箱,像精灵幻化成烟、缩进瓶中后,我和学生们衬着餐厅光秃秃的白墙,合拍了两张照片。

那两张相片此刻就在我眼前。头一张有七个女人,她们倚墙而立,按当地法律规定,穿戴黑袍黑头巾,全身包得密不透风,只露出脸蛋和双手。第二张照片还是同一批人,同样的姿势,倚着同样的墙壁,唯一不同的是,她们除去了外层的包覆。她们因缤纷的色彩而有所区分,因衣服和头发的颜色、式样与长度而独特,就连那两个仍戴着头巾的女孩看起来也不太一样了。

第二张最右边穿白色T恤和牛仔裤那个,是我们的诗人玛纳,她入诗的题材往往是多数人不屑一顾的事物。照片没反映出玛纳黑眼珠奇特的晦涩不明,未能显露出她内敛、隐秘的本性。

站在玛纳旁边的是玛荷希,她的黑色长头巾,与细致的五官及腼腆的微笑,显得格格不入。玛荷希其实很能干,但她浑身流露出的优雅考究,令我们不由得称呼她"夫人"(my lady)。娜丝琳过去常说,我们不只用它来形容玛荷希,还扩展了"夫人"的含义。玛荷希十分敏感,有一次雅西告诉我,玛荷希就像瓷器一样易裂,在不熟的人面前显得不堪一击,可是谁敢招惹她,准没好下场。雅西继续敦厚地说:"我则像耐用的塑料,不论别人怎么对待,都不会龟裂。"

雅西是我们这群人当中年纪最小的，照片里的她穿着黄衣，身体前倾，一脸灿烂笑容，我们常说她是大家的开心果。其实雅西生性害羞，但只要一兴奋起来，就会忘了矜持。她说话的语气略带揶揄，不仅质疑别人，也挑战自己。

我穿棕色衣服，站在雅西旁边，一手搭着她的肩。站在我正后方的是阿金，我最高的学生，留着一头金色长发，身穿粉红色T恤，笑得和大家一样。阿金的笑不像微笑，倒像压抑不住的神经质爆笑的前奏。即使在向我们倾诉她和先生最近发生的问题，她照样绽出那奇特的笑。惊世骇俗、有话直说的阿金，喜欢自己言行举止所造成的震撼效果，而时常与玛荷希及玛纳起冲突、意见相左。我们给她取了个“野丫头”的绰号。

在我另一边的蜜德拉，或许是这群人当中最冷静的一个。她就像她画里的粉彩一样，仿佛逐渐淡出的隐约人形，但她的魅力在于脸上那对不时出现的神奇酒窝，被她用来戏弄毫无戒心的受害者，使他们乖乖就范。

抓着蜜德拉手臂的是莎娜姿，由于受到家庭与社会的双重压力，她在渴望独立和企求赞许之间摇摆不定。我们全都在笑。而尼玛，即玛纳的先生兼我唯一真正的文学批评家——要是他能坚持到底，把他那些出色文章完成就好了——是我们的隐形伙伴，摄影师。

还有一个人：娜丝琳。她不在相片中，她没坚持到最后。不过少了那些不在场或无法在场的人，我的故事就不算完整，他们的缺席仿佛没有伤口的痛楚，始终隐隐作痛。这就是我心目中的德黑兰：它的不在场比在场更真实。

在我脑海里，娜丝琳的影像有点模糊失焦。我翻遍这些年来与学生的合照，其中许多张都有娜丝琳，但她老是躲在后面，不是躲在人后，就是躲在树后。有一张照片，我和八名学生站在教职员大楼前的小花园中，按惯例，临别纪念照都来这里取景。背景有一棵茂密的柳树，我们都笑得很开心，娜丝琳却躲在角落，从最高的学生后面探出一双眼睛，仿佛顽皮误闯的小妖精，成了不速之客。另一张照片里，她的脸夹在两个女生肩膀形成的小谷后方，我几乎认不出来。她在这张照片中眉头深锁，心不在焉，似乎不知有人正在拍她。

该怎么形容娜丝琳？我曾戏称她为柴郡猫[①]，在我的教学生涯中来去无踪。其实我根本无从形容她，她自成一类，只能说娜丝琳就是娜丝琳。

有将近两年的时间，不论晴雨，她们几乎每周四早晨都来我的住处，当我目睹她们卸除非穿戴不可的面纱长袍、绽露琳琅满目的色彩时，每每不能自已。学生们走进房间之际，卸除的不只是头巾和袍子。每个人的轮廓和形状逐渐浮现，起居室的窗户框有我深爱的艾布士山脉。起居室里的天地成了我们的避风港、我们自给自足的小宇宙，嘲笑着眼下现实世界的城市里一张张被黑头巾裹住的怯懦面孔。

这课程的主题是小说与现实的关系。我们阅读波斯的古典文学，如《一千零一夜》(*A Thousand and One Nights*)的创作女王

---

① 柴郡猫(Cheshire cat)，《爱丽丝梦游仙境》里的猫。——译者注(本书注释如无特殊说明均为译注，以下不再一一标示)

山鲁佐德(Scheherazade)的故事[①],以及西方的经典之作——《傲慢与偏见》(*Pride and Prejudice*)、《包法利夫人》(*Madame Bovary*)[②]、《黛西·米勒》(*Daisy Miller*)[③]、《院长的十二月》(*The Dean's December*)[④],当然还有《洛丽塔》。我边写书名,回忆边随风席卷而来,惊扰了这他乡异地秋日的宁谧。

此时此地,在这频频出现于我们课堂讨论的另一个世界,我坐着重温和学生(后来我都称她们为"我的丫头")在德黑兰一个看似阳光灿烂的房间读着《洛丽塔》的情景。但若要一窥《洛丽塔》中诗人罪犯亨伯特的内心奥秘,我需要诸位读者在脑中想象我们的存在,否则我们便不是真的存在。摆脱时间与政治的钳制,想象我们处在有时连自己都不敢奢望的情境:想象我们在最隐私的秘密时刻,在最奇特的平凡瞬间,聆听音乐、坠入情网、漫步街道,或在德黑兰阅读《洛丽塔》。然后,再想象我们的这一切被剥夺,赶入地下,见不得光。

今天我之所以会写纳博科夫,是为了庆祝我们即使在德黑兰的逆境中依然读了纳博科夫。我选择他小说中我最后教授、也藏有许多回忆的一部。我想写的是《洛丽塔》,但此时我必须重提德黑兰的往事,才能写出有关这小说的一切。这是德黑兰的《洛丽塔》,不仅《洛丽塔》给德黑兰换上一种不同的色调,德黑兰也让我们重新定义纳博科夫的小说,将它转化为"我们的《洛丽塔》"。

---

① 《一千零一夜》成书为阿拉伯文,此处可能意为其中故事主要源于波斯。

② 19世纪法国写实小说家福楼拜之作。

③ 19世纪美国小说家亨利·詹姆斯之作。

④ 20世纪美国小说家索尔·贝娄之作。

2

于是9月初的某个星期四，我们初次在我的起居室聚会。她们来了，我先听到门铃，一阵停顿后，传来街边大门关上的声音。接着我听见脚步声，先爬上迂回的楼梯，再经过我住所门口。我朝前门走去，眼尾余光扫到旁边的窗子透出一片天。每个女孩一到门口就脱去长袍和头巾，有时会左右甩甩头，顿一顿，才走进起居室。只不过此刻眼前并没有起居室，唯有回忆嘲弄的幻影。

起居室比我家中任何一处更能显示我四处迁徙、有如借来的生活，基于经济需要和个人选择，我将不同时空搜集而来的家具陈列在一起。奇怪的是，这些不搭界的成分却营造出一份均衡和谐，公寓中其他房间即使经过刻意装潢，也无法达到这样的效果。

母亲每每看见一幅幅靠墙摆的画，一瓶瓶搁置地上的花，以及没挂帘子的窗，就无法忍受。我迟迟不愿挂上窗帘，后来有人提醒我这里是伊斯兰教国家，窗户必须挂上窗帘，我才勉为其难挂上。母亲总是感叹："你到底是不是我生的？从小我没教你要保持整洁吗？"她的语气原本正经八百，但同样的唠叨反复了这么多年，如今几乎已成为亲昵的仪式。我的小名叫阿飒，她总说："阿飒呀，你已经是大人了，淑女要有个淑女的样子。"然而她的语气却让我觉得自己依然年幼、脆弱而顽固，即使在回忆中听见她的声音，我也知道自己从未达到她的期望，成为她费心要我做的淑女。

当时我并没怎么注意那间起居室，如今它在我心目中却地位特殊,成为珍贵的回忆场景。那是个宽敞的房间,布置着零星的家具和装饰。角落的壁炉是我先生比冉异想天开的杰作,墙边摆着一张鸳鸯椅,我在椅子上铺了一条母亲许久前送的蕾丝罩。有张浅桃红色的长沙发面对着窗户,搭配两张同系列的椅子和玻璃桌面的方形铁桌。

背对窗户的那张椅子是我的老位子,窗子底下有条叫作阿萨尔的死巷,窗户对面则是以前的美国医院,医院原本小而高级,如今却喧闹拥挤,专门收治退伍的伤患残兵。每逢"周末"(伊朗的周末为周四与周五),小巷子便挤满上医院看病的人,他们携家带口,仿佛来野餐似的。邻居引以自豪的前院遭到严重的蹂躏,夏季尤其凄惨,因为他所钟爱的玫瑰常被顺手牵羊。我们听得见孩子的喧哗、哭闹和嬉笑,他们母亲的怒吼也夹杂其中,一面叫唤孩子名字,一面扬言要处罚他们。偶尔会有一两个孩子按了我们的门铃就跑,而且每隔一段时间就重施故伎。

母亲住这栋公寓一楼,我住二楼,弟弟住三楼,不过他去了英国,三楼经常是空的。从二楼望去,我们看得见一棵大树的树梢,以及城市房舍尽头的艾布士山。这条街、医院和它的病患已被逐出视野,从底下传来的零碎噪音才让我们隐约意识到他们的存在。

从我的座位看不见我钟爱的山脉,可是在我座位对面、餐厅最远的那堵墙上,挂着一面父亲送的椭圆形古董镜,镜中的反影让我得见即使在夏季依然白雪覆顶的艾布士山,并观察树木变换色彩。这去芜存菁的景致总让我觉得那嘈杂声并非来自底下的街道,而是来自遥远的异地,其始终不断的嗡嗡声是我们在那数小时内，与不愿面对的世界之间唯一的联系。

对我们全体而言，那间起居室成为犯规的场所，无异于梦幻国。我们围着摆满花束的大茶几而坐，悠游进出我们所阅读的小说世界。回首前尘，我们在不知不觉中所吸收的一切令我诧异，套一句纳博科夫的话，透过小说的魔力，我们正要体验何谓化腐朽为神奇。

3

上课第一天的清晨六点，我已经起床，兴奋得吃不下早餐，只随便喝点儿咖啡，然后慢条斯理冲了个舒服的澡。水顺着我的颈子、背部、双腿而下，我站在那儿仿佛生了根，又好似轻飘飘。多年来，我头一次感到期待却没压力，不需要像白天在大学教书时一样忍受那些磨人的仪式，被迫穿规定的服装，表现出应有的行为和克制的举止。因为这堂课我所要作的准备是截然不同的。

伊朗的生活如四月天，阴晴不定，反复无常。政府当局一会儿怀柔，一会儿高压，让人无从捉摸。当时在经过一段相当平静和所谓自由的时期之后，我们又进入了严苛的政治氛围。大学再度成为文化纯正主义者攻讦的目标，这些人制定更严格的法令，当时大学里已规定必须男女分班，还惩处了不听话的教授。

从 1987 年起，我就在阿拉梅・塔巴塔拜大学任教。该大学被点名为全伊朗自由色彩最浓厚的学院，据说教育当局有某位官员故作夸张，问阿拉梅大学的教授是否以为自己住在瑞士？“瑞士”已成为西方堕落腐败的代名词，凡是不合乎伊斯兰标准的课程或活动，都会以“伊朗并非瑞士”来奚落一番。

压力最大的是学生，我听他们没完没了地诉苦，却爱莫能助。女学生因为上课迟到跑步上楼、在走廊上嬉笑、和异性交谈而动辄得咎。有一天莎娜姿在我们讨论快结束时，哭着冲进课堂。在啜泣间，她向我们解释迟到是因为门口的女警卫从她包包里搜出腮红，痛斥了她一顿，打算赶她回家。

我为何突然放弃教学生涯？我问过自己无数次。是那所大学的水准每况愈下？别的教授和学生态度日渐冷漠？还是每天都必须和反复专横的规章法令搏斗？

我用丝瓜络擦过皮肤，忆起大学当局接到我辞呈时的反应，不禁一笑。他们无所不用其极，骚扰我、限制我，监视我的访客，控制我的行动，不核准我早已合格的终身教职，可是等我递出辞呈，他们却又忽然可怜起我来，不让我辞职，令我大为光火。学生扬言要罢课，让我稍感快慰的是，我后来发现，尽管校方威胁要秋后算账，学生们仍以行动抵制了顶替我的教授。每个人都认为我会屈服，最后回心转意。

又过了两年，他们终于接受我的辞呈。记得有个朋友告诉我：“你实在不了解他们的心态，他们不让你辞职是因为他们认为你没资格主动求去，他们才有权决定你的去留。”这样的专制蛮横令我忍无可忍。

朋友曾问：“以后你要做什么呢？”枯坐家里吗？我总告诉他们，我可以再写一本书。但其实我并没有明确的计划，我刚出版了一本有关纳博科夫的著作，其对我生活的影响仍余波荡漾，至于下一本书的轮廓，我脑海中只有若干模糊的概念。最起码我可以暂时继续从事我所喜爱的波斯古典文学研究，不过有一个已在我心中酝酿多时的计划，才是我的优先考量。多年来，我一直很想成立一个特殊的班，一个能让我自由发挥的课堂，而不必像在共和国政权下教书那么缚手缚脚。我想精挑细选几个全心投入文学研究的学生来参加，那些由政府钦点，或纯粹因为被其他科系拒于门外才选择英语文学，或认为拿到英文学位对未来生涯有助益的学生，不是我要的。

在伊朗教书，一如其他行业，必须在政治的现实和法令的专制下低头。当政者强迫我们关切的细枝末节，往往严重破坏了教书的乐趣，假使大学官僚最重视的，不是个人工作品质的优劣，而是此人的唇色是否正确、发丝是否整齐，试问老师如何能好好教书？当教职员全神贯注于如何把海明威小说中的“葡萄酒”一词尽数删除，当他们认为勃朗特包容奸情而不教她的作品，试问老师如何专心从事自己的工作？

有位画家朋友点醒了我。她初以写生为主，题材多半是废弃的房间、荒芜的屋舍和被丢弃的妇女照片。后来她的作品转趋抽象，在最近一次个展中，她的画面上只剩大片的叛逆色彩，例如我起居室的那两幅，只见幽黯的色块上缀着小小的蓝点。我问她怎会从现代写实主义转为抽象主义，她说现实已变得黯淡荒凉，令人无法忍受，如今我只能画出梦想中的色彩。

梦想中的色彩。我自言自语从淋浴间跨出，踏上冰凉的地砖。我喜欢。多少人能有机会画出梦想中的色彩？我套上宽大的浴袍，从水温暖的怀抱进入浴袍贴身的保护，感觉很舒服。我赤着脚走进厨房,在我最喜欢的红莓图案马克杯里倒了些咖啡,然后忘情坐进走廊上的躺椅。

这堂课就是我梦想中的色彩,开这堂课需要主动脱离已转为横暴的现实。我极度渴望抓住自己少有的乐观心情,因为在心底深处,我并不知道这计划最后会走到什么地步。有个朋友说:"你知道自己愈来愈封闭,如今又和大学断了关系,你与外界所有的接触将只局限在一个房间内。你在这儿会有什么发展呢?"我踱进卧室更衣,心想躲进自己的梦里可能是危险的,从纳博科夫作品中的疯狂梦想家金伯特[①]和亨伯特身上,我早已了解这点。

我挑选学生时,他们的意识形态和宗教背景并未列入我的考量。这样一个在个人、宗教和社会背景上截然不同甚至相互抵触的混合团体,居然能对共同的目标与理想始终如一,使我日后将其视为这堂课的一大成就。

我特意挑选这几位女生有个原因,她们身上都带着脆弱夹杂勇敢的奇异特质。她们是一般人所谓的独行侠,不属于任何群体或派别。我之所以欣赏她们,不仅因为她们的求生能力,也因为她们踽踽独行的人生。玛纳曾建议,何不称呼这课堂为"自己的空间",呼应伍尔夫"自己的房间"。

那第一个早晨,我花了比平常久的时间挑选衣服,试过各式各样的衣服后,终于选定红色条纹衬衫和黑色灯芯绒牛仔裤。我仔细化妆,涂上鲜红色唇膏。正在戴小小的金耳环时,我突然慌了起来。万一不成功呢?万一她们不来呢?

---

① 金伯特(Kinbote),小说《微暗的火》中的叙述者。——编者注

千万别这样！我央求自己，拜托拜托，至少把所有的疑惧往后挪五六个小时。我穿上鞋，走进厨房。

4

门铃响起时，我正在泡茶，由于想事情想得出神，起初并没听见。我打开门，门外是玛荷希。“我以为你不在家。”她说着，把一束黄白色的水仙递给我。她脱下黑袍时，我告诉她屋里没男人，那个也可以脱掉。她犹豫了一下，才把长长的黑头巾解开。玛荷希与雅西仍戴着面纱，不过后来雅西包头巾的方式愈来愈随意，只在喉下松松打个结，中分得不甚整齐的深棕色头发从头巾底下露出来。不过玛荷希头巾底下的发丝可就卷得服服帖帖、一丝不苟了，额前的短刘海令她略显古板，看起来不太像伊朗人，倒像欧洲人。她穿白衬衫搭配深蓝外套，衬衫右边绣有一只大黄蝴蝶。我指着那只蝴蝶说：“你这是为了纪念纳博科夫吗？”①

我已记不清玛荷希在大学里从何时开始修我的课，感觉上她似乎一直都在班上。她父亲是虔诚的穆斯林，热烈支持革命②。早在革命前，她就戴头巾了，她在课堂上的日记写道，她就读一所时髦的女子学院时，每天早晨都感到孤寂。讽刺的是，她觉得受冷落正是因为当时那种引人侧目的打扮。革命之后，她因所从事

---

① 纳博科夫，作家，《洛丽塔》的作者，也是一位鳞翅目昆虫学家，将许多业余时间都花在蝴蝶上。——编者注

② 指1978—1979年的革命，伊朗国王被迫出国逃亡，流亡在外的霍梅尼被迎回德黑兰成立新政府。

的政治活动而被关了五年，出狱后当局又罚她两年不准继续升学。

我想象她在革命前的情景，想象她在无数个晴朗的早晨，沿着上坡的街道走向女子学院的身影。我看见她低着头踽踽独行，当时的她和现在一样，不喜欢白日的灿烂。我说"当时的她和现在一样"，是因为即使革命后其他人因强制规定也得戴头巾，玛荷希并未脱离孤寂。革命以前，她多少还能以自己的孤立自豪。那时她戴头巾以明心志，这样的选择是出于自发性的。等到革命强迫其他人戴头巾，此举就变得毫无意义。

优雅尊贵正是玛荷希的真实写照。她肤如月光，有一双杏眼，发色乌黑，穿粉色系的衣服，轻声细语。虔诚的宗教背景应是她的最佳庇护，而事实并非如此。她因为加入异议宗教组织，坐了五年的牢，大学教育因而中断。我无法想象她在狱中的情形。

认识玛荷希这么多年，很少听她提及狱中的经历，只知坐牢造成她一只肾脏永久损坏。有一天在课堂上，大家正讨论各自的日常恐惧与梦魇时，她提起狱中的回忆偶尔来袭，但她还是无法启口说出这段往事。她又补了一句："不过日常生活中恐怖的事不见得比监牢里来得少。"

我问玛荷希喝不喝茶，她和往常一样体贴，说想等其他人来了再说，并为自己的早到致歉。"需要帮忙吗？"她问。"其实没什么要帮忙的，别拘束。"我边说着，边拿花走进厨房找花瓶。门铃又响了。"我去开。"玛荷希从起居室叫道。我听见笑声，玛纳和雅西来了。

玛纳拿着一小把玫瑰走进厨房。"这是尼玛送的，"她说，"他要你后悔没让他参加这班,他说要在上课期间,捧着一束玫瑰在你家前面踏步,以示抗议。"她满脸笑意,眼睛亮了几下,但随即暗下来。

我一面将糕饼摆在一个大盘子上,一面问玛纳是否假想她诗中的文字有色彩。我向她解释,纳博科夫在自传中提到,他和母亲都认为字母都有色彩,他说自己是画家般的作家。

"共和国政权使我对色彩的品位变得粗俗。"玛纳说着并摘掉玫瑰多余的叶子,"我很想穿刺眼的颜色,比如醒目的桃红或西红柿红,我对色彩饥渴的程度,已经到了想在诗中刻意铺陈的文字里看到它们的地步。"玛纳是那种能忘我但无法快乐的人。"过来,给你看样东西。"我说着,带她走进我们的卧室。很小的时候,爸爸说的床边故事里那些地方风土的色彩让我十分着迷,我很想知道山鲁佐德的衣服、床单是什么颜色,灯怪和神灯又是什么颜色,有一次我还问他天堂是什么颜色。他说我希望天堂是什么颜色,它就是什么颜色。我对这答案不满意。后来有一天家里请客,我坐在餐厅里喝汤,眼睛瞄到打从有记忆以来就一直挂在墙上的一幅画,我顿时知道天堂是什么颜色了。我说就是这个,得意地指向一小幅镶着陈旧木框的油画。那是一片翠绿的风景,皮革般的叶子间停驻着两只鸟、两个暗红的苹果、一只金黄的梨子,画面略带蓝色调。

"我的天堂是泳池蓝!"玛纳突然说,眼睛仍盯着那幅画。"我们住在祖父母的一座大花园里,"她说着转向我,"你知道就是那种旧式的波斯花园,有桃树、苹果树、樱桃树、柿子树等果树,还穿插一两棵柳树。在我们那不规则状的泳池里游泳,留给了我最珍贵的回忆。我是学校的游泳冠军,这点让我父亲觉得很有面子。大约革命一年后,我父亲死于心脏病,接着政府把我们的房子和花园充公了,我们搬到公寓住,从此我没再游过泳。我的梦想就在那座泳池的底部。我反复做同一个梦,梦中我潜到池底,想要抓回对父亲和童年的记忆。"她边说边和我走向起居室,因为门铃又响了。

阿金与蜜德拉同时抵达。阿金正在脱她身上那件和服式黑袍(当时极流行日式袍子),露出乡下人常穿的那种领口宽松的白上衣、金色大耳环和粉红色的唇膏。她带来一枝黄色的小兰花:"是蜜德拉和我送的。"她说话时那种属于她个人特有的语气,只能让我以轻浮形容之。

接着抵达的是娜丝琳,她带了两盒牛轧糖来,说是伊斯法罕的土产。她身上是平常穿的制服——深蓝色袍子和头巾,黑色平底鞋。我最后一次看到她上课时,她穿着一件黑色大罩袍,只露出瓜子脸和骚动不安的双手。那双手即使没在写字或涂鸦,也是动个不停,仿佛企图挣脱厚重黑布加诸的束缚。到了上课后期,她把罩袍换成深蓝、深棕或黑色的不规则形长袍,搭配同色的厚重头巾,藏起她的头发,框住她的脸。她有一张小而苍白的脸,肌肤透明得几乎可以数出有几条血管,浓眉、长睫、灵活的棕色眼睛、挺直的小鼻子、愤愤不平的嘴:活像某艺术大师画到一半突然有事离开留下的未竟之作,一张仔细勾勒的脸因而被困在随意挥洒的暗色调中。

我们听见轮胎擦地和紧急刹车的吱嘎声。我朝窗外张望,一辆乳白色的旧型雷诺小车停到了路边。驾驶座上有个戴时髦太阳眼镜、侧面看来桀骜不驯的年轻男子,把一条胳臂搭在敞开的车窗口,仿佛他开的是保时捷。他和旁边的女人说话时,笔直注视着正前方,从头到尾只向右边转了一次头,而且我猜他脸上必定是不悦的表情。就在那时,邻座的女人下了车,他便生气地甩上车门。当她走向我家前门时,他从车中探出头来吼了几句,可是她并未回头搭理他。那辆旧雷诺是莎娜姿用工作的积蓄买下来的。

我转向屋里,为莎娜姿涨红了脸,心想这必定是她那可恶的弟弟。不一会儿门铃响了,我听见莎娜姿急促的脚步声,便替她开门。她显得心有余悸,好像刚脱离跟踪者或盗贼的魔掌。一见到我,她就把脸色一变,堆上笑容,气喘吁吁地说:"我没迟到太久吧?"

当时有两个非常重要的男人掌控着莎娜姿的人生。第一个是她弟弟,才十九岁,高中还没毕业,是父母的心肝宝贝,因为生了两个女儿后(其中一个三岁就夭折了),好不容易才盼到儿子。他被宠坏了,老缠着莎娜姿不放,想借由刺探她、偷听她的电话、开她的车四处逛、监控她的行动,来展现他的男子气概。父母恳求莎娜姿,请她这个做姐姐的要耐心体谅,拿出母性的本能帮助他度过这段难熬的时期。

另一个是她从十一岁就认识的青梅竹马男友。双方父母是至交,两家不论平时或度假几乎都腻在一起。莎娜姿与阿里似乎相爱了一辈子,双方的家长也乐见其成,说这是天作之合。六年前阿里去英国时,他母亲已经称莎娜姿为阿里的新娘。他们通信,寄照片,最近由于莎纳姿的追求者增加,他们还提起订婚的事,并相约在伊朗人不需申请签证的土耳其见面。如今这件事随时可能成真,莎娜姿却既期待又害怕。

我没见过莎娜姿不穿制服,于是几近发呆地站在那儿看她脱掉长袍和头巾。她穿橘色 T 恤,下摆塞进紧身牛仔裤,脚穿棕色的马靴,然而最大的转变是那头闪闪发亮的深棕色秀发,此刻紧贴着她脸庞,直泻而下。她左右甩甩美丽的头发,后来我注意到这是她的习惯;每隔一段时间,她都会抬起头,用手指梳梳发丝,仿佛要检查她最珍贵的宝物是否安在。此时她的五官看来柔和了些,也比较有光彩——她在公共场合所戴的黑头巾,使她娇小的脸显得憔悴,近乎严峻。

"对不起,迟了一点儿,"她喘着气说,用手指顺顺头发,"我弟弟非载我来不可,又不肯准时起床。没过十点他不会起床,可是他一定要知道我去哪儿,怕我偷偷去跟人幽会或什么的。"

"我一直担心你们会因为来上这堂课而有麻烦。"我说着请她们全体到起居室围桌而坐,"但愿你们的父母和另一半能接受我们这样的安排。"

娜丝琳正在起居室里晃来晃去,仿佛初次见到般仔细观察那些画,她突然停下脚步冲口而出说:"我轻描淡写,跟我父亲提了一下,想看看他做何反应,结果他极力反对。"

"你怎么说服他让你来?"我问。"我骗他。"她说。"你骗他?""不然还能怎么办?面对一个专制的父亲,连已成年的女儿上一堂纯女性的文学课都不许,还能有什么办法?何况我们不也用相同的方法应付执政当局吗?我们能告诉革命警卫实情吗?我们欺瞒他们,藏起卫星天线,说我们家里没有禁书和酒。面对家人安全堪虑的情况,即使我那软弱的父亲也向他们撒了谎。”娜丝琳补了一句。

“万一他打电话来查你的行踪呢?”我半开玩笑地说。“他不会,我编了一个很高明的理由,我说我和玛荷希志愿帮忙将伊斯兰的经典译成英文。”“他相信了?”“呃,他没理由不信,以前我从没骗过他,至少没真的骗过他,他也宁愿相信如此。而对于玛荷希,他是百分之百信任。”

“那么万一他打来,我该骗他喽?”我追问不舍。“由你决定。”娜丝琳思索了一会儿才说,低头望着扭绞在一起的双手。“你认为你应该告诉他吗?”此时我已听出她的语气略带窘迫,“我是不是给你添麻烦了?”

娜丝琳向来表现得自信满满,令我有时会忘了在那坚强的外表下,她其实有多脆弱。“当然,我会尊重你的骗局,”我缓下口气说,“就像你说的,你是大人了,知道自己在做什么。”

我在面对镜子的老位子坐下,艾布士山的反影始终停驻于镜中。望着镜子,看到的不是自己,而是遥远的景致,感觉有点奇怪。玛荷希迟疑了一会儿后,选择我右手边的椅子坐下。玛纳坐在长沙发的最右边,阿金坐最左边,出自本能,保持距离。莎娜姿和蜜德拉选鸳鸯椅坐下,两个人交头接耳,传出阵阵窃笑。

这时候雅西与娜丝琳走进来,环顾四周找位子。阿金拍拍长沙发的空位,邀雅西过来坐。雅西犹豫一下,然后坐进阿金与玛纳中间。她倏地坐下,没留下什么空隙给两位同伴,两位同伴坐在各自的角落,显得直挺而有些僵硬。雅西卸下了长袍,看起来略胖,仿佛尚未脱离童稚的圆润。娜丝琳已经去餐厅找椅子了。

“你可以过来跟我们挤一挤。”玛纳说。“不用了，谢谢你，我比较喜欢坐直背的椅子。”她回来时，把椅子摆在长沙发和玛荷希之间。

她们十分忠实于这样的位置排列，直到最后。这代表了她们的感情边界和个人关系。我们的第一堂课就这样开始了。

5

“乌普西仑巴[①]！”我用托盘把茶端进餐厅时，听见雅西惊呼。雅西喜欢玩弄文字，她曾告诉我她对文字的着迷已到了病态的地步。她说：“一发现新字新词我就得马上用，就像有人买了晚礼服，迫不及待想穿，连看电影、吃午餐也穿着去。”

容我暂停、倒带，重回导致雅西惊呼的事件场景。这是我们第一次上课，大家都紧张得不知该说什么好。我们一向习惯在教室和演讲厅等公开场合碰面，虽然这些女生私下都和我有交情，但除了娜丝琳与玛荷希是莫逆，蜜德拉与莎娜姿称得上是朋友之外，其他人彼此并不熟，甚至有些人根本不可能成为朋友。这样私下聚会的亲昵氛围，令她们颇不自在。

我向她们解释过这堂课的目的：阅读、讨论和发表对小说作品的感想。每个人都会有一本私人的日记，日记中应记录个人对小说的感想，以及这些作品和课堂讨论在哪些方面与她们个人和社会的经历相关。我说明了我之所以选她们来上这堂课，是因为

① 原文为 upsilamba，详义见下文。——编者注

她们似乎十分投入文学研究。我提到选这些书的要件之一是,它们的作者都相信文学能发挥关键甚至神奇的力量,并提醒她们,十九岁的纳博科夫在俄国大革命期间,不准自己因子弹呼啸声而分神;尽管炮声不绝于耳,窗外净是血腥厮杀,他仍继续孤独,写自己的诗。我说:"且看七十年后,我们对文学公正持平的信念,能否让我们超脱这另一场革命所造成的暗淡现状。"

我们讨论的第一部作品是《一千零一夜》,这是我们熟悉的故事,叙述戴绿帽的国王为了报复王后的不贞,连续杀害新娶进门的处女,后来碰上说故事高手山鲁佐德,才停下杀手。我拟了一些问题让她们思考,其中最关键的问题是,这些不朽的想象之作,如何对今日我们身为女性的困境有所助益。我们并非寻求蓝图或简单的答案,而是希望能在小说提供的开阔空间和我们身处的局促世界之间,发现些许关联。我记得自己将纳博科夫的一句宣言念给我的丫头们听:"读者生而自由,也应保持自由。"

《一千零一夜》故事中镶嵌着故事的结构最令我感兴趣的是,它所描述的三类女性,全都成为国王暴虐统治下的受害者。山鲁佐德出现之前,故事中的女性分为两类:一是先不贞后丧命(王后),一是尚未有机会红杏出墙便惨遭毒手(处女新娘)。那些处女和山鲁佐德不同,她们在故事里没有声音,因此几乎完全被批评家忽略。然而她们的沉默却是有意义的,她们毫不抵抗反驳便献出童贞和生命。她们几乎不存在,因为她们无声无息死去,未留下任何痕迹。王后通奸并未夺走国王的绝对权威,只令他失去了理智。这两类女性(王后与处女)的行为受国王的限制,又接受王法的专横,等于默认国王公开的威权。

山鲁佐德决定采取不同的策略,破除了暴力的循环。她不像国王以物质力量塑造世界,她的宇宙是用想象和思考创造出来。这给了她敢冒生命危险的勇气,也使她有别于故事中其他角色。

我们读的《一千零一夜》版本分为六册,已被查禁,如今只以天价流通于黑市,幸好我在之前已买下一套。我把六册分给她们,请她们根据故事中扮演要角的女性典型替故事分类,以便下次上课讨论。

指定好作业后,我请她们一个个告诉大家,为何愿意把每星期四早晨的时间耗在这里,讨论纳博科夫和简·奥斯汀。她们的回答简短而勉强,为了打破僵局,我提议先以奶油泡芙和茶轻松一下。

这就带我们来到我用陈旧浑浊的银托盘、端着八杯茶进入餐厅的那一刻。在伊朗,泡茶奉茶是一门艺术,一天要上演数次。我们用的茶杯是透明的玻璃杯,小巧有型,最流行的是一种名叫纤腰的杯子,顶端浑圆,中间细窄,底部也是浑圆的。从茶色与其细致的香味就可看出泡茶技巧的优劣。

我端着八只纤腰玻璃杯步入餐厅,杯中蜜色的液体颤抖着。就在此时,我听见雅西得意地高呼:"乌普西仑巴!"她的叫声像冷不防扔向我的球,令我差点儿要跳起来接住。

乌普西仑巴!——这个词带我重返1994年春天,当时我的四个丫头和尼玛正在旁听我开的一门20世纪小说课。纳博科夫的《斩首之邀》是这堂课最受喜爱的作品,在这部小说中,孤独、爱幻想的男主角辛辛那图独具创见的个性,使他显得与周遭所有人截然不同,因为在小说的社会中,整齐划一不仅是常态,也是法则。纳博科夫告诉我们,辛辛那图在童年时就能欣赏语言的清新与美感,不像其他小孩"才说出第一个字就知道对方要说什么了,因为他们的话没有对方不知道的结尾。例如某个像飞鸟或弹弓般会制造惊人效果的古代字母或乌普西仑巴。"

班上没有人提出这个词来发问,这表示没有人在认真听课,因为我以前的学生有许多在毕业很久以后,仍继续回来听我的课。他们往往比那些为了学分上课的正式学生还专心用功。因此另找一天到我办公室和我碰面,讨论这类问题的人,就是这批旁听生,包括娜丝琳、玛纳、尼玛、玛荷希及雅西。

我决定和全班玩点儿游戏,测试他们的好奇心。期中考有个题目是:"请解释'乌普西仑巴'这个词在《斩首之邀》文中的重要性。这个词是什么意思? 它与小说的主题有何关联?"除了四五个学生之外,没人搞懂我的提问究竟是什么意思,这一点,我在剩下的学期,每隔一段时间就不忘提醒他们一次。

其实"乌普西仑巴"是纳博科夫自创的文字之一,从希腊文的第二十个字母"乌普西龙"(ν,英文注音为 upsilon)以及第十一个字母"兰达"(λ,英文注音为 lambda)衍生而来。于是在那第一天私人的课堂上,我们又玩起脑力激荡的游戏,发明我们对这个词的新解释。

我说"乌普西仑巴"使我联想到暂缓跳跃时无法形容的快感。雅西似乎没来由地兴奋大叫说她一直觉得这可能是一种舞的名称——例如:"来吧,亲爱的,跟我跳支乌普西仑巴。"我提议每人写一两个句子解释这个词对她们的含义,下次讨论。

玛纳说“乌普西仑巴”让她脑海浮现小银鱼在月光婆娑的湖面飞跃的影像。尼玛插话:“虽然你不准我来上课,也不会忘了我的存在:祝你也乌普西仑巴!”对阿金而言,它是一种声音、一种旋律。玛荷希描述的意象是三个女孩跳绳,每跳一下就高叫:“乌普西仑巴!”对于莎娜姿,这个字是一个非洲小男孩的秘密法名。不知何故,这个词令蜜德拉回忆起喜极而叹的吊诡。而在娜丝琳心目中,它是开启宝藏秘穴之门的密码。

“乌普西仑巴”成为我们日渐丰富的暗语词汇宝库的一部分,这宝库随时间而增长,到后来逐渐发展成一种属于我们自己的秘密语言。这个词成为一个象征,象征那隐约的喜悦,象征纳博科夫希望他的读者在阅读小说之际能感受到贯穿脊椎的震颤;那感觉是他所谓的好读者和普通读者的分野。它也成为开启记忆秘穴的密码。

6

在《斩首之邀》1957 年的英文版序中,纳博科夫提醒读者,他的小说不试图“取悦所有的读者”,“而是虚无中的小提琴”,不过“我知道……有一些读者会起来跳脚,猛抓头发”。的确如此。原版于 1935 年以连载的方式面世。将近六十年之后,在一个纳博科夫浑然不知、应该也无从知悉的世界,在一个窗外有雪顶远山的孤寂起居室里,我将一再见证最意想不到的一群读者,猛抓头发,疯狂想破头的场面。

《斩首之邀》一开头就说,故事中脆弱的男主角辛辛那图因

“灵知上的堕落”被判处死刑：在一个所有公民的行为举止必须透明化的地方，他是晦暗不明的。这世界最大的特征是反复专横，死刑犯辛辛那图唯一的特权是得知他的死期，但行刑者连这一点也对他隐瞒，而让他把每天都当成了死期。随着故事发展，读者逐渐不安地发现，这个古怪的地方造作虚假的本质。窗外的月亮是假的，连传统上必成为囚犯忠实伙伴的角落蜘蛛也是假的。典狱长、狱卒和辩护律师是同一人，只是不断变换角色。最重要的人物——刽子手，先以另一个名字和身份与犯人结识：同监狱的犯人皮耶先生。刽子手和死刑犯必须学习去爱对方，并在行刑时互助合作，以一场俗丽的庆功宴收场。在这舞台般的世界，写作是辛辛那图通向另一个宇宙的唯一窗口。

这部小说的世界由空洞的表面仪式构成，一切举动皆毫无内在意义可言，即使死亡也成为供善良百姓购票观赏的表演。唯有透过这些空洞的仪式，才可能发生如此残忍的行为。在纳博科夫的另一部小说《塞巴斯蒂安·奈特的真实生活》(*The Real Life of Sebastian Knight*)中，塞巴斯蒂安的弟弟在已故兄长的藏书室，发现了两张看起来极不协调的照片：一张是和狗嬉戏的漂亮卷发小孩，另一张是即将被斩首的中国人。这两张照片提醒了我们迂腐和残酷之间的密切关系，纳博科夫对此提出一个特殊的俄文词汇“poshlust”，即媚俗艺术。

纳博科夫解释，“poshlust”①“不仅是显而易见的无价值，也是

① 由英文“posh”及“lust”两字所衍生的复合字，前者为“时髦”或“华丽”，后者则是“渴望”“肉欲”“贪求”。——编者注

假重要、假美丽、假聪明、假迷人”。的确,我们从日常生活发现的例子不胜枚举,从政客的口蜜腹剑到某些作家的信誓旦旦,俯拾可得,甚至鸡也不例外。鸡?就是街头摊贩卖的那些,只要住在德黑兰的人便不可能没见过。摊贩将它们染成桃红、鲜红或宝蓝,好让它们更吸引人。或是塑料花,那些桃红和艳蓝的人造剑兰一车车运来大学,不论丧葬或喜庆一律派上用场。

纳博科夫于《斩首之邀》为我们营造的并非肉体的痛苦与极权的折磨,而是活在永恒的恐惧气氛中一场场无止境的梦魇。辛辛那图脆弱、被动,是个浑然不知自己是英雄的英雄:他反抗自己的本能,写作则是他逃避现实的途径。他因为不肯和其他人一样随波逐流而成为英雄。

和其他反乌托邦小说不同的是,邪恶势力在此并非全能;纳博科夫也让我们看出他们的弱点。他们荒谬,也并非打不倒,但这并未减弱虚耗所造成的悲剧。《斩首之邀》以受害者的观点出发,他最终看透了迫害者的荒谬虚伪,但为了求生存却不得不退回自我的世界。

我们这些生活在伊朗的人,亲身体验了加诸我们身上的残酷所造成的悲剧与荒谬。为了求生存,我们不得不对自己的悲惨境遇自我解嘲。我们也直觉认出别人身上甚至自己身上的“poshlust”。这正是艺术与文学成为我们生命中不可或缺的原因:艺术文学不是奢侈品,而是必需品。纳博科夫所描写的,是极权社会下的生命本质;在一个充斥着空洞诺言的虚幻世界里,人是彻底孤独的,令人再也分不清谁是救星,谁是刽子手。

尽管纳博科夫的小说艰涩难懂,我们仍对他抱持一份特殊的感情，这不单是因为我们与他的主题产生了共鸣。他的小说围绕着陷阱发展，这些陷阱经常冷不防抽走读者脚下的地毯。小说中充满了对所谓日常现实的怀疑，让人时刻感受到日常现实的反复无常与脆弱渺茫。

我们出自本能地理解认同他的小说与人生。其中透露出，当所有选择都被剥夺时，还有追寻无限自由的可能。也许这就是驱策我成立这一班的背后动力。我与外界主要的接触来自大学，如今我既已断绝那条联系，在濒临虚无的边际，若非创造出“小提琴”①，便是遭虚无吞噬。

7

那两张照片应该并排陈列，套一句纳博科夫对自己流亡生涯的评语，两张照片皆体现了我们存活于伊朗“脆弱的非现实”。两者相互抵触，然而，少了一张，另一张也就不完整。在第一张照片里，我们穿戴着黑袍黑头巾，我们的身份是按别人的梦塑造出来的；在第二张，我们呈现出自己想象中的模样。两张都不是真实的自我。

第二张照片属于起居室里的世界。可是外头，在令人误以为只有远山和屋外大树的窗景底下，便是另一个世界，邪恶的巫婆和怨灵正虎视眈眈，伺机将我们变成第一张照片里罩头盖脸的弱女子。

---

① 小提琴(Violin)与虚无(Void)字形相近。——编者注

我反复思量，有一则秘闻轶事，应该最能诠释这种自我否定和自相矛盾的炼狱，这则秘闻和类似的轶事一样，用虚构的情节成为它自己的暗喻。

到1994年为止，伊朗的电影审查官是个瞎子，或说几乎是瞎子。担任电影审查官之前，他是戏剧审查官。有位编剧朋友曾描述给我听，说他坐在剧场里，脸上戴的厚镜片似乎挡住的东西比显现的还多。坐一旁的助理将舞台上的演出解说给他听，他则口述哪几段需要砍掉。

1994年以后，这位审查官成为新电视台的主管，他在电视台的做法更上一层楼，要求编剧将剧本制作成录音带给他，编剧们不得以任何方式美化或夸大其剧本，他再根据录音带评判脚本。但更有意思的是，后来接替他的人并没有瞎，至少生理上没有，却依然承袭他的做法。

盲目的审查官透过无色彩的镜片，塑造出我们在神学士统治下的世界。蒙上这层古怪色彩的不只是我们的现实，还包括我们的想象，这世界的电影审查官重新排列组合现实的功力，足堪与骚人墨客匹敌，因此我们既是想象中的自己，也是别人编造的假象。

我们所处的文化否认文学作品的价值，认为文学作品唯有能为另一种看似更急迫的议题（也就是意识形态）服务时，才算重要。这个国家把一切动作姿态，包括最私人的表情，全都泛政治化。我头巾或父亲领带的颜色，是西方腐败与帝国主义思想的象征。不蓄胡须、与异性握手、在公众集会中拍手或吹口哨，同样被视为西化的作风，因此也是堕落的，是帝国主义者企图颠覆本土文化的阴谋之一。

前几年有些伊朗国会议员成立了一个调查委员会，负责审查国家电视台的播出内容。该委员会发表了一篇繁冗的报告，谴责《比利·巴德》（*Billy Budd*）①的播出，据委员会的说辞，是因为该故事倡导男同性恋。讽刺的是，伊朗电视台的节目制作人选这部片子的主要原因是剧中没有女性角色。卡通版的《八十天环游世界》（*Around The World in Eighty Days*）也遭谴责，因为剧中的要角狮子来自英国，而且影片结束于帝国主义的大本营——伦敦。

我们这一班就在如此环境下形成，企图每周偷几小时避开盲眼审查官的监视。在那间起居室里，我们重新发现我们仍活着，是活生生的人；不论局势多么恶劣，不论我们遭到多大的胁迫与惊吓，我们和洛丽塔一样，仍设法逃脱，以争取属于自己的有限自由空间。和洛丽塔一样，我们把握每个机会去夸耀自己的不服从，例如从头巾底下露出些许发丝，投机取巧，在我们单调划一的打扮中掺入少许色彩，留长指甲，谈恋爱，听禁歌。

荒谬的虚构本质宰制着我们的生活。我们设法活在开阔的空间，活在已成为我们保护壳的起居室和屋外审查官的妖魔世界之间所形成的漏洞。这两个世界何者较真实，我们又究竟属于何者？我们再也不知道答案。或许要找出真相，只有努力发挥想象力，清晰道出这两个世界的模样，并在这过程中，赋予我们的梦想和身份一个具体的形式。

---

① 根据美国19世纪小说家、《白鲸》作者梅尔维尔的中篇小说改编的电影，描写一个受虐船员在冲动之下将施暴的纪律官杀死，最后受绞刑结束其悲惨的一生。——编者注

8

在那起居室之外，我如何能创造出这另一个世界？我别无选择，只能再度诉诸读者的想象力。我们来想象其中一名女生，譬如莎娜姿好了。她正要离开我家，且让我们跟踪她。她道别后，套上黑袍黑头巾，遮住橘色衬衫与牛仔裤，将黑头巾绕在脖子上，以盖住黄金大耳环。她将不听使唤的几缕发丝塞到头巾底下，把笔记收进大袋子里，背起袋子，步出门口到走廊上。她在楼梯顶端停顿一下，戴上薄薄的黑色蕾丝手套，掩住涂了颜色的指甲。

我们尾随莎娜姿下楼，出了大门到街上。你可能会注意到她的步伐和动作已经改变，对她而言，没被看见、听见和发现最好。她走路时不抬头挺胸，反而垂着头直盯地下，连过往的行人也不瞧一眼。她走得很快，带有坚决的意味。德黑兰及伊朗其他城市的街头都有民兵巡逻，白色丰田巡逻车上坐着四名持枪的男女，有时后面还跟着一辆迷你巴士。他们叫作“神的血肉”，巡逻的目的是为了确保莎娜姿之类的妇女规规矩矩戴上面纱，没化妆，没和父兄丈夫以外的男人并肩走在公共场所。她会经过墙上的标语，那些标语均摘自霍梅尼和一个叫作“真主党”的组织的原话：**男人打领带无异于巴结美国；戴面纱保障妇女的安全。**标语旁边有一个妇女的炭笔素描：她的脸没有五官，被黑色的罩袍裹住。**姐妹们，捍卫你们的面纱；兄弟们，守护你们的眼睛。**

如果她搭上公共汽车，那么公共汽车上的座位男女有别。她必须从后门上车，坐后面分配给妇女的位子。然而在最多可搭五名乘客的出租车上,男女却像沙丁鱼般挤在一起,迷你公共汽车上也是,有许多学生向我抱怨在迷你公共汽车上遭到蓄胡敬神的男人毛手毛脚。

读者也许会问,莎娜姿走在德黑兰街头时,心里想什么?这经验对她产生多大的影响?最可能的情况是,她尽量让思绪与周遭环境保持距离。也许她在想弟弟,或身在异乡的情人,以及他们即将于土耳其见面的情景。她是否拿自己和母亲在她这年纪时的处境来比较?母亲那一代的妇女能无拘无束走在街上,自由自在与异性同行,加入警力部队,担任飞行员,活在全世界最先进的妇女法律下,这点是否令她愤愤不平?新颁布的法律是否令她感到屈辱?革命后结婚年龄限制从十八岁降到九岁,以及石刑再度成为对通奸与卖淫的惩处,这种种是否令她蒙羞?

在将近二十个年头中,街头已俨然转变为战场,不服从规定的年轻女性被扔上巡逻车,押入监狱,除了遭鞭打、罚款,还可能被迫洗厕所,尊严扫地。可是一旦离开监狱回到街头,她们故态复萌。莎娜姿是否觉知自己的力量?是否意识到,自己每个偏离常轨的动作对公共安全的挑衅,可能让自己陷入多大的险境?她是否在想革命卫兵何其脆弱,十八年来巡逻德黑兰街头,必须忍受像她这样和其他世代的年轻女子走路、说话、露出一小撮头发,只为显示她们尚未心服?

我们已经抵达莎娜姿的家,追踪就在她家门阶上告一段落。进门后,也许她表面上得应付弟弟,但心里却想着男友。

这些女生,我的丫头们,全都兼具真实的历史和编造的过去。尽管她们的身世截然不同,统治她们的政权却企图分离她们的个人身份和过往经历,令她们始终摆脱不了当政者给她们的穆斯林妇女印记。

不论我们是谁,我们已成为别人梦想中虚构的假象,至于我们信仰什么宗教,愿不愿意戴面纱,遵不遵守某些教条,根本不重要。一个严酷的阿亚图拉①,一个自我标榜的哲人之王,前来统治我们的国度。他所打的名号是,他的一段过去遭剥夺窃取,如今他要以那段虚幻过去的形象重塑我们。纵容他如此对待我们的是我们自己,这个事实是否可聊以自慰?或者我们宁愿不记得这点?

9

不可思议的是,当所有可能性都被剥夺了,再微小的开口也可能成为极大的自由。当我们共处时,我们觉得自己几近绝对的自由。那第一个星期四的早晨,这种感觉便弥漫于空气中。我对这堂课已有构思,也选了不少的读物,但同时我准备让这堂课来塑造我;准备让"小提琴"填满"虚无",并以"琴声"改造"小提琴"。

我时常自问,是我选择了这班的学生,还是她们选择了我?没错,当初邀她们参加时,我心中设有若干门槛,但如今回头看,创立这堂课的似乎是她们,是她们通过某种隐形的机制,引导我塑造出此刻我心目中的起居室轮廓。

---

① 阿亚图拉(Ayatollah),什叶派宗教领袖。

以最年轻的雅西为例，她就在第一张照片中，脸上有种渴望的神色。她俯着头，脸偏向一边，犹豫着不知该选择什么表情。她包着白灰色的薄头巾，于喉间松松打了个结——算是对家族严格的宗教背景形式上的敷衍。雅西在我最后一年教书时，来旁听我为研究生开的课，当时她才读大一。学长们令她心虚，她认为他们较年长资深，不但学养比她丰富，英文比她好，智慧也比她高。尽管她对最艰涩教材的领悟，胜过许多研究生，研读教材也比多数人用功且乐在其中，她却唯有处于戒慎忐忑的不安情绪下，才觉得安心。

在决定离开阿拉梅·塔巴塔拜大学约一个月后，雅西和我站在绿色校门前，如今我对这所大学最深刻的记忆，便是那道绿色大门。有好几年的时间，每个上课日我都得穿过大门至少两次，我却依然想不起它确切的模样。在我的记忆中，那道铁门仿佛具伸缩性，仿佛有魔法，不需靠墙壁支撑，守护着校区。不过我倒记得它的周边，大门的一边是宽敞的街道，似乎直接通往山里，另一边面临一座属于波斯暨外国语文学院的小花园，园中有波斯玫瑰及其他本土花卉，分布于龟裂的装饰用喷泉四周，喷泉干涸的中央则立着一尊残破的雕像。

我对绿色大门的深刻记忆多亏了雅西，因为她在自己的诗中提过。那首诗的名字是《我喜欢的东西有多渺小》。她在诗里描述了她最喜欢的东西——橘色背包、彩色外套、和表哥的那辆一样的单车——还形容了她有多么喜欢从绿色大门进入大学。绿色大门出现在这首诗和她其他的写作中，成为一道神奇之门，引领她进入生活中不准她接触的一切平凡事物的禁忌世界。

然而那道绿色大门,却是她和我所有的丫头不得而入的。大门旁有个挂着帘子的小门,那是个引人侧目的怪东西,因为它根本不该出现在那儿:它以不速之客的傲慢权威张大了口。所有女学生,包括我的丫头们在内,从这小门进到一间黑暗的小屋接受检查。上过那第一堂课许久之后,雅西叙述了自己在检查室的遭遇:"他们先检查我的穿着打扮对不对,包括外套的颜色、制服的长度、头巾的厚度、鞋子的式样、袋子里的东西、哪怕是最浅的淡妆的痕迹、戒指的大小和它招摇的程度。这些都检查过了,我才可以进入大学的校园。同一所大学也有男生就读,大门连同各宽阔的入口、徽章和旗帜,对他们是慷慨开放的。"

那个小边门是无限的挫折、屈辱和忧伤的根源,其目的原在使所有女生变得平凡、隐形,结果却适得其反,令她们引人注目,成为外人好奇的焦点。

想象雅西和我站在那扇绿色大门前,彼此靠得很近,窃窃私语,不时还发出笑声。她正在谈论教伊斯兰道德学与翻译的老师。他太太才死了三个月就娶她的妹妹,因为男人——说到这儿雅西压低声音——男人有特殊的需要。

然后当她开始描述他最近上的伊斯兰教与基督教的差异课程时,语气转为正经。此刻她装成这个面团脸的小男人,站在黑板旁,一手拿粉红粉笔,另一手拿白粉笔。他在黑板一边写下斗大的"伊斯兰女孩"白色文字,并于中央画下一条垂直线。在另一边,他以粉红色粉笔写下"基督教女孩"几个大字。经过一阵尴尬的沉默后,他终于说:"一边是处女,洁白无瑕,为丈夫守身自爱,而且只为丈夫献身,端庄贤淑是她力量的来源。至于另一边,呃,除了不是处女之外，没什么好说的。”令雅西惊讶的是，坐在她后面那两个女生都是伊斯兰学生协会的活跃分子，居然咯咯笑起来，并窃窃私语着：难怪越来越多穆斯林改信基督教。

我们就站在大马路上开怀而笑——这是难得的时刻，我很少见到雅西收敛起迟疑腼腆的微笑，露出纯粹调皮的神情。在她多数照片中，我都没见到这种笑容。她在照片里，多半与其他人保持若干距离，仿佛由于自己在班上是小辈，知所进退。

学生们几乎每天都有这类的故事可说，我们听了好笑，却又感到气愤，尽管我们在聚会、喝咖啡、排队领面包和搭出租车时，已经重复说过无数次。仿佛只要反复诉说这些故事，就能让我们多少掌控得了这些故事；我们非难的语气、动作，甚至歇斯底里的笑声，似乎降低了这些故事对我们生命的钳制。

那次开怀亲昵的相聚，我请雅西陪我吃冰激凌。我们去了一家小店，面对面而坐，中间摆着两大杯咖啡脆皮糖衣冰激凌，心情顿时转变。我们即使不算肃穆，也变得正经起来。雅西出身于开明的宗教家庭，她家曾深受革命所害。他们觉得，伊朗不但未秉持伊斯兰的信念，反而背道而驰。革命之初，雅西的母亲和姨妈加入了一个先进的穆斯林妇女团体，当新政府开始把矛头转向昔日的支持者时，该团体被迫转入地下，雅西的母亲和姨妈躲藏了好长一段时间。这位姨妈有四个女儿，全都比雅西年长，也都支持一个反对团体，这个反对团体极受信仰虔诚的年轻一辈伊朗人欢迎。姨妈的四个女儿除一人侥幸逃脱外，全被逮捕、拷问和囚禁。出狱之后，每个人都在一年内结了婚，几乎是随便找个人就嫁了，仿佛急于和昔日反叛的旧我做个彻底的切割。雅西认为她们撑过苦牢的煎熬,却逃不了传统婚姻的枷锁。

在我看来,雅西是道地的叛逆分子。她没参加任何政治团体或组织,青少年时,就违抗家族的传统,不顾强大的反对,毅然选择自己的音乐。在她家是不准听任何非宗教音乐的,即使收音机也不行,但雅西一意孤行。她是小小的灰姑娘,住在可望却不可及的宫殿阴影下,爱上看不见的王子,而那王子总有一天会听见她的音乐。

她的叛逆不仅止于此:她没在适当的时机,嫁给适当的追求者,反而坚决离开家乡夕拉兹,到德黑兰上大学。如今她有时住姐姐和姐夫家,有时住在具有狂热宗教倾向的叔叔家。这所大学由于学术水准低落,道德价值可鄙,意识形态狭隘,令她大失所望。在某些方面,它甚至比家里更局促,因为在家至少还能置身于亲情与学术的气氛下。失去亲情的温暖,令她在德黑兰经常彻夜难眠,她思念父母与家人,也为自己对他们造成的伤害内疚。后来我发现,她的愧疚感正是引起她长期严重偏头痛的主要原因。

她能怎么办?她不信政治,也不想结婚,但是她对爱情感到好奇。那一天,她坐我对面,手里把玩着汤匙,解释着为何对于她们这样的年轻人而言,人生再普通不过的举动都成为小型的反动和政治的违抗。她这一生都受到保护,从不许离开家人的视线,从没有私人的角落可以让她去思考、感受、做梦和写作。她不可以独自结识年轻男子,家人不仅谆谆教诲她如何在男人面前循规蹈矩,似乎以为他们也可以教导她对男人应该产生什么样的感受。她说:“在你们看来再自然不过的事,对我来说既陌生又奇怪。”

她能过我这种人的生活吗？自食其力，牵着心爱的人散步，也许还养只小狗？她不晓得。这就像她脸上的面纱，虽然对她不再有意义，但少了它，她会感到失落。她一直戴着面纱。她是否乐意戴？她也不知道。我还记得她说这话时的手势——在脸前挥一挥，仿佛要赶走看不见的苍蝇。她说她无法想象没戴面纱的雅西会是什么样子？会不会影响她的举手投足？别人会怎么看她？会不会变聪明或变笨？除了她最爱的奥斯汀、纳博科夫和福楼拜小说，这些也是她的执迷所在。

她再度重申自己不会结婚，绝不会。她说对她而言，男人永远存在于书中，她愿意与达西先生[①]共度此生——但即便在书中，也没几个男人让她看得上眼。这有什么不对？她想和叔叔舅舅，和我一样去美国，母亲和姨妈无法成行，但叔叔舅舅们得到了机会。她能否克服一切障碍去美国？她要我给她建议。她们全都要我提供意见。但我能建议她什么？她从生命里所得到的比她所渴望的少得多，我能给她什么意见？

现实中，我不能给她什么，于是我把纳博科夫的“另一个世界”告诉她。我问她有没有注意到纳博科夫大部分小说，如《斩首之邀》、《斜纹章》(*Bend Sinister*)、《埃达》(*Ada*)、《普宁》(*Pnin*)，总存在着另一个世界的影子，一个唯有通过虚构方可进入的世界。这个世界让他的男女主角不至于彻底绝望，这个世界成为残酷人生中的避风港。

---

① 《傲慢与偏见》的男主角。

以《洛丽塔》为例，这是叙述一个十二岁少女走投无路的故事。亨伯特企图将她转变成他幻想中的样子和他死去的旧爱，结果却毁了她。这故事最迫切的真相不在十二岁女孩被老色鬼强暴，而在一个人的生命遭另一人剥夺。假设亨伯特没吞噬洛丽塔，我们不知她后来会如何，然而这部小说，这部完成的作品却满怀希望，甚至是美丽的，不仅为美的事物辩护，也为平凡的日常生活、一切洛丽塔和雅西遭剥夺的普通乐趣而辩护。

进入状态后，我突然灵光乍现，补充道，其实纳博科夫是在报复我们自己的唯我主义；他在这方面报复了霍梅尼、雅西的追求者和那面团脸的男老师。他们企图按照自己的梦想和欲望去塑造别人，但纳博科夫透过对亨伯特的描写，揭发了所有侵占他人生命的唯我主义者的行径。雅西有无穷的潜能，不论是贤妻、教师或诗人，她可以成为自己想做的人，最重要的是她想要什么。

接着，我把我最喜欢的纳博科夫的故事说给她听，故事叫作《魔术师的房间》(*The Magician's Room*)，不过他原本想取的名字是《地下男人》(*The Underground Man*)。这故事叙述一位才华洋溢的作家兼批评家，最爱的是小说和电影。大革命以后，他所热爱的一切都被禁止，遁入地下。于是他决定只要共产党执政一日，便不再写作，不再谋生。他很少离开他的小公寓，有时甚至几乎饿死，若没有忠实的朋友、学生和父母留下来的一点钱，他恐怕早就饿死了。

我仔细形容了他的公寓，里面光秃而苍白，包括墙壁、瓷砖，甚至厨房的橱柜，都苍白得醒目。起居室里唯一的装饰是门口对面那片空墙上的一大幅画：画的是树，厚重的颜料和不同的绿色调层层叠叠，虽没光线，树却隐隐发光，仿佛映照出某个发光体的明亮，那发光体并非来自太阳，而是来自内部。

魔术师起居室里的家具包括一张棕色沙发、一张小桌子和两把搭配的椅子。有张摇椅似乎搁浅在起居室和餐厅之间，而一条早被遗忘的旧爱送的毛毯随意扔在摇椅前。“地下男人”在这房内，在那沙发上，接见精挑细选过的访客。他们包括著名的制片人、编剧、画家、作家、批评家、昔日的学生与朋友。他们全都为了自己的电影、书籍和情人的问题，来请教他的高见；他们想知道该如何钻法律漏洞，如何瞒骗审查的大剪刀，或如何继续搞秘密恋情。他为他们塑造作品和人生，耗时费日讨论概念的架构，或待在剪辑室修剪影片。他建议某些朋友如何与情人言归于好，又建议某些人若想把书写得更好，就该去谈恋爱。他几乎读遍苏联所有的出版物，对于国外最新或最优秀的电影与书籍也有所涉猎。

许多人希望成为他地下王国的一分子，但他只挑选少数几个通过他秘密考验的人。他开出所有条件，再根据个人的理由来决定接受或拒绝对方。他帮助朋友所要求的回报是，不准公开认出或提起他的名字。有不少人因为违反了这项要求，被他列为拒绝往来户。我记得他常挂在嘴边的口头禅之一是：“我想被遗忘，我不是这社群的一分子。”

雅西脸上的神情鼓舞我塑造和创造我的故事，她提醒了我，小时候，父亲在夜里和清晨上班前坐在我床边编织故事时，我脸上是什么样的表情。他生我气时，他要我去做某件事时，他想讨好我时，这些日常相处中平凡的点滴细节，都被他转化成故事，以倏然的惊悚与战栗令我听得说不出话来。

那天我没告诉雅西的是，这位对国家而言如武装叛军般危险的魔术师，并不存在——起码不存在于小说中。他是真实的，他住的地方离我们用长汤匙漫无目标搅拌高杯的地方不到十五分钟的路程。

那就是我决定邀雅西来参加这一班的经过。

10

我请读者想象我们正在德黑兰读《洛丽塔》：这部小说叙述一个男人为了占有、俘虏一名十二岁少女，间接导致她母亲夏洛蒂死亡，并将她当成禁脔长达两年。读者可能不解，为何是《洛丽塔》？为何要在德黑兰读《洛丽塔》？

我想再次强调我们并非洛丽塔，当权领袖也不是亨伯特，伊朗更非亨伯特所谓的海滨公国。《洛丽塔》不是对共和国政权的批判，但它反对一切极权思想的本质。

我们看亨伯特在洛丽塔母亲死后，到洛丽塔的夏令营接她，而她尚未获悉母亲死讯那一段。这一幕是两年禁锢的序曲，两年期间，年幼无知的洛丽塔随着她的监护人兼爱人，漂泊过一家又一家的汽车旅馆：

> 让我暂且回味那情景里所有琐碎命定的细节：丑老太婆霍姆斯开了张收据，搔搔头，拉开书桌抽屉，把零钱倒在我不耐烦的手掌上，再整齐摊开一张纸钞，快活地说："……还有五块钱！"女孩们的照片；俗丽的蛾或蝴蝶，仍活着，牢牢钉在

> 墙上(“自然教学”);营区营养师镶框的证件;我颤抖的手;效率高的霍姆斯所制作的桃乐莉·海兹7月表现成绩单(“佳;偏好游泳与划船”);树声鸟叫,还有我剧烈的心跳……我正背对敞开的门站立,一听见她的呼吸与说话声从身后响起,顿感热血涌上头部。

尽管这称不上《洛丽塔》最可观的一幕,却充分展现纳博科夫的技巧,而且我认为整部小说的核心就在此。纳博科夫自称是画家般的作家,而这一幕正诠释了他话中的含意。之前已发生过的事件(夏洛蒂发现亨伯特出轨及接下来的冲突,导致夏洛蒂意外致死),和预知更多可怕的事将接踵而至,两者之间的紧绷张力,蕴藏于整段描写中。纳博科夫将琐碎的物品(镶框证件、女孩的照片)、普通的报告记录(“佳;偏好游泳与划船”),与私人的感受与情绪(“我不耐烦的手掌”“我颤抖的手”“我剧烈的心跳”)并列,预先为亨伯特恐怖的行为和洛丽塔孤苦无依的未来埋下伏笔。

在这看似写景的场面中,普通的物品因穿插了情绪而失衡,揭露亨伯特罪疚的秘密。从此以后,亨伯特的颤抖与悸动将时刻伴随他所有的叙述,不论看来多微不足道的风景、时间与事件,都将染上他个人情绪的色彩。读者是否如同我的丫头们,也感受到,由于亨伯特表现得像个正常的丈夫、继父和人类,其行为与情感中所隐含的邪恶更可怕?

另外还有那只蝴蝶——或蛾?亨伯特分辨不出两者,其轻忽的态度暗示他在道德上对其他事的冷漠,并具体反映在他对夏洛蒂儿子的夭折和洛丽塔夜泣的麻木不仁。有人说洛丽塔是狐狸精,她的遭遇完全是咎由自取,这些人可别忘了她夜里总是靠在强奸和囚禁她的人怀里啜泣,因为诚如亨伯特忧喜参半地提醒我们,"她无处可去"。

这使我回想起我们在课堂上讨论亨伯特没收洛丽塔生命的情景。读《洛丽塔》最先令我们震撼的是——其实那也在第一页——洛丽塔居然以亨伯特造物的形象,呈现在我们眼前。我们对她只有惊鸿数瞥,他告诉我们:"令我着魔的不是她,而是我自己创造、另一个想象出来的洛丽塔,也许比洛丽塔更真实……没有意志、知觉,缺乏真正的生命。"亨伯特钳制洛丽塔的第一步是替她取一个反映他内心欲望的名字。就在第一页,他预示她于不同情况下的各种名字,"罗""罗拉",以及他怀中永远的"洛丽塔"。我们也得知她"真正"的名字是"桃乐莉",即西班牙文中"痛苦"之意。

为了重新创造她,亨伯特必须抹杀洛丽塔真实的过去,代之以他自己的版本,将洛丽塔转化为他年轻时失去的旧爱安娜贝·李。我们认识洛丽塔是间接通过亨伯特,得知她的身世,也是通过她的叙述者/侵犯者的过去或捏造的过去。这就是亨伯特自己与许多批评家(包括我的学生尼玛在内)所谓的亨伯特对洛丽塔所作的唯我化(solipsization)。

然而她有自己的身世,纵使亨伯特抹杀她的过去,企图孤立她,我们仍不时瞥见那真实的过去。这片段的匆匆数瞥,在纳博科夫的技巧处理下,与亨伯特对过去全方位的沉溺相对照,更为显著。洛丽塔身世堪怜,父亲过世,弟弟两岁夭折,如今母亲也离她而去。如同我的学生,洛丽塔不但失去过去,也缺乏过去,成为他人梦想中捏造的产物。

在某一方面,伊朗的真实过去在窃据者的眼中仿佛不存在,就像洛丽塔真实的身世在亨伯特看来已幻化于无形。洛丽塔的身世、欲望和生命以相同的方式消失,在亨伯特渴望将一个十二岁的野丫头变成情妇的妄想面前,必须黯然失色。

一想到洛丽塔,我就想到那只被钉在墙上、半死不活的蝴蝶。蝴蝶并非显著的象征,但它的确暗示亨伯特以同样的方式困住洛丽塔;他要她这活生生的人变得动弹不得,要她舍自己的生命就他给的静止生命。在读者心目中,洛丽塔的形象永远与禁锢她的人相连,独立的洛丽塔不具意义;唯有透过牢笼的栏杆,她才有生命。

这就是我阅读《洛丽塔》的角度。我们于课堂上一再讨论《洛丽塔》,讨论中融入了学生深藏的忧伤与喜悦。就像信纸上的泪痕,这一次次深入内心隐私的尝试,逐渐改变了我们对纳博科夫的讨论。我更常想到那只蝴蝶;使我们紧密相连的,正是囚犯与狱卒间这份反常的亲昵关系。

11

我用大日记本做课堂笔记,这些日记本几乎都是空白的,只有周四洋洋洒洒,偶尔越界写到周五、周六和周日的字段。离开伊朗时,日记本重得带不走,于是我撕下有字的页面,亦即此刻摆在我面前的这些破损不全、难以遗忘的日记内页。有些潦草的字迹和注记我已看不清，不过头几个月的笔记倒是相当整洁，多半是我上课讨论期间的观察心得。

上课最初几周，我们的阅读讨论按照我井井有条、近乎正式课程排出的作品顺序进行。一位朋友将她为女性研究课程设计的题目寄给我，我根据那些题目预先准备了整套的问题要问学生，目的在诱发她们自己的想法。她们顺从地回答了问题——你对母亲有何看法？列出六种你最欣赏和最讨厌的个性。你会用哪两个词汇形容自己……她们写下了本分的答案，给这些单调的问题以单调的答复。我记得玛纳刻意为自己的答案添加个人色彩，就"你觉得自己的形象如何？"她的答案是"我还没准备好回答这问题"。她们都还没准备好。

从一开始我便做笔记，仿佛替实验做记录。早在聚会举行一个多月后的11月，我即写道："蜜德拉：'别的女人说生孩子是她们的宿命，好像她们注定非生不可似的。'"我补充道："我的丫头中有些人对男人的气愤比我还激烈。她们全都想独立，认为找不到配得上她们的男人。她们觉得自己已长大成熟，但她们生命中的男人却还没，男人根本不用脑子思考。"11月23日："玛纳：'我害怕自己，我的行为和才能和周遭的人都不一样。别人让我害怕，我害怕自己。'"从头到尾，我发现她们对自己都没有清晰的概念，只能透过别人的眼光去看自己、塑造自己，讽刺的是，那些人正是她们所不屑的人。我在"爱自己""自信"这些字底下划了线。

在讨论作品的过程中，她们才会放开自己，放纵情绪。小说是逃避现实的管道，我们可以赞叹它的美丽与极致，暂时抛开自己身边有关训导主任、大学与街头道德纠察队的烦忧。我们以若干纯真的心情阅读这些书,完全脱离自己的背景与期许,就像爱丽丝不顾一切追逐白兔,跳入洞中。这份纯真产生了正面的效果,少了它,我们恐怕无法了解自己有多么不善于表达意见。不可思议的是,我们所遁入的小说世界,最终却引导我们质疑挑战我们所处的现实,这是我们一直以来无力说出口的。

我的丫头们所属的新一代知识分子,和同我一起成长、与我有所往来的上一代作家、学者并不相同,她们对意识形态或政治立场不感兴趣,反而对大作家的作品抱持一份纯真的好奇与饥渴,这些作品遭当政者与革命学者攻讦非难,多数被列为禁书。和革命前的时代不同的是,如今"非革命作家"、正典的代表人物,才是年轻一辈所歌颂的:亨利·詹姆斯、纳博科夫、伍尔夫、索尔·贝娄、奥斯汀与乔伊斯备受尊崇,他们是那禁忌世界的使者,在我们手中,那禁忌的世界可能变得比过去甚至未来,更加纯粹辉煌。

就某方面而言,对于美的渴求,与"事物的扭曲形态"抗争的本能冲动(套用纳博科夫最后一本小说《注视丑角!》[*Look at the Harlequins!*]的叙述者瓦丁姆的话),将抱持各种不同意识形态的许多人,聚集至我们所通称的文化。这是意识形态使不上力的领域。

我宁愿相信这份热情代表某种意义,代表德黑兰正弥漫着一股虽非春风但也算和风的气息,而春天的脚步应不远了。我紧抓着一阵持续但克制住的微弱兴奋不放,这令我忆起在德黑兰读《洛丽塔》的感觉。我仍可从昔日学生的书信里感受到它,尽管缺乏工作或安全感的未来和脆弱虚伪的现在令他们彷徨焦虑,他们在信中依然念念不忘对于美的追求。

12

不知读者能否想象我们。在11月的某个阴天,我们围玻璃铁桌而坐,餐厅镜中反照出红黄树叶潮湿模糊的影像。我和两个学生腿上摊着《洛丽塔》,其他人都是厚重的影印本。这些书得来不易,书店里再也买不到。审查机关先查禁了大部分,接着政府又不准书店销售:多数外语书店若不是关门大吉,就得仰赖革命前的库存维生。这些书有的可在二手书店找到,极少数可在德黑兰每年的国际书展买到。像《洛丽塔》这样的书可就得之不易了,尤其是丫头们想要的注释版。我们帮没书的人影印了整整三百页。在休息的一小时里,我们会喝茶或咖啡配糕点。我不记得那天轮到谁准备糕点;我们轮流准备,每星期有个人负责提供糕点。

13

"小妞""小妖""堕落""肤浅""顽劣"——这些是批评者给洛丽塔贴的一些标签。相较于这些攻讦,亨伯特对洛丽塔与其母亲的抨击似乎几近温和。另有些人——尤其是著名文学评论家特里林——则认为这是个伟大的爱情故事,还有些人谴责《洛丽塔》作品本身,因为他们觉得纳博科夫将一个十二岁少女被强暴的故事写成审美的经验。

我们课堂上不认同以上的所有诠释,而一致赞同(我很骄傲地说)纳博科夫妻子薇拉·纳博科夫的观点,并支持洛丽塔。“评论文章从各种可能的角度探讨洛丽塔,唯独漏掉一个:它的美丽与哀愁。”薇拉于日记中写道:“评论家偏好搜寻亨伯特现象的道德寓意、合理性、谴责或解释……不过我却希望有人能注意到书中对洛丽塔这孩子无助窘境的温柔描述、她不得不仰赖变态亨伯特的可怜之处,以及她自始至终令人心疼的勇敢,尤其在她悲惨但基本上仍属纯洁与健康的婚姻中,表现得最为坚强。还有她的信和小狗,以及当亨伯特食言、未实现要给她小小乐趣的诺言时,她脸上的可怕表情。他们全都忽略了其实这个‘讨厌顽劣’的洛丽塔是非常善良的,否则历经如此严重的摧残,她无法重新做人,也无法跟比较讨她喜欢的可怜狄克过起有尊严的生活。”

亨伯特的叙述是自白性质的,不但是一般的自白,也是等待剧作家奎尔蒂谋杀案开庭前的狱中认罪书。洛丽塔为了脱离亨伯特的魔掌,和奎尔蒂逃跑了,但由于不肯加入奎尔蒂残酷的性游戏,又被他赶走。亨伯特呈现给我们的形象,既是叙事者也是诱惑者——不但诱惑洛丽塔,也诱惑我们这些读者,贯穿全书,他都称呼我们“陪审团的各位女士先生”(有时称“陪审团睿智的男士们”)。随着故事铺陈,揭发一桩比奎尔蒂谋杀案更深层、更严重的罪行:诱奸强暴洛丽塔(大家会注意到作者虽以热情温柔的笔触描写洛丽塔出现的场景,奎尔蒂被杀却是以闹剧呈现在我们眼前)。亨伯特的文字有时过于精雕细琢,目的在引诱读者,尤其心高气傲的读者,他们正是会加入此种咬文嚼字游戏的人。洛丽塔这类受害者未曾替自己辩驳,也没机会道出自己的故事。基于此,她成为双重受害者:她被剥夺的不仅是她的生命,还有她的故事。我们告诉自己,我们上那堂课就是为了避免自己受这第二种罪行的危害。

我们还没见到洛丽塔与她母亲,她们的命运便已注定:亨伯特口中的海兹宅灰多于白,"那种地方一看就知道浴室里会有一根橡皮管连接到浴缸水龙头,以代替莲蓬头"。等我们站在门厅时(装点着门钟和"附庸风雅的中产阶级千篇一律的宠儿,凡·高作品《阿尔的女人》[*L' Arlesienne*]"),我们的微笑已变成自负的嘲笑。我们望着楼梯,先听闻海兹太太的"女低音",才见到夏洛蒂("稀释过的玛琳·黛德丽[1]")拾级而下的身影。亨伯特甚至还在形容她时,便逐字逐句诋毁她:"她这种女人显然会用洗练的言词反映出某读书会或桥牌社的文化,但绝不会反映出她的灵魂。"

可怜的女人,一点机会都没有;即使读者在进一步认识她,笑看她的肤浅、对亨伯特爱妒交织的激情,以及对女儿的恶劣之后,她也没有改善。亨伯特通过优美的辞藻("杀人犯总会使用华丽的文字风格"),将读者的注意力导入美国消费主义的陈词滥调与细微残酷,博取读者的同情心,怂恿读者相信他勾引一个寂寞寡妇、因垂涎其女而与寡妇结婚的无耻行径,是可以理解的。

纳博科夫的技法,表现在他有办法让我们同情亨伯特的受害者——至少他的两任妻子瓦勒莉亚和夏洛蒂——却不需欣赏她们。即使我们赞同亨伯特批评她们俗不可耐,也会谴责他对她们的残酷不仁。在这儿我们上了民主的第一课:所有个体,不论多

---

① 玛琳·黛德丽(Marlene Dietrich),活跃于20世纪30到50年代的德国女星,以饱经世故、成熟娇媚的形象闻名于世。

令人轻藐鄙视,都有生存、自由与追求幸福的权利。在《斩首之邀》与《斜纹章》中,纳博科夫的反派人物是粗鲁残暴的极权统治者,企图霸占掌控富于想象力的心灵;在《洛丽塔》,坏蛋却是想象力丰富的人。读者对皮耶先生的印象清晰明了,但亨伯特先生可就不好评断了。

亨伯特充分利用阴谋,设计读者接受他最可恶的罪行:初次尝试占有洛丽塔。他以同样零缺点的准确度,一方面准备让我们接受最终一幕的勾引,另一方面准备迷奸洛丽塔,占据她软弱无力的身躯。他把我们归纳为他的同类——消费文化的积极批评者——企图笼络人心。他称洛丽塔为庸俗的狐狸精——"令人反感的传统小女孩,绝非女性小说里娇弱的孩童"。

亨伯特如同一流的辩护律师,巧舌如簧地诉诸我们更高的道德标准,借由牵连受害者,来推卸自己的责任,我们身在伊朗的人,对此种手法已相当熟悉。(当权派喽啰放火烧戏院时,宣称:"我们不是反对电影,而是反对奸淫!")亨伯特称读者为"陪审团各位冷淡的女士",告诉我们:"我要告诉你们一件奇怪的事,是她勾引我的……"他自白道:"这个尚未成熟的美丽少女,已遭现代男女合校、青少年道德观、营火晚会等事彻底污染,在她身上,找不到一丝腼腆羞赧。她把真枪实弹的行为仅仅当作是年轻人偷偷摸摸、不为人知的世界。"

到目前为止,"罪犯亨伯特"在"诗人亨伯特"的协助下,似乎顺利勾引了洛丽塔和读者,但其实他两方面都失败了。在洛丽塔方面,他不曾在她自愿的情况下占有她,因此从那时起,每做一次爱都成为更残酷、更屈辱的强暴,只要一有机会,她就避开他。他也未能完全引诱读者,或至少某些读者。他在诗人方面的才能、华丽的文字风格,再度讽刺地暴露出他的真面目。

现在大家该看出纳博科夫的文字铺陈,是如何给毫无戒心的读者设下陷阱了吧:亨伯特的叙述所隐藏的真相,同时也质疑并揭发了他每项声明的可信度。另一个洛丽塔因而从庸俗狐狸精的拙劣描绘底下浮现,尽管这也是她的一面。一个受伤、寂寞的女孩,丧失了童年,孤苦失怙,无处投奔。亨伯特罕见的内省让我们得以一窥洛丽塔的性格、脆弱与孤单。他告诉我们倘若要在初次强暴她所住的汽车旅馆"痴迷猎人"的墙上作画,他会画一座湖、燃烧的凉亭,以及"在泛着涟漪的池子里溶化的火蛋白石,最后一阵悸动,最后一抹色彩,刺眼的鲜红,伤人的粉红,一声叹息,一个畏怯的小孩"。(小孩,陪审团的诸位女士先生,请别忘了这小孩若生在伊朗,可能早该嫁给了比亨伯特还老的糟老头。)

随着故事发展,亨伯特的不满日增。他称呼她"可恶又可爱的贱货",还说到她"青春淫荡的玉腿",然而我们很快就明白亨伯特在埋怨什么了:她坐在他大腿上挖鼻孔,全神贯注于"报上的娱乐版,对我的狂喜状态无动于衷,仿佛被她坐在底下的,只是鞋子、玩偶,或网球拍的握柄"。当然,所有的凶手和恶人都有说不完的理由去怪罪被害者,只不过没人像亨伯特这么能言善道。

他也不见得一直都是温柔的情人:只要她稍有独立的意图,就会引起他勃然大怒:"我使劲反手一掴,狠狠击中她炙热的小脸。然后是深深的懊悔,啜泣弥补的锥心甜蜜,卑躬屈膝的爱,绝望的肉欲和解。在柔美的夜晚,在米拉那旅馆(米拉那!),我亲吻她长趾双足的略黄脚底,献祭自己……但一切只是徒然,我俩的命运已注定,不久我又会陷入另一轮迫害她的循环。”

再没有比洛丽塔彻底的无助这一点更触动人心。在他们痛苦的(对洛丽塔而言,因为她做了一场勇敢的戏)与狂喜的(对亨伯特而言)初次性行为隔天早晨,她向他要钱打电话给母亲:“我想打就打,为什么不行?”亨伯特回答:“因为,你妈已经死了。”当晚在旅馆,洛丽塔与亨伯特各住一房,可是“半夜她哭着到我房间,我们极其温柔地和解。你也知道,她已经走投无路了”。

这当然就是一切的关键:她无处可去,他逼她任其逞兽欲长达两年,不论是在肮脏的汽车旅馆、偏僻小路、他家,甚至学校。他不让她和同龄的孩子往来,监视她避免她交男友,吓唬她要她守口如瓶,以金钱贿赂她换取性行为,这是他良心发现时的平心之论。

读者在论断亨伯特或我们的盲眼审查官之前,我得先提醒读者,亨伯特有时称他的观众为“读者! 兄弟!”[①],令人不由想起波德莱尔的诗集《恶之花》(*Les Fleurs du Mal*)著名的引言:“虚伪的读者——我的同类——我的兄弟!”

14

蜜德拉边伸手拿糕饼边说有件事她想了好一阵子想不通。为什么像《洛丽塔》和《包法利夫人》这么哀伤悲惨的故事,使我

① 原文分别为英语中的Reader(读者)和德语中的Bruder(兄弟),两者字形相近。——编者注

们感到快乐？阅读如此的不幸却觉得快乐，是否罪过？倘若在报上看到这样的新闻，或自己亲身经历，我们还会有相同的感受吗？假如我们在伊朗写出自己的故事，会让读者觉得快乐吗？

当晚和许多夜晚一样，上床时我仍满脑子课堂上的事。我觉得我给蜜德拉的回答并不完整，很想打电话给我的魔术师，跟他谈谈我们讨论的内容。平常我失眠多半是因为做噩梦或忧虑，那一夜却是兴奋得睡不着。大多数夜里，我总醒着躺在那儿等待大祸临头，或电话铃响，传来朋友亲戚的噩耗。大概我以为只要意识清醒，坏事就不会发生，因为坏事只会从梦里入侵。

我夜惊的缘起，可溯及大二那年，当时我在瑞士一所讨厌的学校就读，有天正在上一位严峻的美国老师开的历史课，突然被叫到校长室。他们告诉我收音机发布了我父亲入狱的消息，我父亲是德黑兰有史以来最年轻的市长。不过三周前，我才在《巴黎竞赛》(*Paris Match*)杂志上看到他与戴高乐将军合影的大彩色相片。他没和伊朗国王或其他权贵在一起——就只有父亲和将军。父亲和家族里其他人一样，是自命清高的文化之士，从政却瞧不起政客，只要一有机会就和他们唱反调。他的个性耿直不阿，对上司桀骜不驯，但极受欢迎，而且与媒体记者关系良好。他写诗，觉得自己从事的职业应该是写作。后来我得知父亲的欢迎词是用法文写的，文中还有多处提及夏多布里昂和雨果等法国大作家，从此以后，戴高乐将军便特别喜欢他。戴高乐决定颁赠他荣誉勋位，但伊朗的名流精英看在眼里可不是滋味，他们原本对父亲的不听话便怀恨在心，如今又嫉妒他的风光。

这坏消息带来的唯一小小补偿是，我不必继续留在瑞士念书。那年圣诞节我回家了，去机场的路上还有随扈护送。当我抵达德黑兰机场，不见父亲来接机，才切身感受到他入狱的事实。他被囚禁在“临时”牢房（即监狱中的图书室，紧邻太平间）的四年间，一会儿有人告诉我们他就要被处决，一会儿又有人说他即将获释。最后他被撤消所有诉告，只留了一项，违抗命令。这罪名我永远记得——违抗命令：此后这成为我面对人生的一种态度。许久之后，当我读到纳博科夫的句子——“好奇是不服从最纯粹的形式”——心里便想起对父亲的判决。

自从被叫离霍姆斯先生（他应该是这名字）安全的课堂，得知我的市长父亲身陷囹圄那一刻起，我就未曾复原。后来，伊斯兰革命又夺走了父亲出狱后、我好不容易重拾的薄弱安全感。

上了几个月的课，丫头们和我发现，几乎每个人都有自己的噩梦，在梦中我们不是忘了戴就是没戴面纱，而做梦的人老是在逃跑。有个梦（可能是我自己的），梦中人想跑却跑不了：就在前门外，她的脚却生了根，动弹不得，无法转身开门躲进去。娜丝琳是我们之中唯一声称从未经历过此种恐惧的人。“以前我老是怕必须说谎，你也知道俗话说要诚实面对自我，诸如此类。我曾经相信这种事，”她耸耸肩，想了一下又补充道，“不过现在我已经进步了。”

后来尼玛告诉我们，他朋友十岁大的儿子有一天惊恐地叫醒父母，说他刚做了个“违法的梦”。他说梦到自己和一些接吻的男女在海边，令他不知所措。他一直跟爸妈说他做了违法的梦。

在《斩首之邀》中，辛辛那图三流旅社般的牢房墙上，写有受刑人守则，如“谦和的受刑人是看守所的光荣”。第六条守则即整部小说的核心所在,“受刑人不应有梦,即便有,应立刻抑制与受刑人现况不符的夜梦,例如:明媚的风光,与朋友出游,家庭聚餐,以及和在现实生活中不可能与之亲近者发生性行为(因此法律将认定其犯下强暴罪)”。

白天情况较好,白天我是勇敢的。我回革命卫兵的嘴,与他们争辩,不怕随他们前往革命委员会。我没时间去想死去的亲友和自己千钧一发的幸存。到了夜晚,总是在夜晚,回到家里时便尝到苦果。接下来会怎样?谁会送命?他们何时会来?这恐惧已成为我的一部分,因此尽管我并非总是意识到自己的恐惧,但我却患了失眠症;我在屋里走来走去,看书,戴着眼镜睡着时还抓着书不放。谎言与自圆其说随恐惧而来,正如娜丝琳沉痛的提醒,不论谎言与自圆其说多具说服力,都降低了我们的自尊。

有些事救了我:家人和一小帮朋友,意念,思想,午后散步时与我的“地下男人”讨论的书。他时时担心万一我们被拦下来,能编造什么借口?我们既非夫妻,也不是兄妹……他担心我,担心我家人,而每当他担心时,我就变得更大胆,任由头巾滑落,纵声大笑。我拿“他们”无可奈何,但我可以对他或我丈夫生气,对所有“为了我的安危”而如此谨慎、担忧的男人发威。

初次讨论过《洛丽塔》后,我怀着兴奋的心情上床,脑海里反复思索蜜德拉的问题。为何《洛丽塔》或《包法利夫人》带给我们无穷喜悦?是这些小说有问题?还是我们有毛病?抑或福楼拜和纳博科夫是冷血动物?下个周四到来前,我已想好答案,迫不及待与全班分享。

我说:“纳博科夫将每本出色的小说称为一则童话故事,嗯,这我同意。首先我得提醒各位,童话故事充斥着吃小孩的可怕巫婆,毒害美丽继女的邪恶后母,以及把孩子遗弃在森林的懦弱父亲。但神奇的魔力来自良善的力量,这力量显示我们无须在纳博科夫所谓的“命运之子”[1]加诸的限制与框框下束手就缚。”

每个童话故事皆提供了超越限制的潜能,因此童话故事在某方面给予了现实所不允许的自由。所有传世的小说作品,不论其呈现的现实多严酷,皆有一股借着肯定生命来对抗生命无常的基本反抗精神。这份肯定来自作者以自己的方式重述故事,掌控小说中的现实,进而创造出一个新的世界。我敢大言不惭地说,每件伟大的艺术品都是项赞颂,都是对人生中背叛、恐惧与不义的反抗。形式的超卓与优美起而反抗主题的丑陋与猥琐。因此我们才深爱《包法利夫人》,为爱玛落泪,贪婪地阅读《洛丽塔》,为粗俗又充满诗情、孤苦无依却坚毅不驯的小女主角心碎。

15

玛纳与雅西来早了,不知怎么就聊到给全班取绰号。我告诉她们娜丝琳是我的柴郡猫,因为她习惯没头没脑地出现、莫名其妙地消失。娜丝琳与玛荷希进来时,我们告诉娜丝琳刚才聊的事。玛纳说:“如果非得给娜丝琳下个定义,我会说她是矛盾体。”不知为什么,这话惹恼了娜丝琳。她转向玛纳,几近指责地说:“你是诗人,蜜德拉是画家,我是什么——矛盾体?”

---

① 原文为 McFate。

玛纳半嘲讽的定义带有几分真实。娜丝琳反复不定的心情与脾气，就像太阳与乌云般亲昵难分。她的人生充满惊人之语，而她又以最拙劣的方式脱口而出。我的丫头们全都在某方面令我惊奇，但她更甚于其他人。

有一天娜丝琳课后留下来帮我整理随堂笔记，我们随兴地聊，谈到大学生活，以及某些穆斯林组织虚伪的官员与活跃分子。她平静地把一张张笔记放回蓝色档案夹，替每份档案标上日期与主题，接着便告诉我，她的小叔是个极虔诚的穆斯林，却在她尚未满十一岁时对她有过性侵犯。娜丝琳记得他如何信誓旦旦地宣称要为未来的妻子守身如玉，因此不愿和异性交友。“守身如玉。”她嘲弄地重复道。他曾担任娜丝琳的家教（娜丝琳是个好动难管的小孩）一年多，一周给她上三次课。他教她阿拉伯语，有时也帮她温习数学。上课期间，两人并肩坐在书桌前，他一面反复颂念阿拉伯语时态，一面用双手摸索她的大腿与全身。

在许多方面，这都是个值得怀念的日子。我们课堂上论及小说反派人物的概念。我提到亨伯特是个反派，因为他欠缺对别人和别人生命的好奇心，即使至爱洛丽塔也引不起他的好奇。亨伯特和大多独裁者一样，唯有他自己对别人的观感才是他关心所在。他创造出心中渴望的洛丽塔，而且对此形象不肯稍作让步。我提醒她们，亨伯特说希望时间静止，永远将洛丽塔留在“神魂颠倒的时光岛上”，这种事只有上帝和诗人在做。

我设法向她们解释，《洛丽塔》比我们先前读过的任何一部纳博科夫小说都要复杂。当然，表面上《洛丽塔》显得较为写实，但它也布下了相同的陷阱和出人意料的曲折。我拿一张雷诺兹[①]所绘的《天真的女孩》(*The Age of Innocence*)的图片给她们看,此乃无意间在一份旧毕业论文里发现的。当时我们正在讨论亨伯特造访洛丽塔的学校时发现她在教室的场景。雷诺兹所绘的白衣褐卷发少女印刷复制品,就挂在黑板上方。洛丽塔坐在另一个"妖精"后面,那是个美丽的金发女孩,有着"瓷白嫩颈"和"柔美白金发丝"。亨伯特在洛丽塔旁坐下,"就在那嫩颈和秀发后",解开外套纽扣,并以贿赂的方式,迫使洛丽塔将她"沾着墨水和粉笔灰、关节通红的手"伸到书桌底下,满足他的肉欲。

我们暂且在这段对女学生洛丽塔双手的描述停留片刻。叙述中所传达出的纯真与洛丽塔被迫做出的举动背道而驰。"沾着墨水和粉笔灰、关节通红"这些字眼,足以令读者泫然欲泣。课堂上一阵停顿……是我的想象?还是讨论过这一幕之后,果真出现长长的静默?

我说:"当然,最令我们苦恼的不只是洛丽塔的无助,还有亨伯特剥夺了她的童年这一点。"莎娜姿拿起她的影印本小说,开口道:"这段让我十分震撼。"她开始朗读:"'当我的膝盖机械化地上下移动时,我根本不知道我的小宝贝心里在想什么,而很可能在这低劣的少女俗套背后,藏有一座花园、一道曙光和一扇宫殿大门,那朦胧可爱的区域,对我这正可悲地抽搐的污秽皮囊,恰恰是绝对的禁地……'"

我故意忽略丫头们交换的会意眼神。

---

① 约书亚·雷诺兹(Joshua Reynolds),18世纪英国肖像画家与艺术理论家。

玛荷希终于说:“读到描写洛丽塔感受的地方,我几乎看不下去。她只不过想做个正常的女孩。还记得爱薇丝的爸爸来接她那一幕吗?洛丽塔注意到胖胖的小女儿和父亲彼此间亲昵的情形,她只想过正常的生活。”

娜丝琳说:“纳博科夫向来对表面的虚华强烈抨击,居然会使我们对于失去最传统的生活形式感到惋惜,真有意思。”

雅西插嘴道:“你认为最后见到她潦倒、怀孕、一贫如洗,亨伯特有没有改变?”

休息时间到了又过了,我们却由于太专注于讨论而完全没注意。玛纳似乎十分投入于书中的某一段,她举起手说:“奇怪的是,有些批评家似乎用亨伯特对待洛丽塔的方式来看待这本书:只看到自己和自己想看的东西。”她转向我,继续说:“我指的是审查官或我们那些泛政治化的批评家,他们以自己一厢情愿的想法删节、重组书的内容,做的难道不是相同的事?宗教领袖企图掌控我们的人生,就像你说的,把我们变成他自己想象中的虚构人物,而他也用同样的手段对待我们的小说。拉什迪[①]便是最好的例子。”

莎娜姿正在把玩她的长发,用手指卷绕发丝,闻言抬起头说:“有很多人觉得拉什迪以扭曲和离题的方式描述他们的宗教信仰。我的意思是,他们所反对的不是他写小说的行为,而是他在小说中对他们的冒犯。”

---

① 萨曼·拉什迪(Salman Rushdie),英籍印度裔小说家,其作品《撒旦诗篇》被宗教领袖认为内容有辱伊斯兰教,而被下达追杀令。

“要写出一本既毕恭毕敬又非同凡响的小说,可能吗?”娜丝琳说,“何况小说与读者之间的默契便是,书中并非真实状况,而是虚构的世界。看在老天的分上,人生总该有些可以放肆的空间吧!”

娜丝琳激动的反驳令莎娜姿略感吃惊。整个讨论过程中,娜丝琳一直气冲冲地在笔记上画着,而发表过意见后,她又埋头继续涂鸦。

“审查官的问题出在毫无变通。”我们全都看着雅西。她耸耸肩,仿佛表示没办法,她就是想用这字眼,“你们记不记得他们把电视播的俄国版《哈姆雷特》里的奥菲利娅删除?”

“这可以成为一篇论文的好题目,”我说,“‘哀奥菲利娅’。”自 1991 年我开始出国(以英美为主)参加座谈会和会议,每遇到一个议题,心中都会立即拟出报告或论文所需的题目。

“任何事都会冒犯到他们,”玛纳说,“不是政治不正确,就是性别错误。”我注视着她时髦的短发、蓝色汗衫和牛仔裤,心想她被如此累赘的面纱布料裹住,看起来多不协调。

一直保持沉默的玛荷希突然开口道:“我对这一切有个疑问。我们不断数落亨伯特的不是,我也的确认为他不对,但我们没谈到道德问题。有些事就是会冒犯到某些人。”她顿了顿,给自己的激动吓了一跳。“我的意思是,我们的父母都很虔诚——这有罪吗?”她问,向我扬起眉。“他们难道无权期望我像他们一样?我为什么该谴责亨伯特,而非那个刻意勾引的女孩,并且说与人私通无所谓?这些都是严重的问题,如果把它套用到我们身上,就变得难以回答。”她说着并垂下了目光,仿佛想向地毯的图案寻求答复。

阿金回答:“我想一个女人不贞总比虚伪好。”那天阿金非常紧张,她带了三岁的女儿来(托儿所休息,没人可以照顾她),我们又无法说服她离开妈妈身边去餐厅,让帮佣的塔荷蕾陪她看卡通。

玛荷希转向阿金,以冷冷的不屑口气说:“没有人在谈选择不贞或虚伪的问题。重点是我们到底有没有任何道德?我们是否认为只要满足自己的需求,对别人不需负任何责任?”

“这正是伟大小说的难题所在,”玛纳补充道,“例如《包法利夫人》或《安娜·卡列尼娜》——问题就出在究竟要做正确的事,还是我们想做的事。”

“如果我们说不顾社会舆论或威权人物对我们的期许,去做我们想做的事是对的呢?”娜丝琳说,这回连头都懒得抬起来。那天室内弥漫着某种与我们所读的书无直接关联的气氛。我们的讨论使我们栽进更私人、更隐秘的境地,丫头们发觉她们无法像解决包法利或洛丽塔的困境一样干脆利落地解决自己的难题。

阿金俯身向前,金质长耳环在她的卷发间忽隐忽现。“我们需要对自己诚实,”她说,“我是说那是首要条件。身为女人,我们能否和男人一样享受性?有多少人会说可以,我们可以和男人一样享受性,而且假如我们的先生无法满足我们,我们有资格往别处寻求满足?”她想尽量把重点说得轻描淡写,不过仍对在座者造成了震撼。

阿金是我们这群人里面最高挑的,有着金发和乳白色的皮肤。她经常咬着下唇,突发高论,大谈有关性、爱与男人的话题——就像孩子往水池扔大石头,不仅为了溅起水花,更为了溅湿大人。阿金结过三次婚,最近一次嫁给一个出身传统地方商家的英俊富商。在我的会议与聚会中,我见过她先生多次,而出席这些场合的通常是我的丫头们。他似乎相当以她为傲,而且对我总是恭谨过头。在每场聚会中,他必定确保我舒舒服服的;讲台上若没开水,他会赶紧让人补上;如果需要加椅子,他会使唤人去拿。不知是何原因,在这些聚会中,他似乎以亲切的主人自居,仿佛慷慨拨出他的场地与时间供我们使用,因为他忍不住要付出。

我相信阿金的出击有部分是针对玛荷希的,或许也间接针对玛纳。她们的不和不只是因出身背景不同,阿金的突兀及对私生活与欲望的坦率,也令生性保守内敛的玛纳与玛荷希十分困窘。她们对她不以为然,阿金觉察到了。她有心与她们结交,却被她们认为虚伪矫情。

一如往常,玛荷希的反应是沉默以对。她撤回自己的世界,拒绝填上阿金的问题所留下的空白。她的沉默也感染了其他人,直到最后被雅西短暂的咯咯笑声打破。我认为此时该休息了,便走进厨房端茶。

回到起居室时,我听见雅西在笑。为了让气氛轻松一点,她正在说:"老天真残忍,怎会创造出一个如此肉感却毫无女性魅力的伊斯兰女性?"她转向玛荷希,以假装惊恐的神情注视着她。

玛荷希低下头,又腼腆却尊贵地抬起头,张大原本斜睨的眼睛,露出宽容的笑容。"你不需要女性魅力。"她告诉雅西。

但雅西不肯罢休,"笑呀! 拜托你笑吧!"她央求玛荷希,"纳菲西博士,请你命令她笑。"玛荷希正要笑出来,却被其他人爆发的大笑抢了先。

我把茶点的托盘放桌上时,大家停顿和静默了一会儿。娜丝琳忽然说:“我知道夹在传统与变革中间的滋味如何,我这一生都是如此。”

她坐到玛荷希椅子的扶手上,玛荷希则一面喝茶,一面竭力避免被娜丝琳含义丰富、满天挥舞的双手撞到,有好几次茶杯已几近被打翻,令人提心吊胆。

“这是我的亲身体验,”娜丝琳说,“我母亲出身于富裕、现代的非宗教家庭,她是独生女,有两个兄弟,两人都选择从事外交工作。我外公思想极开放,要我母亲接受完整的教育,上大学。他送她上美国学校。”“美国学校?”莎娜姿重复道,仍把玩着自己的头发。“没错,在那时代大多数女孩子连高中都没念完,更别提上什么美国学校,而我母亲居然会说英语和法语。”娜丝琳似乎对这点感到十分高兴和自豪。

“可是后来怎样了呢?她爱上家教老师,也就是我父亲。她的数学和自然科学成绩却一塌糊涂,讽刺得很,”娜丝琳说着又举起左手,进入玛荷希茶杯的危险距离内,“他们以为我父亲来自宗教家庭,和我母亲这样的年轻女子共处应该相当保险。结果谁会料到像她这样的现代女子,居然喜欢上一个严肃的青年,他不仅不苟言笑,从不看她眼睛,而且他母亲与姐妹还全都穿穆斯林妇女的罩袍?但她就是看上了他,也许因为他不一样,也许因为在她心目中,穿上罩袍和照顾他,远比上大学、成为女博士要浪漫多了。”

“她说她从不后悔结这个婚,可是她老提起美国学校的事,以及高中时代的老朋友,婚后她就没再见过她们。她还教我英文,小时候她教过我英文字母,又给我买英文书。我的英文念得很轻松,完全拜她所赐,大我九岁的姐姐也是。就一个穆斯林妇女而言,这相当奇怪——我是说她应该教我们阿拉伯文,可是她却从没学过这种语文。我姐姐嫁了个——"娜丝琳以双手比出夸大的引号,"'现代化'的人,搬到英国定居,我们只有在他们回家过节的时候才见得到他们。"

休息时间结束了,可是娜丝琳的故事引人入胜,就连阿金与玛荷希似乎也暂时休兵。玛荷希伸长手拿奶油泡芙时,阿金表情友善,将盘子递给她,她则礼尚往来道了声谢。

"我母亲一直忠于我父亲,她为他改变了一生,而且从未真正埋怨过,"娜丝琳接着说,"父亲唯一的妥协是让她给我们煮奇怪的菜,花哨的法国菜,他把所有花哨的食物都叫作法国菜。虽然我们在父亲的严管下长大,但母亲的家庭与过去,始终如影随形般暗示着另一种生活方式的存在。不单是我母亲与我父亲的家人处不来,他们也认为她自命不凡,总把她当外人。她非常孤独,有时我甚至希望她出轨或做点儿什么。"

玛荷希惊奇地抬头看她,娜丝琳则站起身笑着说:"总之,做点儿什么。"

娜丝琳的故事以及阿金与玛荷希之间的不愉快,彻底转变了气氛,使我们无心再回头讨论作品。后来我们索性随意漫谈,大都聊些大学时代的经历,一直聊到下课各自回家。

那天下午丫头们离开时,留下了她们未解难题与困境的余韵。我觉得精疲力竭,便选择了我所知的唯一解决途径:到冰箱舀出咖啡冰激凌,浇上一些冷咖啡,再搜索胡桃的踪影,发现所剩无几,便转而寻找杏仁,用牙齿把杏仁咬碎,然后撒在自制的咖啡奶昔上。

我知道阿金的鲁莽有部分原因是为了自卫,那是她反击玛荷希与玛纳排斥她的方式。玛荷希认为阿金鄙视她的传统背景、厚重的黑头巾、老处女式的作风,却浑然不觉自己轻藐的沉默杀伤力有多大。玛荷希小巧高雅,戴人像浮雕胸针(她真的戴浮雕胸针)、小耳环,身穿扣到脖子的浅蓝色上衣,再加上淡淡的微笑,其实是个可怕的敌人。她和玛纳是否知道她们顽固的沉默、冷漠无言的反对,对阿金影响有多大,令她毫无招架之力?

有一回她们在休息时间起冲突,我听见玛荷希告诉阿金:"没错,你有你的性经验和仰慕者,不像我是个老处女。没错,老处女——我没有有钱的丈夫,也没开车,但你还是没资格不尊重我。"阿金反驳说:"不尊重你?我怎么不尊重你了?"这时玛荷希便转身丢下她,令她一脸苦笑兀自站在那儿。无论我在课堂上与私底下找她们分别谈过多少次,都无法改善她们之间的关系。她们唯一做得到的是上课时尽量不招惹对方,正如雅西所言,这样未免太不知变通。

16

一切是这么开始的吗?是从我们围餐桌而坐、狼吞虎咽禁止食用的火腿奶酪三明治那天起的头吗?有时我们总能瞥见对方眼中贪婪而纯粹的快乐,因为我们会不约而同大笑。我向他举起水杯并说:“谁想得到这么简单的一餐,对我们而言却像国王的盛宴?”他则回说:“我们得感谢伊朗,使我们重新发现甚至珍惜以前视为理所当然的这一切:光就吃火腿三明治的乐趣,就足以写一篇论文了。”我说:“喔,有许多事我们都得心存感激!”从那个难忘的日子起,我们开始详列亏欠伊朗的漫长清单:宴会、吃冰激凌、坠入情网、牵手、涂口红、公开大笑,以及在德黑兰读《洛丽塔》。

午后的散步,有时我们会约在那条通往山里的林荫大道一角碰面。我曾怀疑革命委员会对我们这些聚会作何感想。会不会怀疑我们有政治阴谋,还是情人在幽会?他们或许永远猜不出我们碰面的真正目的,这反而鼓舞我更要这么做。当每个单纯的行为都会被联想成危险的秘密任务,人生岂不刺激?我们总是有东西可以交换——书籍、文章、录像带、从瑞士寄给他的巧克力,因为巧克力十分昂贵,尤其瑞士的巧克力。他带来难得一见的电影录像带给我,我都和孩子一起看,后来又和学生分享:有《歌剧院之夜》(*A Night at the Opera*)、《风流海盗》(*The Pirate*)和《荒漠怪客》(*Johnny Guitar*)。

我的魔术师曾说,从一个人的照片,尤其鼻子的角度,就可看出这人的个性。我迟疑一阵后,拿了些丫头们的照片给他看,并急切等待他的宣判。他会用手拿着照片,从不同的角度打量,然后发表简短的意见。

我要他当场看她们的文章和素描,想知道他的观感。“她们都是好人。”他说,面带溺爱孩子的慈父的揶揄笑容看着我。“好?好人?”我原本希望他说她们是天才,虽然她们的善良被肯定我也很高兴。他认为其中两人的文章颇具才华。“我可以带她们来看你吗？你愿意见她们吗？”“不要。”他正打算摆脱人群，不想再多认识人。

17

《斩首之邀》男主角辛辛那图提及“一种稀有的时间……停顿、中断、心脏像羽毛之时……我的思绪，总是挤到连接这世界和某种我还不想说的事物之间的隐形脐带周围”。辛辛那图得到狱卒的释放，端赖他发现了自己内心深处此一隐形的脐带将他与另一个世界相连，让他终能逃脱想处决他的人所营造的虚伪世界。纳博科夫在《斜纹章》的序，描述了与另一世界连接的类似管道，对主角克鲁格而言，此连接管道在书中不同场景下都是个水潭：“是他世界里的一条缝隙，可通达另一个温柔、明亮而美丽的世界。”

就某些方面而言，我们在课堂上阅读和讨论小说成了我们的“暂停时刻”，是我们通往另一个“温柔、明亮而美丽”的世界的连接管道。只是最终，我们仍不得不返回。

有天早晨的课间休息时间，大家正享用着咖啡和糕点，蜜德拉忽然说起每周四早上拾级而上的心情。她说每登上一阶，就觉得自己逐渐将现实抛诸身后，逐渐离开她所居住的阴湿牢房，浮出表面到露天阳光底下暂留数小时。然后时间到了，她又回牢房。当时我觉得那是对这堂课的批评，似乎表示这堂课除了在有限的室内范围，还应提供露天的空间与阳光。蜜德拉的自白引起一阵辩论，大家争论我们有多需要从现实生活暂时抽离，以便神清气爽重返现实,面对现实。但蜜德拉的看法在我心中挥之不去:暂停之后呢?不论我们愿不愿意,起居室外的生活才是我们的主宰。

不过拜蜜德拉所指的这种童话气氛所赐,我们八人才可能相互信任,彼此倾诉。正是由于这份志趣相投的气氛,才使得玛荷希与玛纳有可能在每周四上午,与阿金和平共处数小时。它让我们能够违抗室外压抑窒闷的现实,不仅违抗,还要向钳制我们生命的人报复,替自己讨公道。在那珍贵的短暂的数小时,我们可以无拘无束地谈论痛苦与喜悦、烦恼与弱点;在那暂停的时刻,我们抛开对父母、亲友和政治的责任。我们以自己的语言诉说自己的遭遇,并且仅此一次,以自己的观点看自己。

《包法利夫人》的讨论持续到下课后,以前也发生过类似的情况,但这回没人想离开。餐桌的描述、爱玛发隙间的风、临终时的面容,种种细节让我们讨论了好几个小时。起初上课时间是九点到十二点,但后来逐渐延长到午后。那天我提议大家留下来吃午餐,下午继续讨论。这大概就是我们做午餐的由来。

我记得冰箱里只剩鸡蛋和西红柿,于是我们煎了西红柿蛋卷。两星期后,我们弄了一顿大餐。每个丫头都做自己的拿手菜——羊肉饭、马铃薯色拉、葡萄叶或甜椒镶肉、番红花饭与圆形大蛋糕。我家人也一起用餐,我们围桌而坐,谈笑风生。《包法利夫人》成就了我在大学教书多年未竟之事:创造出共享的亲昵氛围。

她们来我家那些年,认识了我的家人、厨房和卧室,熟悉了我穿着、走路和在家说话的模样。我从未涉足她们家中,从未见过饱受创伤的母亲、品行不良的弟弟、害羞腼腆的妹妹。我说不出她们个人故事发生的环境与地点,但在我起居室的神奇空间内,我已见过她们所有亲人。她们在脱离现实的暂停时刻,将自己的秘密、痛苦和才华带进我的起居室。

我的人生与家庭也逐渐融入这场景,在休息时间进出起居室。塔荷蕾·卡努姆有时也会加入,把她熟悉的街坊故事说给我们听。有一天我女儿妮佳哭着冲进来,近乎歇斯底里,泪眼汪汪地一直说她不能在那儿哭,不想在她们面前哭。玛纳走进厨房,回来时端了一杯水,塔荷蕾也跟着进来。我走向妮佳,将她拥入怀中,设法使她平静下来。我轻柔脱掉她的深蓝色头巾与袍子;她的头发在厚重的头巾底下汗湿了。我打开她制服的纽扣,要她告诉我们发生了什么事。

她那天最后一堂课(自然课)上到一半,校长和道德老师闯了进来,叫所有女生把手摆在桌上。没有任何解释,全班就被赶出教室,书包遭到搜查,看是否有武器和违禁品,如录像带、小说、手链。她们不但被搜身,还得检查指甲。有个前一年刚和家人从美国回来的女生,被带到校长室,因为指甲太长。女校长当场亲自帮那女生剪指甲,结果剪得太短,指尖都出血了。解散后,妮佳看到她同学在操场一边等着回家,一边护理那只惹祸的手指。道德老师站在她旁边,令其他学生不敢靠近。对妮佳而言,无法上前安慰朋友和搜查造成的伤害一样难受。她持续不断说:“妈,她只不过是不懂我们的规矩,她才刚从美国回来——当他们逼我们践踏美国国旗,高喊美国去死,你想她会有何感受?”我抱着她前后轻摇,拭去她柔嫩肌肤上的泪与汗时,她说了好几次“我讨厌自己,我讨厌自己”。

这当然分散了全班的注意力。每个人都想借由说笑话和自己的经历来转移妮佳的心思。娜丝琳有一次被送到惩戒委员会检查睫毛,因为她的睫毛很长,有涂睫毛膏的嫌疑。玛纳说:“和我妹妹的朋友在阿米卡比工艺大学的遭遇比起来,这算什么。午餐时有三个女生在校园吃苹果,卫兵居然斥责她们咬苹果的姿态太诱人!”过了一会儿,妮佳和她们笑成一团,总算和塔荷蕾进去吃午餐。

18

想象你走在花木扶疏的小径。正值早春日暮,约莫六点钟,太阳逐渐西沉,你踽踽独行,迎面拂来黄昏的清风。忽然间,你感到有东西落在右肩。下雨了吗?抬起头,天空仍看似晴朗,只见零星乌云。回忆便是如此袭击我,突兀且毫无预警:我浑身湿透,忽然又独自被留在晴朗的小径,带着雨的回忆。

我说过我们在那间起居室远离外界现实的伤害,我也说过我们被迫接受这现实,就像暴躁易怒的孩子,不肯给心力交瘁的父母片刻安宁。它创造了我们的亲昵情谊,将我们投入意外的同谋关系。在许多不同层面,我们的关系成为私人的关系。由于我们的秘密,不仅最平凡的活动散发出新的光彩,就连日常生活有时也染上虚幻想象的特质。我们必须向对方坦白连自己都不了解的内心层面,我经常觉得自己仿佛在陌生人面前被剥光衣服。

19

几星期前,我开车带着孩子们沿乔治·华盛顿纪念大道而下时忆起伊朗。我突然不安地注意到孩子们谈起自己的国家,口气竟相当见外。孩子们不断说“他们”“他们那边的人”。“哪边呀?是你和爷爷把死掉的金丝雀埋在玫瑰花丛下那边吗?是奶奶送你巧克力但我们不准你吃的那边吗?”他们不记得许多事,有些回忆触动他们的思乡离愁,有些回忆他们早已遗忘。我父母、比冉的叔婶以及我们至交好友的名字,孩子们仿佛念咒般灵光乍现,却又愈念愈含糊。

是什么勾起我们的回忆?是孩子们在伊朗时习惯听的大门乐队(The Doors)的CD吗?这张CD他们买来送我作为母亲节礼物,当时我们正在车上听它。汽车音响悠然传出主唱吉姆·莫里森冷漠诱人的歌声:“我想要再来个吻……”他的声音在我们谈笑间延展、迂回、扭转。“她是20世纪的狐狸。”他吟咏着……有些记忆令他们无聊,有些令他们兴奋,例如取笑他们母亲从玄关一路舞进起居室,唱着:“来吧宝贝,点燃我的火……”他们对我说他们已忘掉许多事,许多面孔已变得模糊不清。我问他们,记不记得这个或那个?多数时候他们都答不记得。现在,吉姆·莫里森唱到下一首布莱希特所作的歌:“噢,告诉我下一家威士忌酒吧怎么走。”他唱道,我们跟着他唱出下一句:“噢,别问为什么,告诉你,告诉你,告诉你,我们都难逃一死。”即使在伊朗时,他们也和大多数同龄的孩子一样,对波斯音乐没什么好感。对于他们,波斯音乐就等同政治歌曲和军歌，他们会转向别处寻求娱乐。我惊讶他们在伊朗的童年对歌曲与影片的记忆，居然是大门乐队、马克斯兄弟[①]及迈克尔·杰克逊。

有一则往事令他们兴奋起来，这则往事清晰得出奇；他们帮我补上了我遗漏的所有细节。当记忆涌回脑海，影像逐渐成形时，他们七嘴八舌地抢着说，吉姆·莫里森便隐退成背景音乐。“对，那天雅西也在，没错吧？”他们记得我全班的学生，但对雅西印象最深，因为不知从何时起，她几乎已成为我家的一分子。阿金、尼玛、玛纳、玛荷希和娜丝琳也全都是家中的常客。他们宠溺我的孩子，不顾我的反对带礼物来送他们。家人将这些闯入者当作我的怪癖之一，以包容兼好奇的心态接纳他们。

那是 1996 年暑假，我的两个孩子放假在家时发生的事。当天早晨有些懒散，我们在家闲晃，很晚才做早餐。雅西前一晚留下来过夜，那时她已习以为常，因此我们也逐渐习惯她留宿。她睡在起居室旁的一个房间，那原是我的办公室，但我嫌太吵，早就把办公室搬到地下室一个有窗户、面向小花园的房间。

那是个杂物间，有张书桌和一台老式的旧笔记本电脑，一些书、我的冬衣，以及雅西的临时床与台灯。有时她在那房里一待就好几小时，关着灯，因为头疼。几乎每次她从老家回来，头痛都会发作。我记得那天早晨她看来神采奕奕，她留在我脑中的印象不是在厨房就是在大厅，不是站就是坐。我想象她模仿某个滑稽教授的样子，笑弯了腰。

---

① 美国早期喜剧演员，影史最成功的喜剧团体之一。

那年夏天，雅西经常在屋里进进出出跟着我，告诉我许多故事。我们多半待在厨房或大厅，令我高兴的一点是，她是真心喜欢我的厨艺，不像那些大人和我自己的孩子。她喜爱我所谓的煎饼与法式吐司，以及我的鸡蛋西红柿蔬菜杂烩。她不曾像我那些大朋友一样对我露出容忍的微笑，仿佛在说“你什么时候才学得会？”当我下厨时，她会跟在我后面述说她们班上发生的故事。当时已经十一岁的妮佳会加入我们，三个人一聊就好几个钟头。

那天雅西谈的是她最爱的主题：她舅舅。她有五个舅舅、三个阿姨。有一个舅舅死于革命，其余的住在美国或欧洲。女性是家族里的主干，是所有家人的依靠。她们在家工作，也在外面工作。她们的婚姻都依媒妁之言，都在极年轻时就嫁给比她们年长许多的男人，只有一个姐妹例外——雅西的母亲。她们都得忍受丈夫的落伍、唠叨，这些年长的男子不单在智识上，在各方面都比不上他们年轻的妻子。

对雅西而言，有前途的始终是那些男人，那些舅舅们。他们仿佛小飞侠彼得·潘，每隔一阵子就从童话世界降临人间。他们一来到她的城市，就有参加不完的聚会和庆祝。舅舅们所说的一切都令人着迷，见识和作为也远胜过其他人。他们总会弯下腰，把玩她的头发并说：“嗨，小妹妹，你最近在做什么？”

那天早晨宁静、安详，我穿着长长的家居服窝在起居室的沙发，听雅西告诉我她舅舅寄给她一首诗的故事。塔敏·克哈努姆在厨房，从餐厅敞着的门，传来不同的噪音，有水龙头流水声，锅盘铿锵声，以及她对孩子们隐约的说话声，孩子们则在厨房边的大厅笑闹着。我记得黄白两色的水仙，因为起居室里摆满了一瓶瓶的水仙。我没把花摆桌上而摆地上,旁边是幅绘有两瓶黄花的画,也摆在地上。

我们正在等母亲的土耳其咖啡。母亲煮的土耳其咖啡一流,浓郁醇厚,苦中带甘,这成为她不时闯入的借口。白天时而听她在通往我们公寓的楼梯呼喊:“塔敏,塔敏……”即使塔敏和我异口同声响应了,她仍继续叫着。证实我们的确要咖啡后,她便消失,有时消失超过一个钟头。

这是我记忆中与母亲沟通的方式。她对我周四早晨这堂课十分好奇,却又碍于面子,不愿直接闯入,便以咖啡作为进入我们圣地的通行证。有天早晨她“无意间”上楼来,从厨房叫我。“你的客人要咖啡吗?”她问,透过开着的门打量我那些微笑、好奇的学生。于是周四又多了一项惯例:母亲的咖啡时间。她立即在学生中找出她的最爱,并企图分别与她们建立感情。

就我记忆所及,她连陌生人都请到家里喝咖啡。有一天,我们不得不回绝一位年近四十的运动健将型男人,他按错门铃,说是要找一位女士,这位女士请他路过附近时要顺道上门喝咖啡。我们家对面医院的警卫是她的“常客”。起初他们恭敬地端着咖啡杯站着,后来拗不过她的邀请,便别扭地坐在椅子边缘,聊起邻居的八卦和医院的近况。这就是我们后来得知那天事件详情的由来。

雅西和我百无聊赖地等着咖啡,此时门铃响了,由于街上安静的缘故,听起来比平常大声。门铃再度于记忆中响起,于是我听见塔敏·克哈努姆趿着拖鞋走到前门,当她缓缓下楼走向临街大门时,脚步声逐渐远去。我们听见她和一个男人交谈了几句。

她回来时显得震惊，说门口有两个便衣警察，是革命委员会派来的，他们想搜查“上校先生”房客的公寓。上校先生是新来的邻居，母亲经常不理会他，因为他是暴发户，有暴发户的习气。他破坏了我们家旁边一座空旷的美丽花园，用灰石盖了一栋丑陋的三层公寓。他住二楼，女儿住三楼，一楼出租。塔敏·克哈努姆说“他们”要逮捕上校先生的房客，可是进不去，所以想从我们的院子爬围墙进入隔壁。我们显然（或许也不那么明显）希望回绝他们的请求。塔敏·克哈努姆说得好，一个没有搜查证、只能从邻居院子闯进人家里的委员会官员，会是什么好东西？若要闯进善良百姓家里，他们根本不需要搜查证，为何独独碰上这个坏人便束手无策？我们虽不认同这位邻居，却也不打算拱手将他交给革命委员会。

塔敏·克哈努姆在说明原委时，底下街头出现一阵骚动。我们听见男人仓皇交谈、跑步和引擎发动的声音。门铃又响起时（这回响了好几次），我们还来不及结束对委员会的批评。数分钟后塔敏·克哈努姆回来了，后面跟着两名年轻男子，身穿时下革命卫兵流行的卡其服。他们解释说不再需要从我们的院子围墙跳进邻家，罪犯已跳进我们院子，而且持武器躲在那儿。他们想借我们的阳台和三楼阳台一用，先向他射击，令他无暇顾及其他，再由另一面包抄。他们并不需要我们的许可，不过由于体谅“别人的”妻子与母亲，他们仍关照我们一声，以暗示和动作让我们知道，在逃的嫌犯是危险人物，不但是持枪的毒贩，还涉有多项前科。

此时站在眼前这两位不速之客旁边的另外三人，正准备要上楼。后来我发现接下来闪过脑海的念头,居然和塔敏·克哈努姆一样。楼上那个大阳台的角落,藏着我们违法持有的卫星小耳朵[①]。事后我们不禁纳闷,我们竟然不怎么担心自己的性命,或不太在意有五个持枪的陌生人拿我们家做据点,准备射击同样持枪且正藏匿于我们院子里的危险邻居。我们和所有正常的伊朗人一样,都有违法隐匿的事物:我们担心私藏的卫星小耳朵曝光。塔敏·克哈努姆被派上楼,因为她比我镇定,也比我熟悉他们的语言。雅西负责照顾我那两个懵懂的孩子,我则陪那两名男子到阳台,阳台内是我的卧室,阳台底下便是院子。我记得在一片混乱中,曾想到这故事对雅西的舅舅们应该够精彩了吧,我敢说他们的故事绝比不上这个。

即使孩子们和我逐一检视过每个细节,那天所发生的事仍有些混乱。我记得自己似乎同时在所有地方,和《阿拉丁》卡通的精灵一样,一会儿在阳台的枪林弹雨中听委员会的人威胁嫌犯,数落他的罪状,暗示他背后有"高层人士"撑腰(所以他们才没有正式的搜查证);一会儿又到了楼上,听塔敏安慰我卫兵太忙了,无暇注意我们的小耳朵。后来她告诉我卫兵企图要她做挡箭牌,说那人只会攻击他们而不会射她。

在射击的空档,眼前怪事的演出者透露,即使他们的围捕行动成功,我们的邻居仍可能被他有力的后台释放。他强烈警告我们此嫌犯穷凶极恶,当时嫌犯已躲到院子最偏僻的角落、我最爱的柳树浓荫下。他们以可笑的绝望心情向我们悲叹此项任务注

① 即卫星接收设备。——编者注

定要失败,而我们却认为双方都是罪犯和入侵者,只求能尽快摆脱他们。

现在追逐战转移到另一个邻居家里,他两个受惊的孩子及保姆全都逃到了街上。有一扇窗在枪战中被射破,罪犯在这位邻居泳池边花园尽头的一座小工具棚藏匿了一阵子,不过此时卫兵们已从多方朝他逼近。他把枪扔进泳池(为什么,我无法得知),于是战场又转移到街头。我们将邻居的两个儿子带进家里,孩子们(邻居的和我的)、雅西和我探出窗外,看着委员会的人把逮捕的嫌犯拖进一辆白色丰田巡逻车后座,他一路嚷着,呼唤太太和儿子,警告他们千万别开门。

这一天的尾声,当所有参与者——包括雅西、塔敏·克哈努姆、孩子们和我——以及医院警卫齐聚于母亲的起居室交换消息时,我们总算喝到了咖啡。警卫向我们透露,上校先生房客的傲慢无礼令医院员工十分反感,对他避而远之,而我们这条街已经被刚刚采取行动的那些委员会成员监视了六周。

大家一致认同这是场派系之争,罪犯八成是在某些高官底下做事,这可能就是他年纪轻轻却负担得起高额房租、鸦片和古董车的原因。医院警卫听说他是过去十年来,犯下巴黎数起暗杀行动的恐怖分子之一。我们那自动组成的"调查委员会"预测他很快就会被释放,事后证明他们的预测无误:他不仅被释放,回来后不久有一天还上门来,想劝塔敏·克哈努姆去投诉,指控革命委员会的人为了抓他而擅闯民宅,不过我们并未接受他的建议。

当晚我和先生在邻居家的另一场聚会喝茶时,孩子们对白天的事件十分好奇,决定探勘发生过冲突的所有地点。过程中,他们在被捕嫌犯藏在工具棚的皮夹克口袋里，发现一个小型录音机。我们是奉公守法的公民，听了录音带里有关一些卡车的对话后，便不顾孩子们强烈的抗议，将录音机与夹克交给革命委员会。

这故事重复讲了好几遍，即使到下个周四，塔敏·克哈努姆和我那些已毫不掩饰好奇心的孩子们(后遗症是必须提醒他们在我上课期间不可擅闯)，仍重新搬演了一次给兴致勃勃的笑吟吟的观众看。亲眼目睹“他们”委员会的人束手无策、手忙脚乱、毫不专业的一面，实在有意思。如雅西所言，这比我们看过的动作片更精彩。然而知道了我们的性命就掌握在手忙脚乱的蠢蛋手中，并不值得安慰。尽管我们把整个事件当笑话看，当时也觉得自己比他们强，但经过那次以后，家里变得不安全了，有很长一段时间，我们也常让门铃声吓得心惊肉跳。

事实上，门铃就像从我们试图当笑话看的另一个世界传出的警讯。没过几个月，门铃声又把两个革命委员会的人带进家里，他们是来搜查并没收卫星天线的。这回可没什么英雄气概了，他们离去后，家里气氛低迷。在我训斥女儿不该乱使性子后，女儿却咬牙切齿，反问我如何能体会她的痛苦。她说我在她这年纪时，是否曾因绑彩色鞋带，或在校园奔跑，或在公共场合舔冰激凌而受罚？

到了下个周四，这一切都成为我课堂上详细讨论的题材。我们再度来回穿梭于自己的人生与小说世界间：我们如此欣赏和认同《斩首之邀》令人意外吗？我们全都是极权主义政权下的受害者，它的魔掌不仅深入我们生命最隐秘的角落，还强迫我们接受它替我们虚构的假象。我们正在为孩子们创造什么样的回忆？

这种常态性的羞辱、毫无廉耻的作风最令我恐惧。

20

数月前，玛纳与尼玛来问我意见。他们存了些钱，只能在买“生活必需品”（照他们的说法）和卫星小耳朵之间二选一。他们的钱很有限，都是靠私人家教微薄的收入攒下来的。虽已结婚四年，和许多小夫妻一样，仍无法自立门户，必须和玛纳的母亲及妹妹同住。我记不得当天给了他们什么建议，但我知道过了不久他们就买了小耳朵。天线令他们兴奋不已，从此以后每天都会听他们提起前一晚看的经典美国片。

卫星天线逐渐风靡全伊朗，迷上它的不只是像我这样的知识分子，塔敏·克哈努姆告诉我们在德黑兰较贫穷、宗教色彩较浓厚的地区，有小耳朵的家庭会出租某些节目给邻居看。我记得1996年到美国时，电视剧《海滩游侠》（*Baywatch*）的主角戴维·海索霍夫夸口自己的节目在伊朗最红。

严格说来，玛纳与尼玛不曾是我的学生。他们都在德黑兰大学攻读英国文学硕士学位，看过我的文章，也从朋友那儿听说过我的课，有一天自己就出现在课堂上，下课后即问我能否旁听。从此以后，我所教授的每一堂课，以及座谈会与公开演讲，他们必定出席。我常看见他们站在门口，总是面带笑容，似乎鼓励我继续谈纳博科夫、贝娄和菲尔丁①，也仿佛告诉我不论我或他们得付

---

① 亨利·菲尔丁（Henry Fielding），18世纪英国小说家，著有《汤姆·琼斯》等。

出任何代价,我都应该继续谈下去。

他们相识于夕拉兹大学,相恋多半是基于对文学的志同道合,以及同样孤立于大学生活外的处境。玛纳后来解释他们的感情主要建立在文字上。交往期间,他们通信、读诗给对方听,逐渐依赖起两人通过文字构筑的安稳世界,在这两人的天地里,凡是恶意的和无法掌控的事物都变得柔和,也清晰可辨。当时她在写伍尔夫与印象派的论文,他写的则是亨利·詹姆斯。

玛纳兴奋的方式是非常安静的,她的快乐仿佛来自深不可测的心底。犹记第一天在课堂上看到她和尼玛的情景,令我联想起我的两个孩子密谋要给我惊喜的感觉。起初尼玛是两人之中较为健谈的,他走在我旁边,玛纳则跟在他后方不远处。尼玛侃侃而谈时,玛纳的目光便越过尼玛来观察我的反应。她很少主动发言,直到好几个月后,拗不过我的坚持把诗作给我看,才不得不直接跟我说话,而未通过尼玛。

我决定给他们取押韵的化名,虽然他们的真名听起来截然不同。但我已习惯了看他们出双入对,听他们道出相同的理念与感受。他们就像我的两个弟妹,刚刚在后花园发现了通往神奇王国的大门。而我是神仙教母,是他们可以透露秘密的疯女人。

当我们在家整理资料和我的办公室,把小说并排摆好,将我的笔记归档时,他们往往会说起多年前我也任教过的德黑兰大学的故事和八卦。我认识他们提起的许多人,其中包括我最喜欢的反派 X 教授,他对尼玛和玛纳两人怀有复杂而固执的厌恶。自从我离开该所大学后,他是极少数未辞职或被遣散的教授之一。言归正传,他认为他们不够尊重他。他发明了一种极具效率的方法来解决所有复杂的文学批评问题：他把所有诠释的问题都拿来投票。由于投票是以举手的方式进行，争端往往以有利于他的方式化解。

玛纳以美国诗人弗罗斯特为题的报告，是引发他与玛纳和尼玛争端的导火线。交了报告的下一节课，他告诉全班他极不赞同玛纳的看法，请大家投票表决。除了玛纳、尼玛和另一名学生，几乎全班都举手赞同教授的观点。投完票，教授转向尼玛，问他为何背叛大家。是因为他太太给他洗了脑吗？他愈质疑他们，愈将他们的理念拿来表决，他们反而愈执着。他们引用知名批评家的著作支持他们的理念，驳斥他的想法，最后气得他把他们赶出教室。

X 教授的一名学生决定写他对《洛丽塔》的见解。他没有参考书目，没读过纳博科夫，但他的论述却深深吸引教授，因为教授对少女贻误了聪明男人一生的题材情有独钟。该名学生想写洛丽塔如何勾引“聪明的诗人”亨伯特，并毁了他一生。X 教授一副深思熟虑的表情，问该名学生清不清楚纳博科夫自己的性变态。尼玛以略带不屑的语气模仿 X 教授，悲哀地摇摇头说，我们在一本又一本的小说里发现，聪明的男人老是毁在轻浮的女人手里。玛纳发誓说当他提起他最爱的题材时，频频朝她投射恶毒的目光。不过尽管他诋毁纳博科夫笔下轻佻的小狐狸精，他挑选新太太时，最重要的条件仍是年龄不可超过二十三岁。按他标准娶到的第二任妻子，至少年轻他二十岁。

21

有个星期四早晨，天气十分炎热，暑气似乎弥漫到清凉的空调房内，我们七人便在上课前闲聊。聊的是莎娜姿，她上一堂旷课，却没打电话来说明原由，现在我们不晓得她以后还来不来。没人有她的消息，即使蜜德拉也不例外。我们猜测说不定那个麻烦的弟弟又在酝酿阴谋诡计害她。那时莎娜姿的弟弟已经常成为我们的话题，是每周固定要被提起的坏男人之一。

“尼玛说我们不了解男人在社会上面临的难处，”玛纳以略带讽刺的口吻说，“他们也不懂得该如何自处，有时表现得像沙猪①是因为觉得心虚。”

“他说的有几分对，”我说，“建立感情必须靠两性，当社会逼迫其中一半人口隐形，另一半也同样受苦。”

“你能想象有种男人光是看我的一撮头发，就‘性奋’起来吗？”娜丝琳说，“有人一看到女人的脚趾就受不了……哇！”她接着又说：“我的脚趾成了致命的武器！”

“把自己包得密不透风的女人等于是在助纣为虐。”阿金边说边不屑地一挥手。

玛荷希默不作声，眼睛直盯着桌子的铁脚。

“那些老爱把嘴唇涂得火红、跟男教授打情骂俏的女人，就是为了伸张理想喽？”玛纳冷冰冰地说，阿金涨红了脸，没吭声。

---

① 即大男子主义。——编者注

“那割除男人的性器官,”娜丝琳冷静地提出,“来抑制他们的性欲呢?”她正在读萨达威所写有关某些伊斯兰社会凌虐妇女的书。萨达威是医生,以相当的篇幅阐述为了抑制性欲而割除少女性器官的恐怖后果。“我拿这本书做我的翻译工作。”

“你的翻译工作?”

“是啊!你忘了?我跟我爸说,我正在帮玛荷希把伊斯兰书籍译成英文。”

“可是我以为那只是你来这儿的借口。”我说。

“没错,不过我决定一星期至少翻译三小时,甚至更多,来圆这个谎。这样我的良心才不会过不去。”她微笑着说。

“我不得不说最高领袖自己对于性事可不是什么生手,”娜丝琳接着说,“我正在翻译他的代表作《阿亚图拉霍梅尼的政治、哲学、社会与宗教原理》(*The Political, Philosophical, Social and Religious Principles of Ayatollah Khomeini*),里面有些观点挺有意思的。”

“可是这本书已经有人译过了,”玛纳说,“你何必再译?”

“没错,有些部分是译过了,”娜丝琳说,“可是自从它成为宴会的笑柄,还有驻外大使馆发现大家看这本书不是为了教化,而是为了好玩以后,译本就很难找得到了。总之,我译得非常彻底,还包括参考书目和其他名人著作的相关书籍。你知道和动物性交是解决男人性欲的一种方法?和鸡性交有个难题,我们得先自问,和鸡性交过的男人,事后可以吃那只鸡吗?我们的领袖把解答告诉了我们:不行,不论他自己或他家人或隔壁邻居都不行,但两户之外的邻居就可以。”“我父亲宁愿我把时间花在这种书上,也不要我看简·奥斯汀或纳博科夫?”她促狭地补了一句。

娜丝琳信手引述这位领袖的作品,我们并不感到讶异。她所引述的是名著,这等于是他的论述(所有达到阿亚图拉地位的人都必须写的),目的在解决信徒可能提出的疑难问题。在他之前已经有许多人以几乎一模一样的方式写过,令人忧心的是,统治我们的人把这些论述看得很重要,而我们自己和整个国家的命运都被捏在他们手中。这批道德与文化卫士每天在国家电视与广播上,发表类似的言论,讨论相同的议题,仿佛这些才是最值得人民深思的事。

这番学术讨论,穿插着阿金的大笑和玛荷希逐渐阴沉的表情,但进行到一半时,突然传来紧急刹车声,于是我知道莎娜姿又被她弟弟送来了。一阵停顿、甩车门声、门铃声,过一会儿莎娜姿进来了,第一句话就是致歉。迟到缺课似乎令她心烦意乱、泫然欲泣。

我设法安慰她,雅西则去厨房端来她的茶。她手上捧着一大盒糕点。“这是干吗,莎娜姿?”她无力地说:“上礼拜本该轮到我,所以这礼拜我带来了。”我从她手中接过糕点,她在流汗,接着她脱掉黑袍和头巾。她用橡皮筋将头发系于耳后,一张脸看来毫不设防、孤苦寂寥。

最后她坐在平常的位置,在蜜德拉旁边,手中端着一杯冰水,茶摆在前方的桌上,大家全都静静等她开口。阿金想以笑话打破沉默:“我们都以为你去土耳其订婚,忘了邀请我们。”莎娜姿勉强一笑,喝了口水,没回答。她似乎既想说话,又不愿透露内情。泪水还没到眼里,声音就在哭了。

她的故事听来耳熟。两星期前，莎娜姿和五个女朋友去里海边度假两天。第一天，她们决定去附近的别墅找她朋友的未婚夫。莎娜姿不断强调她们全都穿着得体，头巾和长袍俱全。六女一男全坐在户外的花园，屋里没酒，也没有违禁的录音带或 CD。她的意思似乎是假如有，他们或许就活该遭受革命卫兵那样的对待。

“他们”，也就是道德小组，突然持枪跳过矮墙进来，宣称有人报案说此地在进行非法活动，他们要搜查屋内。其中一名卫兵在她们身上挑不出毛病，便嘲讽道：“看她们那副西方态度……”“什么是西方态度？”娜丝琳插嘴道。莎娜姿看着她，笑了笑：“下次碰到他我再问他。”事实上他们根本搜不到任何酒、录音带或 CD，但既然已经有搜查证了，便不想无功而返。于是卫兵把他们送进专为触犯道德法规而设的监狱，尽管她们不断抗议，所有女生还是被关进一间黑漆漆的小牢房，跟几个妓女和一个毒瘾犯共度了第一夜。夜里狱卒来过两三次，把打瞌睡的人叫醒，还辱骂她们。

她们在牢房被关了四十八小时，虽然苦苦哀求，狱方始终不准她们打电话给父母。除了在固定时间可以上厕所之外，她们只离开过牢房两次，一次被带到医院，让一个女妇产科医生检验她们的贞操，还有学生在旁边观摩整个过程。卫兵对检验结果不满意，又把她们带到私人诊所检查一次。

第三天，在德黑兰的父母联络不上她们，心急如焚，又听别墅管理员说他们的孩子可能在最近的一场车祸中丧生。他们立即动身直奔度假村寻找女儿，总算找到了她们。然后这几个女孩接受简易法庭的审判，被迫签下文件承认她们未犯下的罪行，且被处以二十五下鞭刑。

极其纤瘦的莎娜姿当时在袍子底下穿了一件运动衫，狱警开玩笑说反正多穿了一件衣服可能不会痛，干脆再多打几下。对她而言，肉体的疼痛远不及检查贞操的羞辱和被迫签下文件的懊恼来得难受。肉体的惩罚反而正合她意，惩罚了她对其他羞辱的屈服。

当她们终于获释被父母带回家时，莎娜姿又得面临另一场难堪：弟弟的训诫。他们希望怎样呢？怎能让六个任性的女孩子在没有男性的监督下自己去玩？只因他比个性散漫、早该出嫁的姐姐小几岁，就没有人要听他的？莎娜姿的父母尽管同情她的遭遇，却也觉得弟弟言之成理，当初让她出去玩或许并非明智之举；并不是不信任她，而是国内的情况不容轻率行事。“最重要的是，现在有错的反倒成了我，”她说，“我不可以自己开车，开车要在我睿智的弟弟陪同下。”

莎娜姿和她的故事在我脑海挥之不去，我一再重返当时的场景（即使现在依然如此）：花园围篱，六女一男坐在游廊，或许正在说笑。然后“他们”来了。这件事和我在伊朗碰到过的许多事一样，给我留下鲜明的记忆；甚至连我离开后别人写信或亲口告诉我的事件，我都记得。奇怪的是，那些事件也成为我自己的回忆。

或许要到现在，隔着这遥远的距离，当我能够毫无畏惧坦然说出这些经历，才有办法去理解这些遭遇，并克服惶惑无助的感受。在伊朗，我们与这些日常暴行与受辱的经历，保持着奇怪的距离。我们谈起这些事仿佛它不是发生在我们身上；就像精神分裂患者，我们用力远离另一个分裂的自我，既亲昵又疏离。

22

纳博科夫于回忆录《说吧，记忆》(*Speak*, *Memory*)提到一幅小时候挂在他床头的水彩画。那是幅风景画，有条窄径逐渐隐入茂密的森林。他母亲念过一个故事给他听，讲一个男孩某天消失在床头的画里，于是这成了小弗拉基米尔[①]每晚祷告时祈求的心愿。当你想象我们在那间起居室时，必定也了解我们多渴望就这么消失。我们愈遁入避风港般的世界，与日常生活便愈疏离。当我走在街头时不禁自问，这些是我的同胞吗？这里是我的故乡吗？我是谁呢？

不论亨伯特或盲眼审查官都不曾占有他的受害者；他们始终令他掌握不了，正如幻象始终可望不可及。不论受害者受伤多深，也不会被迫屈服。

这些是某个周四傍晚下课后，我在看丫头们写着散文与诗的日志时脑海里涌现的念头。开课之初，我就要她们描述心目中的自己。当时她们还没准备好回答这问题，但每隔一段时间我会再问一次。现在我窝在鸳鸯椅上，看着数十页她们最近的答案。

此刻我眼前就摆着这么一份答卷。是莎娜姿的，她在海边入狱事件发生后不久，便交出这份答卷。上面是一名裸女的黑白简单素描，白皙的身躯被圈在黑色的泡泡内，以近乎胎儿的姿势蜷

---

① 弗拉基米尔(Vladimir)，纳博科夫的名。

缩着，抱住一条屈膝的腿，另一条则往后伸展。直直的长发顺着背部的曲线而下，勾勒出背部的轮廓，脸孔却隐而不显。一只有黑色长利爪的巨鸟将那泡泡举在半空中。吸引我的是相对于较明显的裸女图像的一些细枝末节，如泡泡和女孩伸出泡泡外捉住鸟爪的手。她卑屈的裸体仰赖那只利爪，而她伸出手握住了它。

这幅素描即刻使我联想起纳博科夫于《洛丽塔》著名的后记所言，“对于《洛丽塔》最初的冲动”于1939年年末或1940年年初涌现，当时他因严重的肋间神经痛在家休养。他记得“最初的灵感来自报上的一则报导：植物园里的猩猩，在一位科学家哄诱数月后，画出第一幅出自动物之手的炭笔画，描绘的是这只可怜的动物身处的兽笼栅栏”。

这两个图像一个来自小说，一个来自现实，皆透露出可怕的真相。其可怕的程度超越了两个例子里都有暴行发生的事实。它超越了栅栏阻碍，显示受害者与囚禁者之间既接近又亲昵。我们对这两者的注意焦点，都放在囚犯触摸栏杆的细微点，即温热血肉与冰冷金属无形的接触上。

班上其他人多半以文字表达。玛纳觉得自己像雾，飘过具体的事物，显现出它们的形，自己却不曾转为具体。雅西说自己是虚构人物。娜丝琳有一次用《牛津英语字典》里“paradox”（矛盾或吊诡）这词的定义答复我。从她们所有的描述中可看出，在外在现实环境禁止她们对自己产生明确、独立看法的情况下，她们是用何种眼光来看自己的。

玛纳写过她曾因为一双粉红色短袜而遭穆斯林学生协会训斥。她向一位她最欣赏的教授诉苦时，他却揶揄起她，说她已经迷住了她的男人尼玛,不需要再用粉红色袜子把他抓得更牢。

这些学生和其他同代人一样,根本迥异于我这一代。我这一辈为失落感所苦,为我们遭窃取的过去所形成的生命空缺沉吟,使我们身在故国却宛如异客。然而我们有过去可拿来与现在比较,我们对于被剥夺的事物保有记忆与印象。但我的丫头们却时常提起被剥夺的吻、没看过的电影和肌肤没吹到的风。这一代没有过去,他们的记忆是由朦胧隐约的欲望构成,被他们从未真正拥有的某种事物填满。因为这份匮乏,这股对我们习以为常的平凡事物的渴望,使他们的文字呈现出近乎诗的显著特质。

假设此时此刻,我在这不是伊朗的国度的一家咖啡屋里,对着旁边的人谈起德黑兰的生活,他们会有何反应。他们会谴责那些拷问、执法和极端的侵犯举动吗?我想他们会。但是对于我们日常生活上的侵犯行为呢?例如不准我们穿粉红色袜子?

我问过学生记不记得《斩首之邀》里跳舞的场景,即狱卒向辛辛那图邀舞那一幕。他们跳起圆舞曲,舞进走廊,在转角碰到一名警卫:"他们在他附近画出一个圆,然后滑行回牢房,这时辛辛那图惋惜起陶醉的时刻太过短暂。"转圈的动作正是小说主要的动作,只要他接受狱卒强迫他面对的虚构世界,辛辛那图便会一直是他们的囚犯,并且在他们所捏造的圈圈里活动。极权主义者最严重的罪行,莫过于强迫人民,包括他们的受害者,成为其罪行的共犯。与狱卒共舞,参与自己的行刑,无疑是最极端的暴行。我的学生在电视播出的审判节目中目睹此暴行,每次出门上街按规定穿着,更如同亲自上演此暴行。她们尚未成为围观行刑的群众,却也无力抗议其行。

跳脱圆圈、停止与狱卒共舞唯一的方法是，设法保有自我的主体性——那种难以描述但借此与他人区分的特异性。这正是空泛的形式在他们的世界如此重要的原因。我们的狱卒和辛辛那图的行刑者之间，并无多大差异。他们侵犯我们所有的私密空间，企图规定每个姿势，逼迫我们成为他们的一分子，这本身就是另一种方式的处决。

小说最后，辛辛那图被带往处决台，当他把头放在绞刑架上准备赴死，嘴里还不停念着神奇的咒语："我独自一人。"这种对其独特性的频频提示，再加上他写作的企图，企图创造、说出一种异于狱卒们强迫他使用的语言，在最后一刻拯救了他。当他捧着自己的头，朝着另一个世界呼唤他的声音渐行渐远之际，处决台和周遭虚假的世界，包括处决他的刽子手，同时崩溃瓦解。

盖茨比 Gatsby

1

一名年轻女子伫立于德黑兰机场的人群中，背着背包，肩膀挂着大袋子，还用脚尖推着特大号的登机行李车。她知道结婚两年的丈夫和父亲必定带着行李在某处。她站在海关，含着泪，焦急地寻觅同情的面孔，看有没有人可以让她一把抱住，对她说回家真好，真高兴可以回来长住了。可是所有人都板着面孔，机场的墙壁已变成陌生的景观，贴满阿亚图拉带有责难目光的海报，其情绪也反映在血红与黝黑的标语上：**美国去死！打倒帝国主义和犹太复国主义！美国是我们的头号敌人！**

她十三岁离家，迄今十七载，还没意识到家已不再是家，她兀自站在那儿，百感交集地东探西钻，只要稍受刺激，泪水就可能随时溃堤。我不想看她，不想碰上她，只想悄悄经过，然而我却躲不开她。

德黑兰机场总能勾起我最不堪回首的往事。初次离开时，它仍是个亲切美妙的地方，有每周五晚上办舞会的宜人餐厅，也有镶着大片落地窗、面向阳台的咖啡馆。弟弟和我小时候总入定似的站在那些落地窗前，一面吃冰激凌，一面数飞机。飞机降落时总有奇特的瞬间顿悟,霎时亮起的灯海,表示我们已抵达目的地,德黑兰已在底下等候我们。这些灯光召唤诱惑着我,令我魂萦梦牵了十七年,我渴望沉入其中,再也不必离开。

这个梦终于实现。我回到家了,但机场的气氛并不友善,不但暮气沉沉,还有点儿不怀好意,就像墙上贴满的最高领导人与其接班人大阿亚图拉蒙塔泽里毫无笑容的肖像。仿佛有个邪恶的巫婆,曾经骑着扫帚飞过机场,一口气扫走了餐厅、小孩和记忆中穿得五颜六色的女人。当我注意到来机场接我们回家的母亲与朋友眼底戒慎的焦虑时,这感觉更加强烈。

正要离开海关时,一个阴阳怪气的年轻人拦下了我们,想要搜查我的行李。我提醒他,我们的行李已经检查过了。他简短地说,随身行李没搜。但为什么要这样呢?我很想说,这是我的家呀!不是应该保护我免受怀疑和盘查的吗?他得检查我有没有带酒。我被领到角落,我丈夫比冉忧虑地注视着我,不知该担心那个阴沉的警卫还是我。他脸上露出一种后来变得十分熟悉的笑容:共谋、妥协、质疑。“你和疯狗讲道理吗?”事后有人问我。

他们先倒空我的袋子,口红、笔、日记和眼镜盒倾囊而出。接着又把矛头指向我的背包,取出我的毕业证书、结婚证书、各式各样的书——《埃达》(*Ada*)、《没钱的犹太人》(*Jews Without Money*)、《了不起的盖茨比》(*The Great Gatsby*)……警卫不屑地拿起这些书,仿佛拎起别人的脏衣服般,但并未没收这些书,至少当时还没,没收是以后的事。

2

我最早在英格兰与苏格兰求学，后来旅居美国。刚离乡背井之时，我试着根据我的伊朗印象去看他乡异国，将景致伊朗化，甚至有一学期转到新墨西哥州的一所小学院，只因那儿很像家。“弗兰克和南西，你们知道吗？这条树木夹道的小溪，蜿蜒穿越一片干涸的土地，就像伊朗。就像伊朗，就像家。”我告诉任何有兴趣听的人，我对德黑兰最深刻的印象是环绕的群山、干燥却丰富的气候，以及在焦干土地上盛开繁衍的花与树，它们在那儿努力地吸取阳光。

父亲入狱时，我回到家乡并获准停留一年。我惶惑不安到凭着一股冲动便跳进了婚姻，当时还不满十八岁。我嫁的那人具备的最主要条件是：他完全不像我们。他的生活模式与我们南辕北辙，务实且毫不复杂，而且自信满满。他不看重书（“你们一家人的毛病出在你们活在书中，而不是活在现实里”），嫉妒心强（就一个对自己的命运与财产有十足把握的人而言，他认为嫉妒是不可或缺的），一心一意想飞黄腾达（“等我有了自己的办公室，我的椅子会比来访者的椅子高，他们始终会感受到来自我的压力”），而且欣赏弗兰克·辛纳屈。答应嫁给他那天，我就知道会跟他离婚。我毫无节制地走向自我毁灭之途，冲动地拿我的人生去冒险。

我同他搬到俄克拉何马州的诺曼，他在当地的俄克拉何马大学攻读工程硕士。只花了六个月的时间，我便下定决心，父亲一出狱就跟他离婚。这又耗掉三年,他不肯离婚(“女人穿嫁衣进夫家的门,穿寿衣离开”)。他低估了我,他希望妻子打扮入时,定期修指甲、上美容院。我以长裙和不修边幅的牛仔裤反抗他,不但留长发,还跟我的美国友人坐在校园草地上,令他的朋友路过时不禁朝我们投以异样的眼光。

父亲举双手赞成离婚,并扬言要告他,逼他付赡养费,赡养费乃伊斯兰法律对妇女唯一的保障。我同意不提赡养费的诉告,并让他保有我们的账户存款、车子和地毯,他总算答应了。他回家,我则继续留在诺曼,成为英文系唯一的外国学生。我避开伊朗人,尤其伊朗男人,他们往往误以为离了婚的年轻女子最容易上手。

以下是我对诺曼的回忆:红土与萤火虫,在椭圆楼唱歌示威,阅读梅尔维尔、爱伦·坡、列宁和毛泽东,在和煦的春日早晨,与政治立场保守但令我欣赏的教授一起看奥维德与莎士比亚,下午和另一位教授合唱革命之歌。晚上看伯格曼、费里尼、戈达尔和帕索里尼的电影。记忆中的那些日子,影像与声音交错,伯格曼女子定格的哀伤画面,融入了激进派教授戴维以吉他伴奏唱出的抚慰人心的歌声:

长发说教者每晚出来
告诉你什么叫是非黑白
当你向他们要东西吃
他们用亲切的声音告诉你:

将来就有得吃，在天上那个辉煌灿烂的地方
工作和祈祷，靠大麻过活，死了就会在天上吃到派。
一派谎言！①

我们早上示威，占领行政大楼，在英语系南椭圆楼前的绿地上唱歌，目睹偶尔出现的裸奔者跑过草地，直奔图书馆的红砖楼。我以示威的步伐前进，那些在反战抗议时代吃足苦头的后备军官训练队的学生，却刻意不理睬我们。然后我偕同我的真爱参加派对——是他送我《埃达》，并在书的扉页写："给阿扎尔，我的埃达，泰德"，这才让我认识了纳博科夫。

家人一向瞧不起政治，略带执拗地自命清高。早在八百年前(也就是十四代以前——母亲骄傲地强调)，纳菲西家就因文学与科学上的卓越成就而闻名，这点令家族颇为自豪。家族里的男人被尊称为哈金姆②。后来到了几乎没有女人敢跨出家门的20世纪，纳菲西家的女人还读大学，执教鞭。父亲当上德黑兰市长时，家里没举行庆祝活动，反而笼罩在不安的气氛中。当时还是大学生的叔叔们，不愿承认父亲是他们的哥哥。后来父亲失势了，双亲却让我们觉得他锒铛入狱比贵为市长更值得我们骄傲。

我是在勉强的情况下参加伊朗学生运动的。父亲的入狱，加上家人对民族主义者的隐约同情，令我对政治产生了敏感，但与

① 由1911年美国无政府工会组织成员乔·希尔(Joe Hill)所写，旨在讽刺救世军以中产阶级的基督教传教无济于事，曲调取自圣诗《同聚美地》(*Sweet By and By*)。——编者注

② 哈金姆(hakim)，意为饱学之士。

其说我是政治活跃分子，倒不如说我是叛逆分子，虽然在那个时代两者并无太大区别。参加运动的一大诱因是，运动中的男人未曾企图骚扰或勾引我，反而成立读书会，让大家共同阅读和讨论恩格斯的《家庭、私有制和国家的起源》（*The Origin of the Family, Private Propety, and the State*）和马克思的《路易·波拿巴的雾月十八日》（*The 18th Brumaire of Louis Bonaparte*）。1970 年代的情绪是革命的，不仅伊朗学生如此，欧美学生亦复如是。革命的歌声与浪漫的情怀具有感染力，伊朗学生站在冲突最前线，积极主动，不畏对抗，占领旧金山领事馆后英勇坐牢。

俄克拉何马大学的伊朗学生团体属于世界伊朗学生联盟的一支，该联盟在欧美各大城市都有成员和分会。俄克拉何马的分会负责在校园引介革命共防好战的青年学生团（RSB），以及成立第三世界反帝国主义委员会（成员为来自不同国籍的激进派学生）。学生联盟仿效列宁的民主中央集权，严格控管成员的生活方式与社交活动。时日一久，好战与马克思色彩逐渐成为组织的基调，较现代化与民族主义的思想便遭到排斥或孤立。其成员往往穿切·格瓦拉穿的运动外套与靴子；女性通常剪短发，素着一张脸，穿毛装和卡其服。

接着我便展开了一段人格分裂的时期，不断在革命理想与最爱的生活方式之间挣扎求衡。我不曾全面投入运动，在敌对阵营间冗长且一触即发的会议中，我常以各种借口离开会议室，有时还把自己锁在洗手间逃避。我坚持在开会的场合以外穿长裙，也拒绝剪短头发。我从未放弃阅读的习惯，始终喜爱“反革命”作家,如艾略特、奥斯汀、普拉斯[①]、纳博科夫和菲茨杰拉德等,但我却在集会上慷慨陈词;受小说与诗歌的启发,我将文字谱写成革命歌曲。我把对故乡压抑的渴望化为激动的言论,强烈批判家乡的政权与其美国后台。尽管我对运动有疏离感,在运动中始终无法自在,却发现了一个意识形态的框架,让我可以名正言顺地从中抒发这股未经省思的奔放热情。

1977 年秋天有两件事值得纪念:我 9 月的婚礼,以及伊朗国王巴列维于 11 月最具戏剧性也是最后一次访美。两年前在伯克利大学的一场大会中,我认识了比冉·那德里。他在我最认同的一个组织里当领头人,我爱上他的理由完全错误:不是因为他的革命口才,而是因为他的自信和他超越过激运动的信仰。他忠心耿耿,全心全意投入所从事的一切,对家人、工作或运动皆如此,但他的忠心却未曾使他看不清运动未来的走向。我欣赏他这点,以及他后来对革命训令的不肯屈从。

在高喊反对美国干涉伊朗内政的无数次示威游行中,在争辩到深夜的抗议集会里,家的影像往往赫然浮现。那是属于我的影像,我可以时时召唤,透过其隐约朦胧的样貌,与世界产生互动。

我对"家"的观念存在着矛盾,或者说,本质上是个悖论。有一个伊朗令我思乡情切,既熟悉亲昵,又是父母、挚友和里海边的仲夏夜所在之处。而另一个重组过的伊朗也是真实的存在,令大家在一场又一场的集会中谈论不休,为了伊朗的民心所向,争得面红耳赤。运动在 70 年代愈演愈烈之际,显然民心希望我们在

---

① 西尔维娅·普拉斯(Sylvia Plath),20 世纪的美国女诗人、小说家。

庆祝场合中不喝酒、不跳舞、不演奏“靡靡之音”，只有民谣与革命歌曲合格。他们要女孩子剪短头发或扎马尾，避免养成小资产阶级的求学陋习。

3

回德黑兰不过月余，我就已经来到德黑兰大学的英文系。到系里时，我险些撞上一名穿灰西装、表情亲切的卷发青年。后来我发现他是新来的老师，刚从美国回来，和我一样踌躇满志，跃跃欲试。秘书虽略显丰腴，却散发出圣洁的气息，她对我笑笑，推门走进系主任办公室。过了一会儿，她走出来，朝我点头，示意我进去。我走进去，被两扇门之间的木质门槛绊了一跤，失去平衡，差点摔倒在主任的桌上。

他对我茫然地一笑，请我坐下。两星期前我来过这办公室，当时面试我的是另一位系主任，一个高大、友善的男人，他询问我家诸位亲戚、杰出的作家与院士的近况。我十分感激他想让我放松的体贴用心，但同时也担心这辈子我恐怕都得与杰出家人的影子竞争不休。

这位新主任A博士的作风完全不同。他的笑容虽友善却不够真诚，比较有打量的意味。他邀我参加当晚在他家举办的宴会，态度却显得生硬。我们谈文学，没谈亲戚。我向他解释为何换博士论文的题目。我告诉他：“是这样的，我想在20世纪20年代和30年代，无产阶级和非无产阶级的文学之间做个比较。我想20年代的最佳代表毋庸置疑是菲茨杰拉德，可是我选不出他的对照组，该选斯坦贝克、法雷尔[①]，还是多斯·帕索斯[②]？”“你认为他们几个的分量都比不上菲茨杰拉德，是吗？”“至少在文学层次比不上。”“那还有什么别的层次呢？”“总之，后来我突然想到，最善于表现道地无产阶级精神的作家非麦克·高德[③]莫属。”“谁？”“麦克·高德，他是激进的文学杂志《新大众》(*New Masses*)的编辑。你可能不信，不过当年他可是响当当的大人物，他是美国第一个提出无产阶级艺术概念的人。即使像海明威之类的作家都十分留意他说的话，他说海明威是白领作家，威尔德[④]则是‘文化界的波斯特’[⑤]。”

“反正临了，我决定放弃菲茨杰拉德。我对高德以及他为何以后浪之姿取而代之非常好奇。我想知道30年代的新人为何能把菲茨杰拉德淘汰出局；再加上我自己是个革命派，我还想了解是什么样的热情在背后驱策着麦克·高德这样的人。”他问：“你想了解那股热情，就把菲茨杰拉德换成这家伙？”我们的讨论很有意思，于是我接受了他当晚的邀请。

我初到系里时见到的那位高大友善的系主任，听说当时已经被抓进监狱了。没人知道他什么时候会被放出来，或会不会被放

---

① 詹姆斯·T. 法雷尔(James T. Farell)，美国小说家，1925年开始写作，以描写芝加哥的爱尔兰工人阶级的写实作品而闻名。

② 多斯·帕索斯(Dos Passos)，第一次世界大战后美国“失落的一代”主要小说家之一。

③ 麦克·高德(Mike Gold)，美国犹太作家、文学评论家、共产主义者，著有《没钱的犹太人》等。

④ 桑顿·威尔德(Thornton Wilder)，美国作家。

⑤ 爱米莉·波斯特(Emily Post)，为美国社交礼仪的权威评论家。

出来。到那时已经有许多教授遭开除，还有些教授即将步其后尘。这是革命初期的情况，我就这么凭着不合乎时局气氛的感受，天真地展开教学生涯，成为德黑兰大学波斯文学暨外国语文学院英文系最年轻的新进教师。即使牛津或哈佛提供类似的职位给我，也不会让我觉得如此荣幸或战战兢兢。

我在A博士门口绊跤时，他脸上的表情，正是历年来许多与他截然不同的人初次看到我时的写照。那是种讶异中夹杂宽容的神情，仿佛在说这是个有趣的孩子，需要别人的引导和定位。过一段时间他们又会出现另一种表情，气馁的表情，仿佛我没按当初的约定行事，已变成任性不乖的孩子，根本管束不了。

4

最初那几年的记忆，全都围绕着德黑兰大学打转，这是所有政治与社交活动的核心舞台。在美国只要听说伊朗有动乱，最重要的战役好像都发生于德黑兰大学，而且几乎所有团体都在这所大学发表各自的言论。

因此，新成立的伊斯兰政府以这所大学作为每周五举行祷告会的地点，便不足为奇了。此举产生了另一层意义，因为穆斯林学生，尤其是狂热分子，即使在革命后，始终是少数派，敌不过左翼及世俗学生组织的势力。这么一来，似乎让穆斯林学生派系的声势压过了其他政治团体，以胜利之军的姿态立足于占领地最宝贵的核心区。每周都会有一位著名的教士站上讲台，对数千名挤满大学校区、男女分据两边的教徒演讲。他拿着枪站在那儿，发表该周的布道内容以及时下最重要的政治议题。然而似乎连校园本身都在反抗这样的占领。

那段时间，我感受到不同的政治团体间正进行着一场驱逐战，而这场抗争主要发生在这所大学里。当时我不知道我也有自己的仗要打。回顾过去，我十分庆幸当时我浑然不觉自己的脆弱。以我的小规模藏书，我仿佛是一个不存在的国度派来的使者，想用许许多多的梦想改造这地方，使它成为我的家。在叛变与政府改革的口水之间，在今天回想起来已混淆模糊、次序颠倒的众多事件之间，我一有机会就坐下来，拿着书和撒落四周的笔记，用心备课。第一学期我教的是一个相当大型的研讨班课程，就叫作“研究课”，课程重点放在《哈克贝利·费恩历险记》(*The Adventures of Huckleberry Finn*)及20世纪的小说概论上。

我尽量以持平的观点看待政治。除了《了不起的盖茨比》与《永别了，武器》(*A Farewell to Arms*)，我也教高尔基与麦克·高德的作品。我几乎每天去逛大学对面林立的书店，这条街刚改名为“革命大道”，是德黑兰重要书店与出版社云集之处。一家家逛下去真是乐趣无穷，偶尔还会碰上行家，把珠玉之作引介给我，或告诉我有个不出名的英国作家叫亨利·葛林，令我喜出望外。

在热烈的准备过程中，我常为了与上课和教材无关的事而被召集到大学。几乎每星期，甚至一星期的每一天，都有示威或集会活动，我们像磁铁般被吸引过去，完全不受自我意志控制。

有段往事反复无常地纠缠着我，诱惑地嘲弄着我。我一手端咖啡，一手拿笔和笔记本，正准备去阳台拟我的课程大纲，电话突然响了。话筒传来一位朋友激动、急迫的声音，她问我是否听说革命的重量级人物之一,也是极受爱戴但备受争议的阿亚图拉塔里加尼去世了。他相当年轻、激进,遭谋杀的谣言已经传了开来。一场为他举办的游行,即将从德黑兰大学出发。

我不太记得从我接电话到抵达大学校门口中间过了多久,将近一小时吧!路上塞车,比冉和我搭出租车到大学附近,便下车步行。过了一会儿,不知为什么,仿佛有一股隐形的能量驱策我们从步行加速成跑步。大批哀悼的群众已聚集起来,把通往大学的街道挤得水泄不通。据闻人民圣战者组织①的成员与真主党(Hizbollah)的党员发生了冲突,前者是自称为塔里加尼信仰上与政治上接班人的激进宗教组织,后者则由坚决要在人间执行真神律法的偏激分子组成;冲突的起因是双方为了争夺抬塔里加尼遗体的殊荣而僵持不下。许多人捶胸顿足、呼天抢地哭号着:"今天是悲恸的日子,塔里加尼今天上了天堂。"

往后二十年,这句口号还会用在许多人身上,显示出革命先烈与死亡的共生关系。这是我初次体验此种集体哀悼所带来的绝望纵情之快感:人们唯有在此才会毫无拘束或愧疚地彼此交融、相互接触、互诉心情。空气中弥漫着狂野的情色意味。事后我看见一则以最高领袖的语录制成的海报标语:伊朗从哀悼仪式中熬过来了。我敢说确实如此。

当天我碰见了许多人,他们像卡通里的人物般出现又消失。我在那儿瞥见的是法丽德吗?她属于一个极端激进的左翼团体,我弟弟认识她的一些同志,把她介绍给我,认为她可以协助我安

① 人民圣战者组织(People's Mujahideen of Iran),伊朗追求政教分离的民主运动。

顿下来。我一晃眼看到她，和往常一样正忙着要攻击某人或某事，但随即便失去她的踪影。

我站在旋涡中心，奋力寻觅着熟悉的面孔。在这类示威游行中，我总是跟同行的人失散。此时我已经和丈夫走散，也找了他好一阵子。人潮往我这儿推挤，声音似乎从不同的麦克风四面八方回荡而来。墙上、门上、橱窗，甚至树上，到处都是塔里加尼的海报。大学前那条宽广的大路变窄了，但为了容纳我们的活动，似乎又变宽了。有好长一段时间，我麻木地移动着，随着群众的节奏摇摆。然后我发现自己边捶树干边哭，哭得一发不可收拾，仿佛死了心爱的至亲，在茫茫人海中已孑然一身。

5

1979 年 9 月开学前，我几乎把所有时间都拿去搜寻我的课程大纲里需用到的书。有次在一家书店，我正在翻找仅存的几本《了不起的盖茨比》和《永别了，武器》，老板走了过来。"假如你对这些有兴趣，最好现在赶紧买。"他说着，难过地摇摇头。我同情地看着他，却又得意地说："需求量太大了，他们根本无能为力，对吧？"

他说得没错，没过几个月，就难以发现菲茨杰拉德与海明威的踪迹了。政府无法一举扫荡书店里所有的这类书，却勒令逐步关闭最重要的外文书店，阻止外文书在伊朗流通。

第一堂课的前一夜，我像第一天上学的小孩子一样紧张。我郑重其事地挑好上课穿的衣服，也检查了我贫乏的藏书。我把大部分的书留给在美国的弟媳保管，还包括一面父亲送我的古董镜。本以为过一阵子会去美国把所有东西带回来，没想到再回美国已经是十一个年头以后了，那时我弟媳早就把大部分书送人了。

第一天，我带着可靠的《了不起的盖茨比》去大学上课。书的陈旧与否有其代表的含义，愈破烂肮脏表示它愈贴近我的心。书店里还买得到《哈克贝利·费恩历险记》，于是我兴奋地买了本新的。几经犹豫之后，还买了我书单上没列的《埃达》，作为备份。

这所大学兴建于礼萨·汗国王[①]在位的20世纪30年代。校园内的主建筑物天花板挑得很高，由粗大的水泥圆柱支撑，冬天略嫌寒冷，夏天略嫌阴湿。记忆的错觉夸张了它们的体积，也许实际上并没有印象中那么巨大巍峨，不过30年代建筑物的广阔，让人有种奇特的感觉，仿佛它们专为群众而建，置身其中永远无法自在。

通往英文系的路上，在宽阔阶梯底部的大厅中有不同的摊位，我心不在焉地浏览而过。那儿有十几张长桌，摆满属于各革命团体的文学作品。学生三五成群地高谈阔论，甚至唇枪舌剑，随时准备好要捍卫自己的领域。现场没有明显可见的敌人，却弥漫着剑拔弩张的气氛。

那是伊朗史上的关键时期，宪法的制定与新政权的精神，已掀起一场全面性的战争。大多数民众，包括重要的神职人员，都支持政教分离的宪法。来自世俗界与宗教界的强大反对势力，正

① 礼萨·汗(Reza Shah)，巴列维国王之父。

酝酿要抗议统治集团内的专制倾向。势力最雄厚的反对团体为阿亚图拉沙里亚特马达里所领导的“穆斯林人民共和党”(Muslim People's Republican Party),以及“国家民主前锋”(National Democratic Front)。后者由世俗界的革新论者组成,他们站在冲突最前线,为捍卫民主权利(包括妇女权利和言论自由权)而不遗余力。当时他们深得民心,借已故民族英雄摩萨台逝世十二周年纪念,吸引近百万民众到摩萨台墓所在的阿哈玛阿巴德村。他们力主成立制宪会议。深孚众望且最进步的报纸《阳德根报》(*Ayandegan*)遭勒令停业后,引发一连串暴力示威,民兵在政府支持下,强力镇压示威群众。那段日子时常看到这些打手骑着插有黑旗的摩托车经过,偶尔还有一名教士搭防弹的奔驰车做前导。尽管种种恶兆层出不穷,伊朗人民党(Communist Tudeh Party)和马克思主义游击队组织(Marxist Fedayin Organization)仍支持极端的保守势力,反对他们所谓的自由分子,并继续对首相巴札尔干施压,他们怀疑首相有美国在背后撑腰。

反对势力遭到严重的暴力打压,最高领袖提出了警告:“穿木屐包头巾的人已经给过你们一个机会。每场革命后,数千名堕落分子公开遭处决烧毁,事件到此为止。他们不准再发行报纸。”他拿十月革命作例子,并指出政府操控媒体的事实,接着说:“我们即将查禁所有政党,只留下一个或少数表现规矩的政党……我们都会犯错,原以为我们面对的是人,但显然事实并非如此。我们面对的是禽兽,而我们将不再姑息纵容。”

如今回顾那些年所发生的事,我对自己全神贯注于工作的程度觉得不可思议,因为学生对我的接受程度和政局的动荡不安,同样令我忧心忡忡。

我的第一堂课是在一面开窗的长教室上的。我进去时里面坐满了人,可是等我走到讲台后面,紧张的心情便一扫而空。学生们一反常态地安静,我手上抱满为这堂课准备的书和影印讲义,其中混合筛选了有波斯译文的革命性作家之作,以及菲茨杰拉德、福克纳与伍尔夫等“精英名流”的作品。

那堂课一切顺利,接下来的课就容易得多。当时我热诚、天真、满怀理想,又醉心于我的书。学生对我和K博士都很好奇,K博士就是我在A博士办公室附近差点撞上的那位卷发青年,在多数学生都竭尽所能地赶走他们的教授之时,校方新聘我们这些人是有点奇怪。至于学生驱赶的对象则都是“反革命”的,“反革命”一词包罗范围相当之广,从在旧政府底下做事,到讲课用词不雅都算。

第一天我问学生:小说应达成什么目的?我们何必花费大把时间读小说?这是个奇怪的开场白,不过我的确吸引了他们的注意。我说明我们即将在这学期阅读和讨论到许多不同的作家,但这些作家所具备的一个共同点是颠覆性。有些作家,如高尔基或高德,在政治目标上公然具颠覆性;有的如菲茨杰拉德与马克·吐温,在我看来反而更具颠覆力,尽管表面上较不明显。我告诉学生以后会再回头讨论什么是颠覆性,因为我对它的诠释和认知与一般的定义稍有不同。我在黑板上写下德国思想家阿多诺最令我欣赏的名言之一:“道德的最高形式是在自己家中而不觉得在家。”我向他们说明最伟大的想象之作,目的在于使读者觉得在自己家中却仿佛陌生人。最优秀的小说总是逼我们质疑平常被我们视为理所当然之事，质疑看似不可改变的传统与期待。我告诉学生我要他们在阅读时，用心思考这些作品引起他们什么样的不安、什么样的忧虑，如何逼他们环顾周遭，像梦游奇境的爱丽丝般，透过不同的眼睛来观察世界。

当时政治阵营是辨别学生与教职员的主要依据。我逐渐将名字和面孔搭配了起来，学会念那些名字，弄清谁联合谁、抵制谁，谁又是属于哪个团体组织。这些影像在脑海中凭空显现是非常恐怖的，好像死者的脸孔阴魂不散，回到人间完成未竟的心愿。

我可以看见巴赫里先生在中间一排一会儿转笔，一会儿埋头疾书。我不禁揣测他在记下我的话，抑或假装如此？每隔一段时间他就抬起头注视着我，似乎绞尽脑汁在解谜，然后又低下头继续写他的东西。

靠窗第二排有个男人的脸我记得很清楚。他双手交叉抱在胸前，神情倨傲地听着讲，一字不漏地记录着，并非因为他想要或需要学习，而是基于某种私人的理由，决定不漏掉任何一个字。后面我将称他为尼亚纪先生。

最激进的学生脸上挂着嘲讽的冷笑，坐最后几排。有张面孔在我记忆里十分清晰，叫玛贺塔布，她腼腆地坐在那儿，眼睛直盯着黑板，始终在意着坐她左右两侧的人。她的皮肤黝黑，单纯的脸孔似乎还保有稚儿的丰腴，一双眼睛显得无奈而忧伤。后来我得知她来自伊朗南部的一个石油城阿巴丹。

当然还有莎琳和她朋友薇达。第一天她们就吸引了我的目光，因为她们看起来是那么与众不同，仿佛她们的不同使她们没资格上这堂课，或没资格踏进这所大学校园。她们不属于当时壁垒分明的几派学生的任何一派。左翼学生的胡须覆盖住上唇，以便和穆斯林在上唇与胡须间刮出一条细缝的样式有所区别。有的穆斯林也在下巴留胡子或络腮胡。左翼的女性穿卡其色或墨绿色的宽松衬衫与长裤，以及穆斯林女性的头巾或罩袍。介于这两条主流间的无政治立场的学生，全都自动被贴上君主政治同路人的标签。但即使真正的君主政治派，也不见得会像莎琳和薇达那么引人侧目。

莎琳有吹弹欲破的白皙肌肤，一双眼睛温柔如蜜，发色淡棕，整齐梳到耳后。她和薇达坐最右边第一排，靠近门边，两人都笑吟吟的。她们以那副粉嫩、安详的模样出现在课堂上，似乎有点冒失。即使当时已放弃所有革命主张的我，也对她们的外表感到意外。

薇达比较朴素，比较具有传统的书卷气，但一碰上莎琳，却随时有脱轨失控之虞。她们和许多人不同，不会为自己的中间立场辩白，似乎也不觉得有辩白的必要。那时候的学生动辄罢课，几乎每天都有新的争端、新的事件，而在这一切纷扰中，莎琳与她朋友总是打扮得清新整洁，不为所动地出现在每一堂课，刻意的成分大过尽本分的心态。

记得有一天，班上的左翼学生为了抗议三名革命人士遇害而罢课，我正要走下楼，却被她们拦住。我在上一堂课提过，我指定的有些书并不好找。她们想告诉我德黑兰有一家英文书存量最多的书店，还热心告诉我那儿仍有几本《了不起的盖茨比》及贝娄的《赫索格》(*Herzog*)。

她们已经看过《了不起的盖茨比》了。“菲茨杰拉德的其他书和这本类似吗?"我们边谈菲茨杰拉德,边走下宽阔的阶梯,途经许多贩卖政治商品的桌子,以及聚集在张贴报纸的墙壁前的可观群众。我们走上滚烫的柏油路,在穿越校园的溪畔找凳子坐下,像孩童分享偷来的樱桃般热烈地讨论着。我感觉一下子年轻了起来,我们谈着,不时开怀而笑。然后我们继续走各自的路,但这份亲密融洽再未曾出现过。

6

革命后的大规模清算引发了国际人权组织的抗议,最高领袖的回应是:"罪犯不应接受审判,审判罪犯违反人权。我们应该在确知罪犯身份的当下,立即处决他们,才符合人权。人权组织居然因为我们处决暴力分子而批评我们。"巴列维政府垮台所带来的自由欢庆情绪,随即被新政权接连不断处决"反革命分子"所造成的恐怖气氛取代,一支支自组民兵所组成的新的治安组织,以恐怖统治了街头。

姓名:欧米德·加里布

性别:男

逮捕日期:1980年6月9日

拘留地点:德黑兰夸瑟监狱

罪名:西化,在西式家庭长大;于欧洲求学,滞留过久;抽云斯顿香烟;有左倾迹象。

判决:服刑三年后处决

审判数据:被告于不公开的密室中受审。被告在当局截获其寄给法国友人的一封信后,遭到逮捕,1980年被判入狱三年。1982年2月2日欧米德·加里布服刑期间,其父母接获被告已遭处决的消息。处决当时的情况未明。

备注:
处决日期:1982年1月31日
处决地点:德黑兰
资料出处:国际特赦组织公报,第十二卷,1982年7月号

当年我们全是大都会里拥挤街头的过客,把脸深埋于衣领下,只顾自己的烦恼。我觉得跟大部分学生都有隔阂。在美国时,我们常高喊着某某去死,那些诅咒的象征意义大过实质意义,仿佛由于口号不可能实现,鼓舞我们更加坚持自己的主张。可是在1979年的德黑兰,这些口号却令人毛骨悚然地、精确地变成现实。我感到无助,所有的梦想与口号正逐一实现,逃避不了。

到10月中旬,我们已经上了将近三周的课,我渐渐习惯大学里不规则的生活节奏。我们的常规课程几乎没一天不被死亡或暗杀事件打断,为了各种不同原因所举办的集会与示威在大学里层出不穷,几乎每星期都有课因微不足道的借口而遭抵制或取消。唯一能让我的生活保有正常步调与节奏的方法,便是读我的书,并慢慢调整我混乱的课表。尽管处于如此动荡的情势中,我的课上得还算规律,而且学生出勤率也高,大多数都会来,令我相当意外。

10 月某个阳光和煦的日子，我们的大楼前有大批群众围绕着历史系一位著名的左派教授。我试图穿过人潮，途中又冲动地停下来听她演说。她说了什么，我已不太记得，可是我的脑海却烙下她演说的片段，并将那些话深藏于安全的角落。她告诉群众为了独立，她愿意戴上面纱，她要以戴面纱的方式反抗美帝，让他们瞧瞧……让他们瞧什么？

我连忙拾级而上，到英文系的会议室和约好的学生巴赫里先生碰面。我们之间维持着纯粹的老师和学生的关系，我习惯以他的姓称呼他，想到他的时候脑海中也仅出现其姓氏，以至于到后来居然忘了他的名。总之这是题外话。至于他这个人给我的印象反而或许是他的白肤黑发，即使开了口依然滞留不去的固执沉默，以及似乎永远斜在嘴角的冷笑。他所说的一切，都带有这冷笑的影子，让人觉得他总有话保留未说并如此露骨地隐藏着，令他居于上风。

巴赫里先生所写的《哈克贝利·费恩历险记》报告是最出色的学生报告，而从那天起到我离开德黑兰大学的教职为止，在纷乱扰攘的会议中，他似乎总出现在我左右或身后。他几乎成了我的影子，将斜嘴冷笑的沉默重重压在我身上。

他想让我知道他喜欢我的课，“他们”也欣赏我的教法。我布置了太多阅读作业，起初学生们酝酿罢课，但经过三思后，又投票否决了。他今天是来要求我，或说指示我添加更多革命题材，教更多革命作家的东西。我们展开一番舌战，激烈地辩论“文学”“激进”“中产阶级”和“革命”等词汇所代表的含义，不过光定义我们便难以取得共识。在整个白热化的交谈过程中，我们都站在一张被空椅环绕的长桌末端。

谈话结束时，我情绪亢奋，不由得向他伸出手以示友善。他故意不发一语地收回双手，摆在背后，仿佛表示不可能与我握手。我困惑不已，觉得革命的新派作风实在太陌生，一下子适应不过来。后来我把这情况转述给一位同事听，他揶揄地笑着提醒我，穆斯林男子不会也不该碰触妻子、母亲或姐妹以外的女人。他难以置信地转过头来对我说："你真的不知道？"

那出师不利的握手给我的感受和那天的初次接触，以及天真、激昂的交锋所产生的余韵，成为我的伊朗经历，尤其教学经历中深刻的印迹。我的学生嘴角斜笑的意象，聪明但晦涩，滞留于我脑海挥之不去，而那房间、墙壁、椅子和会议长桌，已蒙上一层层通常在小说中称为尘埃的东西。

7

最初几周的课都耗在开不完的会议上，有系会议、教职员会议和师生会议；我们去开会声援妇女、劳工、好战的库尔德或土库曼少数民族。当时我和系主任、聪明而激进的同事法丽德，以及心理系、德语系和语言学的其他几位同事成了同盟兼好友。我们结伴去大学附近一家最受欢迎的餐厅吃午饭，交换最新消息与笑话，无拘无束的心情已与周遭格格不入，但我们仍未放弃希望。

在这些午餐聚会期间，大多时候我们都在开一位同事的玩笑，他非常担心自己会丢了差事，由于在课堂上口出"秽言"，穆斯林学生已扬言要将他踢出学校。其实此君颇爱杞人忧天，他说他刚与太太离婚,必须负担她的赡养费,再加上家里和游泳池的开销又不小。我们听他絮絮叨叨说着这座泳池的事。不知何故,他老是把自己和盖茨比相提并论,说自己是小盖茨比,但其实根本风马牛不相及。我看得出的唯一相似之处,只有游泳池,而他在解读所有不朽的创作时,都戴上这副虚荣的有色眼镜。结果他并未被赶出学校,反而待得比我们其他人还久,但他最聪明的学生,却逐渐忍受不了他,多年后,我发现其中两名优秀的学生尼玛与玛纳,还因与他意见相左,付出了惨痛的代价。就我所知,目前他仍在那儿任教,年复一年,向新进学生重弹老调。除了又娶个比他年轻许多的新太太外,没什么改变。

午餐聚会之外的空当,我们还到当时尚未歇业的电影俱乐部看梅尔·布鲁克斯和安东尼奥尼的电影;浩浩荡荡去参观展览,依然相信拥护最高领袖的群众不会得逞,战争尚未结束。A博士带我们去参观礼萨·汗国王时代的抗议示威摄影展,他走在前头,从第一年起,每次都会指着多幅不同的照片说:“你们看到有几个毛拉[①]在示威,又有几个某某之子走上街头为伊朗呐喊。”同时阴谋诡计正在酝酿,暗杀行动不断发生,有些甚至采取自杀炸弹的翻新手法。世俗分子和自由派人士遭驱逐,最高领袖反对美国这个“大撒旦”与其国内密探的言论愈发敌对、恶毒。

令人惊奇的是,所有的事到头来都能落入惯例常规。我似乎没注意到生活的无常隐藏在各个稳定的表面之下。过了一阵子,连革命也找到了自己的节奏:暴力、处决、公开承认未犯的罪,还

① 毛拉(mullah),伊斯兰教内的称号,加在国王、苏丹、学者的姓名之前。

有冷静地大谈要砍断小偷手脚、处死政治犯的法官们,因为目前监狱的空间已经不够了。有一天我坐着看电视,被荧光屏上的一对母子吸引住了。儿子是某个马克思组织的成员,母亲正训斥着他,说他罪该万死,因为他背叛了革命和信仰,而他也赞同她。他们坐在一个看似空舞台的地方,上面除了他们坐的两张椅子外别无他物。他们面对面坐着,仿佛谈的是他即将举行的婚礼细节,其实他们正轻描淡写地谈论,由于他的罪行令人发指,唯一能赎罪和挽救家族名声的方法便是拥抱死亡。

到了早晨,我腋下夹着《哈克贝利·费恩历险记》穿过通往大学的宽阔林荫道。接近校园时,墙上标语的数量和暴戾程度都增加了。我不曾看过墙上有任何一张抗议海报是反杀戮的,那上面几乎清一色主张要更多的血腥。我和其他人一样,埋头自扫门前雪,唯独到了黑夜,日益强烈的绝望与噩梦,才会毫无禁忌地倾泻于日记里。

此刻我翻阅黑色塑料皮、写着不同墨色字迹的日记时,才发现那份失望从未波及我生活的表面。尽管报纸、电视全版大幅报道,我在日记中还是记录了平日极少谈论的死亡事件。

有天晚上在家时,我去厨房倒水,无意间瞥见前国家安全情报局局长鼻青眼肿地出现在电视上,他曾是令人闻之色变的将领,以手段残酷著称,也是诬陷我父亲、害他身陷囹圄的官员之一。这应是他认罪现场的回放,因为他早在数月前便已遭杀害。我还记得父亲仍在狱中时,母亲经常咒骂这名将军和他的同谋。如今他穿着平民的衣服,在那儿向法官们苦苦求饶,而法官的残酷无情更是连他自己都难以想象。他脸上没有丝毫人的表情,仿佛已被迫否定了昔日的自己,并且正在承认他已丧失了身为人的资格。我莫名地与他感同身受,好像他尊严扫地也连带使我变得卑微。我多少次梦想过要报复这个人?难道梦想是以这种方式实现的吗?

官方的日报在下一波处决行动后,刊出了他和其他几人的照片。这些照片也刊登于纸张泛黄的廉价小册子,摆在街头书报摊,和保健美容书刊一起卖。我买了一本这类恶毒的小册子,想记住所有的事。尽管面临最后的恐惧时刻,他们的脸仍被迫摆出无畏死亡的安详表情。但那些可怖的镇定脸孔,在我们这些幸存者心底,激起了多大的无助与绝望?

往后数月甚至数年,每隔一阵子,比冉和我总会愕然发现往日在美的旧同志出现于电视的样板审判中。他们急切地谴责自己过去的行为,抨击旧同志、旧自我,坦承自己是伊斯兰之敌。我们总不发一语地看这些节目,比冉比我镇定,很少显露内心的波澜。他坐在沙发上,两眼直盯着电视屏幕,几乎一动也不动;我则坐立不安,起身倒水,或换位置坐。当我转过头去看比冉时,他总是一派宁静,有时令我不由得怒从中来。他怎能如此镇定?有一次我站起身,坐在他沙发旁的地上。我感到前所未有的孤独。几分钟后,他把手搭在我肩上。

我转过头问比冉:“你有没有想过这种事可能发生在我们身上?”他说:“我没想过,不过我应该要想到才对。我们帮忙制造了这场混乱之后,不该只得将就当局政权。”就某方面而言,他说得没错。从1979年1月16日巴列维出逃到2月霍梅尼归国之间,有一段短暂的时期是由民族阵线领袖之一的巴赫蒂亚尔博士担任首相。巴赫蒂亚尔或许是当时最具民主思想和高瞻远瞩的反对党领袖,他不拥护巴列维,反而起来反抗,加入最高领袖的阵容。他随即解散伊朗的秘密警察,释放政治犯。后来否决巴赫蒂亚尔,却以一个更保守、更专制的政权来取代巴列维王朝的伊朗人民和知识分子,都犯了严重的判断错误。我记得当时比冉是唯一支持巴赫蒂亚尔的人,其他人,包括我在内,只求毁掉旧制度,却没考虑到后果。

有一天翻开早报,我看见阿里、法拉玛尔兹及学生运动中其他学生的照片,当下便知道他们已经遇害了。和那些将领所不同的是,他们的照片并非处决后才拍的,而是护照和学生证上用的旧照片。在这些天真的照片中,他们刻意笑着让摄影机取镜。我撕下那些照片,藏在柜子里好几个月,又把它藏在鞋子里,几乎每天都拿出来看,看看那些在某个国度见过最后一面、如今只能在梦中回味的面孔。

8

巴赫里先生起初在课堂上相当拘谨,不轻易开口,自从我们碰过面,有了相当深入的交谈后,他才开始有话说。他说话慢条斯理,好似边构思边表达,没说几个字就得顿上一顿。在我看来,他就像个初学步的小孩,需要测试地面,发掘自我未知的潜能。当时他也正逐渐热衷政治,成为政府支持的学生团体——穆斯林学生协会——活跃的一员,而我愈来愈常在走廊的激辩场合发现他的踪迹。他的眼神、目标和决心,举手投足都让人深感事态的急迫。

等我对他有了进一步的了解后,发觉他并不如我原先想的那么高傲。也可能是我已逐渐习惯了他特有的高傲。那是一种天性内向的年轻人发现了伊斯兰这绝对论者的避风港后,不由自主地散发出的高傲。正是他的顽固和刚获得的这份肯定,使他变得高傲。有时他也会非常和善,而且说话从不看着对方的眼睛,不仅因为穆斯林男子不该注视妇女的眼睛,更因为他实在太害羞了。这种傲慢交织着腼腆的个性,引发我的好奇。

我们交谈时,似乎总在开一场私下的会议,而且几乎不曾意见相同过,但我们非得把双方的分歧拿出来辩上一辩,非得要说服对方接受自己立场是正确的不可。我愈离题,他的攻势就愈猛烈,但不知不觉中却又主客逐渐易位。他不善于煽动,演说不够精彩,也称不上激昂,但他锲而不舍,步步进逼,耐心决心十足。到我被该大学开除时,他已是伊斯兰学生协会的主席。

激进派学生罢课时,他是少数出席的学生之一,显然不赞同他们的做法。在这些大多数学生缺席的课堂中,我们通常谈论正在校园发展的事件或当时的热门政治话题。他小心翼翼地想让我了解何谓政治上的伊斯兰,我却立即回绝他的好意,因为我最排斥的便是以政治实体形式存在的伊斯兰。我告诉他:"我祖母是最虔诚的穆斯林,甚至比你巴赫里先生虔诚,但她仍避讳宗教与政治牵扯不清。有件事令她气愤不已:对她而言,她的面纱象征她与神之间圣洁的关系,如今却沦为权势的工具,戴面纱的妇女则成为政治的表征。你所效忠的是什么?巴赫里先生,是伊斯兰还是这个国家?"

我并非不喜欢巴赫里先生,却习惯把一切过错怪罪于他,将他视为罪魁祸首。他被海明威难倒了,对菲茨杰拉德又爱又恨,喜欢马克·吐温,认为我们也该出一个像他那样具民族代表性的作家。我喜爱且欣赏马克·吐温,却认为所有作家都是民族作家,没有所谓的具民族代表性的作家这种东西。

9

我记不得那个星期日乍闻美国大使馆遭一群乌合的学生占领的消息时,我正在做什么,我只记得那天风和日丽。这消息直到翌日才传开来,因为最高领袖的儿子阿哈玛德宣布其父支持这批学生的行动,并发表了一份挑衅性的声明:“他们若不将人犯交出,我们将采取必要的手段。”人犯指的是巴列维和巴赫蒂亚尔。两天后,即 11 月 6 日,逐渐遭宗教强硬派和左翼分子质疑为亲西方自由派的首相巴札尔干辞职。

不久之后,大使馆的墙上布满新的标语:**“美国奈何不了我们!”“这不是美国与伊朗之争,是伊斯兰教与渎神之战!”“我们流的血愈多,日后愈壮大。”**人行道上已架起一座帐篷,挂满反美的宣传文字,揭露美国在全球各地的罪行,主张必须将革命延伸到国外。大学里的情绪既欢乐又不安,我的一些学生失踪了,包括巴赫里和尼亚纪在内,他们想必活跃于这项新抗争的前线。激烈的讨论和兴奋的耳语取代了正规的课程。

宗教和左翼组织赞成挟持人质,尤其人民圣战者组织与马克思主义游击队组织。我记得在一场热烈的论战中,有一名被戏称为自由派的学生不断地说:“挟持人质有何意义？我们不是已经把他们踢出局了吗?”我的一个学生毫无理性地反驳道:“还早得很,美国的影响仍四处可见,得等到美国之音也被查封了,我们才算自由。”

到那时美国大使馆已不叫美国大使馆,它成了“间谍窝”。出租车司机问我们上哪儿,我们会说请载我们去间谍窝。民众每天从乡下村庄被公车载来,连美国在哪儿都不知道,还以为自己真被载到美国去了。他们领到食物和钱,可以留在间谍窝前谈笑,和家人野餐,条件是他们必须留在那儿示威,高喊“美国去死”,隔一阵子就烧烧美国国旗。

三个男人围成半圆,热烈交谈着,再过去一点,有两名穿黑色罩袍、周遭围着三四个小孩的女人正在做三明治,做好了就把三明治递给那些男人。节庆吗？野餐吗？还是伊斯兰的伍德斯托克[①]？如果再靠近一点,就可以听见他们的对话。其中一人说,有成千上万的美国人即将成为伊斯兰教徒,把卡特总统吓破了胆。另一人边咬三明治边说:“他该怕的。”“听说美国警察正在没收伊玛目[②]的肖像。”真相与谣言交错混淆:“据说巴列维遭昔日的西方盟友苛待。”“美国境内即将掀起伊斯兰革命。”“美国会把他交出来吗?”

再过去,可以听见更尖锐、简略的片段。“但这不是民主的中

① 1969 年 8 月于美国伍德斯托克(Woodstock)举办的摇滚音乐节,代表 1960 年代青少年反文化的巅峰。

② 伊玛目(Imam),伊斯兰教中有宗教领袖之意。——编者注

央集权……宗教独裁……长期的盟友……”而最常听到的莫过于“自由派”这几个字。四五个腋下夹着书本与小册子的学生正专注地讨论着，我认出其中一名是我的左派学生，他看见我，露出笑容，走了过来。“嗨，教授，我看到你加入我们了。”“谁是我们？”我问他。他一本正经地说：“大众，真正的人民。”我说：“但这不是你该参加的示威行动。”他说：“那你可就错了，我们必须每天到场，让火继续燃烧下去，免得自由派有机可乘。”

扩音器打断了我们。“不要东也不要西，我们要的是共和国政权！”“美国能奈我何！”“我们宁可抗争，宁可牺牲，也不愿妥协！”

我实在忍受不了大使馆前群众这种欢欣鼓舞、趾高气扬的气势。两条街外，有另一种截然不同的现实正在发展。有时在我看来，政府似乎在独立的小宇宙中兀自运作，就像成立了一个大马戏班，推出了一场盛大的表演，人们却埋头做各自的事。

美国这个我所认识和居住过的地方，突然被革命幻化为想象中的国度。我记忆中的旧美国急速退场，被大声叫嚣的新定义取而代之，美国神话从此开始掌控伊朗。即使那些希望美国垮台的人，也着了它的魔。美国已同时成为撒旦国和失乐园。对美国的那份诡谲好奇已被点燃，假以时日，人质挟持者也将被其绑架。

10

我 1980 年的日记上有条小小的脚注：“杰夫送的《了不起的盖茨比》。”杰夫是纽约来的美国记者，我和他一起逛了几个月的德黑兰街巷。当时我不明白自己为何变得如此依赖散步,有些人承受压力时借酒浇愁,我则找上杰夫。我亟须向我已暂时离开且看似永远回不去的另一个世界倾诉我所目睹的一切。我开始写信给美国的朋友,巨细靡遗描述伊朗的生活,但这些信大多没寄出。

杰夫显然是孤独的,尽管执迷地热爱他的工作,工作上也得到相当的好评,他仍需要和会说他语言的人谈心,分享故乡的回忆。令我意外的是,我也为同样的困境所苦。我刚回到自己的家,终于可以说自己的母语了,却渴望能和懂英语的人说话,若是带纽约腔的人更佳。此人最好还是个聪明的人,欣赏《了不起的盖茨比》和哈根达斯冰激凌,而且熟识麦克·高德的纽约下东城。

我已经开始做噩梦,有时在尖叫中惊醒,主要是因为我觉得再也离不开这个国家。这感觉有部分建立在明确的事实上,因为我尝试离开的头两次都在机场被截回,有一次甚至被护送回革命法庭的总部。到头来,我十一年没离开伊朗,即使在十分有把握获得批准之后,我光是前往护照处申请护照这个简单的动作,都做不出来。我觉得瘫软无力。

11

艺术不再势利或懦弱,它教导农民使用牵引机,为青年士兵作词,替工厂设计女装布料,帮劳工戏院写滑稽剧,做上百件有用的事。艺术和面包一样实用。

这段不算短的声明摘自麦克·高德 1929 年发表于激进杂志《新大众》的一篇文章《迈向无产阶级艺术》(*Toward Proletarian Art*)。当时这篇文章极受瞩目,还使美国文学年鉴诞生了一个新名词:无产阶级作家。基于它受严肃作家的影响和正视这点,便显示出时代在改变。《了不起的盖茨比》出版于 1925 年,《夜色温柔》(*Tender Is the Night*)出版于 1934 年,在这两部杰作出版之间,美国和欧洲相继发生了许多事,让高德得以引领一时风骚,同时也降低了菲茨杰拉德的重要性,使他几乎与社交圈和文艺界脱离。当时除了大萧条,还有逐渐增强的法西斯威胁,以及日益壮大的马克思社会主义的影响。

我开始教《了不起的盖茨比》之前,我们曾在课堂上讨论过高尔基与高德的一些短篇。当时高尔基很红,他有多篇短篇故事和小说《母亲》(*The Mother*)被译成波斯文,革命分子不论老少,都读他的作品。这使得《了不起的盖茨比》似乎文不对题,在几乎所有学生都燃烧着革命热情的大学里,选择它当教材实在唐突。然而此刻回顾,我发觉选择《了不起的盖茨比》才是正确的。时过境迁后,我逐渐领悟到,这部小说的价值观正好与革命的价值观背道而驰。讽刺的是,随着时间流逝,《了不起的盖茨比》固有的价值观才经得起岁月的考验,只是当时我们还不明白我们背离自己的梦想有多远。

我们从 11 月开始读《了不起的盖茨比》,但由于经常被打断,直到 1 月才念完。在某些书纷纷因道德败坏之名而遭禁的时局下教这样一本书,我是冒了风险的。大多数革命团体在个人自由的议题上与政府达成了共识,屈尊俯就地称其为“庸俗”“颓废”。

这使得新的统治集团更容易下达最富革命精神的法律,此时当局已禁止人民表达某些动作与情感,包括爱情在内。新政权创立新宪法或国会之前,已先废除婚姻保护法。它禁绝芭蕾与舞蹈,并且要女伶在演戏或唱歌之间择一。后来又不准女性唱歌,因为女人的声音和头发一样,传达出性的挑逗,应该隐藏起来。

我选择《了不起的盖茨比》并非根据当时的政治气候,而是基于它是一部优秀小说的考量。校方要我开 20 世纪小说的课,对我而言,这便是将它纳入教材的充分理由。再说它可以让学生一窥正逐渐离我们远去、失落于挞伐声中的另一个世界。我的学生会和尼克一样,同情盖茨比无可救药地爱上美丽但意志不坚的黛西·费伊吗?我一读再读,每次都有不断的惊奇。我迫不及待想与全班分享这本书,却又莫名其妙地迟疑,不情愿献宝。

学生们不大能进入《了不起的盖茨比》的状况。一个理想主义者深深爱上美丽的富家女,她却背叛了他,这样的故事无法令他们满意。对他们而言,人民、革命和伊斯兰这些字眼,才能传达出牺牲的定义。激情与背叛在他们心目中都是政治情绪,爱情与盖茨比对布坎南太太(即黛西)的神魂颠倒,也大相径庭。外遇在德黑兰属于众多罪行之一,因此法律为它制定了严苛的刑罚:石刑。

我告诉他们这部小说是美国的经典之作,在许多方面堪称美国小说的精髓。其他足以匹敌者包括《哈克贝利·费恩历险记》《白鲸》和霍桑的《红字》。有人认为美国梦的主题是这些小说卓越不朽的主因。我们身为文明古国的子民,不免执迷于过去的历史,而他们美国人则有美国梦,对于未来的愿景,怀抱浓烈的乡愁。

我告诉他们虽然这部小说专门在写盖茨比和美国梦，作者却希望小说能超越它自己的时空。我念了康拉德《“水仙号”上的黑人》(*The Nigger of the“Narcissus”*)序里菲茨杰拉德最喜欢的一段给他们听，康氏说艺术家“诉求我们接受喜悦与神奇的能力，感知生命奥秘的能力；诉求我们的恻隐之心、审美观和承受痛苦的能耐……诉求我们对结合无数孤寂心灵的凝聚力之不可名状、却坚定不移的信念，诉求做梦时、喜悦时、悲伤时、渴求时、妄想时、希望时、恐惧时，将人与人互相结合，将全人类系于一心的那份凝聚力——从死到生，从生到未生”。

我试着向学生解释麦克·高德和菲茨杰拉德写的是相同的主题：梦想，或是美国梦。高德当年只能凭空梦想的事，如今已在这遥远的国度实现，只不过套上伊朗共和国政权的陌生名称。他写道：“旧的理想必须死……让我们尽情投入革命的大沸锅中，因为光荣将从我们的死亡升起。”这样的句子在伊朗的任何报纸都可看到。高德所渴求的革命是马克思主义的革命，我们的则是伊斯兰的革命，两者皆属于意识形态的革命。伊斯兰革命的结果对伊斯兰本身的伤害，大过任何外来力量曾经造成的破坏。

我对学生说：“别只顾着追求核心主题和概念，仿佛它可以脱离故事本身而独立存在似的。故事背后的概念必须通过小说的经验传达给读者，而非附加于小说之外。现在一起挑选一幕来解说这观点，请翻到一百二十五页。我们再来看盖茨比初访汤姆·布坎南家的情景。巴赫里先生，麻烦你念一小段，从‘谁要……’开始。”

"谁要进城去?"黛西仍锲而不舍地问。盖茨比的视线瞟向她。"啊!"她嚷着,"你看起来好酷。"

他们目光相遇,注视着对方,仿佛四下只有他俩的存在。她勉强将视线移开,转向底下的桌子。

"你看起来总是这么酷。"她又说了一次。

她刚刚告诉他她爱他,汤姆·布坎南都看在眼里。他震惊得目瞪口呆,先看看盖茨比,再看看黛西,好像他才刚认出她是许久以前认识的故人。

"表面上,黛西只告诉盖茨比他看起来很酷,其实菲茨杰拉德是在告诉我们她仍爱着他,但他不愿直接告诉我们,他想让我们也在现场身历其境。我们来看他用什么方法使这一幕感觉像真实的情境。首先他在盖茨比和黛西之间制造了张力,再加上汤姆对于他们关系的恍然大悟,使情况更为复杂。这一刻悬在半空中,比尼克直接告诉读者黛西想让盖茨比知道她爱他,效果更强。"

"没错,"法尔占先生打岔道,"因为他爱的是钱,不是黛西。黛西只是个象征。"

"不对,是黛西,他爱上的是黛西。其中也牵扯到钱,但不全为了钱,甚至根本不为钱。他不直接告诉你,而是带你到那房里,重现几十年前那个炎炎夏日的感官体验,让我们读者在领悟到刚发生在盖茨比和黛西之间的事时,也和汤姆一样如当头棒喝。"

"但是我们活在这个世界,爱有什么用?"教室后方有个声音说。

“你觉得什么样的世界适合谈爱情?”我问。

尼亚纪先生举起了手。“我们现在没时间谈爱情。”他说,“我们已经献身给更崇高、神圣的爱。”

莎琳转头挖苦道:“不然你还为了争取什么而革命?”

尼亚纪先生顿时面红耳赤,愣了一会儿后,光火地拿起笔来大写特写。

此刻写下这段往事之际,我才惊觉当时的情况有些讽刺,因为我站在教室里大谈美国梦,窗外的扩音器却反复不断地唱着:“美国去死!”

即将下课时,我说:“小说不是寓言,而是另一个世界的感官体验,如果不进入那个世界,不和所有角色共同经历,不参与他们的命运起伏,便无法产生共鸣,而读小说最重要的就是要产生共鸣。吸收小说里的经验,即是读小说的方法。那么开始用力吸收吧! 我只希望大家记住这一点。今天到此为止,下课。”

12

1979 年秋到 1980 年夏这一整年,发生了许多扭转革命发展、改变我们人生的事件。一场场的战役打过了,也输掉了。其中最重要的一场战役是为女权而战,政府从一开始便掀起一场反女性的战争,而最重要的战役就发生在当时。

大约 11 月初的某一天,最后一个迟到者溜进教室后,我向学生宣布,他们为了私人的理由逃了许多课,原则上我并不赞同此种行为，可是那天我不得不违背自己的原则取消一堂课。我告诉他们我要去参加一场抗议集会，抗议政府强制妇女戴面纱，打压妇女权益。我已经错过一些反对革命政府歧视妇女政策的大型示威活动，因此决心不再错过任何一场。

我不知不觉过起两种不同的生活。表面上，我过的生活无异在主张自己是个正常人。这与我在学生时代所从事的政治活动迥然不同，当时我自称代表一群朦胧不明的"被压抑大众"；现在的主张则更为私人化。同时另一股隐秘的叛逆情绪开始在某些方面流露，例如持续不断地阅读，或以赫索格式的热情写信给美国的朋友，却从未寄出。我感到胸中涌起沉默的反抗，这也可能成为我表面上渴望为模糊不清的自我形象定调的主要原因。

从革命一开始，当局就曾多次试图强制妇女戴面纱未果，失败的原因是，以伊朗妇女为主的民众锲而不舍的强烈反抗。在许多层面上，面纱对于当局具有象征性的意义，若能重新让妇女戴上，将代表革命中宗教阶层的全面胜利，而这在革命初年并非十拿九稳的结果。礼萨·汗国王于1936年卸除妇女的面纱，此举在争议声中不但代表朝现代化迈进一步，更强烈意味着宗教势力被削减。革命时期，统治的神职人员必须重新夺权。如今我以后见之明将全局看得透彻，但在那个时候我可是当局者迷。

巴赫里先生听了我的话不由得一愣，莎琳继续保持惯有的微笑，薇达则鬼鬼祟祟地与她窃窃私语。我没怎么注意他们的反应，当时我非常愤怒，这种愤怒对我而言是全新的体验。

我宣布下课后，巴赫里先生仍在团团围着我的学生附近逗留了一会儿，但并未试图靠近。我已经把笔记和书收进袋子里，只剩《了不起的盖茨比》被我心不在焉地拎在手中。

我不想和玛贺塔布一伙人辩论，她们所属的马克思主义团体早已和政府站在同一阵线，将抗议者斥为偏差、离间、为帝国主义者效命。不知何故，我发觉我所辩论的对象不是巴赫里先生，而是这些表面上看似进步派的人。他们宣称："还有更大的鱼该下油锅，首先需要对付的就是帝国主义者和他们的走狗。把精神放在妇女权益上，是自私庸俗的，正好中了他们的计。""什么帝国主义者，哪儿来的走狗？你们指的是夜里出现在电视上那些俯首认罪、鼻青眼肿的脸吗？你们指的是那些最近被石头活活砸死的妓女？还是我以前的校长帕莎太太？只因当过教育部长，就和那些妓女一样被控上'败坏社会''性别犯罪'，以及'违背善良风俗与道德'的罪名？究竟为了他们声称的哪一条罪状，她需要被装进麻布袋，不是被砸死，就是被射杀？这些就是你们所谓的走狗吗？是否为了铲除这些人，我们就必须乖乖听话，不发出不平之鸣？我对你们的论调已经倒背如流，毕竟你们这些把戏我老早就玩过了。"

与左派学生的辩论，让我觉得好笑，仿佛在对年轻的我说话一样，那一张张既熟悉又陌生的脸孔上闪烁的光芒，令我害怕。我的学生比当初据理力争的我多点儿恭敬，少点儿火药味，毕竟与他们辩论的人是他们的教授，多少还得到他们的同情，而且是个可以拯救的同道者。

当我如今在幽暗的光亮下描写他们时，玛贺塔布的脸缓缓淡出，变成俄克拉何马州诺曼另一个同样年轻的女孩的面孔。

13

我住在俄克拉何马时，在学生运动中与我们敌对的派系，亦即伊朗学生联盟内最激进的一个团体，于俄克拉何马市召开了一场大会。我因为去得州参加另一场集会而错过这场大会。回来时我注意到“我们的人”和“他们的人”中间，都弥漫着一股不寻常的亢奋情绪。显然他们的成员之一，也是原先组织里的二把手，被怀疑是伊朗秘密警察（SAVAK）底下的间谍。有些狂热分子决定从他身上“逼出”真相。他们把他拐到“假日饭店”的房间，想以严刑拷打，包括用香烟烧手指的方式，逼他招供。当他们离开房间到停车场时，受害者逃脱了。

第二天大会开到一半，门突然被推开，几名牵着狗的联邦调查员和那“罪魁祸首”闯了进来，联邦探员要他指认攻击他的人。先前曾因我反革命的穿着而斥责我的一位朋友，以兴奋难抑的声音向我叙述事情的经过，还不断夸耀这是“群众的力量”。她所谓的“群众”乃参加大会的人，他们站到两边，让出一条路给联邦探员、警犬和倒霉的祸首通过。他经过时，他们纷纷以波斯语喃喃出言威吓。当他终于走到该派系的领导者之一面前时，忍不住崩溃大哭了起来，以波斯话问该领导者为何待他如此残酷。事实上这位领导者深孚众望，个子矮小，看似性情中人，与多位同志一样为了成为全职的革命者而休学。他经常戴顶便帽，穿件外套，模仿列宁。这位自封为“伊朗革命的列宁”的学生领袖得意地看着他，看他敢不敢向联邦探员“抖出来”。祸首最终不忍心指认加害他的人,便与探员一起离开了。这再度证明了被压迫大众的正当性。

次日《俄克拉何马日报》上刊出了一小篇报道,许多学生的反应比那篇报道更令我心凉。咖啡馆里,学生的聚会中,甚至诺曼阳光普照的大街上,只要有政治立场的学生一碰面,就会蹦出激烈的舌战。许多人赞同地引用斯大林同志的言论,从当时流行的《联共(布)党史简明教程》(*A Brief History of the Bolshevik Party*)或类似的书中摘录出几句话,拾人牙慧地主张必须一劳永逸歼灭企图颠覆革命的托洛茨基主义者(Trotskyite)、白军(White Guards)、白蚁蛀虫和毒老鼠。

我们的同志在学生聚会中喝着咖啡或可乐,慷慨激昂地为人民折磨和消灭其压迫者的权利辩护,干扰到邻桌谈情说爱的情侣。我仍记得其中有个矮胖的家伙,长着一张柔嫩温和的娃娃脸,圆滚滚的肚子从深蓝色毛衣底下凸了出来。他不肯坐下,矗立于桌边,手上的可乐像是随时要洒出来一样。他主张折磨有两种,杀人也有两种,一种是由敌人执行,另一种则是由全民之友执行,而杀害敌人是完全正当的行为。

当时巴赫里先生在某个急迫的论战上的立场已完全偏向我,我大可以告诉他:“听我说,愿不能乱许,梦也不能随便做,有朝一日梦想可能成真。”我大可以告诉他要从寂寞孤立的盖茨比身上学得教训,他企图挽回过去,为一个幻想,一个不该超越梦想范畴的梦想,添上血肉。他陈尸泳池底,死时和在世一样孤独。“我知道这本书你可能还没看到最后,你忙着从事你的政治活动,不论如何,让我来告诉你结局,因你似乎需要知道结尾。盖茨比死了。

黛西开着盖茨比的黄色车子碾过汤姆的情妇,盖茨比因黛西犯下的罪行而遇害。汤姆向死者的丈夫指认盖茨比,而就在盖茨比躺在泳池浮板上等黛西打电话来时,死者丈夫枪杀了盖茨比。不知我昔日的同志们曾否料到他们会被看成叛徒和奸细,在革命法庭中受审、受刑,终遭处决?他们料想得到吗,巴赫里先生?我可以向你打包票,他们完全没料到,做梦也想不到。”

14

我离开了玛贺塔布和她朋友们,但那些回忆可不容易抛开:它们追逐着我,就像恶作剧的乞丐直到抗争集会现场。抗议者之间形成了两个壁垒分明的敌对团体,彼此互不信任。其中较小的团体以公务员及家庭主妇为主,他们到场抗议是出自本能,因为自身的利益受到了威胁。显而易见,他们并不惯于从事示威活动,只会彷徨气愤地整群站在一起。另一个团体是像我一样对示威稍有了解的知识分子,再者是示威场上总会出现的叫嚣者,一如往常口出恶言,嚷嚷着口号。其中有两人对群众拍照,不怀好意地从一边跳到另一边。我们连忙遮住脸,扯开喉咙回骂。

没多久,民兵的数量愈来愈多,三五成群开始朝我们移动。警方对空鸣枪,手持刀、棍、石块的男子逼近了我们。警方不保护妇女,反而开始驱离我们,以枪柄推我们,命令“姐妹们”别惹事端,赶快回家。辱骂嘲弄声此起彼落,空气中弥漫着绝望的怒火。尽管挑衅事件不断,集会仍持续进行。

几天之后的晚上,工艺大学举办了另一场抗争活动。我抵达时,已经有大批人聚集在礼堂谈天说笑。一名高大体面、穿着耐穿的长裙、长发扎到耳后的女子朝讲台走去时,现场突然停电。有人发出了不满的低语,但是没人移动。演讲者僵硬地站在原地,不屑地把讲稿摆在面前,有两个人帮她拿蜡烛和手电筒,方便她看稿。在她身后的光线照耀下,只看得见她仿佛与身体脱离的脸庞和手上的白纸。在我印象里,只记得她抑扬顿挫的声音和现场微弱的光线。我们并未逐字听她的演说内容,在场是为了支持和见证这项行动,保护她在烛光摇曳中的形象。

那女人和我注定得在公开场合下聚首。我最后一次见到她是在 1999 年秋天的纽约,当时她以伊朗首屈一指的女权主义出版人身份,应邀到哥伦比亚大学参加座谈会。会议结束后,我们喝咖啡叙旧。自 1993 年在德黑兰书展上她邀我以现代小说为题演讲后,我就没再见过她了。演讲是在书展会场开阔的自助餐厅二楼举行的,我讲着讲着,对自己的主题愈来愈忘我投入,面纱便频频滑落、露出发际。听众不断增加,到后来连站的位置都没有。演讲一结束,这位女士立即被安全人员找去,因我不当滑落的面纱和煽动性的言论而遭非难。至于我在演说中所提到的小说作品,对于他们而言反而无足轻重。这件事以后,她所举办的系列演讲便遭到禁止。

我们在一家餐厅幽暗的角落里坐着,安安稳稳待在纽约柔和的夜晚熙攘的淡漠中,提起这些往事,不由得会心一笑。一时之间,我觉得她仿佛自多年前上台演讲以后丝毫没变,仍穿着耐穿的长裙,长发依旧系于耳后。唯一改变的是她的笑容,那是种迫切绝望的笑容。几个月后,她和多位著名的活跃分子、记者、作家和学生领袖一起被捕。这批人被逮捕是新一波的压制行动之一,期间有二十五家出版社被查封,许多异议人士被捕或入狱。消息传来时,我正在华盛顿特区的办公室,阔别已久的感觉席卷而来,令我感到彻底无助,胸中除了难以宣泄的怒气,还夹杂着模糊隐约却挥之不去的内疚。

15

大约就在和现下一样的仲秋时节,我又跟巴赫里先生谈起来。他说:"教授,他们其实活该,学生都非常气愤。"我们谈的是三名有被开除之虞的教职员,其中一名被点名主要是因为他是美国人。另一名是我那自封为小盖茨比的同事。他们两人都因在课堂上用词不雅而遭谴责,第三人则被指控为美国中央情报局的间谍。当时A博士仍是系主任,他不肯将他们免职。

A博士自己不久也失势了。革命初期,他因为替一名狱警辩护而被德黑兰大学的学生送上法庭。事情过了十八年,杂志上才有一篇文章提起这件事,那是他的学生、一位著名的女译者著文纪念他时提到的。她叙述有一天正在看电视上秘密警察和密探受审时,突然听见A博士熟悉的声音。他前来为从前的学生作证,他相信这名学生悲天悯人,经常帮助遭遇不幸的同学。A博士告诉革命法庭:"我相信将被告这方面的人格品行告知庭上,是我作为一个人应尽的义务。"在非黑即白的革命初期,这样的举动不但前所未闻,更是非常危险的。

就读于德黑兰大学夜间部的被告是位狱警,显然被控殴打和刑讯逼供政治犯。据说他能从轻发落，只判两年刑期，多亏A博士那番有利于他的证词。我的朋友故旧没人知道他后来的遭遇。

A博士的学生在文章中表达自己参与他的审判却未替他挺身而出的悔恨。接着她论定A博士的举动，体现了他在自己的文学课上所传授的准则，她说："这种行为只可能出现在全心投入于文学的人身上，他了解每个个体在人格上具有许多不同的层面……评判者必须将个人所有的人格层面纳入考量。唯有通过文学，人才能设身处地去体谅对方人格中不同且矛盾的层面，才能避免失之严酷。在文学的领域之外，人只显现出性格中的一面。但如果你能了解他们的不同层面，就不致轻易将它抹煞……假如我们曾经从A博士那儿学到这宝贵的一课，今天我们的社会就会美好得多。"

威胁开除我们是延续一整年的清算整肃潮的延伸。即使到今天，整肃行动也未曾稍减。我和A博士及另两位同事为这件事开完会后，气冲冲地穿过走道，碰上了巴赫里先生。他站在长廊角落，正和大学教职员伊斯兰协会的主席讲话，看两人交头接耳的样子，仿佛讨论的是严肃无比、生死攸关的大事。我叫了巴赫里先生，他恭敬地走向我，极有风度，掩饰住被我打岔可能引起的厌烦情绪。我拿审判教职员和违法遣散他们这件事向他兴师问罪。

他脸色一变，变得惊慌却坚决。他向我解释说我必须了解"情况已经改变了"。我说："'情况已经改变了'是什么意思？意思是道德对我们的学生很重要，意思是教职员必须向学生负责。这就足以把一个像A博士那么认真负责的老师抓去审判？"

巴赫里先生说他自己并未参与那场审判。“当然,A博士的态度过于西化,”他补充道,“既轻浮又散漫。”

我反唇相讥:“原来这就是我们对‘西化’一词的新定义。我们现在已经住在苏联了吗?A博士该为他的轻浮接受审判吗?”“不必,不过他应该懂得分寸。他不该去支持一个奸细,一个害死许多人的走狗。”接着他告诉我还有比A博士更重要的人待审呢!还有中情局的间谍仍自由来往于人民之间,例如我们自己的Z教授。

我告诉他,他们没有证据一口咬定那位先生就是中情局的间谍,何况我怀疑中情局会不会蠢到去雇用他那样的人。即使是那些他所谓的旧政权小官吏,不管他们有何罪状,都不该遭此待遇。我不懂伊斯兰政府何必对他们的死感到幸灾乐祸,到处炫耀他们被刑讯和处决后的照片。为何要让我们看这些照片?我们的学生又为何每天叫嚷着口号,要求判处更多人死刑?

起初巴赫里先生并未回答。他纹丝不动地站着,低垂着头,两手交握在身前。过了一会儿他开口了,讲得谨慎而缓慢。他说:“他们必须付出代价,他们是为过去的行为接受审判。伊朗人民不会姑息他们的罪行。”“那么这些新的罪行呢?”他最后一字才说完我便立刻问,“大家就该默默姑息这些新罪行吗?如今所有人都成了神的敌人,包括昔日的部长与教育家、妓女、左派革命人士在内,他们天天都在被杀害。这些人到底做了什么,活该遭此苦难?”

他的脸严厉了起来,眼中流露出固执之色。他反复说,人必须为自己昔日的罪过接受报应。“这可不是游戏,”他说,“这是场革命呀!”我反问他我是否也要为我的过去受审。他倒说了一句真话:“到最后我们都会得到报应。在生命的游戏中没有真正无辜的人,这点是肯定的。我们都会得到报应,但不是为我们被指控的这些罪名,而是为其他的事。”当时我并不知道我已经开始付出代价了,不知道那时候所发生的事就是对我的报应,要过很久以后我才明白。

16

时间很晚了,我一直待在图书馆。那段时期我经常泡在图书馆,因为书店里的“帝国主义”小说越来越难找。我夹着几本书从图书馆走出来时,注意到他就站在门边。他把两手交握在前面,以示尊重我这个老师,但从他不自然的苦脸上,我可以感受到他的优越感。我记得尼亚纪先生总是穿着白衬衫,扣子一路扣到脖子,衣角从不扎进裤腰。他身体结实,蓝眼睛,浅棕色小平头,脖子粗壮红润。他的脖子仿佛是用软黏土做的,端坐在他衣领上。他始终彬彬有礼。

“老师,可以占用您一点时间和您谈谈吗?”虽然学期已经过了一半,我却还没分配到办公室,因此我们就站在走廊上,我开始听他讲。他所不满的是盖茨比,他说他告诉我是为了我好。为了我好?多古怪的说法。他说我必定知道他对我有多尊敬,否则他不会来这儿跟我谈。他有所不满。对谁不满?为什么找我谈?引起他不满的是盖茨比呀!我打趣问他有没有对盖茨比先生提出正式的投诉,还提醒他这样的举动无论如何是没有用的,因为那位先生已经死了。

但他一本正经地说："不，教授，令我不满的不是盖茨比，而是这本小说。这小说伤风败俗，教坏年轻人，毒害年轻人的心。"我该看得出来吧？说实在我看不出。我提醒他《了不起的盖茨比》只是个虚构的故事，并非指南手册。他仍锲而不舍。我该看得出这些小说和小说人物已成为我们现实生活中的典范吧？或许对美国人而言，《了不起的盖茨比》还可以接受，但对于我们的革命青年可就不宜了。不知怎么的，一想到这个人可能在诱惑下成为盖茨比之流，就令我觉得十分有意思。

对尼亚纪先生而言，菲茨杰拉德的小说和他真实的生活之间并没差别，《了不起的盖茨比》代表美国的一切，美国则会污染我们的心灵；情况确实如此。"我们应该教伊朗学生反抗美国的不道德。"他说。他显得很认真，他来找我是出自一片好意。

我突然忍不住想捉弄他。那段时期的起诉都是公开的，我提议干脆来审判《了不起的盖茨比》，由尼亚纪先生担任检察官，但他也应该写一份报告提供证据。我告诉他菲茨杰拉德的书刚在美国出版时，有许多人和他有同感。他们的表达方式虽不同，但意思差不多，所以他不必觉得孤独。

第二天我把这计划告诉全班。当然，我们的审判不可能完全照规矩来，不过我们可以有检察官、辩方律师和被告；其他同学担任陪审团。检察官就由尼亚纪先生担任，我们还需要一个法官、一个被告和一个辩方律师。

由于没人自告奋勇扮演这三个角色，争论了半天，好不容易才说服一名左派学生担任法官。但尼亚纪先生和他的朋友们又有意见了,他们说这名学生对检方抱持偏见。进一步考虑之后,大家一致同意由温驯、好学、有点自大却又内向的法尔占先生担任法官。没有人想做被告,同学们强调由于这本书是我选的,我应该替它辩护。我反驳道,既然如此,我不该出任辩方律师,而应该当被告。我答应要与我的律师密切合作,并且在答辩时发言。正在与薇达私下讨论的莎琳几经劝诱后,终于主动站出来。莎琳想知道我是菲茨杰拉德还是那本书,最后我们选择书,因为我们在书中发现的某些特性,菲茨杰拉德不一定具备。大家赞成在这场审判中,班上其他同学随时都可以打断检方或辩方,发表见解或提出疑问。

我觉得我实在不该担任被告,这令检方处境尴尬。总之如果有学生愿意参与,势必精彩得多,可是没有人想替《了不起的盖茨比》说话。尼亚纪先生有种难以撼动的傲慢,毫无弹性可言,于是最后我决定,应该毫不保留地对他痛下杀手。

几天之后,巴赫里先生来找我,我们似乎很久没见面了。他有点儿气急败坏,我倒是乐在其中,这似乎是他第一次激动得忘了以精确、缓慢的方式说话。“有必要把这本书拿来公审吗?”我多少有点儿吃惊,难道他要我一句话也不替这本书说,就把它弃置一旁?“反正现在流行审判嘛!不是吗?”

17

审判前一整个星期,不论我做什么,不论和朋友家人讲话或准备课程,我有部分心思一直在酝酿着审判的辩词。这毕竟不仅是替《了不起的盖茨比》辩护而已，也是替评价文学、看待现实的整个方式辩护。比冉似乎觉得这一切很有趣，有一天他说我研究《了不起的盖茨比》，就像律师精读法律教科书般认真。我转过头来，看着他说："你不把这当一回事吧？"他说："我当然把它当一回事。你让自己在学生面前屈居劣势，你准许他们，不，不止；你逼迫他们质疑你身为老师所作的判断。所以这案子你非赢不可，这对第一学期开课的菜鸟老师而言是非常重要的。不过假如你想要博取我的同情，那就免了吧！坦白说，你自己爱得很呢！你爱这类的戏剧化和焦虑，接下来你搞不好要游说我相信整个革命都要靠它了。"

"但真是这样的——你看不出来吗？"我恳求道。他耸耸肩说："不用告诉我，我建议你把你的想法让最高领袖知道。"

审判当天，我很早就出门到校，先在花木扶疏的大道漫游一阵子，才朝教室走去。进入波斯暨外国语文学院时，我看见玛贺塔布和另一个女孩站在门边。那天她脸上带着奇特的笑，好像不用功的孩子刚考了一百分。她说："教授，不晓得你介不介意今天让娜丝琳在班上旁听。"我先看看她，再看看那小女孩；小女孩顶多十三四岁，长得非常漂亮，尽管她刻意掩饰。她的长相与表情不太搭得起来，那严肃的表情令人难以捉摸，而且绝对看不透。唯独她的身体似乎透露了些许讯息，她把重心放在一只脚站着，过一会儿又把重心转移到另一只脚，右手则一下抓紧一下放松沉重的侧背包粗厚的带子。

玛贺塔布显得比平常兴奋，她说娜丝琳的英语比多数大学生还要好，当她告诉她课堂上即将审判《了不起的盖茨比》时，娜丝琳十分好奇,就把整本书都看完了。我转向娜丝琳问她:“你对《了不起的盖茨比》有何看法?”她迟疑了一会儿,然后平静地说:“我说不上来。”我说:“你的意思是不知道,还是不能告诉我?”她说:“不知道,但或许是不能告诉你。”

这就是我们认识的经过。审判之后,娜丝琳请我准她继续旁听。玛贺塔布告诉我娜丝琳是她的邻居,属于某伊斯兰组织的一员,但她是个很有意思的小孩,玛贺塔布正在对她下工夫——“下工夫”是左翼分子用来描述他们有意招募某人的用语。

我告诉娜丝琳她可以继续来听我的课,不过有个条件:学期末她必须写一篇十五页的《了不起的盖茨比》读书报告。她如常停顿了一下,仿佛没有足够的词汇供她差遣。她的反应一向迟疑而勉强,让人觉得逼她讲话是种罪过。娜丝琳先是抗议,后来又说:“我没那么好。”我说:“我没要求你写得很好,何况我相信你已经够好——毕竟你把空闲时间花在这儿。我要的不是学术报告,我要你写出自己的印象。用你自己的话告诉我《了不起的盖茨比》对你的意义。”她低头看着自己的鞋尖,喃喃说她会试试看。

从那时起,每次上课我都会找寻娜丝琳的身影,她通常跟着玛贺塔布,坐在她旁边。她往往整节课忙着做笔记,甚至有几次玛贺塔布缺席了她照样来。后来她忽然不来了,直到最后一堂课,我才又看见她坐在角落里埋头抄写笔记。

我同意收下这位年轻的不速之客后,便离开继续走我的路。上课前我得先到系办公室拿一本 A 博士留给我的书。那天下午我一进教室,室内立即变得鸦雀无声,教室里座无虚席,只有一两个学生没到——巴赫里先生因为有活动,或不赞同而缺席了。莎琳正笑着和薇达交换笔记,尼亚纪先生站在角落和另外两名穆斯林学生交谈,他们一看到我便立即回座。玛贺塔布坐在她招募的新成员旁,与她窃窃私语着。

我简短说明下周的作业后,就着手进行审判。首先我请法官法尔占先生到我平常讲台后的位置就座,他缓步走到全班前,带着欲盖弥彰的得意自满神情。法官附近摆了一张椅子当证人席。我到教室左边靠窗的地方和莎琳坐一起,尼亚纪先生则和他的朋友坐另一边靠墙的位置。法官宣布开庭,“伊朗伊斯兰共和国控告《了不起的盖茨比》”的案子于是开审。

尼亚纪先生被传上来陈述他对被告的指控。他不站,而是把椅子移到教室中央,开始以单调的声音读出手中的底稿。法官不自在地坐在讲桌后,似乎被尼亚纪先生催眠了,每隔一阵子就使劲眨眨眼。

几个月前,我总算开始整理归档案,无意间发现了尼亚纪先生的报告,那是以工整无瑕的笔迹写的。一开头就写着“以安拉之名”,这几个字后来成为所有正式书信和公开演说千篇一律的抬头和开头。尼亚纪先生一张接着一张拾起他的稿子,不是拿着而是捏着,仿佛生怕那些稿子会逃离他的手心。“伊斯兰教是世上唯一赋予文学神圣的角色,来导引世人走向虔诚人生的宗教,”他朗诵道,“当我们将安拉的口谕《古兰经》视为先知的奇迹,这就变得一目了然了。通过文字,可以疗伤,也可以毁灭;可以引导,也可以腐化。因此文字既可能属于撒旦,也可能属于神。

“我们的宗教领袖赋予我们的诗人与作家一项重大的任务,”他以低沉的声音得意地说下去,放下一页,又拿起另一页,“他交给他们一项神圣的使命,这使命远比西方唯物论作家的使命崇高许多。若说我们的伊玛目是指引羊群到草地的牧羊人,那么作家就是忠心耿耿、依牧羊人指示带领羊群的牧羊犬。"

教室后方传来一阵嬉笑声,我回头看,发觉莎琳和薇达在窃窃私语。娜丝琳正专注地看着尼亚纪先生,心不在焉地咬着铅笔。法尔占先生似乎忙着对付一只隐形的飞蝇,而且每隔一段时间就夸张地使劲眨眼。我把注意力转回尼亚纪先生时,他正在说:"请扪心自问,你会选择何者:神圣崇高使命的指引,或金钱地位的物质报酬,后者不但腐化——"说到此他停顿了一下,目光不曾离开过稿子,似乎想将死气沉沉的陈词滥调浮出台面——"腐化了西方的作家,也剥夺了他们作品中的灵性与目标。因此我们的伊玛目才会说笔的力量胜过剑。"

后排的耳语和窃笑声越来越清晰可闻,法尔占先生是个不称职的法官,压根没注意,但尼亚纪先生的朋友之一忍不住大叫:"法官先生,能否请您指示后排的先生女士尊重法庭与检方。"

"就这样吧!"法尔占先生答非所问。

"我们的诗人与作家在这场对抗'大撒旦'的战役中,"尼亚纪先生接着说,"扮演的角色和忠于国家的军人一样,他们将在天堂得到相同的报酬。我们学生身为文化未来的守护者,面临一项沉重的使命。今天我们在自己国土的奸细巢穴中插上了伊斯兰的胜利旗帜,我们的任务如我们的伊玛目所言,是要除尽国内腐败的西方文化与……"

在这节骨眼,莎琳站了起来。"抗议,法官大人!"她大喊。

法尔占先生有点惊讶地看着她说:"你抗议什么?"

“我们的主题应该是《了不起的盖茨比》,”莎琳说,“检方占用了我们宝贵的十五分钟,却连一个字也没提到被告。扯这些的用意何在?”

法尔占先生和尼亚纪先生惊奇地看了她数秒,然后尼亚纪先生瞧也不瞧莎琳就说:“这里是伊斯兰法庭,不是《梅森探案》。我可以用我自己喜欢的方式陈辞,而且我正要进入主题,正要说身为穆斯林,我无法接受《了不起的盖茨比》。”

法尔占先生想要扮演称职的法官,便说:“那么,请继续。”

莎琳的打岔令尼亚纪先生十分不快,他短暂停顿后,举起了拿稿的左手,略微激动地说:“你说得没错,不值得……”

一时之间,我们一头雾水,不知道他说什么不值得,直到后来他继续说下去大家才搞懂。“我不必看稿子,也不需要谈伊斯兰。我有充分的证据,”他喊道,“这本书的每一页,每一页都足以定它自己的罪。”他转向莎琳,看一眼她满不在乎的表情便足以令他变个人。“在整个革命过程中,我们不断谈到西方是我们的敌人、是‘大撒旦’,这并非因为它的军事力量或经济优势,是,是——”又停顿一会儿,“——是它对我们文化根基的恶意攻击,即我们的伊玛目所谓的文化侵略。我把它称之为对我们的文化强暴。”尼亚纪先生振振有词地说,这句话后来成为伊朗批评西方的标准用语。“如果你想了解何谓文化强暴,看这本书就绰绰有余了。”他从稿纸堆底下抽出《了不起的盖茨比》,向我们挥舞。

莎琳又站了起来。“法官先生,”她以毫不掩饰的轻藐说,“这些全是毫无根据的推论,一派胡言……”

尼亚纪先生不让法官发言,他从座位半起身,大声嚷嚷着:

“可不可以让我说完？等下会轮到你的！我会告诉你为什么，我会告诉你为什么……”然后他转向我，以较温和的语气说：“老师，绝无冒犯之意。”

我到那时已开始乐在其中。我说：“请继续，不过记住，我在这儿扮演的是书的角色，最后我也有自己的立场要表达。”

尼亚纪继续说：“或许在腐败的巴列维政权时代，通奸是可接受的常态。”

莎琳可不善罢甘休。“我抗议！”她大叫，“这话没有任何事实根据。”

“好吧！”他同意，“不过以当时的价值观，通奸是可以不受处罚的。这本书鼓吹男女之间的不伦之恋。先是汤姆与他的情妇，在她公寓的那一幕，连叙述者尼克也被卷了进去。他不喜欢他们撒的谎，但他并不反对他们私通和搂搂抱抱，还有，还有盖茨比家的那些宴会……各位女士先生，请记住，这个盖茨比是书中的男主角——他是何许人？他是骗子、奸夫、说谎者……这是尼克赞扬和同情的人，这个人，根本是破坏家庭的人！”尼亚纪先生说到此显然十分激动，这些被他召唤起来的奸夫淫妇、说谎的骗子却丝毫不受他的愤怒与指控影响，自在悠游于菲茨杰拉德华丽光鲜的世界。“书中唯一值得同情的人是戴绿帽的威尔逊先生，”尼亚纪先生继续猛攻，“他杀死盖茨比时，是借助神的手。他是唯一的受害者，他是‘大撒旦’国度里被压迫者的真正代表！”

尼亚纪先生的问题出在，即使他情绪激昂，没照稿子念，陈辞依然十分单调。当时他顶多从半固定的位置，扯起嗓子大吼大叫。

“这本书唯一的优点是，”他一手挥舞着罪魁祸首说，“它披露了美国社会的堕落与腐败，但我们曾经奋力想摆脱这种垃圾，而现在该是全面查禁这种书的时候了。”他不断称呼盖茨比为“这位盖茨比先生”，黛西的名字则根本说不出口，只叫她“那个女人”。根据尼亚纪的说法，整部小说没一个有品德的女人。“拿这种书给天真纯朴的女性同胞们看，我们要为她们设立什么样的典范呀?”他质问被迫聆听的观众。

越往下说，他的陈述就越生动，但从头到尾他都不肯离开座位一步。“盖茨比不诚实，”他高声说，声音变得尖锐，“他以非法的手段赚到钱，又想用金钱收买一个有夫之妇的爱情。这本书讲的应该是美国梦，但这是什么样的梦呢？难道作者暗示我们人人都该去做奸夫淫妇和土匪强盗吗？美国人之所以腐败堕落，就是因为他们的梦想居然是这样的，他们就要覆亡了！此乃垂死文化最后的哀鸣!”他得意洋洋地下了结论，证明《梅森探案》并非莎琳的专利。

“也许我们高贵的检方不该如此严厉，”尼亚纪终于结束指控时，薇达立刻说，“毕竟盖茨比死了，我们只能说他得到了应得的报应。”

但尼亚纪先生不接受她的说法。“只有盖茨比该死吗?”他极尽轻蔑地说，“不！整个美国社会都应遭到相同的命运。偷人老婆、鼓吹滥交、欺诈拐骗，这是什么样的美梦呀……还有那个家伙，那个叙述者，尼克，竟敢自称道德之士!”

尼亚纪先生继续以此口吻长篇大论，后来却突然刹住，仿佛被自己的话呛到。即使到那时他也丝毫不让步，不知何故，我们大家都忘了提醒他，审判进行中要返回原位。

18

接下来，莎琳被传唤上去辩护她的案子。她站起来面对全班，身穿深蓝色百褶裙和金扣羊毛短外套，白衬衫的衣袖露出一小截，显得优雅专业。她的头发以蝴蝶结在脑后系成低低的马尾，金耳环是全身上下唯一的饰品。她缓缓绕着尼亚纪先生走，每隔一阵子就突然转身以强调重点。她只带了少许笔记，但是对全班讲话时，几乎不看笔记。

她说话时不断走来走去，马尾便随身体的动作左右摇摆，轻抚过她颈背，每一转身就与坐在椅子上僵硬如石的尼亚纪先生对峙。她的开场白是我从菲茨杰拉德另一篇短篇小说摘录下来念给班上听的一段话。“我们亲爱的检察官大人因乐不思蜀而发下谬论，”她说，“他再也分不清想象与现实。”

她淡淡一笑，甜美地转向困守座位的“检察官大人”：“他没给这两个世界之间留下任何喘息的空间，因而暴露出自己的弱点：他无法纯粹以小说的角度去阅读小说。他只知批判，粗糙简化地评断是非对错。”尼亚纪先生一听到这句话立刻抬起头，面红耳赤，但并未说什么。莎琳对着全班继续说：“是否女主角品格高尚，小说就是好的？是否角色人物违反尼亚纪先生坚持要我们所有人以及一切小说都须具备的道德，小说就是坏的？”

法尔占先生突然从座位跳起来。“老师，”他对我说，“身为法官，我是否就不能发表意见？”

“当然可以。”我说。接着他便开始漫无章法、长篇大论地抨击盖茨比宴会的虚浮堕落。结论是菲茨杰拉德最主要的失败在于无法超越贪婪:他为了金钱而写廉价的小说,而且追逐财富。当他词穷时终于说:“大家也知道,菲茨杰拉德曾经说过,有钱人跟我们不同。”

尼亚纪先生使劲地点头赞同。“没错。”他自以为是地插嘴,显然对自己的演出所造成的影响感到满意。“我们的革命也反对菲茨杰拉德先生所倡导的唯物主义,我们不需要西方的唯物论或美国货,”他歇下来喘口气,但还没说完,“我们可以善加利用他们的科技新知,但我们必须抗拒他们的道德观。”

莎琳在一边冷冷旁观。她等了数秒,等尼亚纪先生激愤的发言结束后,才平静地开口:“我好像面对了两个检察官。现在能让我再继续吗?”她鄙夷地朝法尔占先生的角落瞟了一眼。“我想提醒检方与陪审团,我们初次讨论这本书时,读过摘自狄德罗①《宿命论者雅克》(*Jacques le Fataliste*)里的一段话:‘在我看来,(作者)风格的自由几乎便保证了作者道德上的纯净。’我们也讨论到一部小说的道德不是我们一般所谓的道德,只要它能打动我们,使我们脱离麻痹状态,质疑深信不疑的绝对价值,它就是道德的。果真如此,那么《了不起的盖茨比》的成就是非凡的。一本书能在课堂上引起如此争议,这可是头一遭。”

“《了不起的盖茨比》被拿来审判是因为它使我们心神不宁——至少我们当中有些人是如此,”她补充道,又引起阵阵窃

---

① 狄德罗(Diderot),18世纪法国文学家与哲学家,曾主编《百科全书》。

笑,“一本小说——非正式的小说——被一个国家拿来审判,这并非头一次。”她转过身,马尾跟着一起甩过去。“记得《包法利夫人》《尤利西斯》《查泰莱夫人的情人》和《洛丽塔》那些著名的审判吗? 每件案子都是小说赢了,不过我现在要把重点放在似乎令我们法官大人与检察官大人感到困扰的一点;金钱的诱惑与它在小说中扮演的角色。”

“没错,盖茨比承认金钱是黛西吸引他的因素之一。事实上,正是他让尼克注意到她声音里的魅力,充满了金钱的叮当响。但这部小说不是在叙述一个年轻骗徒对金钱的热爱,”她停顿下来,以示强调,“持此论调的人必定没做好功课。”她缓缓转向左手边几乎纹风不动的检察官,再走向她所在的桌子,拿起她的《了不起的盖茨比》,将它举高,背对尼亚纪先生,朝法尔占先生说:“不,法官大人,这本小说描述的不是‘富人与你我不同’,尽管他们的确不同,但穷人也与你我不同,事实上,就连你也与我不同。它谈的是财富,但不是你和尼亚纪先生所念念不忘的粗俗的唯物论。”

“那还用说!”后排有个人说。我转过头去,有些人在笑,有些人在议论纷纷。莎琳停下来,面露笑容。法官出人意料地大喊:“肃静! 是谁说的?”即便他并不指望有人回答。

“尼亚纪先生,我们高贵的检察官似乎不需要证人,”莎琳讽刺地说,“显然他自己身兼证人与检方,不过我们不妨从书本身请出证人,传唤一些人物上证人席。现在我要传唤我们最重要的证人出庭。”

“尼亚纪先生自告奋勇担任菲茨杰拉德笔下人物的判官,但菲茨杰拉德另有打算。他给了我们一位他自己选的判官,所以或许该听听他的说法。哪个人物有资格做我们的裁判?”莎琳说着转向全班,“当然是尼克,大家记得他怎样形容自己吧:‘每个人都认为自己至少具备一项重要的美德,我的美德是诚实。到目前为止我所知道的诚实人不多,我是其中之一。’若说这本小说里有个法官,那么非尼克莫属。他可以算是最不生动的角色,因为他的行为就像是一面镜子。”

“诚实是最后评判其他角色的标准,结果最不诚实的是富人的代表。呈堂证物 A:乔丹·贝克,即尼克几乎爱上的女子。乔丹发生过一桩丑闻,起初尼克记不起来。她不但于球赛中作弊在先,借了一部敞篷车,没把车篷拉上,害车子被雨淋湿,又撒谎在后。‘她的不诚实根深蒂固,’尼克告诉我们,‘她凡事不甘人后,因此我想她从小就学会了欺骗,这样一方面能永远对别人露出毫不在意的冷笑,另一方面又可满足自己轻佻做作躯体的要求。’”

“呈堂证物 B 是汤姆·布坎南。他的不诚实更显而易见:他对老婆不忠,帮她掩饰罪行,又毫不愧疚。黛西的例子则更复杂,因为如同她其他的一切,虚情假意反倒成了她的魅力之一:她使其他人觉得是她谎言里的同谋,因为他们被她的谎言诱惑了。不诚实的人当然还少不了盖茨比可疑的合伙人迈尔·伍夫谢姆。他在世界杯作弊。‘我根本想不到居然会有人就这样玩弄起五千万人的信任——就像小偷鬼迷心窍想把保险箱炸开一样。’因此诚不诚实的问题,一个人真实的本质和呈现在世人眼前的面貌之间的落差,成为影响这本小说所有重大事件的副主题。里面最不诚实的是谁?”她问,再度将注意力放在陪审团。“当然是有钱人,”她说,突然转向尼亚纪先生,“也就是我们的检察官所谓的菲茨杰拉德赞赏的人。”

“还没完,我们和有钱人的账还没算清,”莎琳拿起她的书,翻开到做记号的一页,“我想引用一段叙述者对有钱人的评语。”接着她便开始念:“汤姆和黛西,他们这些人都是粗心大意的,砸坏了东西、撞死了人,就躲回自己的钱堆或同样漫不经心、臭味相投的同伙中,让别人去收拾他们留下的烂摊子……”

“所以你看,”莎琳说着又转向法尔占先生,“这就是小说里最可靠的人物对有钱人的评语。书中的富人都粗心大意,以汤姆和黛西为主要代表,乔丹·贝克为次要代表。毕竟撞死梅朵的人是黛西,她却让盖茨比替她背黑锅,盖茨比出殡时又连朵花也没送。”莎琳停顿一下,绕过椅子,似乎无视法官、检方和陪审团的存在。

“‘粗心’是个关键词眼,”她说,“记得吗?尼克责怪乔丹开车不小心,她却满不在乎地说,就算她不小心,别人也应该小心。‘粗心’是我们描述这部小说里的有钱人头一个想到的形容词。他们所体现的梦,是种具杀伤力的梦,谁想靠近就会被毁得体无完肤。由此可见,尼亚纪先生,这本书对于你所谓富裕上流社会的谴责,绝不亚于我们读过的任何革命书籍。”她忽然转向我,嫣然一笑说:“不知道一个人要如何以一本书的立场讲话。你的目的并不是要为富人阶级辩护,你同意吗?”

莎琳突如其来的问题使我愣了一下,不过我倒乐于利用这机会把焦点转移到我对小说一贯的整体看法。“倘若批评粗心是过失,”我说,略感不自在,“那么起码我有不少的伙伴是如此。这种粗心、同理心的欠缺,出现在奥斯汀的反面人物身上,如《傲慢与偏见》的凯瑟琳夫人、《曼斯菲尔德庄园》的诺里斯太太和克劳福德姐弟，以及《傲慢与偏见》的柯林斯先生。相同的主题也出现于詹姆斯的小说，与纳博科夫恐怖的小说主角身上，如亨伯特、金伯特、凡恩及埃达·云。在这些作品中，想象力与同理心同样重要；我们无法亲身经历别人的所有遭遇，但即使是小说中最可怕的人物，我们也能够理解他们。好的小说会展现出个人的复杂面，并创造足够的空间让这些角色发出自己的声音；就这方面而言，小说具有民主性——并非它倡导民主，而是其本质是民主的。同理心是《了不起的盖茨比》这部小说的核心所在，一如其他无数不朽的小说——对他人的困境与痛苦视而不见是最大的罪恶，视而不见等于否认那些困境痛苦的存在。"我一口气把整段话说完，对于自己的热烈感到诧异。

"的确，"莎琳打断了我的话说，"我们难道不能说，这种对他人的盲目或漠不关心，让我们想起另一类粗心的人吗？"她瞟了尼亚纪一眼，又接着说："那些以黑白二分法看世界，陶醉在自以为是的谎言里的人。"

"法尔占先生，"她换上较温和的口吻继续说，"假如现实生活中的菲茨杰拉德迷恋金钱与富人，那么他怎会在小说里点出财富对基本上还算正直的人，如盖茨比，和创新活泼的人，如《夜色温柔》的狄克·戴弗，所起到的堕落腐化作用？尼亚纪先生由于无法理解这一点，因而抓不住整部小说的重心。"

尼亚纪已经盯着地板好一阵子，突然跳起来说："我反对！"

"你反对哪一点？"莎琳故作有礼地说。

"粗心是不够的！"他立即反驳道，"粗心并未使这本小说变得更有道德。我质问你的是通奸、说谎和欺骗的罪过,你却跟我大谈粗心?”

莎琳停顿一下,然后又转向我:“现在我想传被告出庭。”接着她面对尼亚纪先生,然后带着调皮的眼神说:“你想搜被告的身吗?”尼亚纪不屑地喃喃说了声不要。“很好,老师,麻烦你上证人席?”我惊讶地站起身,环顾周遭。没椅子,这回总算机警的法尔占先生跳了起来,把椅子让给我。“你听了检方的说法,”莎琳对我说,“有什么要替自己辩护的?”

我觉得不自在,甚至难为情,不太情愿开口。莎琳表现出色,似乎不需要我锦上添花。可是全班都屏息以待,我打不了退堂鼓。

我尴尬地坐上法尔占先生让给我的椅子。在为审判准备的过程中,我发觉我对《了不起的盖茨比》百感交集,实在难以用言语表达。我不断回想起菲茨杰拉德自己对这部小说的解说。“那就是这部小说的沉痛之处,”他说,“那些使得人世间缤纷多彩的幻象破灭后,你根本不在乎何者为真、何者为假,只要置身在那奇幻的荣耀中就好。”我想告诉他们这本书无关乎通奸,而只关乎梦想的破灭。对我而言,最重要的是要能让学生接受《了不起的盖茨比》本身,因它不可思议、令人惊愕的美而赞赏它、喜爱它,但我在这堂课上必须说得更具体实际。

“我们读《了不起的盖茨比》,不是为了要学会分辨通奸是好是坏,”我说,“而是为了要去了解通奸、忠贞和婚姻这些议题有多复杂。一部优秀的小说,会使你更加敏锐地体验到生命与个人的复杂,使你不至于自命正义,以僵硬的善恶二分法公式看待道德……”

“可是，老师，”尼亚纪先生打断我，“没有任何事比和有夫之妇私通更复杂的了。盖茨比先生为什么不自己去讨个老婆？”他微愠地补充道。

“那你为什么不自己去写小说？”有个模糊的声音从中排某处传来。尼亚纪先生显得更加愕然。从这一刻起，我几乎插不上话，仿佛一时之间，所有人都觉得他们需要插上一脚。

法尔占先生在我的建议下，宣布休庭十分钟。我离开教室走到外面，有几个学生也跟我一样需要出去透透气。在走廊上，我看见玛贺塔布和娜丝琳谈得正投机，便加入她们，问她们对这场审判有何看法。

娜丝琳对于尼亚纪自以为可以独揽道德的定义，感到十分不满。她说她不见得赞同盖茨比的为人，但至少他愿意为爱而死。我们三人开始沿着走廊散步。大多数学生都围着莎琳和尼亚纪，两人正在激烈交锋。莎琳指责尼亚纪居然骂她是婊子，他气得脸一阵红一阵白，接着又骂她是骗子、笨蛋。

“你口口声声说不戴面纱的女人是妓女，撒旦的代表，我又该作何感想？这就是你所谓的道德？”她大吼，“那么不信戴面纱这一套的基督教妇女呢？难道她们每个人都是自甘堕落的婊子吗？”

“但我们是伊斯兰国家呀！”尼亚纪激动地吼叫，“法律规定，任何人……”

“法律？”薇达打断他，“你们一得势便大事修法，这算什么法律？那么在纳粹统治下的德国佩戴大卫之星也是喽？只因它是该死的法律,所有犹太人就该乖乖戴上大卫之星?”

“噢,”莎琳嘲讽道,“休想跟他谈这个。他会骂他们全都是犹太复国主义者,被纳粹屠杀是活该。”尼亚纪先生似乎忍不住要跳起来赏她一巴掌。

“这时候该把我的权威派上用场了。”我低声向娜丝琳说,她正入神地站在我旁边。我请大家全都冷静下来,回各自的座位。等学生安静下来,指控与反指控的声浪退去以后,我提议开放讨论,不投票表决审判结果,但应该听听陪审团的意见,让陪审团以表达个人意见的方式提出他们的判决。

有几个左派的活跃分子为这部小说辩护,我觉得他们这么做,有部分是因为穆斯林活跃分子坚决反对它的关系,只是为反对而反对。他们的辩护与尼亚纪的谴责,本质上并无不同。他们说我们需要读《了不起的盖茨比》这样的小说,因为我们需要认识美国文化的败坏。他们认为我们应该读更多有关革命的书籍,但也应该看这类的书,才能知己知彼。

其中有人提及列宁同志的一句关于听《月光奏鸣曲》使他变得心软的名言。他说《月光奏鸣曲》使他在需要痛揍对方时,却想拍拍他们的背。总之,那批激进的学生对这本小说最大的抗议,是害他们从革命志业分心。

尽管论战激烈,或正因如此,许多学生保持沉默。有很多人围绕于莎琳和薇达四周,却只喃喃发出含糊的赞许和鼓励。后来我才发现其实大多数学生是支持莎琳的,但没什么人愿意挺身发表自己的意见,据说主要是因为他们没自信能和辩方检方一样,把自己的意见说得“头头是道”。有的人私下说他们个人很喜欢那本书。那么为何不说出来呢？每个人对自己的立场都十分坚定、投入，至于为什么喜欢，他们也说不上来——反正就是喜欢。

下课前，从休庭后就一直保持沉默的莎琳，突然站起来。尽管说话的声音很低，她却显得相当激动。她说有时她会纳闷，有些人何必说自己主修文学。"有意义吗？"她怀疑。至于这本书，她没什么要再替它补充的了，小说本身就是它自己最好的辩护。或许我们可以从它、从菲茨杰拉德先生那儿学到一些事。她没有从中学到通奸是件好事，或大家都该成为奸诈之徒。"难道看过斯坦贝克的小说后，所有人都要去示威或移民西部？看过梅尔维尔，大家都去捕鲸？我们人难道不比这更复杂些吗？革命人就没有人的情感和情绪吗？他们从不谈恋爱或欣赏美的事物吗？"她平静地说，"这是本令人惊奇的书，教读者珍惜梦想但也要当心梦想，并且要在不寻常的地方寻找真诚。"总之，阅读它带给她极大的快乐。"这也是很重要的，大家不觉得吗？"

她这句"大家不觉得吗？"透出真诚的关怀，超越她对尼亚纪先生的鄙视与痛恨，这份渴望即使他也应该看得出来，绝对看得出来。她沉默片刻，环顾教室里的所有同学，全班随即安静了好一会儿，即使尼亚纪先生也没话好说。

那天上完课后，我觉得心情很好。下课钟响时，有许多人根本没注意到。尽管没有正式的表决，但大多数学生所显现的兴奋情绪，对我而言是最好的判决。我离开教室时他们全都在争论——争论的议题不是人质、最近拉贾维的示威活动或宗教领袖，而是盖茨比和他变了调的梦。

19

有一阵子,我们对《了不起的盖茨比》的讨论似乎变得和遍及全国的意识形态冲突,同样要紧、刺激。事实上时间一久,不同版本的这类论战,确实主宰了政治与意识形态的领域。出版社和书店因散布妨害道德的小说而遭到纵火,一位女性小说家因其著作有倡导卖淫之嫌而入狱。记者被打入监牢,杂志社与报社遭查封,而我们最杰出的古典诗人,例如鲁米[①]和奥玛开俨[②],也遭遇审查或查禁的命运。

革命分子和他们之前的所有意识形态论者一样,似乎认定作家即是卫道之士,讽刺的是,这种对作家的误解虽赋予他们神圣的地位,却同时也使他们瘫痪。为了这项新的尊荣,他们必须在美学上付出代价,变得乏善可陈。

《了不起的盖茨比》的"审判"开启了一扇进入我个人情感与欲望的窗口,对于我的工作与文学,我感到前所未有的积极——即使在我的革命活跃期也不曾如此。我想将这种善意的精神感染他人,于是第二天便特意请莎琳课后留下,我要让她知道我多么欣赏她的辩护。她有点儿没精打采地说:"我恐怕是对牛弹琴。""那可不一定。"我告诉她。

---

① 鲁米(Rumi),波斯伊斯兰苏非派诗人,生于13世纪,主要著作为《训言诗》。

② 奥玛开俨(Omar Khayyam),11至12世纪波斯诗人、数学家和天文学家,代表作为《鲁拜集》。

两天后，有位同事在走廊上碰到我，对我说："前天我听见你们班上传出吼叫声。当我听说不是列宁对伊玛目，而是菲茨杰拉德对伊斯兰，你可以想象我的惊讶。对了，你该感谢你的门生。"我笑着问他："哪一个？""巴赫里先生——他似乎成了英雄救美的骑士。听说他平息了众怒，让伊斯兰协会相信你所审判的是美国。"

那段日子，大学里瞬息万变，激进派学生和穆斯林学生之间的较量日渐频繁、明朗化。"你们怎会坐视一小撮共产党掌控大学？"领袖责备一群穆斯林学生，"你们人数比他们少吗？向他们挑战，与他们辩论，挺身面对他们，发出你们的声音。"接着他像往常那样说了个寓言之类的故事。他曾请教政教领袖摩达列斯，假如他们城里的一名官员决定帮他的两条狗取"舍赫"[1]及"赛义德"之类明显侮辱神职人员的名字，他该怎么办？据他说，摩达列斯的建议一针见血："杀了他。"他引述摩达列斯的话作为结论："先下手为强，让对方呻吟。别当受害者，也别呻吟。"

20

《了不起的盖茨比》接受审判的几天后，我匆匆收拾起笔记和书本，心不在焉地离开教室。审判的气氛依然笼罩全班，有些学生在走廊上叫住我，跟我谈《了不起的盖茨比》，提出他们的见解。甚至有人主动交出两三份以此为题的报告。走到户外，步入黄昏柔和的夕照中，几个穆斯林学生与敌对的马克思主义者及世俗学

---

① 舍赫(Sheikh)，伊斯兰长老之意。

生之间的激烈论战,吸引了我的注意,我在台阶上停下脚步。除了丰富的肢体语言,他们还互相叫嚷着。我注意到娜丝琳站在离人群一小段距离处,仔细聆听他们的舌战。

不久,莎琳、薇达和她们别班的一个朋友也走了过来。我们无所事事站在那儿,冷眼旁观眼前的一幕,有一搭没一搭评论着,这时候巴赫里先生似乎有什么事,皱着眉,从门那儿走出来。他沉吟一会儿,在我旁边的宽阔阶梯上徘徊。他追随我的目光朝争论的交会点望去,然后笑笑,转过来对我说:“这没什么,他们只是说好玩的。”接着便离开了,留下我和莎琳一伙人站在原地,满头雾水。

人群散去时,娜丝琳仍独自站着,显得犹豫不决,我便招呼她过来。她腼腆地朝我们走来。那是个柔和的下午,树和影似乎忙着轻浮地舞动。学生们说着说着勾起我学生时代的往事,我告诉她们美国学生所谓的抗争是什么:留长发的男生裸奔穿过学校的院子。

故事说完,她们一阵笑,但我们把话题拉回眼前的场景时,她们随即安静下来。我告诉她们,也许我的教授们留给我的,是那段日子最美好的回忆。我笑着说,事实上我最喜欢的四位教授分别是保守派的约赫博士、革命派的葛罗斯博士,以及自由派的维尔博士和艾科宁博士。他们之中有人说:“噢,教授!”——他们都叫我教授,那时候听起来甚至比现在还古怪——“你要是认识不久前才离开我们系的R教授,一定也会喜欢他。”

有一两个学生没听说过他,有人知道他,还有人上过他几堂课。他在艺术学院授课,是位极具争议性的电影和戏剧批评名家,也写短篇小说。他正是一般人所谓的开风气之先者,年仅二十一岁，就当上杂志社的文学主编，短时间内即同一群朋友在文学界树敌无数，但同时也吸引了不少仰慕者。如今年近四十，便宣布退休，传说他正在写一本小说。

有个学生说他脾气阴晴不定，十分情绪化。莎琳的朋友纠正说："他不是情绪化，只是与众不同。"另一人仿佛灵光乍现，转过来对我说："教授，你知道吗？他是那种可以成为传奇人物的料，我的意思是他那种人不太可能被忽略。"

他的传奇是，不给上课时间设限，一堂课可能从下午三点开始，连续上五六个钟头。只要他没说下课，学生就跟着一直上下去。不久他的名声不胫而走，尤其在电影迷之间。许多人从别的大学慕名而来，尽管冒着被处罚的风险，仍逃学去上他的课。没有学生证，他们进不了德黑兰大学的门，但当时上他的课已成为一项挑战。最执着和最叛逆的学生翻越篱笆，避开大门警卫的盘查。他的课总是人满为患，有的学生为了上课得站上好几小时。

他教戏剧和电影——希腊戏剧。莎士比亚、易卜生①和斯托帕特②，也教劳莱与哈台③及马克斯兄弟的作品。他喜爱文生·明尼利④、约翰·福特⑤及美国导演霍华德·霍克斯。我不知不

---

① 易卜生(Henrik Ibsen)，19世纪晚期挪威最重要的剧作家。

② 汤姆·斯托帕特(Tom Stoppard)，英国剧作家，1937年出生于捷克。

③ 劳莱与哈台(Stan Laurel and Oliver Hardy)，美国早期滑稽片中最受欢迎的搭档演员。

④ 文生·明尼利(Vincente Minnelli)，美国电影导演，为20世纪40年代及50年代的音乐片注入新内涵与活力，大萧条时期到百老汇当场景设计。

⑤ 约翰·福特(John Ford)，美国著名西部片导演，代表作有《愤怒的葡萄》《青山翠谷》《蓬门今始为君开》等。

觉对他这些传闻留下印象,藏于记忆深处。多年后,他送我《风流海盗》《荒漠怪客》和《歌剧院之夜》录像带作生日礼物时,那天在大学台阶上的情景又浮现脑海。

薇达问我有没听说过他被开除前的惊人之举。另一名学生纠正她,他还没被开除就先离开了。我说我没听说过他离开学校的事,包括她所谓的惊人之举。不过自从我听说这故事之后,总是急于把它告诉任何意气相投的听众。又过了好久,当我认识他——我的魔术师时,我逼着他一次又一次讲给我听。

有一天,艺术学院戏剧系的激进派学生和教职员开会研议变更学生的必修科目。他们认为有些课程太具中产阶级习气,不再符合现实需求,而想增添新的革命课程。人挤人的会议中,发生了激烈的争执,因为戏剧系的学生要求埃斯库罗斯、莎士比亚和拉辛下台,以布莱希特、高尔基和些许马克思与恩格斯取而代之——毕竟革命理论比戏剧更重要。教职员全都坐在会议厅的台上,只有这位教授站在后方的门边。

为了表示民主,会中还问是否有人反对这项新的提案。会议厅后方传来一个人平静的声音:“我不赞成。”室内一片寂然。那人提出了他的理由,他个人相信没有任何人,当然也没有任何革命领袖或政治英雄,比拉辛更重要。他所能教的就是拉辛,如果他们不想认识拉辛,那也是他们的选择。他们何时决定愿意好好经营大学,恢复拉辛的课,他随时乐意回来教书。所有人都难以置信地倏然朝声音的来源望去。原来是那个莽撞的魔术师。有人开始攻击他和他“形式主义者”的“堕落”观点,声称他的观念老旧,应该与时俱进。有个女生站起来,试图安抚众怒。她说这位教授向来把学生的利益列为第一优先,应该给他一个替自己辩白的机会。

后来我把听来的故事讲给他听时,他纠正了我:一开始他从会议厅的后方发言,却被请到讲台上。他走向讲台的时候,周遭的静默早已在审判他。

他再度开口时说,劳莱与哈台的一部影片,胜过他们所有的革命小册子,包括列宁与马克思在内。他们所谓的热情并非热情,甚至称不上狂热,只不过是粗糙的情绪,没有真文学的价值。他说如果他们改变必修科目,他就拒绝教课。他言出必行,真的没再回去,只参加了反对关闭大学的守夜活动。他要他的学生知道,当天他的退出并非因为畏惧政府的谴责。

听说他几乎把自己关在公寓里,只见少数他精挑细选的朋友和门生。“我敢打赌他一定会见你,教授。”我的一名学生热心地说。我可没像他那么有把握。

21

我们最后一次上《了不起的盖茨比》是在1月,街上盖着厚厚的雪。我希望同学们讨论书中的两个意象。那本每页边缘和书尾写满潦草注记、破破烂烂的《了不起的盖茨比》如今已不在我身边,离开伊朗时,我把珍贵的书都留下没带走。这本《了不起的盖茨比》是新的,出版于1993年,封面看起来相当陌生,让我不知该如何对待它。

“我想引用菲茨杰拉德的一段话作开场白,这段话不仅是理解《了不起的盖茨比》的关键,对于领悟菲茨杰拉德的所有作品也极为重要,"我起头说,"我们一直在谈《了不起的盖茨比》的内容和主题,但我认为这部小说有个整体的潜在意义,决定了它的本质,那就是幻灭的问题,它探讨了妄想的幻灭。尼克不赞同盖茨比在各方交往的所有人,但他对盖茨比却没有相同的批判。为什么?因为盖茨比拥有菲茨杰拉德在他的短篇小说《赦免》(*Absolution*)中所说的'对想象的诚实'。"

讲到这儿,尼亚纪先生突然举起手。"但是盖茨比甚至比其他人还不诚实,"他尖声说,"他的钱是非法赚来的,还跟黑社会往来。"

我说:"从某个角度而言,你说得没错。盖茨比什么都作假,连名字也不是真的。小说中其他角色都具有较稳定的地位和身份,盖茨比却不断被别人塑造、再塑造。在他的每一场宴会中,大多数宾客都窃窃私语地臆测他的身份,颂传他的壮举以及劣迹。汤姆首先去调查他的真实身份,尼克本人则对神秘的'杰·盖茨比'十分好奇。然而盖茨比在别人身上引发的是好奇和敬畏。盖茨比真实的人生是骗徒,但其实他也是个浪漫、可悲的梦想家。对自己的浪漫梦幻深信不疑使他具备了英雄气质。

"盖茨比无法忍受自己寒微的出身,他'有一种奇特的憧憬的天赋,充满幻想的随时待命',而且'对人生的前途高度敏锐'。他改变不了世界,便按梦想重新塑造自己。我们来看尼克怎样解释这一点:'长岛西卵港的杰·盖茨比以自我的理想塑造出他这个人。他是天之骄子——这句话拿来形容他恰到好处——他必须子承父业,致力于一种广泛、庸俗而虚伪的美。因此他捏造出来

的杰·盖茨比,正是十七岁小伙子可能希望成为的人物,而且他自始至终都忠于这理想。'

"盖茨比忠于重新创造的自我,从黛西的声音语气可听出他成功了。他所效忠的是那个自我的未来、是码头尽头的那盏绿灯,而非低俗的发财梦。'非比寻常的巨大幻想'因而诞生,他也为它牺牲了生命。如菲茨杰拉德所言:'再大的火花或活力,也比不上一个人心目中日积月累的理想。'

"盖茨比之所以忠于黛西,与他忠于幻想中的自我有关。尼克说:'他说了许多往事,我猜他是想恢复以前自己的某一部分,找回爱上黛西以后失去的某种自我概念。从那时起,他的人生就错乱无章了,可是一旦他回到某个起点,从头到尾慢慢重来一遍,也许就能找出他失掉的是什么。'

"不过这梦想始终不坠,甚至超越盖茨比与他私人的生活,以更广义的形式存在于纽约市本身;而一度成为成千上万外来移民向往的东部避风港,如今则是前来追求新生活、新刺激的中西部人心目中的麦加圣地。尽管纽约唤起令人醉心的美梦,使人们将指日可待的光明前途寄托于它,但实际上它也包庇了汤姆与梅朵那种见不得人的恋情。这个城市就像黛西,隐含某种可能,如海市蜃楼,只要伸出手去碰触就会变质、腐坏。这个城市是盖茨比的梦想与美国梦之间的联系,他所憧憬的不是钱财,而是他想象中自己可能成为的人物。这并非指美国是个物质主义国家,而是一个理想主义的、把金钱变成圆梦手段的国家。其中没有任何愚昧,顶多愚昧和梦想交错混杂,令人难以分辨两者的差别。到头来,最美好的理想和最污秽的现实全都搅在一起。请大家翻到最后一页，记得这是尼克向盖茨比的房子做最后的巡礼吧。巴赫里先生，蒙你今天赏脸出席，麻烦你从‘多数海边的大房子……’这一段的第三行开始念起。”

“‘当月亮升高时，那些可有可无的房子逐渐消失，我才发现这儿有座古老的岛屿，它曾经令荷兰水手眼睛一亮，仿佛展开新世界嫩绿、崭新的怀抱。原先的树已被砍掉，让出空地给盖茨比建屋，但它们曾窸窣低语，迎合所有人类最终且最远大的梦想。在那神奇的一瞬间，人们面对这片大陆，必定屏息赞叹，不明缘由却不由自主地暗自激赏，那是人类有史以来最后一次有机会面对这种值得欣赏的奇景。’

“还要念下去吗？”

“麻烦继续念到下一段结束。”

“‘我坐在那儿，沉湎于那个古老的未知世界，突然想到盖茨比第一次发现黛西码头终点的绿灯时，心中必定也有同样的惊奇。他历经千辛万苦才来到这片青草地上，他的梦想就近在眼前，似乎伸手可及。他却不知道他的梦想早已落于身后，落在比纽约市更远的某个默默无闻的地方，落在夜色中一望无际、漆黑幽暗的美国田野中。’”

“他尽可以过得不诚实，尽可以捏造身份，但有件事他做不出来，就是背叛自己的想象。‘对自己想象的诚实’到头来背叛了他。他死了，因为在现实里这样的人活不下去。”我接着说。

“我们和尼克一样，都赞成也不赞成盖茨比。我们对于不赞成他的原因一清二楚，但到底欣赏他什么可就懵懵懂懂了，因为我们如同尼克，陷入了他美梦的浪漫联想中。他的故事使人联想到披荆斩棘的拓荒者故事，当初他们在美国靠岸，追寻梦想中的新土地、新未来，但在实现梦想的过程中，梦想早已遭暴力玷污。”

我向学生说明，盖茨比始终不该试图占有他的梦。这点即使黛西都知道。她以最大的能力去爱他，但她无法违反自己的天性，因此不背叛他是不可能的。

“有个秋天的晚上，他们来到一个地方，‘月光照在人行道上，仿佛水银泻地……盖茨比从眼尾余光看到，人行道的砖块仿佛真的成了条天梯，直通树梢一个秘密的地方。假如是他独自一人，他可以爬上去，到了上面他就可以吸吮生命的精髓，大口吞下奇妙无比的乳汁。黛西白皙的脸靠过来时，他的心跳得愈来愈快。他知道一旦他和这个女孩接吻，将他难以言喻的愿景与她转眼即逝的气息联结在一起，他的心就再也无法随心所欲自由奔驰’。”

“现在请翻至第八页，从这儿开始念：‘不——盖茨比……’”

“‘不——盖茨比这个人最终还是不错的，使我对人间虚无的悲欢暂时失去兴趣的是盖茨比念念不忘的美梦，以及美梦过后扬起的龌龊尘埃。’”

“对盖茨比而言，发财是达到目的的手段，是摘梦的途径。这美梦使他分不清想象与现实，使他企图以‘龌龊尘埃’创造出人间仙境。他的美梦暂时‘提供他的想象力一个出口，让他心满意足地联想到现实的虚幻，仿佛整个世界安稳地建立在仙子的羽翼上’。

“那么现在我们来复习先前讨论过的重点。没错，这本小说是关于人与人活生生的实质关系，包括男人对女人的爱，以及女人对那份爱的背叛。但它也提到财富，提到金钱莫大的诱惑与毁灭的力量,以及随之而来的粗心大意。当然书中还探讨了美国梦,富贵荣华的梦,黛西屋里诱骗的灯光,以及进入美国的港口。它还讲了幻灭,梦想一旦转为冰冷的现实就很容易破灭,唯有在尚未实现的渴望阶段,梦想才能维持纯净。

“我们身在伊朗的人与菲茨杰拉德的共通处,就是这个令我们魂萦梦牵、逼得现实也退让到一边的梦。这个可怕又美丽的梦不可能实现,因为若真要实现,用上再大的暴力血腥都可以理直气壮或得到宽恕。这就是我们和他相似的地方,只不过当时我们不自觉。

“尼亚纪先生,梦想是完美的理想,本身就已臻完备。你怎能强迫变幻无常、不完美、不完整的现实接受梦想呢?这样你会成为毁灭憧憬对象的亨伯特,或自我毁灭的盖茨比。”

那天我离开教室时,并没告诉他们我当时的感触:我们的命运和盖茨比越来越像。他想借由历史重演实现梦想,到头来却发现过去已逝,现在是虚假的空壳子,而未来没有前途可言。这岂不和我们的革命相似?我们的革命,以人民共同历史的名义出师,又以梦想为借口,毁了我们的人生。

22

上完课我觉得精疲力竭,便假装手头有重要的事要忙,必须尽快离去。其实我根本没事。我穿上外套,戴起帽子和手套就离开了。我不知道要上哪儿。那天下午雪下得很大,后来太阳从层层洁净清新的白云中探出头来。我有个孩提时代的好友,年纪比我大,是在我被送到英国前认识的。有时她和我会在雪中漫步,一起走到我最喜欢的糕饼店,去买店里用真材实料的奶油做的美味泡芙。然后回到雪地里,在雪白反光的掩护下,一面吃泡芙,一面闲扯,吃完又继续走呀晃呀。

我离开大学,走上那条书店林立的街道。卖录音带的摊贩把音量调大,两只脚跳来跳去取暖,羊毛帽拉得低低的,盖住耳朵,嘴里不断哈出热气,白色的热气似乎随乐音袅袅升起,上升后逐渐消失在蓝天中。我沿路走去,街边的书店已转换成其他店铺,我来到一家小时候常去、如今已关闭的电影院。在那段革命狂潮的日子,有许多电影院被烧毁。我继续沿着街道走,终于来到一座广场,这座广场叫作“菲尔多西”(Ferdowsi),以我们最伟大的史诗诗人命名。我停下脚步。那天朋友和我是站在这儿一边笑一边舔奶油泡芙吗?

经过了这些年,雪随着德黑兰日益严重的污染变脏,孩提时代的好友如今流亡在外,而我回来了。在这之前,家一直朦胧飘忽,在我心目中的形象是惊鸿一瞥,是不带私人感情却熟悉的家族旧照片。但这些都属于过去的感觉,眼前的家已是变幻无常。

那天我觉得自己即将失去某种东西,不由得哀悼起尚未发生的死亡,仿佛我私人的一切都被粉碎了,就像小野花必须让路给更华丽的花卉,让一切井然有序。我在美国念书时,不曾有过这种失落感,在那些年头,即使思乡情切,我仍十分有把握家是我的,只要愿意随时都可以回去。直到重返故乡,我才领会到流亡的真谛。当我走过那些我所深爱、怀念的街道时,我觉得仿佛正在踩碎躺在脚下的回忆。

23

春季一开学就不顺利，从一开始，学校开的课就少。过去一年来，政府着力于打压政治反对势力，查封先进的报社与杂志社，惩处前政府的官员，发动压迫少数民族——尤其库尔德族——的战争。而现在又把矛头指向大学，因为大学是萌生异议的温床，是穆斯林革命分子未能掌控之处。大学现在的角色，就如同已被查禁的报纸媒体角色，替遭政府打压的进步势力发出不平之鸣。几乎每天都会在某一所大学，尤其是德黑兰大学，出现一场抗议集会、座谈会或示威游行。

有天早上我正要走进系大楼时，突然觉得不太对劲。入口对面的墙上，贴着当时国会发言人哈谢米·拉夫桑贾尼先生的放大照片。旁边有张传单提醒学生当局随时可能关闭大学的“阴谋”。照片和传单底下，聚集了大半圈的学生，圈里似乎又包含几个更小的半圈。我走近时，学生（我认出其中几个是我的学生）纷纷让路给我进去，我发现尼亚纪先生站在中央，正与左翼学生组织的领袖之一发生口角。

尼亚纪先生极力否认政府有意关闭大学，与他争执的学生，把话题指向拉夫桑贾尼先生在玛夏德大学的演讲内容，他表示目前需要净化教育系统，启动大学的“文化革命”。双方你来我往，在围观群众纷纷议论的鼓舞下，针锋相对了一阵子。我没留下来听到辩论结束，显然往后是不会再有任何辩论了。世俗派与左翼是那段时期校园内的两大势力，日后有些发展对我们某些人而言完全料想不到。大学会被关闭这想法,就跟妇女最终必须屈服而戴上面纱的可能性一样匪夷所思。

不过政府没多久之后就宣布打算停课,并成立"文化革命"实践委员会。该委员会有权按照共和国领袖的要求重组大学,他们对于要什么并不清楚,但是对于不要的可就斩钉截铁了。他们被授权开除不受欢迎的教职员和学生,制定新校规,规划新课程。此乃第一波有计划肃清伊朗境内所谓西方腐败文化的行动,大多数学生与教职员不服指令,于是德黑兰大学再度成为攻防的战场。

上课的可能性一天比一天低。我们全都忙着赶场,从上一场集会匆匆赶往下一场,仿佛单靠运动的力量就足以力挽狂澜。教职员游行,学生也游行,而各学生团体之间意见分歧相当大。

学生聚集示威,静坐抗议。我去参加那些示威活动,不过当时我对任何团体都不抱好感。如果得势的是左派,他们的做法必定也差不多。当然,这不是重点,重点是拯救大学,它和伊朗一样,都毁在我们手里。

24

新一轮的暴力示威行动于此展开。我们往往从德黑兰大学前出发,开始游行,而且越走聚集的群众越多。我们朝贫民区移动,通常到了窄巷弄或十字路口,"他们"就会出现,刀子和棍棒齐飞。示威人群暂时散去,到了下一个路口又悄悄凝聚。我们穿过蜿蜒的道路和未铺设路面的羊肠小道,"他们"冷不防再度现身,在另一个十字路口袭击我们，眼看“他们”抽出了刀子，我们落荒而逃，但过了几条街又自动集合起来。

有一天我记得特别清楚。我和比冉很早就出门，他在上班途中放我在大学附近下车。离大学几条街外，我注意到一个以年轻人为主的团体手持标语，朝大学校园走去。我发现好几个星期不见的娜丝琳也在其中，她手里拿着一些小册子，走在前排。到了街角，她和另一个女孩脱队转进街道。我这才想起娜丝琳还没交她先前答应我要写的《了不起的盖茨比》读书报告，她忽然离开了我的生活，就像出现时一样突兀。不知以后还会不会再见到她。

一群口中念念有词的学生，不知怎么冒了出来，我无意间和他们走在一起。我们忽然听见子弹声，仿佛凭空冒出来。是真的子弹。这一刻我们还站在大学铁门前，下一刻我便拼命跑向书店，大多数书店因时局动荡，早就歇业了。我躲到其中仍在营业的一家书店的遮阳篷底下，旁边一个卖录音带的摊贩还在播放带子，录音带里的歌手，以悲伤的声音哀叹情人的变心。

那一整天下来像是一场漫无止境的梦魇，我失去了时间感和方向感，隐约中加入一伙人，没多久人群又散了，随着人潮从一条街漂流到另一条街。到下午又集结了一大批示威群众，不久即演变成学生与政府的血腥冲突。政府从各地的工厂载来一车车的工人，提供他们警棍和刀子等武器，协助原本的暴徒、打手及民兵，展开一场压制学生的反示威行动。工人因左派分子对无产阶级的理想化，自然被选作当权者的盟友。

子弹又开始射击，我们立即朝四面八方作鸟兽散。我记得逃命时遇到一个老同学，她是我六年级时最要好的朋友。我们在枪林弹雨和口号声中拥抱，聊起别后二十年来各自的境遇。她告诉我大家都朝德黑兰大学附近的医院方向移动，遇害和受伤的学生应该都被送往那儿。

我不小心在人群中和她失散了，发现自己一个人来到那所大医院的空地，该医院不久前才改名，从最后一任国王巴列维的名字改成当今最高领袖的名字。目前谣传警方和革命卫兵为防走漏风声，偷了罹难学生的尸体。学生们要冲进医院，阻止尸体被运走。

我走向主建筑物，现在回顾当时，那段路似乎永远走不完，始终到不了。我恍惚地走着，人群有的朝我这儿跑来，有的朝反方向跑去。每个人心中似乎都有一个明确的目标——唯独我例外，我一个人走着。忽然间，有张熟悉的面孔往我这儿来，是玛贺塔布。

我看见她的那一刻，她显得麻木、僵硬，简直像只身陷险境的迷途野兽。也许是因为受到惊吓，迫使她机械似的笔直向前走，没偏左或偏右，保持近乎完美的平衡。诸位想象玛贺塔布走向我的样子。有两个女孩挡住我的视线，然后她又出现了，身穿宽松的米色衬衫和牛仔裤。她进入我的视野，和我的目光相遇。原本她正要经过我旁边，看见我便停了一下。于是我们两人就在那儿，面色苍白地互望了一瞬间。她停下来通知我，“他们”已经从医院太平间劫走了尸体，没有人知道尸体被运往何处。说完她就消失了，接下来七年我没再见过她。

我独自站在医院空地时，人潮不断在周遭涌动，我有种奇怪的感觉，仿佛我的心被扯离了躯体，沉重地落在虚无的空间里，那是一种前所未有的无边虚无。我怕的不是子弹,它们太直接了。我怕的是某种匮乏,好像未来正逐渐离我远去。

25

学生们为了防范政府封校,在大学校园彻夜守候。他们的守夜持续到现场几乎爆发惨烈的抗争(虽然只有政府军持有枪弹)。最后他们被驱离,民兵、革命卫兵和警方征服了整座校园。在守夜的过程中,有一晚我看到了巴赫里先生。

那天晚上空气中弥漫着焦虑,以及临危故作轻松的气氛,我们亲近地坐在校园,有说有笑、交换情报,偶尔抬抬杠,消磨掉温暖宜人的夜晚时光。他斜倚着树,独自站在阴暗的角落。“你对这一切有什么看法?”我问他。他乏力地笑一笑说:“别问我,老师,倒是你自己有什么看法?”我慢条斯理地说:“巴赫里先生,我的看法变得越来越无关紧要,无关紧要到让我很想干脆回家,拿本好书来读,再老实睡上一觉。”

我知道我令他吃惊了,但我自己也同样惊讶。突然之间,我觉得这好像不是我的战争。对于在场的大多数人而言,这场战役的刺激兴奋重于一切,我却没有他们那种兴奋的感觉。关闭大学的人究竟是我的左派学生或伊斯兰学生,对我来说重要吗?重要的是大学根本不该关闭,大学应该发挥大学的正常功能,而不该沦为政治角力的战场。可是我花了很长的时间,事实上是十七年,才终于消化,悟出其中的道理。当时,我还是先回了家。

不久之后,政府总算如愿关闭多所大学。他们整肃教授、学生和员工，有的学生被杀或抓去关起来，有的莫名其妙消失。德黑兰大学成为汇聚太多失望、悲哀与伤心的焦点，此后我不曾再像革命之初那么天真且兴冲冲地赶着去上课了。

26

1981年春季的某一天——我仍依稀感受到和煦的阳光和抚过脸颊的清晨微风——我变得疏离。才重返我的故国、我的城市、我的家园一年多，我便发现，有道敕令不但把简单的伊朗转变成伊朗伊斯兰共和国，也把我和我过去的一切变得无关紧要。想到其他人也遭到和我相同的命运，并无法令我感到宽慰。

其实，早在那天之前，我就已经无关紧要了。在所谓的“文化革命”导致许多大学关闭之后，基本上我就失了业。我们照常去大学，却无事可做。我把时间拿来写日记和阅读克里斯蒂侦探小说。我和我那位美国记者在街上游荡，谈论麦克·高德的纽约下东城和菲茨杰拉德的西卵港。我们不上课，却频频被叫去参加开不完的会。行政部门要我们停止工作，但表面上要假装一切照常。虽然大学关闭了，教授仍须出席，提出有关“文化革命”的议案给委员会。

在那些闲散的日子，与本系的、别系的同事建立起的情谊，是令人熬得下去的唯一理由。我是这群人里面新进的最年轻一员，因此有很多事需要学习。他们告诉我革命前的情景以及当时的热情与希望，还提到一些再也没回来的同事。

刚选出的“文化革命”实践委员会来到法学系礼堂，访问法政学院和波斯暨外语学院。尽管校方三令五申、耳提面命，交代女性教职员务必戴上面纱，但直到那天以前，校内大多数女性仍未遵守这项新的规定。那是我参加的第一场几乎所有与会妇女都戴面纱的会议，但有三个人例外，法丽德、拉莉和我。我们的个性独立自主，在别人眼中是怪胎，因此我们三人没戴面纱就去赴会了。

“文化革命”委员会的三名委员僵硬地坐在高高的舞台上，表情一会儿高傲，一会儿紧张，一会儿轻蔑。这是教职员最后一次在德黑兰大学公然批评政府与其高等教育政策，事后发言者多因不识时务而遭到开除。

法丽德、拉莉和我像三个淘气的孩子，引人侧目地坐在一起。我们窃窃私语，彼此商量，不断举手发言。法丽德谴责委员会不该将大学校园拿来囚禁、威吓学生。我告诉革命委员会，由于委员会坚持要我为一个月几千块的薪水而虚应故事、戴上面纱，我身为教师与女性的诚信已遭到严重践踏。与其说这是戴面纱的问题，倒不如说这关乎选择的自由。我祖母被迫摘掉面纱时，有三个月不肯跨出家门一步。我拒绝戴面纱的立场将和她同样坚决。当时我完全没料到，不久之后他们给了我两条路走，不戴上面纱就要去坐牢、接受鞭刑或送命。

那场会议之后，有位较识时务的“现代”女同事以略带讥讽的语气告诉我：“你打的是一场赢不了的仗，何苦为了这种小事打破饭碗？再过两个礼拜，恐怕连上个杂货店都得被逼着戴面纱。”她当时就决定乖乖戴上面纱，在我离开德黑兰大学后，她又继续在那儿待了十七年。

当然最简单的回答就是，大学可不是杂货店。但她说得没错，没过多久我们上哪儿都得戴面纱。持枪开丰田巡逻车的道德纠察队在街头站岗，监视我们有没有遵守规定。不过在那最后的一个晴天，当同事和我向上面提出抗议时，后来的事件在当时看来并非注定发生。由于有许多教职员抗议，我们认为只是暂时退一步，以后仍有机会。

我们欢欣鼓舞地离开会场，委员会显然一败涂地，他们的答复左支右绌，会议越往下开，言辞越是矛盾闪烁。我们从礼堂出来时，巴赫里先生带着一个朋友正在等我。他没和我其他同事说话，劈头就批评我。他实在搞不懂，我怎能做这种事。“我们不是朋友吗？”“是啊！我们是朋友，但我是就事论事，这跟我们的私人交情无关。”“你难道不明白，你在不知不觉中助纣为虐，帮助了帝国主义者还不自知？”他痛心疾首地说，“为了拯救革命，要你遵守几条新的规定，难道过分吗？”我大可以问他这究竟是谁的革命，但终究忍住到了嘴边的话。法丽德、拉莉和我心情太愉快了，我们打算去吃午餐庆祝。

几个月后，委员会的势力已巩固，便开始肃清一部分最优秀的教授与学生。A 博士即将离职前往美国，法丽德被炒鱿鱼，后来去了欧洲。第一天在 A 博士办公室门口碰到的那个聪明伶俐的年轻教授，时机到了也被开除——十一年后我在得州奥斯汀的一场会议中又遇见了他。我们原本那伙人走的走散的散，只剩下拉莉和我，不久之后连我们也无法幸免。后来政府强制妇女戴面纱，把更多学生和教职员送交法庭审判。我又去参加了一场由反对派人民圣战者组织召集的示威，不过几乎受到所有反对势力的支持，只有伊朗人民党和游击队组织例外。到那时，共和国的第一任总统已经躲起来，不久即将逃亡海外。超过五十万人参与了那场革命史上最惨烈的战役之一。一千多人被捕，有许多人当场被处决，即使青少年也不能幸免。八天后的6月28日，伊斯兰共和党的总部遭轰炸，八十名党政要员罹难。政府为了报复，恣意逮捕民众，滥杀无辜。

奇怪的是，在大学行政部门开始清算批判我、要把我解雇时，替我说尽好话、尽可能拖延我离职的人，不是无宗教派别的同事，而是巴赫里先生和他的朋友——那些整学期缺席、几乎全被我判为不及格的过去的学生。

将近十九个年头以后，当政府再度把矛头指向学生时，那些我以为早已抛诸脑后的感觉又回来了。这回它开火的对象是得到它批准进入大学的学生，那些它自己亲生的革命之子。我的学生们将再度冲进医院找寻被卫兵和民兵偷走的遇害尸体，并努力防范他们窃运伤者。只不过这回我走在想象中的医院空地，一边在华盛顿的办公室看我过去的学生从伊朗发来的传真与电子邮件，一边设法解读这些惊惶字眼背后的弦外之音。

我很想知道巴赫里先生目前的下落，很想问他："结果怎样了，巴赫里先生？这是你的革命美梦吗？谁要为我记忆里的所有鬼魂付出代价？谁要为我们颠沛流离过程中藏在鞋底和柜子里那些大头照中的死者偿命？告诉我，巴赫里先生——或者套一句盖茨比奇特的用语，'告诉我，老兄——我们该怎么处置手上这些尸体'？"

詹姆斯 James

1

有天早晨，在毫无预兆的情况下，战争突然爆发。正式的宣布是在1980年9月23日，亦即各级学校和大学开学前一天。我们听到收音机里伊拉克发动攻击的消息时，刚结束里海之旅，正开着车返回德黑兰。战争就这么开始了，新闻播报员像报诞生喜讯或死亡噩耗般，一本正经宣布两伊正式开战。我们默默接受，把它当作一项无可挽回的事实，预料到它即将渗透进一切的考虑计划，悄悄进入我们所有的生活范畴。有天早晨当你醒来时发现，你的人生已被自己掌控不了的力量彻底改观，这难以预料的决定性时刻，究竟由多少事件酝酿而成？

是什么引爆了这场战争？是新革命者的傲慢造成的吗？——他们不断挑衅他们眼中的中东异教反动政权，怂恿那些国家的人民揭竿而起。还是伊朗新政权格外仇视萨达姆引起的？——因为据传萨达姆曾在与巴列维达成一项协议后，将流亡的宗教领袖驱逐出境。或是两伊之间由来已久的世仇，以及伊拉克在可能得到伊朗西方敌国的支持下，打着速战速决的如意算盘，才引爆战争的？

回首前尘，历史事件经过整合、分析、归纳，写成文章与书籍后便不再混乱，反而有置身历史现场者未能感受到的明确逻辑与清晰思路。对于我和数百万伊朗老百姓而言，那场战争有如晴天霹雳，就在一个和煦的秋日早晨从天而降，教人措手不及、万般不愿。

我的住处周围环绕着香气馥郁的花园和蜿蜒曲折的溪涧，整个秋季，我经常在附近花木扶疏的宽阔巷道一边散步，一边思索我对战争的矛盾情结，因为在我愤怒的情绪中，还交织着对家国的爱和维护之心。9 月的一天傍晚——正是季节交替的时刻，空气中短暂交错着夏与秋的气息——眼前绚烂缤纷的霞光令我在沉思中分了神。我恰巧在附近树丛上一棵藤蔓植物薄薄的枝丫间，瞥见稍纵即逝的夕阳闪烁的光芒。我呆站在那儿观看落日朦胧不明的反光，直到有两个路人迎面走来，才让我回过神来，继续往前走。

沿街走下坡，右手边的墙上写着引述自最高领袖言论的斗大黑字：**这场战争对我们是天大的福气！**我生气地看着这句口号。是谁的福气？

2

两伊战争从 9 月爆发，一直到 1988 年 7 月底才结束。在那八年的战争岁月里，我们的一切际遇和人生走向，多少都受战火波及。这不算世上最严重的战祸，但仍造成一百多万人伤亡。起初战争使近似一盘散沙的国家凝聚团结：因为身为伊朗人，难以对敌人的侵犯袖手旁观。但即便如此,也有许多人因受限而无法参战。从政府的立场来看,敌人攻击的不仅是伊朗,更包括了伊斯兰共和国和伊斯兰宗教。

政府所制造的分裂对立已混淆了生活的每个层面。真神的军队不仅要对抗魔鬼的使者——伊拉克的萨达姆——更得抵御国内的撒旦代表。从革命最初到战时与战后,伊斯兰政权始终不忘整肃内奸。如今各种不同形式的批评都被视为是伊拉克挑起,而且不利于国家安全。凡是未效忠于政府认可的穆斯林团体的个人,都受到排挤,无法对战争贡献一己之力。他们可能丧命或被送上前线,却无权表达他们个人的社会或政治倾向。世上只有两股力量,真神的军队和撒旦的势力。

因此,所有的事件和社会动作都代表象征性的效忠。新政权的触角,远远超越每个政治系统或多或少都有的浪漫情怀,直接不顾后果地占据纯粹神话的领域。伊斯兰共和国不仅仿效先知穆罕默德治理阿拉伯期间所建立的秩序,它本身就是由先知统治的。伊朗对伊拉克之战,有如好战的第三代伊玛目侯赛因①与异教徒之役,而伊朗人即将征服位于伊拉克、也是侯赛因纪念祠所在的圣城卡尔巴拉。伊朗的军营皆以先知或什叶派十二伊玛目命名,如阿里②、侯赛因和第十二代伊玛目马赫迪③的军队。至今什叶派教徒仍对马赫迪的再临望眼欲穿。对伊拉克的军事攻击

① 伊玛目侯赛因(Imam Hussein),先知穆罕默德的外孙。

② 阿里(Ali),先知穆罕默德之婿。

③ 马赫迪(Mahdi),伊斯兰教的“救世主”,什叶派认为十二代即最后一代伊玛目已隐遁,将在审判日重回人间。

则一概冠上穆罕默德著名战役的名称。当今的阿亚图拉并非区区宗教或政治领袖,而是个不折不扣的伊玛目。

在那段日子里,我成为贪得无厌的收藏者,专门收集英年殉难者(有的还只是小孩)的照片,这些照片刊登于日报,与他们上前线之前所立的遗嘱并列。我剪下领袖对那个投身敌军坦克前的十三岁男孩的歌颂,收集被送往前线的青年的纪录,他们上前线时就拿到了天堂之钥,因为伊斯兰政府告诉他们,当他们为国捐躯,灵魂会直上天堂。这起初只是个冲动,想在日记里写下当时的事件,后来却逐渐演变成贪婪狂热的囤积行为,仿佛透过此举,就可以破解我所掌控不了的外力,强迫他们接受我自己的道理与逻辑。

尽管打开收音机、电视和报纸都是关于战争的报道,我却过了一段时间才了解战争的真义。他们鼓励人民善用停电时间,并利用警报系统教导我们:红色警报过后,会有广播提醒"注意!注意!这是空袭警报,请前往你所在地的防空洞……"防空洞?什么防空洞?八年战争期间,政府不曾拟定保障国民生命安全的具体计划。所谓的防空洞,不过是地下室或公寓楼房的底层,有时就直接把人活埋在底下。然而我们多半要到后来德黑兰也像其他城市一样遭袭时,才醒悟到自己的脆弱。

我们对战争的矛盾心态,主要来自对这个政权的冲突心理。德黑兰初遭空袭时,市内的高级住宅区有栋房子被击中,谣传反政府游击队当时就在它的地下室。当时的国会发言人拉夫桑贾尼为了平息群众的恐慌,在周五的祈祷会上宣称,到目前为止,空袭尚未造成真正的伤害,因为罹难者是"高傲的富人和叛党",反正他们迟早也会被处决。他还建议女性睡觉时要穿着整齐,万一房子遭不测,也不至于“不得体地暴露在陌生人面前”。

3

“我们来庆祝吧!”我的朋友拉莉欢呼着,然后在我们最喜欢的餐厅里坐下,先前我已在这家餐厅等候她多时。自从上次我们在“文化革命”委员会碰面后,到现在又过了几星期,如今我们都很清楚,若不乖乖遵守规定就会被扫地出门,这只是迟早的问题。由于政府最近强制规定女性在工作场所必须戴面纱,我实在搞不懂有什么事值得她高兴的。要庆祝什么?我很想知道。“今天——”她顿了顿,兴奋地吸口气,“——经过了九年——准确地说应该是八年半——我正式被德黑兰大学解聘。现在我和官方已毫不相干,所以午餐由我请客!既然不能公开喝酒庆贺我的人生新阶段,我们不妨吃到撑死为止。”她故作轻松地说。事实上目前的情势将导致她失去收入,更甚者,逼她放弃她热爱且擅长的工作。打落牙齿和血吞!最近这在朋友和同事间已蔚为风尚。

那天她先去大学和心理系系主任讨论她的处境。自几年前她从德国回来后便一直在心理系任教。她没戴头巾就想走进德黑兰大学,当然,校门口站岗的警卫立刻叫住了她。此时回想起来,警卫的哨站根本就是个笼子,是个由栏杆构成的突出物,或比较像个岗哨;是铁做的?还是水泥做的?拉莉终于在两年前迁往美国,目前定居洛杉矶。我可以拿起电话打给她,向她问个清楚;她不像我这么糊涂,她的记性好得很。

“你碰见过那个新来的警卫吗?”她问我,叉子上挂着一片瘫软无力的莴苣叶,“笨手笨脚、愁眉苦脸,块头很大那个……”她刻意避免使用“肥胖”这两个字。“没有,我还没有荣幸见到这位警卫。”“总之,他像奥列佛·哈台[①]那么庞大,甚至有过之而无不及,”她说着大嚼特嚼叉子上的莴苣叶,“可是也只有这点像而已,我的意思是,这家伙浑身肥肉却不开朗,是那种胖得阴郁沉闷,连吃东西都不快乐的人——你知道那一种类型的。”

“拜托你别再说那个愁眉苦脸的警卫了,”我恳求她,“谈谈你自己吧!”她正在向一颗不断从她叉子底下溜走的小西红柿发起进攻,她叉住小西红柿后才又开口,她继续说:“他从他的笼子里走出来说:‘这位女士,身份证,麻烦一下。’于是我拿出身份证,在他眼前挥了挥,转身就打算走,可是他又叫住了我。‘这位女士,你该知道你不能这样进去吧?’‘八年来我都是这样进去的呀!’‘不行,女士,你得戴上头巾,这是新规定。’我说:‘这是我的事,不干你的事。’可是他不肯罢休:‘上面交代下来,要我拦下没戴头巾的任何女人——’我没让他把话说完就打断了他。‘我可不是任何女人!’我义正词严地说。”

“他抗议道:‘就在这儿,总统本人签署的命令,任何女孩,’他更正自己的措辞——‘任何女人——不得以你这种状况通过岗哨。’”“他说‘以你这种状况’?”我问。“没错,他是这么说的。我又走了一步,他挡住我的去路。我往右走一步,他也往右走一步。我停下来,他也停下来。我们就站在那儿对视了好几秒,然后他

① 奥列弗·哈台,即“劳来与哈台”中的哈台。

说:‘如果你以这种状况进去,上面怪罪下来我是要负责任的。’‘以什么状况?’我问他,‘假如我没记错,唯一必须为我的状况负责的人是我,所以你不必在那儿大言不惭,说什么要替我负责。’我不知道自己着了什么魔,居然跟那可怜的家伙抬起杠来,尽跟他扯些他根本不可能听得懂的话,”拉莉说,激动得手微微发颤,“我们在那儿僵持了好几分钟,然后我突然一股冲动,望向他左肩后方,当他回过头去时,我闪身拔腿就跑。”“你跑了?”“对,我跑了。”

这时候上的是意式煎小牛肉片和马铃薯泥。拉莉在她的马铃薯泥里翻来找去画圈圈,仿佛在寻找隐藏的宝藏。她终于说:“我以为他会死心。我的意思是,他只要拿起电话,打给长官,让上面的人来处理就好了。可是不,他不肯。我停下来回头看他是否知难而退,可是他还在那儿,把皮带往上一提,屁股左右晃了一下。”“屁股左右晃了一下?”“真的。”她用叉子在马铃薯泥里做出左右晃的动作。“然后他开始从后面追上来。”她说。

拉莉和那个胖警卫飞奔过大学宽广的林荫大道。每隔一阵子,拉莉就停下来回头看他还在不在。可是每次她停下来,他不趁机追赶上去,反而也跟着停下来,就像突然紧急刹车,然后他会再扯扯皮带,晃晃臀部,继续追。他使我联想起气喘如牛、笨手笨脚的巨大鱼怪。

拉莉经过三个目瞪口呆的学生,跑下通往波斯暨外语学院的短阶梯,鞋跟被裂缝卡住时,还差点摔跤。然后她穿越大楼前宽阔的广场,跑进敞开的门,进入凉爽阴暗的走廊,再爬楼梯到二楼。来到心理系门口时她突然站住,险些与站在门口正和一位同事讲话的系主任撞个满怀。系主任为了掩饰自己的尴尬,便大叫:“怎么回事,那斯里教授?出了乱子吗?”过了一会儿,那位尽忠职守的警卫也吃力地在门口停下来,汗珠像绝望的泪水成串滚落脸颊,手中还抓着帽子。他开始解释来龙去脉,系主任哭笑不得,叫他回岗位,答应他会正式向相关的上级报告此事。一小时后,拉莉从心理系出来,走回学校大门,看也不看警卫一眼就走了出去,如今她已是自由身。

“自由身?”“是的,他们让我选择,如不立刻遵守规定,就得卷铺盖走路。我选择不乖乖听话,所以现在我成了自由之身。”“以后你要做什么呢?”我问,仿佛我若面临和她相同的处境,便不知该如何是好。“不知道,”她耸耸肩,“大概回去缝衣服、做蛋糕吧!”

这正是拉莉惊人之处。她看起来像是那种全世界的人都死光了,也不会做蛋糕的人,但她其实是个出色的裁缝和厨师。刚认识她时,她令我深深觉得她的一切恰好都跟我相反,整洁、干净,是那种让人忍不住称之为得体的人。她的德文教育更增添了这种错觉。我常取笑她,“完美无瑕”一词是专为她创造的。等我对她有了进一步的了解后,才逐渐明白这种有条不紊的外表只是种保护色,以掩藏内心难以满足的欲望和热情奔放的天性。

她的头发厚重,难以驯服,刷子、梳子、发胶甚至烫发,都无法令它乖乖听话。然而她就是有耐心花上好几个小时,辛辛苦苦将它拉直、做造型,塑造出一丝不苟、地位崇高的中年妇女形象。她总略带懊恼地告诉我:“我不这么弄就得剃光头。”唯有那双闪烁着促狭之色的乌黑大眼睛与她的保守外表不相符。后来她和我三岁的女儿一起爬树时，我看得出来她必定受过极大的纪律约束，才抑制得住渴望放任而为的本性。

结果有将近两年的时间，她被迫靠做裁缝维持生计。她没拿到执照，无法从事拿手的儿童心理辅导，又不愿意戴着面纱教书。于是她改行做她所厌恶的裁缝师傅，有一阵子，我和其他朋友经常穿着她做的漂亮花裙子出门，后来有个朋友请她到学校工作，才结束了拉莉的裁缝生涯。

那天我们的胃口奇佳，似乎永远吃不饱。拉莉点了焦糖奶油，我则点了两球冰激凌，香草及咖啡各一，佐以土耳其咖啡和一碟核桃。我仔细将核桃撒在浇了咖啡的冰激凌上。我们谈到我系里的情形，法丽德已被开除，A 博士去了美国。那些谨言慎行得以明哲保身的同事说，法丽德之所以被开除，与其说是行政单位做的手脚，倒不如说要怪她自己一意孤行，套句同仁新鲜的讲法——骡子脾气发作了。

4

几天后，我又去德黑兰大学和巴赫里先生开会。这次是他为了劝我遵守新规定而主动邀约的。我已准备好要在大门口展开一场追逐战，但意外的是，我居然没受到和拉莉相同的待遇。值班的警卫阴阳怪气的，不胖不瘦，并非她所形容的那个。他连身份证都没向我要，只是假装对我视而不见。我不由得怀疑巴赫里先生可能先跟他打过招呼，要他别阻拦我。

会议室的模样和感觉，与我初次和巴赫里先生讨论文学与革命的角色时无异,宽敞、凉爽、空荡荡,带点尘埃的气息,不过除了长桌和那十二把椅子外,没有什么地方需要除尘。巴赫里先生和他朋友已坐在长桌的中段,面对着门口。我走进去时,他们两人站起身,等我就座后才又坐下。我刻意面对他们而坐。

巴赫里先生很快就切入正题,他提起拉莉的逃脱事件,以及行政部门对于“此种行径”的容人雅量。整个开会过程中,他始终盯着一支黑色钢笔,双手则轮流不停转动这支笔,仿佛那是个古怪的东西,让人想参透个中玄奥。他和他那一伙朋友们都知道,早在革命前,每当那斯里教授前往城里较贫困的传统旧区,都会戴上头巾。“没错,那是因为她尊重他们的信仰,而不是因为被政府逼迫。”我冷冷地说。从头到尾,巴赫里先生的朋友几乎完全默不作声。

巴赫里先生不懂我们何须为了一块布小题大做,难道我们不明白还有更重要的议题需要考虑,革命的香火已岌岌可危?究竟是反抗西方帝国主义的势力重要,还是坚持导致革命族群分裂的个人好恶重要?他用的字眼并非一模一样,但意思差不多。在那时期,人们真是这么讲话,让人觉得革命界和知识圈的人像是在念台词,演出伊斯兰版的苏联小说。

讽刺的是,伊斯兰信仰捍卫者巴赫里先生,居然将面纱说成是一块布。我不得不提醒他应该对“那块布”多尊重些,别一味只想强迫人戴上它。我们曾信誓旦旦绝不戴面纱,倘若哪一天我们的学生看到我们戴上了,不知巴赫里先生认为他们会作何感想?他们会不会说我们为了一个月几千块的薪水,就出卖了自己的信仰?“换作是你,巴赫里先生,你会怎么想?”

他能怎么想?一个严厉的阿亚图拉,盲目且名不副实的哲人之王,决定强迫整个国家民族接受他个人的梦想,以他局限的眼光重新塑造我们。于是他帮我设计一个穆斯林女子和穆斯林女教师的理想形象,要我举手投足遵照那份理想蓝图。拉莉和我拒绝接受他的理想,并非在表明我们的政治立场,而是在伸张生存权。我可以告诉巴赫里先生,不对,我拒绝的不是那块布,而是当局对我的强迫改造,使我照镜子时厌恶起镜中那个陌生人。

那天我领悟到,再怎么和巴赫里先生“讨论”我的观点也是徒然。凡人如何与真神在世间的代表争辩?起码在当时,巴赫里先生理直气壮,认为他是站在正义的一方,而我不过是个迷途的罪人。近几个月来,我已隐约感受到,但直到离开巴赫里先生与他朋友的那天之后,我才第一次猛然醒悟到自己是多么无关紧要。

走出会议室时,我没打算再犯同样的错,跟他握手。巴赫里先生像殷勤的主人送客一样,陪我走到门口,两手稳稳背在身后。我不停地说“请留步”,而在急忙离开的过程中,险些从楼梯滚下。即将下到一楼时,我回头望,他仍站在那儿,穿着那套磨损的棕色毛装,上衣直扣到脖子,双手摆在背后,以困惑不解的眼神望着我。后来我跟拉莉在她家凉爽的客厅一起吃冰激凌,我把开会的经过告诉她,她调侃我说那是“情人的道别”。

那天下午我离开巴赫里先生后散步了四十五分钟,顺道去了一趟我最喜爱的英文书店。我走进去时突然想到,恐怕过不了多久,就再也没机会来逛这家店了。我没料错,短短几个月后,革命卫兵突袭这家书店,将它查封。他们在门上装的巨大铁门栓与铁链,象征此一行动的定局。

我开始贪婪急迫地挑书，翻找着平装本，收集几乎所有詹姆斯的作品和奥斯汀的六部小说。我还选了福斯特的《霍华德庄园》（*Howards End*）和《看得见风景的房间》（*A Room with a View*）。然后我开始找没看过的书，四本伯尔[1]的小说，以及一些很久以前看过的书，如《名利场》（*Vanity Fair*）与《蓝登传》（*The Adventures of Roderick Random*）[2]，贝娄1976年获普利策奖之作《洪堡的礼物》（*Humboldt's Gift*）与《雨王亨德森》（*Henderson the Rain King*）。我拿了双语对照的奥地利诗人里尔克的诗集和纳博科夫的《说吧，记忆》，甚至为了要不要买完整未删的《范妮·希尔》（*Fanny Hill*）[3]而犹豫半天。然后我继续去找悬疑侦探小说，挑到几本桃乐丝·榭尔丝[4]的作品，喜出望外地发现了《特伦特的最后案件》（*Trent's Last Case*）[5]、两三本全新的克里斯蒂、一本麦当诺[6]精选集、钱德勒[7]全集和两本汉密特[8]的作品。

我没有足够的钱买下全部，只选了少数买得起的几本，并拒绝老板要让我赊账的好意。当他把我预定保留的书装进两个大袋子时，对我莞尔一笑说："别担心，没有人要抢你的书。再也没有人知道这些作家是谁，何况这时候谁想看这些书？"

---

① 海因里希（Heinrich Böll），德国作家，1972年诺贝尔文学奖得主。

② 英国作家斯摩莱特（Tobias Smollett）的作品。

③ 18世纪英国作家克李兰（Cleland）的色情作品，描述伦敦一名妓女的活动。

④ 桃乐丝·谢尔丝（Dorothy Sayers），英国女作家、学者，写过多部悬疑侦探小说。

⑤ 英国作家班特利（Bentley）的侦探小说，至今仍为畅销书。

⑥ 麦当诺（Ross Macdonald），美国作家，主要作品以"冷硬派"侦探小说为主。

⑦ 钱德勒（Raymond Thornton Chandler），"冷硬派"侦探小说家。

⑧ 达西尔·汉密特（Dashiell Hammett），美国"冷硬派"侦探小说的开创者。

的确,谁想看?像我这样的人在这时已无关紧要,就如菲茨杰拉德之于麦克·高德,或纳博科夫之于斯大林的苏联,或詹姆斯之于费边社①,或奥斯汀之于她那时代的革命人士,一样不合时宜。在出租车上,我拿出那几本付过钱的书,浏览着封面,抚摸着光滑的外表,沉醉于书的质感中。我知道和巴赫里先生开会,意味着迟早我也会被开除。我决定在他们开除我之前,不再去大学。既然往后有的是时间,我就可以毫不内疚,尽情看书了。

5

政府很快就通过新法令,限制女性在公众场合的穿着打扮,逼我们穿戴罩袍②或长袍和头巾。经验证明唯有靠武力实施,才能逼迫妇女就范。由于女性强烈反对这些法令,政府便先在工作场合实施,继而在商店推行,还不准商店贩卖商品给未戴面纱的妇女。违者可处以罚款、牢役或最高七十六下的鞭笞。后来政府又成立臭名昭彰的道德纠察队:四名开白色丰田巡逻车的武装男女在街头监视,确保法令贯彻实施。

此刻,当我设法将那段时期杂乱无章、顺序颠倒的事件拼凑起来时,我注意到我仿佛坠入越来越深的无底洞或虚空中,伴随这感觉而来的,是当时同时发生的两件大事:战争和失去教职。当时我不明白生活中的惯例多么会制造安稳的错觉,如今我不能

① 费边社(Fabian Society),19世纪末成立于伦敦的社会主义团体。
② 一种传统的、长及地面的黑袍。——编者注

再自称为老师,不能再穿平常穿的衣服,不能再按照我自己身体的节奏走在街上,随心所欲高声大叫,或随真情流露拍男同事的背,如今这一切都违法。我觉得自己仿佛是轻飘飘的虚构人物走在半空中,我的存在是别人写出来的,一笔就可以把我勾销了。

这种不真实的新感觉让我发明了新的游戏,我把那些游戏称之为生存游戏。我对面纱的执念,令我买下了一件特别宽大的黑袍,一路盖到脚踝,有和服式的袖子,又宽又长。我养成把手缩进袖子里,假装没手的习惯。渐渐地,我假装穿着袍子的时候全身都消失了,胳臂、胸部、肚子和腿全部融化不见,只剩一块有着我的体型轮廓的布,在一股隐形力量的牵引下四处走动。

从什么时候开始玩这游戏,我记得一清二楚,就是陪一位朋友去高等教育部登记她毕业证书那天。他们从头到脚搜我们的身,我这辈子碰到过无数次性骚扰,这次的感觉最糟。女警卫叫我把手举高。"再高一点。"她说。然后开始仔细搜我的身,什么地方都不放过。她对于我在长袍底下几乎没穿什么表示不满,我告诉她我在长袍底下穿什么不干她的事。她拿了张卫生纸,要我把脸上涂的那些乱七八糟的东西擦干净。我说我什么也没涂,她就自己拿着卫生纸擦起我的脸,由于结果令她不满意,因为我真的没化妆,她就更用力擦,擦到整层皮都快被她磨下来了。

我的脸像火烧一样,我觉得肮脏,仿佛全身像件污秽、汗湿的T恤,非脱掉不可。就是在那时候,我想出了这游戏,决定让身体隐形。那个女人粗糙的手像X光一样,只保留了表面的完整,却使内部无所遁逃。等她搜完以后,我变得像风一样轻,没肉也没骨。这种魔术表演的诀窍是,为了维持隐形,我必须避免和其他坚硬的表面接触,尤其是人类:别人越不注意我,我的隐形程度就越高。当然,有时我得把部分的自己变回来,譬如想反驳政府派来的碍眼家伙时,我会露出几络头发和两只眼睛,狠狠瞪他们。

有时我几乎不自觉,将双手缩进宽大的袖子里,摸自己的双腿或肚子。它们存在吗?我存在吗?这个肚子、这条腿、这双手存在吗?不幸的是,革命卫兵和道德纠察队看世间的眼光和我不一样。他们看的是手、脸和粉红色口红,他们看的是散乱的发丝和松垮的袜子,而我看到的只是一个沿街无声地游荡的虚无生物。

我重复不断对自己和任何愿意听的人叨念着,像我这样的人已经变得不合时宜、无关紧要了。这种病态的失序不止发生在我身上,也有许多人觉得失去了在世间的身份定位。我给一位美国友人写了封夸张的信:"你问我无关紧要是什么意思?感觉就像漂泊的冤魂,带着未了的心愿,回到自己的老房子。想象一下旧地重游的情形,房子是熟悉的,但原本的木门却换上了铁门,墙壁漆成俗气的粉红色,最爱的摇椅也不见了。办公室如今变成起居室,心爱的书柜被一架崭新的电视取代。这是你的房子,又不是你的房子。你跟这房子、墙壁、门和地板不再有关联,没有人看得见你。"

被迫变得不合时宜的人怎么办?有的人逃避,实际逃跑,办不到的就会设法适应,与征服者的特征同化,成为游戏里的一分子。或者往内逃避,如《美国人》(*The Americans*)①里的克莱儿,将

① 美国社会历史学家丹尼尔·布尔斯廷(Daniel J. Boorstin)著,布尔斯廷素以研究美国文明著称。

自己的小角落转变成避难所，把生活的基本面转入地下。

我越来越强烈的卑微感、内心的空虚，使我对丈夫的安详快活感到恼火，显然他根本不重视我身为一个女性和学者所遭遇的一切。同时我又依赖他为我们所有人带来的安全感。周围的一切都在崩溃之际，他仍心平气和，做着自己的事，努力为我们创造正常宁静的生活。他是个不轻易表露内心的人，把所有精力都放在保卫家庭生活、家人亲友和工作上。他与人合伙开了家建筑工程公司，他喜欢他的合伙人，他们像他一样全身心投入工作。由于他们的工作不直接涉及文化或政治，公司又是民营的，因此没受到多大干扰。做一个优秀的工程师或勤奋的工程师对政府构成不了威胁，于是比冉兴奋地接下几项大工程，包括伊斯法罕的一座公园、博鲁杰尔德的一家工厂和贾兹文的一所大学。他觉得灵思泉涌，受到重视，而且从最好的角度来说，他觉得为国家奉献了绵薄之力。他认为不论谁在位，我们都应该为国服务。我的问题在于，“家园”“服务”“国家”等词对我已失去了意义。

我复又成为昔日的幼童，任性地拿起书就躲进最近的角落囫囵吞枣。我拿了《东方快车谋杀案》(*Murder on the Orient Express*)、《理智与情感》(*Sense and Sensibility*)、《大师和玛格丽特》(*The Master and Margarita*)①、《赫索格》、纳博科夫的《天赋》(*The Gift*)、《基督山恩仇记》、《史迈利的人马》(*Smiley's People*)②——凡是在父亲的书房、二手书店、朋友家仍未遭洗劫的藏书室找得

① 俄国作家布尔加科夫(Bulgakov)的魔幻现实主义著作。

② 擅长悬疑间谍小说的英国作家勒卡雷(Le Carré)所作。

到的书，我都拿来看，像个嗜书上瘾、借书消愁的人。

我之所以埋进书堆，是因为这是我所知唯一的避风港，为了求生存，保护如今常处于退缩状态的自我，我需要这避风港。我的另一个避风港更为私密，帮我找回了些许心智健康和生命的联结。1982 年 4 月 23 日，我的侄女莎纳姆不足月诞生。从我看到她小小身影蜷缩在赖以存活的保温箱那一刻起，一种依恋的亲情油然而生，我知道她对我会有好处的。1984 年 1 月 26 日，我女儿妮佳出世，1985 年 9 月 15 日，我儿子达拉诞生。我必须写出他们确切的出生年月日，因为每当我思及他们美妙的降生，且毫不后悔为他们来到世间而变得多愁善感时，这些细节总会闪过脑海。这份幸福和其他幸福一样，福祸参半。例如我变得更焦虑；孩子出生前，我已常为父母、先生、弟弟和朋友的安危操心，如今为孩子的忧虑更甚前者。女儿出世时，我觉得这仿佛天降之喜，让我借由这种神秘的方式保有正常神智，儿子出生时也是。然而他们童年对家的记忆遭到了玷污，无法像我的那么纯洁无瑕，这时常成为我遗憾哀伤的根源。

每当我告诉女儿妮佳，她那执拗的性子、仗义执言的热情，全都要怪妈妈怀她的时候看了太多 19 世纪的小说，她就脸红。当时妮佳养成了一个反抗权威的习惯，她会一口气把头往右甩过去再甩回来，叛逆地微抿双唇。我令她难堪，于是她想知道我为什么要说这么离谱的话？大家不是说胎教很重要吗？母亲怀孕所吃的食物和情绪都对胎儿有影响。“我怀你的时候，看了太多简·奥斯汀、勃朗特姐妹、乔治·艾略特和亨利·詹姆斯的小说。看你一向最爱的两本小说是什么：《傲慢与偏见》和《呼啸山庄》,"我高兴地继续说,"可是你,你简直是黛西·米勒的化身。""我不知道这个黛西或梅西或你说的某某某是谁,"她说着抿起了嘴,"而且我知道我不会喜欢詹姆斯的。"然而她就是黛西的翻版,因混合了脆弱与勇敢的特质,才会有这些叛逆的甩头动作,我初次注意到她出现这动作时,她还不满四岁,每次都是在牙医的候诊室。

后来达拉开玩笑问:"那我呢?你怀我的时候做了什么?"我告诉他:"你为了违抗我,变成了我认为你不可能成为的样子。"话才说出口,我便开始相信这点。即使还在娘胎里,他就以自身来证明我常杞人忧天,因为怀他的时候,德黑兰空袭不断,使我有如惊弓之鸟。当时常听说孕妇处于焦虑状态会对胎儿造成难以弥补的伤害,产下不健全的小孩等等,我不由得怀疑腹中的胎儿已遭到这所有弊病的危害——倘使我们能幸存,活着见到孩子降生。孰料他来到世间,居然不是我去保护他,而是他来保护我。

6

有很长一段时间,我沉湎于生不逢时的感叹,同时不自觉地考量着我的选择。该对我所不敬重的政府强迫我过的这种行尸走肉日子无条件投降吗?该对这政权阳奉阴违吗?还是应该像许多朋友一样自愿或被迫离乡背井?或者学大多数可敬的同事一样明哲保身,做个沉默寡言的人?还有没有其他选择?

就在这段时期,我参加了一个小型读书会,与会友一起阅读研讨波斯古典文学。每逢周日晚上,我们在某位成员家碰面,一本接一本讨论上好几个小时。周日夜晚——有时碰上停电,得就着烛光——我们在不同成员的家里,就这么聚会了一年又一年。即便彼此的出身与政治立场歧异,奇妙的经典文学却使我们凝聚一体。我们像一群同谋共犯,围桌而坐,阅读鲁米、哈菲兹[1]、奥玛开俨、内札米[2]、菲尔多西、阿塔尔[3]、贝哈吉等人的韵文和散文。

我们轮流朗读,文字先飘浮上空,再像一层细致的雾气降临我们,抚触所有的感官。这些文字带有调侃、嬉戏的意味,语言的力量引出无穷的喜悦与惊叹。我连连纳闷:我们何时失去了那份透过诗笑看人生的特性与能力?究竟是在哪个时刻丧失的?如今我们有的只是包了糖衣的修辞、虚情假意的夸饰,散发浓重的廉价香水味。

这使我联想起一个听过好几回的故事,关于阿拉伯人征服伊朗的经过,伊斯兰教在这次征战的过程中传入了伊朗。当年阿拉伯人进犯伊朗之所以得胜,是因为波斯人自己出卖国王,敞开城门迎接敌人,或许是再也受不了国王的暴虐无道了吧!但敌人入侵后,焚烧他们的书,捣毁他们敬神的场所,取代他们的语言,波斯人还以颜色的方式是借由神话和语言,重建被烧毁掠夺的历史。我们伟大的史诗诗人菲尔多西以纯净神圣的语言,重述了波斯王与英雄遭到抹煞的神话事迹。从小到大,我父亲经常念菲尔多西和鲁米的作品给我听,他曾说我们真正的故乡、真正的历史,

---

① 哈菲兹(Hafez),14 世纪的波斯抒情诗人,擅长情诗(ghazal)。

② 内札米(Nezami),12 世纪波斯最伟大的浪漫主义叙事诗人,《五卷诗》为其成名作。

③ 阿塔尔(Attar),波斯诗人,最伟大的穆斯林神秘主义诗人和思想家之一。

存在于我们的诗歌里。当时我又忆起这故事,因为从某个角度来看,我们算是重蹈覆辙,只是这回打开城门迎进来的不是外敌,而是内贼。这些内贼打着历史的名号亲近我们,如今却将过去扭曲得面目全非,夺走我们心目中的菲尔多西和哈菲兹。

我逐渐开始与读书会合作一些项目。我采用摘自我自己麦克·高德论文和美国30年代无产阶级作家的材料,撰写我的第一篇波斯语文章。我说服读书会的一位朋友将理查德·赖特①的小书《美国饥荒》(*The American Hunger*)翻译出来,并由我负责写序。书中涵盖了赖特的共产党经历、受审与考验,以及与共产党最后的决裂。后来我鼓励朋友翻译纳博科夫的《俄国文学讲座》(*Lectures on Russian Literature*),我则翻译休斯②的诗作。读书会有个会员是著名的伊朗作家,他鼓励我为他所主编的一份文学杂志,写一系列以伊朗现代小说为题的文章,后来又要我参加伊朗青年作家的每周文学研讨会。

我的写作生涯就是这么起头的,一直延续至今,已近二十载。我给自己筑起一道防护墙,不再去想,而开始去写,以文学批评为主。我把日记扔进柜子角落,将它遗忘,写文章时也不再去翻查它。

我的文章获得认同,然而我很少对它们感到满意。我觉得自己的文章太过工整,道貌岸然,学究味又重。我对我所写的题材

---

① 理查德·赖特(Richard Wright),最早反对种族歧视的美国黑人作家之一。

② 兰斯顿·休斯(Langston Hughes),为黑人文学开辟写实主义道路的美国黑人诗人、作家。

热忱十足，却受限于惯例和规则，令我怀念起上课时带给学生的冲劲儿与热情。在课堂上，我仿佛与学生进行着一场精彩的对话；在文章里，我却变成枯燥乏味的老师。我的文章成功之处正是惹我反感的原因。这些文章学术上的成就为我赢得了名望。

7

我之所以有一天会突然拿起电话，打给我的魔术师，背后应该存在着一个清晰合理的原因。的确，我花了太多时间思索令我不满的学术生涯，没错，我怀念上课的日子，觉得焦躁、绝望，但我仍不解为何会在那一天，不是早一天也不是晚一天，决定打电话给他。

他身上有着太多传奇——他只见少数几人，到晚上，如果他临街的任何一个房间点了灯，就表示他愿意见客；否则来访者就不该叨扰他。这些传说对我而言没啥稀奇，事实上，这些传说正是我迟疑未打电话给他的一个原因。他给他和世间的关联创造出如此错综复杂的想象，因此他愈是自称疏离，实际上似乎反而愈入世。传奇是他的保护茧，这年头人们会做茧，用复杂的谎言来保护自己，就像面纱一样。

那么姑且说我打电话给他，完全是凭着一股冲动，没什么特别的理由好了。有天下午，我独自在家，看了整天的书却没工作。每隔一阵子我就看看表说，再过半小时开工，再过一小时开工，看完这章就不看了。然后我去翻冰箱，做了个三明治，边吃边继续看我的书。大概是在吃完三明治的时候，我起身去拨他的号码。

响了两声，第三声就有人接了。“喂？R先生吗？您就是？我是阿扎尔。”一阵停顿。“阿扎尔·纳菲西。喔，是，是。”“我能见您吗？”“当然没问题。你想要什么时候来？哪个时间对你最方便？”“后天五点可以吗？”后来他向我解释，他的公寓小到从任何角落都可在电话响第三声时接起来，否则就表示他不在或不想接。

不论后来我们变得多熟稔，我看到的自己始终是初次见面时的模样。我坐他对面的单张椅子，他则坐在硬邦邦的棕色沙发上。我们两人都把手摆在膝盖上，他是因为习惯，我则是因为紧张，不自觉地摆出小学生在景仰的老师面前惯有的姿势。我们中间隔着一张桌子，他端上托盘，托盘上摆着两杯深绿色的茶和一盒巧克力，红色正方形搭配黑色字体“Frigor”。这是罕见的奢侈品，尤其在当时，因为即使在以天价出售外国巧克力的舶来品店，也买不到。巧克力是他款待自己和访客的唯一奢侈品，有些日子他八成近乎饿肚子，不过在那半空的冰箱里，倒是装了不少巧克力，他自己很少吃，多半留着招待客人。我忘了提：那是个阴郁的下雪天。而不知读者是否还想知道我穿的是黄色毛衣、灰色长裤和黑色马靴，他穿的是咖啡色毛衣和牛仔裤？

不像我，他显得自信十足，仿佛我是上门求助，而我们眼前的工作是准备拟定一份繁复的拯救计划。就某方面而言，也的确如此。听他的口气好像很了解我，好像他了解的不只是已知的事实，还有未知的奥秘，我们之间就在这种情况下，形成了一种正式的亲昵，心照不宣的默契。似乎从那初次见面起，我们就像汤姆与哈克[1]一样成为同谋，不是政治上的同谋，而是小孩子为保护自己不受大孩子欺侮而结成的死党。

他替我说完未说的话，道出我的愿望与需求，等我离开时，我们已经有了计划。这正是他厉害之处：去见他的人最后总会胸有成竹地离开，不论是该如何对待情人，或如何另起炉灶，或如何架构座谈会，最后心里总会有个谱。我不太记得回家时心里是带着什么样的盘算，可是我相信他记得，因为他的记忆力惊人。我没喝完茶，没吃巧克力，却心满意足地回家了。我们一口气谈到我当时的生活，个人的智识现况，以及詹姆斯和鲁米。我们的讨论不知不觉变得冗长而散漫，最后他走进那间完美无瑕的藏书室，让我离开时带走了几本书。

那第一天便为我们的关系定了调——至少在我心中是如此——直到我离开伊朗为止，不曾改变过。我在他面前是个拒绝长大的孩子，因为这样不但适合我，也令我开心，卸除了我若干重担。尽管他俨然一副大师的姿态，仿佛永远占上风，其实他不见得如我所想的那么占优势——我也不见得是那么惶惑无助的一只菜鸟。

我通常一星期去见他两次，一次午餐，一次傍晚的时候。后来我们又增加了黄昏散步，在我家或他家附近，边散步边交换消息、讨论工作计划，或聊些八卦。有时我们也和他的一个知心朋友去我们最喜欢的咖啡馆或餐厅。除了这个朋友以外，我们还有两个共同的朋友，他们开的一家书店成了作家、知识分子和年轻

① 马克·吐温作品《哈克贝利·费恩历险记》的主人公。——编者注

人最常碰面的地点。我们偶尔和他们共进午餐或去山区踏青。他不曾到过我家,但时常捎来对我家人的问候,也就是一盒巧克力。后来他们只要看到巧克力就知道是他送的。我们甚至收过录像带、书和冰激凌。

他称呼我“教授女士”,这称呼在伊朗用得比在美国自然普遍。后来他说有朋友问他我们初次见面的情景。“这位教授女士是怎么样一个人?”他说:“她还可以,非常美国化,像梦游仙境的美国版爱丽丝。”“这算恭维吗?”“不能算,只是事实的陈述。”我提过他最喜爱的女演员是简·阿瑟[1],喜欢的导演是雷诺阿[2]和明尼利吗?我说过他想当小说家吗?

8

表面上看来,人生的转折点总是来得突兀,有如晴天霹雳。其实不见得;转折点是经过长期缓慢的酝酿,并非一夕促成。回想过去,我已记不清当时究竟是如何违反自己意愿,戴起我曾发誓绝不戴的面纱,忽然重回教室的。

征兆出现在纷至沓来的小事上,例如一下子接到多所大学邀聘的电话,包括德黑兰大学在内。一听到我的回绝,他们总会说,那么先来上一两堂课如何?先来感受一下现在的教学气氛怎样?

---

① 简·阿瑟(Jean Arthur),美国电影女演员,演过《富贵浮云》《浮生若梦》《原野奇侠》等影片。

② 让·雷诺阿(Jean Renoir),法国名导演,经典作包括《大幻影》《游戏规则》和《河》。

有很多人要我相信情况已大不相同,像我这样的人正炙手可热,校园的气氛变得“轻松”多了。我真的去自由伊斯兰大学和前国立大学阿拉梅·塔巴塔拜上了一两堂课,但我不愿以专任教师的身份回去。

到了20世纪80年代中期,新派的伊斯兰教徒逐渐兴起。他们开始感受到革命方向的偏差,于是决定在这时候介入。在与伊拉克战争期间,国家停滞不前,如今即将尝到苦果。革命初期慷慨激昂的革命分子,当时已年近二十,他们和即将成年的更年轻一辈赫然发现,夺下政权的领导者不但愤世嫉俗,还贪污腐败。政府也发觉他们需要找回昔日动辄被逐出大学的骨干,以应学生日渐殷切的需求。

某些政府内部人士和昔日的革命党人终于领悟到,伊斯兰政权是无法将我们知识分子一笔勾销的。它逼我们转入地下,反而令我们更吸引人、更危险,甚至更强大。它使我们成为稀有动物,供不应求。于是他们决定把我们找回去;易于掌控或许也是原因之一。他们开始和像我这种被贴上堕落、西化标签的人联络。

瑞兹凡太太是阿拉梅·塔巴塔拜大学英文系里一位积极进取的老师,她成了较进步的伊斯兰革命党人和被排挤的世俗知识分子之间的一个中介。她先生于革命初期属伊斯兰激进派,但她与进步革命和世俗人士双方都有交情,等于和体制内与体制外皆有往来。于是她决定善加利用两者。

这位瑞兹凡太太仿佛凭空冒出来的,决心凭着她的意志力来扭转我的人生。初次见面的情景我记得很清楚,部分是因为当时正逢两伊战争史上所谓的“城市战争”期间。交战双方偶尔会向对方的枢纽城市发动一段时期的猛烈攻击,伊朗的德黑兰、伊斯法罕和塔布利兹,伊拉克的巴格达和摩苏尔都成为城市战争的目标。在那之后,战势通常会暂时缓和下来,直到下一波轰炸又开始。这类轰炸攻击有时长达一年。

那是1987年冬季的早晨,我和当时三岁的女儿与一岁半的儿子独自在家,当天稍早德黑兰已被两枚飞弹击中。为了分散孩子们的注意力,我拿一台小录音机放公鸡与狐狸的儿歌给他们听,并鼓励女儿跟着录音带一起唱。这听起来简直像部赚人热泪的感伤电影:勇敢的母亲、勇敢的孩子。其实我一点儿也不觉得勇敢,表面的镇定是因为焦虑到麻痹了,反而转为平静。轰炸过后,我们去厨房,我帮他们做午餐。然后再到走廊上,因为窗户较少,感觉比较安全。我用卡片帮他们搭房子,他们小手一碰,就把房子毁了。

刚吃过午餐,电话响起。是我朋友兼前一年研究班的学生打来的,她问我星期三晚上能否去她家,她同事瑞兹凡太太很想认识我,因为她看过我所有的文章,十分欣赏我。她最后说,总之瑞兹凡太太本人是个了不得的人物,如果少了她这号人物,我们也得将她凭空捏造出来。"所以希望你能来。"

数天后的晚上又碰上停电时,我动身前往朋友的家。等我到达的时候,天色已经暗了下来。我走进偌大的玄关,在闪烁的煤油灯下,隐约瞥见黑暗深处有个穿蓝衣的矮胖女人。她的长相仍清晰印在我脑海中,平庸的脸、尖鼻子、短脖子和深色的短发。可是这样的叙述传达不出这女人的特色。我们交情最好的时候,拜访过彼此的家,孩子一度几成莫逆,先生也相识,那时她都维持着瑞兹凡太太的本色。令我无法形容的是她那份仿佛被局限在体内的活力,似乎随时都在动,随时都在她的小办公室、我的起居室和大学的走廊穿梭不已。

她总是显得坚毅果断,不仅决心自己要有一番作为,更要让她仔细锁定的人物执行她为他们规划好的工作。我很少碰见像她这样意志既坚强又体现于外的人,她令人难以忘怀的不是平庸的长相,而是那份坚决,那份意志力,还有那略带讥讽的语气。

有时她会出其不意来我家,看她那副焦急的样子,往往令我误以为她碰上什么祸事了。其实她只是来通知我该轮到我参加某某会议了,她总是把这类义务看成攸关生死的大事。这类"义务",有的我十分乐意完成,譬如去见一群进步派宗教记者(如今他们的时髦称呼为"改革派"),并为他们的杂志写文章。他们对西方文学与哲学着迷,而且我发觉有许多立场我们居然一致,令我相当意外。

初见面那天晚上,她对我说:"很荣幸认识你。我很想当你的学生。"她说这句话时表情非常正经,不带任何玩笑或嘲弄的意味。这令我大感紧张,马上就不喜欢她。我感到难为情,不知该如何回答她。

当晚几乎都是她一个人在说话。她看过我的文章,从一些朋友和学生那儿听说了我的事。不,她不是恭维我,是真心想求教于我。无论如何,我一定要去她们那所大学教书,这是伊朗唯一的自由派大学,拥有一些最优秀的人才。"你会喜欢系主任的,他虽不是艺文之士,却不失为严肃的学者。目前国内的文学状况已经糟到不能再糟,其中又以英语文学最没指望。我们这些在乎的人一定要设法改进；先把分歧摆一旁，齐心协力最重要。”

第一次见面以后，她通过不同的管道向我施压，要我接受她的邀约，以专职教师身份到阿拉梅·塔巴塔拜大学教书。她不断打电话给我，要我看在神的份上、学生的份上，要我对国家、对文学尽一己之责，总之，我这一生的使命就是要去那所大学教书。她给了我承诺，答应去跟大学校长谈，去跟任何我希望她先帮我搞定的人谈。

我告诉她，我不想在教室戴面纱。她问我每次出门都不戴面纱吗？去杂货店和上街都没戴吗？我似乎经常得提醒人们，大学不是杂货店。她反驳道：“什么比较重要？是面纱重要，还是成千上万渴望学习的年轻学子重要？”那么可以自由地教我想教的东西又如何呢？“这不是你希望的吗？”她以知己的口吻问。他们不是早就禁止课堂上讨论男女关系、饮酒、政治、宗教了吗？还剩下什么可以谈呢？她说：“为了你，他们可以破一次例。总之，现在已经自由多了。他们全都懂什么是好品位，也希望追求好品位。为什么不教他们詹姆斯、菲尔丁或其他名家呢？为什么不呢？”

9

与瑞兹凡太太见面令我顿时手足无措。她仿佛替一个曾经出轨、却令人难忘的情人来求情，信誓旦旦，保证将以绝对的忠贞来回报我的感情。比冉认为我该回去，他觉得那才是我真正想做的事，只是我自己不肯承认。我的朋友大多只是把这两难的困境又丢回给我，徒增我的迷惘：那些年轻人原本没机会学会拒绝服从这个政权,让他们开了眼界会更好吗? 双方的立场都非常坚决,有的人认为假如我漠视年轻一辈,任由他们接受腐败的意识形态教育,实在辜负他们;有的又坚称如果我去帮这个毁了许多同事与学生一辈子的政权做事,就对不起我所信仰的一切。双方都言之有理。

有天早上心烦意乱之际,我打电话给魔术师,与他敲定另一场紧急面谈,约好黄昏在最常光顾的一家咖啡馆碰面。那是个小馆子,革命前是家酒吧,如今以咖啡馆之名重新开张。老板是亚美尼亚人,餐厅名称写得很小,餐厅招牌旁的玻璃门上却写着巨大的黑字,让人不想看也难:**宗教少数族群**。凡是非穆斯林经营的餐厅都必须在门口挂出这块招牌,以免不屑与肮脏异教徒共享餐具的虔诚穆斯林误入歧途。

里面的空间狭小,状似宽阔的弧形吧台一边有七八张凳子,另一边的镜墙旁还有另一组凳子。我走进去时,他已经坐在吧台的末端。他站起身,一边拉凳子给我坐,一边煞有介事地微微欠身说:"我来了,夫人,您忠实的仆人在此听候差遣。"

点完菜后,我上气不接下气地说:"紧急事件。""我猜也是。""有人请我回去教书。""这是新闻吗?"他问。"不是,不过这回我动摇了,我不知道该怎么办。"然后紧急会议话锋转向,讨论起我正热衷的一本书,汉密特的《大陆作战行动》(*The Continental OP*),以及史蒂夫·马可斯论汉密特的精彩短文,他在文中引用了尼采的一句话,令我深觉活脱脱是我们现状的写照。尼采说:"凡是与怪兽搏斗的人,务必小心自己别在过程中也变成怪兽。对着深渊凝视太久,深渊也同样回望着你。"颠覆我自己的议程向来是我的拿手绝活，我们讨论得十分投入，根本完全忘记此行的真正目的。

他忽然说："你不会太晚吗？"从窗外天色的变化和逐渐黯淡的光线，我早该知道时候已晚。我打电话给比冉，愧而告知他我会晚回家。回座位时，我的魔术师已经在付账了。"可是我们还没讨论完呀，"我嗫嚅抗议道，"我们还得讨论这次见面的主要目的。""我以为我们刚刚讨论的就是了——你重新发现了对汉密特的喜爱。幸好我已经放弃了生活，没打算勾引你。要不然，我只需要听你说个没完没了，继续谈论汉密特和伊朗国内对侦探小说可耻的鄙视，就足以令你兴奋不已了。"我尴尬地说："不——我指的是再回去教书这件事。""喔，那个啊，"他轻蔑地说，"显然你非教不可。"

但我可没那么轻易放过他。我当时执迷于道德义务的概念以及表态等，所以，我滔滔不绝，议论起重返一个我曾发誓只要被迫戴面纱就绝不回去的工作岗位，我的道德是有瑕疵的。他扬起一眉，露出宠溺的微笑。"小姐，"他终于说，"麻烦你搞清楚你是住在哪儿？至于屈服当下政权所引起的良心谴责，老实说，没有共和国道德卫兵的恩赐，我们连一杯水也喝不了。你喜爱这工作就去做，放纵一下自己，并且面对事实。我们知识分子尤其要玩得比一般老百姓更缜密周全，不是与当权者相互利用，各取所需，并美其名曰进行建设性的对话，就是索性为了反抗政权而全面出世。许多人因反抗当局而扬名，但少了这个政权他们也没那么伟大。你不想公然反抗政府吧？"

"不想，我同意，但我也不想和他们打交道。话说回来，你怎能给我这种建议?”我问他,“看看你自己。”“我怎样?”“你不也拒绝教书、写作,拒绝在这政权底下做任何事?你不是说因为你的行动,我们全都该撤离?”“不对,我没这么说。你又把我当模范了,这是错误的。我不是模范,从许多方面来说,我甚至是个懦夫。我不属于他们那一伙儿,但我也付出了极高的代价。我没输,也没赢,事实上,我根本不存在。因为,我不但撤出了共和国,也撤出了人生舞台。可是你不能这么做——你自己并不希望这么做。”

我还想扭转形势,提醒他如今他已成为朋友甚至敌人心目中的偶像。他不赞同:“不对,我之所以这么热门是因为我让别人找出了他们需要发现的自我。你需要我,不是因为我教你我要你怎么做,而是因为我把你想做的事说出来,并且告诉你那是名正言顺的。这就是你喜欢我的原因——一个不具特性的男人。这就是所谓的知己。”我问:“那你想追求的呢?”“我早就放弃了,不过我可以帮助你去做你想做的事。可是你得付出代价,”他告诉我,“记不记得你念给我听那句尼采的话,有关深渊的?我们不可能在深渊前全身而退。我了解你多么渴望拿到你的蛋糕,把它吃下去,我非常了解你那份天真,那份你想保留的爱丽丝性格。”

“你热爱教书,我们所有人,包括我在内,都比不上教书在你心目中的地位。你乐在教学,既然如此,何不干脆抛开所有顾忌,尽情去教?让他们认识你的汉密特和奥斯汀——去吧!好好享受教书的乐趣。”我义正词严地反驳:“我们又不是在谈乐趣。”他揶揄我:“喔,当然啦!这位小姐老是夸口她有多爱纳博科夫和汉密特,现在却叫我们不该去做自己热爱的事!这才是我所谓的不道德。原来你现在也和群众一样了。”他换上更正经的口吻说:“——你接受了这文化的洗脑,认为任何带来乐趣的东西都是坏的、不道德的,枯坐在家里无所事事才比较有道德。如果你希望我告诉你教书是你不可推卸的责任,那你就找错人了。我不会这么做,我之所以叫你去教书是因为你喜欢教书:这样你才不会在家里发牢骚,你这个人才会有用武之地,说不定你的学生也会得到乐趣,甚至学到东西。”

我们搭出租车回家时,他又转过来面对我,打破沉默。“说真的,回去教书吧!”他说,“又不是得永远教下去,只要你不想继续,随时都可以喊停。去跟他们谈条件,但大前提是不可以牺牲基本原则。别担心我们这些人会在你背后说什么,包括你的同事和朋友在内。反正不论你怎么做,我们在你背后都有话说。如果你回去教书,我们会说,她屈服了;如果你不回去教书,我们会说,她不敢接受挑战。”因此我接受了他的忠告,他们也的确依各自的好恶在我背后议论纷纷。

10

紧急会谈一星期后,瑞兹凡太太打电话到家里找我。她要我和系主任见面,他是个好人。“你会看到如今情况已经不同了,”她坚称,“他们已经变得比较开放了,体会到优秀学者的价值。”她忘了提一点,“他们”所要的是不可能的事:既是优秀的学者,又愿意宣扬他们的理想,配合他们的要求。不过关于系主任,她说得倒没错。他是位顶尖的语言学家,毕业于美国的一流学府,虽有宗教信仰,却不囿于意识形态,也不趋炎附势。而且他和大多数人不同,是真心想提升学术水准。

和系主任见过第一次面后,接下来和校长的会晤就没那么愉快了,他是虔诚的穆斯林,显得比较死板。在一般的介绍和客套之后,他摆出严肃的表情,仿佛在说:“这些风花雪月的芝麻绿豆事扯够了吧,让我们言归正传。”一开始,他提出了对我的“背景”的顾虑,尤其我曾坚称不戴面纱的态度。我告诉他既然现在国内法律规定如此,我也无法不戴面纱就出现在公共场合,所以我会戴着面纱来上课。但是关于上课的内容恐怕就难妥协了:我要自己挑选我认为合适的教材。他显得意外,但仍决定原则上同意我对授课自由的要求。

整个谈话过程中,他谨守虔诚穆斯林男子的本分,没看我的眼睛,多数时候都像个腼腆的十八岁小伙子一样低垂着头,注视着地毯的图案或墙壁。他有时把玩手中的笔,专心看着它,使我不由想起和巴赫里先生最后一次见面的情景。现在我已堪称穆斯林男子的仪态专家了。他们一边表达对你的看法,一边避免看到你的眼睛。有的人会刻意大动作地移转视线。有一次,我应一位男同事要求,去某政府机关作评估报告,在我报告的整整三十分钟内,该机关的一位高官始终故意朝反方向看,后来索性只对着我的男同事提出他的意见和疑问,令我同事羞愧得直冒冷汗。过了一会儿,我打定主意也只对我同事说话,无视于那位高官的存在——而且退回了该机关付给我辛苦工作应得的酬劳。

不过这位校长回避目光,似乎是出于发自内心的谦虚与虔诚;我不怎么欣赏他的态度,但也不至于对他产生反感。倘若我们不是身在伊朗,或许我就会把我们尴尬的处境拿来消遣一番,因为看来他比我还难堪、痛苦;而且显然一方面他对他所知有限的英语文学感到好奇,很想与我讨论,另一方面也热切地想向我炫耀他对柏拉图与亚里士多德知识的渊博。

瑞兹凡太太听了我们的谈话内容后,笑着告诉我,不止我担心需要"妥协",校方对我也存有同样的忧虑,因为他们也是冒着风险聘我来教书的。

接下来我就开始为第一堂课做准备了。第一学期,校方要我开三堂大学部的概论课,范围从小说到戏剧及批评都有,还有两堂研究生的课,一是18世纪小说,一是文学批评概论。我的大学部班级每班约三十到四十名学生,研究生班则人满为患,有的还超过三十名学生。我抱怨工作量太重,校方便提醒我有些教授一周上课超过二十堂。以行政单位的立场而言,工作品质根本不重要,他们批评我不切实际,太理想化了。我则批评他们漠视教授的权益,有违正道。

结果双方都没有信守承诺。我老是不好好戴面纱,成为他们经常骚扰我的借口。他们则始终锲而不舍逼我照他们认可的方式行事、授课。但我们又默契地休战了很长一段时间。瑞兹凡太太成为我和行政单位之间的缓冲,她就像吵架夫妻的和事佬,努力息事宁人。但即使当个中介人她仍不忘自己的利益——怂恿像我这样的人积极参与活动,让她得以在大学官员面前施展影响力——而只要她还在这所大学,不论好坏,这场婚姻仍会维持下去。

她往往以特有的讽刺语调告诉我,我们应该齐心拯救文学,以免文学陷入教职员中无知门外汉的魔掌。“你知道吗？在你之前教20世纪小说的那个女的，只给学生指定斯坦贝克的《珍珠》(*The Pearl*)和另一本波斯小说。还有，阿萨赫拉大学有个教授以为狄更斯的《远大前程》(*Great Expectations*)是康拉德写的。”

11

“注意，注意！你所听到的警报是危险讯号。红色警报！请立即离开，进入你所在位置的防空洞！”我怀疑这红色警报的魔音传脑——有如贯穿全身的刺耳小提琴声——要再过多少年，要到何年何月，才会在我心中停止。我无法将八年的战争岁月与这尖锐的声音分割开来，它一天响个好几回，总在最出人意料的时刻侵犯我们的生活。政府将之划分为三种危险程度，但我总分不清红色警报(危险)、黄色警报(有危险的可能)和白色警报(危险解除)的差别。不过即使听到了白色警报，依然有潜在的危机。红色警报往往又响得太迟，总在炸弹落地以后。无论如何，即使在大学，我们也没有真正的防空洞可避难。

德黑兰的空袭有太多原因值得怀念，尤其是因空袭顿生的情谊与温馨。应邀来吃晚餐的客人不得不留宿，有时多达十几个，到第二天早上，他们就像认识了你一辈子。还有那些难以成眠的夜晚！在我们家，我是睡得最少的人。我喜欢睡在孩子附近，万一有什么事，也好同生共死。我先生在空袭期间照样睡，或尽可能入睡，可是我会拿两个枕头、几支蜡烛和一本书，到孩子房间和我们房间之间的走廊上，守在他们的门边。我似乎以为只要保持清醒,就能扭转情势,不让炸弹伤及我们。

有天夜里,我突然在凌晨三四点惊醒,发觉屋内一片漆黑。我随即知道又停电了,因为走廊上的小灯熄了。我朝窗外望去,发现路灯也没亮。我打开手电筒,它在我周遭的黑暗中划出一小圈光亮。几分钟后,我已经准备好靠墙的枕头、两支点上的蜡烛和我的书。忽然,我听到一声爆炸,整颗心七上八下,忍不住伸手抱肚子,仿佛怀孕时碰上空袭般。我的眼睛假装什么事也没发生,停驻在《黛西 · 米勒》的某一页。

这段期间开始,我在阅读某些作家时,又会不自觉拿起纸笔。我不曾完全戒掉研究生时代边读书,边画线、做笔记这乐趣无穷的习惯。《傲慢与偏见》、詹姆斯的《华盛顿广场》(*Washington Square*)、《包法利夫人》和《汤姆 · 琼斯》的笔记,大多是在这些失眠的夜晚写的。奇怪的是,这时候我的注意力特别集中;或许刻意忽略炸弹与火箭无所不在的威胁,反而使精神格外专注。

我才开始读《黛西 · 米勒》,正看到欧化的美国青年温特伯恩在瑞士结识迷人却神秘的黛西 · 米勒小姐。温特伯恩为这位美丽的美国小姐倾倒——有的人认为她肤浅粗俗;有的人觉得她天真清新——但他无法断定她究竟是"轻佻"还是"端庄"。整个情节以温特伯恩的犹豫不决为核心,他难以取舍是要认同颠覆传统好女孩概念的黛西,还是他那贵族气的姑妈以及她那群不把黛西放在眼里的势利的美国朋友。我正在看的是,黛西请温特伯恩把她介绍给他姑妈之后所发生的事。温特伯恩尽可能婉转地想让她知道他姑妈不愿见她。"黛西 · 米勒小姐停了下来,站在原地看着他。即使在黑暗中,她的美丽依然清晰可见;她展开大折扇又合上。‘她不想认识我！’她突然说，‘你何不直说？’”

我听见另一声爆炸。我觉得口干舌燥，却不想起身倒水喝。然后又是两声轰隆巨响。我继续看下去，目光偶尔离开书，瞟到漆黑的走廊。我怕黑，但战争与炮火使这份恐惧变得微不足道。有一幕我永远记得——不仅因为那一夜的关系——黛西告诉温特伯恩：“‘你不需害怕。我就不怕！’然后她笑了笑。温特伯恩依稀听出她的声音里有些震颤；他觉得感动、震惊和屈辱。‘亲爱的小姐，’他抗议道，‘她谁也不认识，因为她身体不佳呀！’黛西走了几步，仍然在笑。‘你不需害怕。’她又说了一次。”

那句话流露出无限勇气，讽刺的是，温特伯恩怕的不是他姑妈，而是黛西·米勒小姐的魅力。一时之间，我相信自己真的从爆炸声中分了神，而在“你不需害怕”那几个字底下画了线。

继续往下看时，有三件事几乎同时发生。女儿在她房里叫我，电话响了，以及走廊上出现敲门声。我拿起一支蜡烛，一边朝电话走去，一边告诉妮佳我马上过去。在那一刻，走廊的门开了，我母亲拿着蜡烛走进来说：“你们还好吗？不要怕！”几乎每晚爆炸过后，母亲都会拿着蜡烛过来，此举已成了惯例。她去我女儿的房间，我去接电话。是朋友打来的，她也想知道我们是否无恙。他们觉得听起来爆炸好像发生在市区。这段时间，打电话给亲友以确定对方的安全也成了一项惯例，但松了一口气的同时，心里却很清楚这意味着有别人死了。

在这些红白警报声交替大作的夜晚，我不由得规划起自己未来生涯的蓝图。无数个阅读的黑夜，我把全副心思都放在小说上，等课程开始时，我发觉我早已准备好那两门小说课的教材。

我心想，往后十五年，我最想做的事就是评论小说和教授小说。这些阅读经验使我对小说的起源产生好奇，后来更领悟到小说的架构基本上是具民主性的。写实小说从未在国内真正大获成功，也让我感到奇怪。如果声音可以像叶子或蝴蝶一样保存起来，我敢说在我的《傲慢与偏见》（所有小说中叙事声音最为繁复）与《黛西·米勒》的字里行间，隐藏着秋叶般的红色警报声。

12

当时的情况如下：警报声和机械语音强迫你不得不注意，街上堆满沙包，炸弹通常一大早或大半夜来袭，轰炸之间有或长或短的宁静；除此之外，我还在波斯暨外国语文学院所在的四楼多间教室，教授了奥斯汀与詹姆斯的作品。两排教室坐落于狭窄的长廊两边，一边面临不太遥远的山脉景致，另一边则朝向景况凄凉却迷人的花园。这座花园总是乏人照料，园内有个小小的装饰水池，池中立着略微龟裂的雕像。水池四周分布着剪成圆形和方形的灌木和花卉，外围有树木环绕着。花儿似乎恣意生长，有娇艳的玫瑰、巨大的大丽花以及水仙。我总觉得这座花园并不属于大学，活脱脱是霍桑小说里的场景。

我替自己的公开露面发展出一套惯例。我刻意不化妆，套上T恤和大半号的宽松舒适黑长裤，外加黑长袍与绕颈的黑头巾后，我身体的轮廓与线条便消失无踪。最后，再把我的笔记和书装进袋子。我总在袋子里装了太多的书和笔记，其中大多数并不需要，但为了心安我还是随身携带。

我家到大学之间的距离不知怎么的,在我的记忆中变得模糊不明。不可思议的是,没经过绿色大门与警卫,没穿越张贴着唾弃西方文化牌子的大楼玻璃门,我就突然置身于波斯暨外语学院内,站在楼梯底部。

当我拾级而上时,我尽量不去注意墙上粘得不太牢的海报与公告。那些多半是两伊战争的黑白照片,以及唾弃大撒旦(也就是美国)和大撒旦走狗的标语。照片还搭配着最高领袖的言论——**不论杀敌或被杀,我们终将获得胜利!我们的大学必须伊斯兰化!这场战争对我们是天大的福气!**

我对那些孤零零挂在乳白色墙上的褪色照片,始终气愤不已。这些简陋破烂的海报和海报上的标语妨碍了我的工作,害我忘记我是来大学教文学的。有些海报抗议制服的颜色、行为规范,但从来不曾有过任何一张公告是关于座谈会、电影或书的。

13

在阿拉梅教书的第二个学期,开学大约两星期后的一天,我一打开办公室的门,便注意到有人从门缝底下塞进一个信封。我现在仍保留着信封和信封里已泛黄的纸。信封上我的名字和大学的地址是打字机打的,但信纸上只有一行字,笔迹和内容一样幼稚、下流:**人尽可夫的纳菲西应该被踢出校园。**这是我正式返回学术界的欢迎礼。

当天稍晚,我去跟系主任谈,校长也收到类似的字条。我不懂他们为何要告诉我这件事。我清楚,他们也清楚,“人尽可夫”

一词就像其他被这个政权滥用的词汇，早已失去它原本的意义。它只是一句泛泛的辱骂，目的在使你感到龌龊、卑下。我也知道这可能发生在任何地方：世间充满了愤愤不平的心理变态者，老有人爱把下流的纸条塞进别人的门缝里。

令我伤痛至今的是，这种思维模式终究主导了我们的生活。官方报纸、广播电台和电视台，以及讲道坛上的神职人员，就是用同一套语言打击敌人，而且多半奏效。让我觉得低级的是，我知道有许多人遭到类似指控而失去了谋生之道——只因为他们在公众场合放声大笑，与异性握手致意。我是否该感谢幸运之神的眷顾，让我接到一张低俗的辱骂字条后，便幸免于难？

然后我总算了解，所谓这所大学，尤其我们系里，比较“开放自由”的真意，并不代表校方会采取主动，防范这类事件发生，而是意味着为了他们的利益，他们不会采取行动对付我。行政单位不了解我的愤怒，只把它斥为“女性的”情绪失控，就像往后那些年他们对待我的抗议的习惯方式。他们让我明白他们已准备好要忍受我的古怪、我对学生不拘小节的态度、我的笑话、我经常滑落的头巾、我的《汤姆·琼斯》以及《黛西·米勒》。这叫作“包容”。奇怪的是，以某种扭曲的角度来说，这是包容，而在某方面我也不得不感激他们。

14

每当我脑海中浮现自己的影像，我总是在往楼上爬，从不曾往楼下走。不过那天我的确往楼下走，一如每隔一日之所为。我一到办公室，整理好额外的书和文件，拎起第一堂课的笔记，就下楼了。我以较悠闲的步伐下到四楼，左转，在长廊尽头附近，走进教室。这堂课是“小说概论二”，我们正在讨论亨利·詹姆斯和他的小说《黛西·米勒》。

如记忆所及，我再度翻开我的书，摊开我的笔记，望着那四十多张回看着我、似乎随时等候指示的脸。我已习惯从某些脸取得安慰，女生那边的第三排，坐着玛荷希和娜丝琳。

上学期第一天上课，我见到娜丝琳坐在教室里，震惊无比。我的目光不经意扫过所有学生，又回到娜丝琳身上，她笑吟吟看着我，仿佛在说：“没错，是我，你没搞错。”自从上次见到小娜丝琳腋下夹着一叠小册子，消失在德黑兰大学附近一条阳光普照的街道后，七年多已经过去。有时我不免猜测她后来怎样了——或许结婚了吧？如今她就坐在玛荷希旁边，脸上的神情大胆了些，淡淡的红润也使得她的脸部柔和许多。上次见到她时，她戴着水兵蓝的头巾，穿着飘逸的袍子，如今她身上套着黑色罩袍，从头包到脚。罩袍使她看起来更显娇小，整个身躯都藏在一大块毫无线条的黑布底下。另一项改变是她的仪态，以前她总是正襟危坐在椅子边缘，仿佛随时准备逃跑，现在她却懒洋洋地瘫在椅子上，看似半梦半醒、心不在焉，以慢动作写着笔记。

那堂课下课后，娜丝琳留了下来。我注意到她仍保有一些熟悉的老动作，譬如双手焦躁不安地动来动去和重心不断在两脚之间交换。我一边拿起书和笔记一边问她：“这些年你都到哪儿去了？记不记得你还欠我一份《了不起的盖茨比》的报告？”她笑笑说：“别担心，我有个充分的借口。”在这个国家，永远不乏好借口。

她简短追溯了生命中消失的这七年。她以最简略的概述(我也不敢要求她详述)告诉我,我最后一次见到她那天之后不久,她和几位同志就因为在街上散发传单而被捕。“你记不记得有一阵子政府发狂似的攻击人民圣战者组织——我真的很走运。他们处决了我很多朋友,但初审只判了我十年。”“十年叫走运?”“是的。你记不记得有个二十岁的女孩,在监狱场子里乱跑,呼叫着妈妈,结果被射杀?当时我在场,我也很想叫自己的妈妈。他们杀害了许多青少年,我很可能也成为他们之中的一个。可是这回我父亲的宗教资历派上用场了。他在委员会有熟人,其中一名宗教首领是他过去的学生。看在我爹的份上,他们饶了我。我受到特别待遇,过了一阵子,十年刑期减为三年,我就出狱了。然后有一段时间,他们不让我继续升学,到目前为止我仍在假释中。去年我终于获准进入大学就读,所以我才会在这儿。”“欢迎回来,”我说,“不过记住,你还欠我一份报告。”如她所愿,我强迫自己对她的遭遇淡然视之。

我仍依稀看见玛荷希露出那宁静精致的微笑。娜丝琳显得无精打采——我始终怀疑她晚上没睡饱——可是往后她将成为我最优秀、最敏锐的学生之一。

在她们右边靠墙的地方,坐着两个穆斯林学生协会的会员。我忘了她们的名字,所以只得让她们忍受被改名换姓带来的不快了:哈泰夫小姐和鲁希小姐。她们所引起的注意都是负面的。她们穿着黑色罩袍,一个只露出鹰勾鼻,另一个只露出朝天鼻,每隔一阵子,两人就躲在罩袍底下窃窃私语,有时甚至发出冷笑。

她们穿罩袍的方式有些古怪,我在许多女人,尤其年轻女子身上,注意到这点。从她们的姿态动作,看不出丝毫当年我祖母的那种腼腆退却。祖母的每个动作,都是企求观者别注意到她,只要把她当隐形人,别去骚扰她。从小到大,祖母的罩袍对我有种特殊的意义。那是避风港,是与世隔绝的另一个世界。我记得她身上包着罩袍的模样,以及石榴盛开时她在院子里走来走去的情景。如今罩袍已永远遭到政治意涵的玷污,变得冰冷、险恶,穿的人也换成像哈泰夫小姐和鲁希小姐这类叛逆不逊的女人。

接下来再回头说第四排那个长相十分甜美的漂亮女孩。她叫蜜德拉,老是拿最高分。她沉默寡言,上课时几乎难得说话,好不容易开口,又说得太散漫,我有时根本抓不住她的重点。后来我才从她的考卷和随堂笔记认识她。

教室里男生坐的另一边,有个学生叫哈米德,不久之后他和蜜德拉成婚,并且进入计算机界工作。他把胡子刮得干干净净,英俊聪明,与坐在两边的朋友交谈时,笑容显得从容自在。坐在哈米德正后方的是弗萨提先生,我看他老穿着浅棕色外套和黑色长裤。他也在笑,不过我发现他的笑容是他外表的一部分。他蓄胡,但经过修剪,而非满满的髯。他属于新一类的伊斯兰学生,不像巴赫里先生那般对革命原则抱着狂热的信心。弗萨提先生虽是穆斯林,却对影响第一代伊斯兰学生至深的宗教理想不十分热衷。他首要的兴趣是拔得头筹。他在班上似乎没什么特别要好的朋友,却堪称最具影响力的人物,因为他是伊朗两大法定学生组织之一"伊斯兰圣战"(Islamic Jihad)的领袖。另一个法定组织"穆斯林学生协会",则在实践上具有较浓厚的革命与伊斯兰色彩。不久我便发现,如果想在班上放映录像带,或举办系列演讲,就得先说服弗萨提先生代表我去游说，而他通常十分乐意从命。

我说话时，目光不由自主瞟到最后排靠墙的最后一个座位。自这学期开始，从教室这个角落冒出的怪异行径，常令我又好气又好笑。通常课上到一半，坐那位子的瘦高个儿——且称其为戈米先生——会突然站起来，没等完全站直，或获准发言，就开始一一列举他反对的事项。他总唱反调——这点我敢百分之百肯定。

坐在戈米先生旁边的是个年纪较大的学生，纳贺维先生。他比他朋友沉着得多，说话相当稳重，主要是因为他总十分有把握。他从未泄漏出一丝疑虑，说话时口齿清晰，声音单调，仿佛看得到每个字逐一在他眼前显现。他时常尾随我到办公室对我说教，大多是关于西方的堕落腐败，以及"绝对价值"的欠缺是如何导致西方文明的衰退。他讨论时的口吻斩钉截铁，仿佛这些是不容争辩的事实。我说话时，他会毕恭毕敬停下来，等我一说完，他仍以那相同的单调声音，从刚才中断的地方继续接下去。

这是戈米先生第二次修我的课，第一次是我在这所大学的第一学期，他几乎都不出席，理由是他参加国民兵，必须服役。究竟服什么役，他始终语焉不详，因为他没被征召，从未上过前线。战争，已成为有些伊斯兰活跃分子逼迫教师给予他们不该享受的特权的最佳借口。戈米先生期末考不及格，大多数考试也没参加，却气我让他挂科。不知他撒的参战谎言是否已成为他生活中的主要部分，连他自己也开始信以为真，不过他似乎真的受了伤，而我每次遇见他几乎就莫名地内疚起来。如今他可算是固定来上课吧！每当碰到像他这样的学生，我都会怀念起巴赫里先生，至少他对大学相当尊重，从未滥用他的职权。

第二次修课,戈米先生的出席率相当高,而每次出席都不免造成某种骚动。他决定将亨利·詹姆斯变成我们之间最大的议题,只要一逮到机会就会举手发问,或直截了当发出刺耳的抗议。詹姆斯是他最爱攻击的目标,但他从未直接质疑我,而是拐弯抹角地羞辱詹姆斯,仿佛和他有过节似的。

15

为班上挑选《黛西·米勒》和《华盛顿广场》时,我完全没料到黛西·米勒小姐和凯瑟琳·斯洛珀小姐竟会成为如此充满争议性且令人执迷的讨论话题。我选择这两部小说,是因为我觉得比起詹姆斯后期的有些长篇著作,这两本较易取得。在詹姆斯之前,我们已经读过《呼啸山庄》。

我在概论课所强调的是,作为新叙事形式的小说,如何在人与人之间实质关系的基本概念上,产生巨幅的转变,进而改变传统对于人与社会、人与责任义务所抱持的态度。这种逐渐发展中的改变,没有比男女之间的关系更加显而易见的了。自从两个谦逊且看似顺从的女儿——克拉丽莎·哈洛①和苏菲娅·威斯登②——不肯嫁给她们不爱的男人以后,便改变了叙事的走向,对当时以婚姻为起点的最基本制度,提出了质疑。

---

① 克拉丽莎·哈洛(Clarissa Harlow),英国小说家理察生(Samuel Richardson)作品《克拉丽莎》的女主人公。

② 苏菲娅·威斯登(Sophia Westem),菲尔丁巨著《汤姆·琼斯》的女主人公。

黛西与凯瑟琳几乎没共通点，然而两人都反抗传统，都拒绝任人摆布。她们属于一长串挑战传统的女主角之一，其他还包括《傲慢与偏见》女主角伊丽莎白·班内特、《呼啸山庄》女主角凯瑟琳·恩肖和简·爱。这些女性的拒绝妥协，是使情节复杂化的主因。她们比后来20世纪具有更明显革命意识的女主角复杂得多，因为她们并未公开主张要采取激进的手段。

在我许多学生看来，凯瑟琳与黛西似乎都太苛求了，学生们实际得多，不明白这些女主角有什么好计较的。凯瑟琳何必违拗她父亲和追求者的心意？黛西又干吗戏弄温特伯恩到这种地步？这两个难缠的女人到底要她们那些搞不清状况的男人怎样？打从第一刻黛西打着遮阳伞，穿着白色印花洋装出现起，她就在温特伯恩心中挑起阵阵兴奋与不安。她在他面前像个谜，像个炫目的谜，既难解又易懂。

大约在我开始要更进一步详细讨论黛西·米勒时，戈米先生举起了手。他用的是抗议的语气，立即使我采取防备的姿态，还惹恼了我。他问，究竟什么原因使这些女人这么爱搞革命？黛西·米勒显然是个坏女人，既反动又腐败。我们身处革命的社会，我们的革命女性以谦逊朴素来抵御西方文化的腐败。她们不向男人送秋波。他几乎大气不喘一下，说个没完没了。对一本小说恨成这样，不免有点过分。他脱口而出，说黛西邪恶成性，死了活该。他搞不懂为何第三排的F小姐认为让她死不公平。

戈米先生发表完意见后，得意洋洋地坐下，同时环顾周遭，看有没有人向他挑衅。没有人，当然除了我以外；他们全都指望我来执行这项任务。戈米先生总是有办法令课程偏离主题，起初我很生气,但后来我逐渐了解,有时他说出了别人所不敢表达的心声。

我问全班对此有何看法,没人讲话。戈米先生受到一片沉默的激励,再度举起了手。“我们比较有道德,因为我们体验过真正的邪恶,”他说,“我们正处于一场反邪恶之战,不仅在国内,也在国外。”在这节骨眼,玛荷希决定开口了。她平静地说:“如果你记得的话,詹姆斯经历过两场可怕的战争。年轻时,美国爆发了内战,去世前又亲眼目睹了第一次世界大战。”戈米先生的响应是,微微地一耸肩,或许他觉得那些战争不是正义之战。

我脑海中的影像是,我默默坐在自己的椅子上,这份沉默似乎是刻意的。上完课后,我继续坐在椅子上,光线从教室一边无窗帘的大玻璃窗射进来,我落入其中。三个女学生走过来,徘徊于我桌边。其中一人说:“我们想让您知道,班上绝大多数人并不赞同那些家伙。这是个有争议性的题目,大家都不敢开口发言。如果我们说了真话,怕他会告我们的密。如果我们说了他想听的话,又怕您会不高兴。我们都很欣赏您的课。”

那天傍晚我走路回家时,以及许久之后每当这番话在我脑海响起时,我都这么想,没错,你们欣赏这堂课,可是你们欣赏黛西·米勒吗?你们欣赏吗?

16

若说戈米先生对世间所有的黛西·米勒成见极深,那么全班对小说中的男主角温特伯恩的态度,可就有点举棋不定了。除了挪威剧作家易卜生的《玩偶之家》(*A Doll's House*),还不曾有其他作品引起他们如此热情的回响。他们的热情来自心中的迷惘与疑惑,黛西使他们错乱,令他们无所适从,分不清何者为是,何者为非。

有一天上完课时,有个怯生生的女生踌躇地来到我桌前,她虽坐前排,给我的印象却是躲在最后一排的阴影中。她想知道黛西是不是坏女人。"你认为怎样?"她简短地问我。我认为怎样?为何她一个简单的问题引起我如此反感?如今我十分肯定,当时我闪烁其词、犹豫不决,避免直接回答,坚称詹姆斯式的小说的结构关键在于模棱两可的回答,令她失望透顶。从那时起,我便失去了她心目中的权威地位。

我们打开书,翻到罗马圆形竞技场那关键的一幕。黛西不顾体统礼教,偕同乔凡内里先生一起去赏月。乔凡内里先生是个厚颜无耻的意大利人,不论她走到哪儿都跟在后面,惹得她那些得体的男女同胞悻悻然。温特伯恩发现了他们,他的反应与其说道出她的个性,倒不如说透露出更多他自己的性格——"温特伯恩略带惊恐地停下来,但也必须承认他看来同时也松了口气。黛西行为中的朦胧不明仿佛顿时明朗起来,谜变得容易解读。一个绅士不需要再辛辛苦苦去尊重她这位年轻小姐。"

黛西在竞技场这夜,在许多方面来说是致命的一晚:那一夜,她染上了日后将导致她死亡的罗马热。但温特伯恩的反应几乎预先注定了她的末日:他才刚表明他不在乎,等她回车上准备离去时,又建议她该吃药治治罗马热。"'我不在乎我有没有染上罗马热。'黛西以古怪的小声说。"我们全班一致同意,在象征意义上,温特伯恩对黛西的态度决定了她的命运。她只希望得到他一个人的好评,时常问他对她的行为有何看法。她虽没挑明告诉他,却深切地、不服输地渴望他能证明对她的心意——不是以说教的方式,而是毫无前提地赞同她这个人。讽刺的是,到头来黛西反而是真正在乎的人,并且以死证明她的专一不移。

解开黛西神秘面纱后,感到松了口气的不只是温特伯恩一人,许多学生和他一样如释重负。鲁希小姐问:"小说为何不在黛西死时落幕,这不是最恰当的终点吗?"黛西的死对各方而言,似乎都是最好的结果。尽管戈米先生对于她以命抵罪感到幸灾乐祸,但班上大多数人如今已可以毫不愧疚地同情她的遭遇。

但这不是结局。小说的结尾和开端一样,都在描述温特伯恩而非黛西。故事一开始,他的姑妈警告他要小心,千万别在黛西身上犯下严重的错误,言外之意是他可能被她抛弃。如今黛西死后,温特伯恩语带讽刺,提醒姑妈:"去年夏天有句话给你说中了:我是注定要犯错的。我在国外住得太久了。"他低估了黛西。

小说开端,叙述者告诉我们,谣传温特伯恩喜欢上一个外国女人,带我们读者绕一大圈后,结尾又是同一句话:"然而他又回到日内瓦定居,从那儿持续传来他滞留当地的动机——有两种最矛盾的说法:一说他勤奋'读书',一说他对一位聪明伶俐的外国小姐极为倾心。"

在那一刻前一直都认同男主角的读者,顿时被浇了冷水,令我们不得不相信黛西一如雏菊①,只是段美丽而短暂的插曲。但

① 黛西的英文"Daisy"原意为雏菊。

这样的结论也不完全对,叙述者在结尾的语气使我们怀疑,温特伯恩的人生观是否能恢复到从前。一切都无法再和从前一样,不论是温特伯恩或毫无戒心的读者皆然——因为后来我发现我这些过去的学生在写作和谈话间屡屡谈到这些对黛西的“错误”看法。

17

朋友米娜提醒我,在《悲惨的缪斯》(*The Tragic Muse*)中,詹姆斯说明了他的写作目标,是要制造“人性复杂面与社会阻碍所构成的艺术”。这正是詹姆斯难懂的原因。米娜是专门研究詹姆斯的学者,我把学生读《黛西·米勒》碰到的疑难告诉她,米娜有些着急地补充道:“希望你别因为他难懂而放弃。”我向她保证绝无此打算,总之,症结不在于他难懂,而在于他令他们感到不自在。

我告诉她,我碰到的难题,不是像戈米那样直率表达对暧昧或模棱两可反感的学生,而是其他那些成为戈米斩钉截铁态度的受害者的学生。我觉得戈米那种人之所以老是主动攻击,是因为他们害怕自己不了解的事。他们表面上说他们不需要詹姆斯,其实真正的意思是“我们怕詹姆斯这家伙,他使我们困惑、混淆,令我们不安”。

米娜告诉我每当她想解说小说中模棱两可的概念时,总是会运用她的椅子戏法。到了下堂课,我一开始就拿起一把椅子,摆在我面前。“你们看到什么?”我问全班。“一把椅子。”然后我把椅子上下颠倒。“现在你们看到什么?”“还是一把椅子。”接着我把椅子恢复原状，要几个学生去站在教室的不同地点，然后我请站着和坐着的学生都来描述这同一把椅子。“你们看到这是一把椅子，可是你们在形容它时，会从自己所在的位置和观点去形容，因此你们不能说看椅子的角度只有一种，对吧？”“对，显然如此。”“如果连椅子这么简单的东西大家都不能妄下断论，更何况是一个人呢？”

为了鼓励班上沉默的大多数公开讨论他们的观点，我请学生在笔记上用日记的形式，写出对我们阅读作品的印象。在日记里，他们可以不受拘束写其他与班上相关的事或自己的经历，但对作品的感想则一定要写。鲁希小姐总在描述情节，不过这起码表示我指定的书她都看了，甚至不只看作品本身，还看相关的批评，但她很少发表自己的意见。有一次她提起她原本对《呼啸山庄》的道德沦丧不以为然，后来在某本书读到它的超自然层面才改观。但以詹姆斯的例子，似乎未涉及任何神秘主义，他非常质朴，即使偶尔过于理想派。

她的笔记本总是整整齐齐，每项作业开头，都以漂亮的字迹写着：“以慈悲安拉真主之名。”她写道，黛西不只不道德，还“不可理喻”。不过幸好即使在美国那样腐败的社会，仍有一些准则可供人作为判断的依据。她还引述了另一位老师的话，感叹有些作家把一些不理性、不道德的角色写得太迷人，令读者不由自主同情起他们。她对思想正确的柯斯泰洛太太或沃克太太被写成反派人物感到遗憾，在她看来，这展现了一个作家的邪恶与神圣力量。根据她的说法，詹姆斯这种作家就像撒旦：他有无穷的力量，却把它用于作恶上，去同情黛西那样的罪人，并且鄙视沃克太太那种品德更高的人。鲁希小姐接受了尼亚纪先生及许多人的迂腐思想。

戈米先生忠实扮演他的角色，我看他八成很少看过指定的小说。他狂妄批评小说里的道德沦丧与邪恶，已经养成摘录宗教领袖和其他名人有关文学的责任、有关西方的腐败、有关拉什迪的言论来“教育”我的习惯。他还刻意剪下有关美国当地谋杀案与腐败贪污情形的报道，贴在笔记本上。有一个星期他大概找不到资料，逼急了连街上贴的口号也写进笔记本里。其中有一句我特别喜欢：**戴面纱的女人就像贝壳里的珍珠一样受到保护**。这句口号出现时，通常会搭配一幅素描，一个半开的牡蛎壳里，隐藏着一颗熠熠生辉的珍珠。

他那沉默年长的朋友纳贺维先生，写下洋洋洒洒的哲学论文，阐述怀疑与不明确可能带来的危险。他质问令詹姆斯如此小题大作的暧昧不明，是否就是导致西方文明衰败的原因。纳贺维先生和许多学生一样，把某些事视为理所当然，尤其是西方的堕落。看他讲话和下笔的语气，仿佛这种文化倒退是铁的事实，即使西方的异端也无法抗辩。每隔一段时间到了交笔记的时候，他都会附上一本有关“文学与义务”“伊斯兰文学概念”或类似题目的小册子或书。

多年后，当玛荷希与蜜德拉在我的周四秘密课堂上与大家回头讨论《黛西·米勒》时，两人都后悔自己当时保持沉默。蜜德拉承认她羡慕黛西的勇气。我听她们谈论黛西不免感觉古怪和沉痛，仿佛她们亏待了一个真正的人——一个朋友或亲戚。

有一天下课时，我看到瑞兹凡太太走回她的办公室。她过来对我说："我不断听说你们班上一些有趣的传闻。"她的确到处都安排有打听消息的探子。"我说这些孩子脑子里需要装些真材实料进去，你现在信了吧？革命倒空了他们的脑袋，我们的知识精英也好不了多少。"

我告诉她，我依然不相信做这件事的最佳途径是通过大学。我认为或许可以与大学以外的知识分子结合成联合阵线，把它做得更加妥善。她意味深长地瞅了我一眼说："没错，你也可以这么做，但何以见得你的方法会比较成功？毕竟我们的知识精英的表现比神职人员也好不了多少。你没听说我们的顶尖小说家戴瓦伊先生和《黛西·米勒》译者之间的对话吗？某天有人介绍他们认识，小说家说：'你的名字很耳熟——你不是《亨利·米勒》的译者吗？''不对，是《黛西·米勒》。''没错，这不是詹姆斯·乔伊斯写的吗？''不对，是亨利·詹姆斯。''喔，对，就是他。对了，亨利·詹姆斯最近在做什么？''他死了——1916 年就死了。'"

18

我告诉我的魔术师，以詹姆斯的《奉使记》(*The Ambassadors*)主角兰伯特·史特雷瑟向他的"红粉知己"玛丽亚·高思翠描述他自己那段话来形容我的朋友米娜，最是传神。他告诉她："我是个最有资格的失败者。""最有资格的失败者？"魔术师问。"是的，你知道她怎么回答吗？"

"幸好你是个失败者——所以我才觉得你特别！今天其

他的一切都太丑恶了。看看你,再看看那些成功的人。老实说,你愿意成为那样的人吗?"她接着说,"再仔细看看我。"于是他们的目光相遇片刻。"我看你也是其中之一。"史特雷瑟回答。她同意道:"你在我身上发现的过人之处,正显示出我的微不足道。"她感叹道:"要是你懂得年轻人的梦想就好了!可是现实把我们凑在一起,我们就像是备战状态中的难兄难弟。"

我告诉他:"总有一天,我会写一篇文章,题目就叫'最有资格的失败者',讨论他们在小说中,尤其是现代小说中的重要性。我把这种特殊的人物称为半悲剧人物——时而喜,时而悲,或两者兼具。我想到堂吉诃德,但这角色基本上是现代的,诞生于一个失败本身间接受到歌颂的时代。在我们看来,普宁是其一,还有贝娄的赫索格,另外盖茨比可算也可不算,毕竟他并未选择失败。大多数詹姆斯与贝娄作品中最受喜爱的人物都属于这一类,他们刻意选择失败,以保有自己的人格。由于他们的高标准,他们不仅自视甚高,更是精英主义者。我相信詹姆斯在许多方面必定觉得自己是这样的一个人,除了小说被误解,还执着不悔地创作他认为正确的小说类型。我朋友米娜、你朋友雷萨也是如此,当然还有你,不过你不是虚构的假象吧?或者你是?"他说:"我现在倒成了你想象力下的虚构人物。"

革命后在德黑兰大学最后几次系会议中初识米娜时,我就认定她是最有资格的失败者。那次开会时,我走进会议室已经迟到了,我看见一个穿黑衣的女人面对着门坐在系主任右边。她的眼珠和浓密的短发也是乌黑的，而她显得不太在乎周遭漫天飞舞的恶言恶语。她看起来与其说是镇定，倒不如说是自闭。她是那种无可救药的老实人，因此既缺乏弹性又极易受伤。这是我记忆中的她：落魄贵族，身上的穿戴流露出“昔日风光”的气息。从那第一眼到多年后最后一次见面，每见到她我内心总澎湃着两种矛盾的情绪：高度的敬重与惋惜。她的宿命论和逆来顺受的态度，令我难以忍受。

法丽德和A博士经常把米娜挂在嘴边，说她学问如何精深，对文学与工作如何投入。法丽德有副慷慨宽容的心胸，尽管锲而不舍、献身她所谓的革命，却能敞开胸怀接纳某些在意识形态上与她对立的人。她总是能一眼看出骨子里与她政治立场不合的人，如A博士或米娜或拉莉。因此她本能地同情米娜，并且有心安慰她，尽管两人几乎在各方面都立场相左。

米娜去波士顿大学写书，留职停薪了两年，刚被召回。校方给她发了最后通牒，以我看来，她回到伊朗是个错误。她写的是有关亨利·詹姆斯的书。她曾在伊德尔[1]门下研习，而我初次见到她时，她得十分吃力才说得出最简单的句子。当然她后来没再教书，回来只是被开除而已。她不肯戴面纱或妥协，回国来便是她唯一的妥协了。或许那也不算妥协，而是不得已。

米娜的父亲曾是桂冠诗人——她出身书香门第，家境又富裕。小时候，我们两家曾在周末一起出游。她比我年长，在这些

① 利昂·伊德尔(Leon Edel)，美国文学评论家、传记作家，尤以撰写亨利·詹姆斯的传记闻名。

家庭聚会中不曾真正跟我交谈过，可是我对她略有印象。我童年的一些旧照片上有她，背景是他们家的花园，她站在她父亲后面，另外还有她的一位叔伯、我父亲和一个我认不出来的年轻人。她满脸严肃，只吝啬地挤出一丝微笑的影子。

法丽德和我想让米娜知道我们多欣赏她，大学有眼无珠令我们多替她不平。她面无表情地听着，但似乎对我们的评价蛮高兴的。和她感情最好的一个弟弟是一家大公司的总裁，革命初期便遭到逮捕。和大多数人不同的是，他拒绝容忍新政权。他在政治上虽不活跃，却支持君主政体，而且和他姐姐一样有话直说，在牢里也不改作风。他的桀骜不驯足以害他送命。如今米娜始终穿着一身黑。那段时期，她几乎把所有的时间都给了弟弟的未亡人与子女。

米娜独自与母亲住在一栋大得离谱的豪宅。法丽德和我各带了一大束鲜花去拜访她，那天原本是晴天，一进她们家那阴森的前厅，阳光立即黯淡下来。她母亲来开门，她认识我父母，便和我聊了聊他们，但一听见女儿从回旋梯走下楼的脚步声，就突然礼貌地告退。站在楼梯底端，手捧缤纷的鲜花，身穿粉嫩的洋装的我们，面对着似乎把所有东西都吸进它暗影中的阴郁大屋，显得过于愉悦轻佻。

米娜表达喜悦与感激的方式是肃穆的，然而她见到我们很高兴。她领着我们走进半圆形的起居室。这房间似乎也有着它自己的不满，仿佛一个寡妇没了丈夫以后，初次在公开场合露面。起居室内几乎没什么摆设，原应摆着桌椅钢琴的地方空无一物。

米娜的母亲是位年近七旬的尊贵妇人，她以银托盘端茶来招待我们,托盘上的考究玻璃杯摆在银丝精细装饰的容器中。她母亲的厨艺一流,所以去她家必能一饱口福。但那是悲哀的一顿饭,因为再多的好菜也无法给这荒凉的豪宅带来活力。女主人们的殷勤,刻意要我们感到宾至如归的努力,反而更凸显出她们小心隐藏的落寞。

小说中的写实主义是米娜的执念,詹姆斯则是她的热情。只要是她知道的事物,她一定研究得透彻。我们刚好互补,因为我懂的东西比较随性杂乱,她懂的就十分严谨且一丝不苟。我们可以连续不断聊上好几个钟头。在法丽德还没躲起来加入革命团体,逃到库尔德斯坦①,再流亡瑞士之前,我们三人常通宵聊小说和政治。

在政治上,法丽德与米娜是两个极端,一个执着信仰马克思主义,一个坚决拥护君主政体。她们唯一的共同点是痛恨目前的政权。一想到她们的才华就这么白白被糟蹋掉,我的愤慨便无以复加,这政权不是消灭最聪明有热忱的人,就是迫使他们英雄无用武之地,使他们变成狂热的革命分子如法丽德,或遁世的隐士如米娜和我的魔术师。他们隐遁入自己破灭的美梦中,因为失去了她的詹姆斯,米娜还有何用处?

19

1988年,历经暮冬和初春一段长期的平静之后,德黑兰的空

---

① 位于伊朗西北部的地区。

袭又开始了。想到那几个月和一百六十八颗瞄准德黑兰的飞弹，就令人不由得想起那年春天格外的温柔。伊拉克击中德黑兰炼油厂那天是星期六，这消息触动了自从最后一次炸弹攻击德黑兰后已沉寂一年多的恐惧与焦虑。伊朗政府直接攻击巴格达来还击，到了周一，伊拉克便展开对德黑兰的第一波飞弹攻击。紧接而来的攻击密度，将那事件转变成那九年来我所经历的一切的象征，如同一首完美的诗。

第一波攻击之后不久，我们决定在窗子上贴胶带。我们先把孩子们移到我们自己的房间，以厚毛毯和披肩遮住窗户，后来又转移阵地至卧室外无窗的小走廊，即我失眠时与詹姆斯、纳博科夫约会之处。有几次我们认真考虑要离开德黑兰，甚至一度在情急之下，清理了一个车库附近的小房间，把里面的窗户都加固封闭起来，这个小房间后来变成我的办公室；最终我们还是搬回自己的卧室睡觉。我在德黑兰遭第一轮攻击时是最恐慌的人，如今看来却像是最冷静的人，仿佛要和昔日的行为均衡一下。

飞弹来袭头一晚，我们和几个朋友一起看电视播出的一部德国纪录片，纪念俄国已故流亡导演塔可夫斯基[①]的一生。为了安抚知识分子，一年一度的“法亚影展”[②]推出了塔可夫斯基电影专辑。尽管电影被剪过，并以俄语原声播出，没有字幕，但早在电影院开始卖票前好几个小时，外头早已大排长龙。黄牛票翻涨好几

① 安德烈·塔可夫斯基（Andrei Tarkovsky），苏联电影导演，其作品虽在国内遭禁演，在西方却广受好评。

② 伊朗一年一度的国际电影节，在德黑兰举行。

倍,入口处有人为了争先恐后而大打出手,尤其是那些大老远专程来看影展的人。

有一天下课后,弗萨提先生来找我,告诉我他多弄到两张塔可夫斯基的《牺牲》(*The Sacrifice*)的电影票。我曾表示很想看这部电影,由于弗萨提先生是大学里两大穆斯林学生协会之一“伊斯兰圣战”的主席,有渠道可以弄到这人人觊觎的票。他说塔可夫斯基热实在太风靡了,就连石油部长和他家人都去看了,这些电影如久旱甘霖。他笑着告诉我:“他们懂得越少,对它越尊敬。”我说:“果真如此,那么他们一定爱死了詹姆斯。”他机灵地回答:“这又另当别论了;他们敬重乔伊斯就像敬重塔可夫斯基。至于詹姆斯,他们认为他们懂他,或应该懂他,所以才会生气。他们读詹姆斯遇上的难题,多过一看就知道艰涩难懂的作家,如乔伊斯。”我问弗萨提先生是否打算去看塔可夫斯基,他说:“我若去了,一定要看得懂;否则我宁可去看汤姆·汉克斯的电影。”

我去看《牺牲》的下午是个晴朗的冬日,其实也不算真正的冬天,而是冬春之交。然而那天最奇特之处不在美好的天气或电影本身,而是戏院前的人潮。现场看起来就像抗议集会,有知识分子、上班族、家庭主妇(有的甚至带着稚龄的孩子),还有一位年轻的神学士扭捏地站在边上。在德黑兰的任何集会中,绝看不到这样的组合。

戏院里,银幕突然亮出鲜明的色彩,观众席顿时鸦雀无声。我已有五年的时间没进过电影院,那段日子,戏院只播映东欧的旧革命片或伊朗的政策宣导片。我实在说不出对这部片的感想——置身于电影院,安稳地坐在又深又凉的皮椅上,宽幅银幕就在眼前，这体验实在妙不可言。我知道我一定听不懂他们的对话，而且只要一想到电影被动刀剪过，必定会气得不想看，因此索性将全副注意力放在神奇的色彩与影像上。

回顾那次，大多数观众几乎连塔可夫斯基的名字都不会拼，在正常情况下，可能也不会注意甚至不喜欢他的作品，当时却造成万人空巷、一票难求的盛况。在我看来，这股热潮来自我们内心深处强烈的匮乏、我们渴望某种美的形式，即使是看不懂、学院气十足、被修剪过、又没有字幕的抽象电影都好。多年来初次身处公共场合而不必恐惧或愤怒，与一群陌生人共处于一个示威抗议、排长龙买面包或公开处决以外的场合中，感觉真的很神妙。

电影本身讲的是战争，男主角立誓，倘若他的家人能逃过战火的劫难，他将一辈子不再开口说话。情节着重于表面上看似平静无波的日常生活，以及大自然丰翠之美背后潜藏的险恶：导演透过轰炸机低空飞过引起的家具震动，与面对这种险恶必须作出的可怕牺牲，让人感受到战争的存在。我们在短暂的时间内，共同体验了恐怖之美，这唯有透过极端的痛苦才能心领神会，也唯有透过艺术才能完整表现。

20

二十四小时内，十四枚飞弹击中了德黑兰。由于我们又把孩子搬回他们的房间，当晚我便拉了一张小沙发进他们房里，熬夜看书，直到凌晨三点才睡去。那是塞尔兹厚厚的侦探小说；让我安稳地神游于彼得·温姆西勋爵、忠心耿耿的男仆和学者爱侣的世界。女儿和我都在黎明时,被不远处的爆炸声吵醒。

那不只是非常巨大的爆炸噪音——如果这也可以算是噪音的话——我们还感受到爆炸的威力,就像有个庞然巨物重重落在屋顶上。房子震了震,玻璃在窗框中抖动。这次爆炸后,我便起床,跑到楼上的阳台。天空是蓝色的,点缀着粉红曙光,山顶覆盖着白雪;远方的硝烟从飞弹落地处袅袅升起。

从那天起,我们又恢复了空袭与飞弹攻击期间、日常生活中少不了的例行公事。每次爆炸之后,就有无数亲友打来和我们打过去的报平安电话。让我感到有点惭愧的是,每次一听到熟悉的问候声必定令我大大松口气。那段日子大致的反应是惊慌、愤怒,夹杂着无助。战争打了八年,伊朗政府除了扩大保卫德黑兰的宣传,吹嘘伊朗人誓死的决心之外,几乎什么也没做。

第一轮攻击之后,向来以人口过剩、污染严重著称的德黑兰,顿时成了鬼城。大多数人都逃到较安全的地方避难。不久前我才看到一份统计资料,有超过四分之一的人口,包括许多政府官员在内,都弃城而逃。民间盛传的一个最新笑话是,此乃政府到目前为止,处理德黑兰人口与污染问题最有效率的政策。对我而言,这城市突然多了一份动人之处,仿佛历经炮火与遗弃的洗礼,反而脱去了庸俗的面纱,展现出一张端庄、人性化的脸孔。留下来的市民想必都感受到德黑兰的这副面貌:哀伤、孤苦、毫无招架之力,却并非没有尊严。贴在窗户上预防玻璃碎裂的胶带,诉说出它所承受的苦楚,这份苦楚因近来大地复苏之美而显得分外强烈,不但春雨过后新绿抽芽,百花怒放,高耸的雪山也看似咫尺,仿佛贴在天际。

战争打了两年后，伊朗解放了先前被伊拉克人占领的霍拉姆沙赫尔。萨达姆遭遇其他严重的失败，又受到忧心忡忡的阿拉伯邻国鼓动，释放出了妥协的善意。但最高领袖和统治集团中的若干人士，拒签停战协议，坚决要夺下伊拉克境内的圣城、侯赛因伊玛目成仁之地卡尔巴拉，才肯罢休。他们为达目的不择手段，包括使用所谓的“人海战术”，让成千上万名伊朗士兵徒步穿过地雷区，扫掉地雷，这些士兵多半是十岁至十六岁的青少年和一些中老年人。少不更事的男孩喝了政府灌的迷魂汤，即使违背父母的意愿，依然听信政府的宣传，不但勇于上前线冒险逞英雄，还乐意加入民兵。

我和汉密特及其他作家相约的守夜活动又开始了。结果，四年后我在班上多开了一门课——神秘小说，从爱伦·坡开始教起。

21

由于空袭又恢复了，我们便改到二楼上课。每次一有敌机来袭，大家便本能地跑向门口，奔下楼梯。最近的紧急状况使教室空了下来，因此大部分教室都半满。有许多学生回到故乡，或避往未遭战火波及的城镇；有的则索性待在家里不出门。

新一波的轰炸攻击，使戈米先生之类的人地位更显重要。他们动辄拿这新的紧急状况发号施令，伊斯兰协会一有机会就播放军队进行曲打断上课，以宣布最近的辉煌战果，或为某某同学殉难沙场而哀悼。《华盛顿广场》或《远大前程》上到一半，突然就有军乐来取而代之,然后不论我们多用心想继续上课,所有的讨论仍淹没在进行曲的声浪下。

这种刺耳的喧哗,与大多数学生教师的沉默,恰成显著对比。没有更多学生利用空袭当借口逃学或不交作业,倒是令我惊讶。他们表面上的顺从,反映出笼罩城市的无奈气氛。随着战争继续胶着到第八年,即使最热衷的人也显出了疲惫。如今民众在街头和公共场合均表达出反战的情绪,或咒骂战争的始作俑者,而电视和广播仍继续大言不惭地鼓吹政府的理想美梦。那段日子反复看到的影像是一个包头巾、蓄胡子的长者,向一群额头绑着"殉道者"红带子的十几岁男孩呼吁,圣战必须持续打下去。这无异于提醒我们那一度庞大的青少年人口正在逐渐减少,当初背后激励他们的动机,除了荷枪实弹的刺激,还有直达天堂的信念,进入天堂后,他们将可享受到在人间遭到禁止的一切乐趣。在他们的世界里,没有所谓的挫败,因此妥协也不具意义。

神学士时而告诉我们一些势力悬殊的战争典故,说什叶派教徒如何在异教徒的攻击下成仁,时而歇斯底里地哀泣,激励观众为了真主与伊玛目应慷慨赴义。相比之下,观众的世界是个沉默地反抗的世界,唯有统治阶层疾声呼吁民众付出之时,这种沉默的反抗才有意义,否则以历史的眼光来看,难免充斥着顺从。

只有当我们知道飞弹在某个确切预定的时刻将释出最后的讯息,想逃也逃不了时,才有办法忍受死影幢幢的生活、当权者怂恿人民赴死的期望,以及伊拉克不懈的飞弹。在这些日子里,我才明白这种听天由命的态度所代表的含意。它反映出天理循环的恶报,而我们或多或少都必须为我们国家历史性的失败负责任。当时我领悟到，这种逆来顺受的态度，或许是在那处境下唯一能尊严地反抗暴政的方式。我们无法公开说出心声，但我们可以用沉默来表达对这苛政的不屑一顾。

22

至今我仍依稀听见晨间的进行曲和胜利的凯歌，这些军乐时常打断我们上课，插播某某学生或教师在前线英勇殉难，或伊斯兰军队打败异教敌人的消息。没有人想刻意点出，这场战争中所谓的异教敌人，其实也是伊斯兰教友。我记得，那天播放进行曲是为哀悼穆斯林学生协会一名领袖的死亡。下课后，我的几个女学生站在教室外的院子里，我走过去加入她们。她们正在取笑那名战死的学生，说他的死是天作之合——他和同志们不是说他们唯一的爱人是真主吗？这指的是战争殉道者往往被大肆渲染的最后遗愿与遗嘱。几乎所有人都宣称，殉道是他们最高的愿望，因为这保证他们终将与真正的“爱人”结合。

“喔，对啊，的确，真主，”女生们相视而笑，“真主假扮成女人，用色迷迷的眼睛赏玩过后，再怪她们下流淫荡。这就是他找乐子的方法。他们全都是性变态，所有男人都一样！”

娜丝琳说起一个故事，主角是她十二岁的表妹学校里的一个宗教老师。这位老师教学生要把自己的身体遮好，将来到了天堂自会得到奖赏。到了天堂乐园，她们会找到流着汩汩葡萄酒的小溪，还有结实强壮的青年男子向她们大献殷勤。当她提及结实的年轻人时，厚厚的嘴唇似乎险些滴下口水，仿佛眼前已看到一块烹调好的可口羊肉。

大概是我那惊愕的表情使她们停止了笑闹。我不认识那位阵亡的年轻人,即使认识,八成也不会喜欢他,不过这种欢闹的气氛仍令人震惊。

她们觉得有必要解释清楚。茉吉甘告诉我:"你不认识他。跟他比起来,戈米先生简直是个天使。他是个变态,性变态。你知道吗?他害我们一个朋友被学校开除,因为他说她在头巾底下隐约看得见的白皮肤挑起了他的性欲。他们就像猎犬一样。"然后娜丝琳插嘴进来,滔滔说起一个女卫兵的事。她坚决地说:"她搜身就像性骚扰。有一天,她对妮露法又捏又摸,害她终于忍不住尖叫。我们还因为笑出声而被开除,可是你知道那个女人行迹败露时,他们怎么对她吗?她受到申诫,停职一学期后又回到原本的职位。"

后来我告诉娜丝琳,当我看着她们嘲笑那名死去的学生时,脑海便不断浮现布莱希特的一首诗。我记得不太完整,大约是:"我们的确活在黑暗时代,连提到树木都有罪。"但愿我把这首诗背得更熟,不过将近结尾有一行大概是这样:"可悲的是,我们想得到仁慈,自己却仁慈不了。"

之后娜丝琳沉默了一会儿,终于说:"你不知道我们吃过什么样的苦。上星期他们在我家附近扔了颗炸弹,炸弹落在一栋公寓上,邻居说其中有间公寓正在开生日派对,二十多个小孩就这么死了。

"轰炸之后没多久,连救护车都还没来,就突然冒出六七部摩托车,开始在这地区绕来绕去。那些骑士穿着一身黑,额头绑着红色头带。他们大声呼口号:美国去死!萨达姆去死!霍梅尼万岁!大家都默不作声,只是怨恨地看着他们。有的人想上前帮助伤患,但那些暴徒不让人靠近,他们继续叫嚣着:战争!战争!直到最后的胜利!你想我们站在那儿眼睁睁看着他们,内心有何感受?"

这已成为一种仪式:轰炸过后,这些牛鬼蛇神会制止任何人表现出哀悼或抗议的意图。我的两个表亲被伊斯兰政权杀害时,有些支持政府的亲戚居然打电话给我舅舅,恭贺他儿子和媳妇死得好。

那天我们边走边把自己周遭的故事说给对方听。娜丝琳多说了些她在狱中的经历。这整件事纯粹是意外,我记得当时她十分年轻,还在念高中。她说:"你担心我们对'他们'的想法太残忍,不过你可知你听说的牢里的事,大部分都是千真万确的。最可怕的莫过于他们在半夜里点名叫人,我们知道点到名的人是被叫去处决。她们向我们道别不久,就会听见枪响。只要在开头的连环射击之后,细数单发子弹射出几发,就知道那天晚上死了多少人。那儿有个女孩,她唯一的罪过就是美若天仙。他们以莫须有的不道德罪名将她关进牢里,羁押她一个多月,把她轮流交给每个警卫,不断强暴她。这件事在牢里很快就传开了,因为这个女孩甚至跟政治沾不上边;她没跟政治犯关在一起。他们把处女嫁给警卫,让警卫强暴之后再处决她们。此举背后的哲学是,如果她们死时仍是处女之身就会上天堂。你谈到了背叛,他们逼那些'改信'伊斯兰的人,把最后一发子弹射进同志的脑袋,以示对政府的效忠。"她忿恨地说:"如果我没有特权,如果我不是有幸有个跟他们同道的父亲,天知道我会有什么下场——和其他受到性侵害的处女一起下地狱,或者和那些为了证明自己对伊斯兰效忠而把枪指着别人脑袋的人在一起。"

23

1914 年 8 月 4 日,亨利·詹姆斯在日记里添上了一笔:"由于这骇人的公众事件,一切都蒙上了阴影。今天(星期一)是八月的银行假日①,空气中却弥漫着恐怖的不安气氛,仿佛任何糟糕的事情都可能发生。"亨利·詹姆斯在世最后两年,积极涉入第一次世界大战,整个人因而大变。这个一辈子尽可能与生存的热情保持距离的人,却头一次积极投入社会与政治活动。评论家如韦尔斯怪詹姆斯对生命的态度太过保守官僚,以至于从不参与当代的社会与政治议题。他写第一次世界大战的经验,说它"几乎害死我,要继续活在如此惊人与恐怖的状态下,令我厌恶至极"。

詹姆斯年纪轻轻便亲眼目睹美国发生内战。实质上,由于两个弟弟英勇参战,他得以免受征召,弟弟还因一次拯救着火谷仓的行动而光荣挂彩,得了莫名的背疾。心理上,他借着阅读和写作来与战争保持距离。他之所以热烈支持第一次世界大战中的英国,或许多少是为了补偿上一次战争时自己的置身事外;唤起他恐惧的战争吸引了他,也是不争的事实。他写信给一个朋友说:"可是我能想象灾难临头的惨状。在我看来,生命是凶残不

① 银行假日(Bank Holiday),英国的法定假日。——编者注

祥的。”

詹姆斯年轻时写信告诉父亲,他相信“社会实体的结构组织短暂而不可靠。心智唯一可敬的状态,是不断表达对它的极度不满”。他也的确在自己最好的小说中将之付诸实践,几乎在他所有的小说中,力量的倾轧是情节发展与结局的关键。这种倾轧之所以存在,是因为主角一方面抗拒社会认可之标准,同时又渴望自己人格上完整无缺并获得认同。在《黛西·米勒》中,新旧势力的紧绷导致黛西的死亡,而《奉使记》里,纽桑姆太太对她的使者史特雷瑟与家人几近独裁的掌控与施压,则创造出情节主要的张力。有趣的是,在这股势力消长中,反派人物所代表的始终是世俗的顾虑,而主角却希望即使面临外在的险恶,依然要保有个人的尊严。

内战期间,亦即詹姆斯逐渐发现自己的力量时,写作有几分是为了补偿他自己无法参战的事实。如今到了生命尾声,他不满文字在面临如此泯灭人性的状况下使不出力道。他在1915年3月21日《纽约时报》的访谈中表示:“这场战争已耗尽了文字;文字变得虚弱无力,像汽车轮胎一样逐渐漏气;文字像其他数不清的事物,这六个月来的过度使用、消耗,远超过之前的漫长岁月,使它失去了快乐的形貌。如今我们面临的情况是,所有词汇都折旧了,换言之,由于无力感升高,失去了表达的能力,我们不免怀疑,剩下的是什么样的行尸走肉。”

尽管失望透顶,他仍回头诉诸文字,只不过这回写的不是小说而是战争檄文,他呼吁美国参战,别再对欧洲的苦难与暴行袖手旁观。他还写了措辞激昂的书信,有的表达对某些事件的忧惧,有的抚慰在战场上失去儿子或丈夫的朋友。

他从事一连串的活动:到医院探访比利时和英国伤兵;为比利时难民和伤患募款;从 1914 年秋至 1915 年 12 月,持续不断撰写有关战争的文章。他还接受美国机动救护车志愿部队的荣誉指挥官一职,并加入为比利时难民设立的切尔西基金会。对一个内向、隐世、最热情的追求仅限于小说创作的作家而言,这一切无异于旋风式的活动。诚如他的传记作者伊德尔日后所言:“……这世界似乎在他身上得到了太多的安慰,他必须时常护着自己,以免世界老是靠在他肩膀哭。”探视医院时,詹姆斯将自己比作探访南北战争伤患的惠特曼。他说这使他“在某些日子去拜访他们并试图打开话匣子时,较无绝望、无力之感”。究竟是什么样内在的恐惧与着迷,驱使这个一辈子远离公众活动的作家如此积极涉入战争事务?

令他涉入战争的原因是,太多青年因战争而英年早逝,以及随战争而来的混乱与毁灭。尽管为殇者哀悼,但对于在许多战死沙场的青年和他们的家属身上见识到的单纯勇气,他也无比钦佩。9 月,詹姆斯迁往伦敦。他写道:“我亲身见闻,并收到不幸的消息,独自忧伤不已。”他向美国大使与其他美国要员进行游说,并斥责他们只顾明哲保身。他还写宣传小册,替英国与其盟友辩护。

詹姆斯在许多信中强调一项反击战争无情的重要对策。尽管许多人浑然不觉,他却注意到战争的残酷造成情感的重大打击,而且使人对战争的创伤吝于付出怜悯。事实上,麻木不仁成为一种生存之道。他人如其书,坚持人绝不可缺乏人之所以为人最重要的特性——感情——并埋怨"我自己无力有所作为,感受却毫无节制地增强"。

多年后,在我从德黑兰漂洋过海带到美国华府的一张粉红色索引卡上,我发现两段摘自詹姆斯战时经历的话。当初是为娜丝琳而写,却不曾给她看过。第一段摘自他写给克蕾儿·雪里登的一封信,这位朋友的新婚丈夫不幸阵亡沙场。他写道:"我无法叫你不埋怨或不反弹,因为我自己也极尽所能往坏处想,更无法叫你不去感受。听我说,尽全力去感受吧!即使这会去掉你半条命,因为这是存活的唯一方式,尤其活在这可怕的压力下。同时这也是荣耀和赞扬这些可佩之人唯一的方式,他们是我们的骄傲与启发。"在写给友人的信中,他一再劝他们用心去感受。感受之后会激起移情作用,会提醒他们人生还是值得活下去。

詹姆斯对战争的反应有个奇特之处,他的感受与情绪并非因爱国心而起。他自己的国家美国一开始并没有参战。卷入战争的是他居住了四十年的英国,但这四十年间,他从未向英国申请公民身份。最后他终于提出申请了,1915 年 6 月,在离开人世前数月,亨利·詹姆斯正式入英国籍。他写信告诉侄子哈利,他希望自己的公民身份与精神符合实质状态。"若非这场大战,我一定会像以前那样继续过下去,把这一切视为最简单、容易甚至友善的事;但如今情况已彻底改观。"

有个更直接的理由,导致他这种态度上的大逆转,由于战时情况特殊,他被归类为"友善的外国人",每次从伦敦回萨塞克斯的家,都需要警方核发的通行证。但更重要且更具象征意义的原因是,美国对战事的冷漠令他彻底觉悟。他写信给朋友莉莉·裴利:"国籍,如果在敌人立即的威胁所引起的质变中,无法为试图适应这种变化的个人做任何的事,那这种质变将是彻头彻尾的。"

事实上,詹姆斯如同许多大作家和大艺术家,选择了他自己效忠的对象和国籍。他真正的故乡存在于想象中。他写给老友罗达·布罗顿的信中说:"它所汇聚的无数悲剧令我感到黑暗惊心,我再也受不了活着亲眼目睹这一切。我们这些为我们这一代增光之人,不该承受信念瓦解之苦,这么多年来,我们眼见文明茁壮成长,却又目睹最糟的事情成为可能。"他写信给伊迪丝·华顿[①]时提到"这文明的崩溃":"在我看来,黑暗中唯一的一线光明是全国上下起而行动,团结一致。"詹姆斯心目中的故乡和文明的概念密不可分。战争期间,他在萨塞克斯难以阅读,更无法写作。他自比为活在"死去文明的哀歌阴影下"。

1914 年 9 月,德军攻击、摧毁比利时的理姆斯大教堂时,詹姆斯写道:"可是没有文字可以填补这种深渊——或触及这深渊,或纾解人心,或以火花照亮黑暗;黑暗阴影无法减轻一个人的心痛与对末日的烦恼,即使我们将它视为危害人类心智最可憎的罪恶。"

终其一生,他都在争取力量,不是他不屑的政治力量,而是文化力量。对他而言,文化与文明甚于一切。他说过人类最大的自由是"独立思考",这让艺术家得以享受"生命无限多种形式的侵犯"。然而面临如此大规模的杀戮与毁灭,他感到束手无策,力不

---

① 伊迪丝·华顿(Edith Wharton),19、20 世纪美国著名小说家,以描写弥漫物质主义的纽约上流社会的小说《纯真年代》而闻名。——编者注

从心。他对英国与欧洲整体的亲近,源自当地的文明意识、文化传统与人文思维。可是如今他也见识到欧洲的堕落,它对自我历史的厌倦,以及它掠夺成性、愤世嫉俗的本质。无怪乎他不只运用文字的力量,更竭尽所能去帮助他认为正义的一方。他并非完全没感受到这些力量的疗伤潜力,他写信给友人露西·克利福说:"我们必须为可贵的生命对现实做出反击。"

24

和娜丝琳长谈过的几天后,我发现上课前有两个女生站在我办公室外。其中一个是娜丝琳,带着她惯有的苍白笑容。另一个穿着从头盖到脚的黑色罩袍。我盯着这不速之客瞧了一会儿,突然认出她就是我以前的学生玛荷塔布。

一时之间,我们三人都愣在原地。娜丝琳近乎超然般抽离;抽离成为她抵御不快回忆与无法掌控的现实的最佳防卫。过了好一会儿,我才有办法接受这个新的玛荷塔布,将脑海里那个身穿卡其裤注册商标的左翼学生、那个我最后一次看到时在医院中庭急迫搜寻同志尸体的玛荷塔布,转换成这个面带苦笑、在我办公室外恳求我认可的玛荷塔布。我犹豫地做了个手势,差点儿拥抱她,又收了回去。我问她这几年的近况,才想起该请她们进来。下一堂课就快开始了。

玛荷塔布一直和娜丝琳有联系,听说我在阿拉梅重执教鞭,便鼓起勇气来看我。她能上我的课吗?不然就等下课后,如果我有时间又不麻烦的话,她可以把她的经历说给我听。我说她当然可以来我班上上课。

上詹姆斯《华盛顿广场》的两小时过程中,我的眼睛时常瞟向穿着黑色罩袍的玛荷塔布,她正襟危坐,听课时那种紧张兮兮的神情是我从没见过的。下课后她跟着我到办公室,娜丝琳则尾随于后。我请她们坐并请她们喝茶,被她们婉谢了。我不顾她们的拒绝,离开办公室去叫茶,回来后把门关上,以确保隐私。玛荷塔布坐在椅子边缘,娜丝琳则站在她旁边,直盯着对面的墙。我叫娜丝琳坐下,因为她这样会让我紧张,然后转过去尽可能以最轻描淡写的口吻问玛荷塔布这些年她都在做什么。

起初她以温顺无奈的神情看着我,仿佛听不懂我的问题,然后她把玩起半躲在罩袍皱褶下的手指,终于开口:"其实我跟娜丝琳在同一个地方。示威活动那天看到你之后不久,我就被捕了。他们只判了我五年,算我走运,因为他们知道我不是组织里的重要人物。后来我提早出狱,只坐了两年半就因为表现良好而被放出来。"她的话让我揣测在那批把她关进牢里的人眼里,什么才叫行为良好。这时有人敲门,拉提夫先生端着茶走进来。我们暂停交谈,直到他离开办公室。

他离开后,她说:"我想过你和我们以前上的课。"初步侦讯之后,她被分派到十五人的牢房。她在那儿碰到我另一个学生,拉吉雅。她用一只手接下我端给她的小茶杯,却没让罩袍滑开。她说:"拉吉雅提起你在阿尔札拉上的海明威和詹姆斯,我则告诉她那场盖茨比的审判。我们笑个不停。""你知道吗?她被处决了。我算很幸运。"玛荷塔布说。她出狱后不到一年就结婚生子;现在她又怀了一个。"怀孕三个月。被罩袍盖住看不出来。"她说着,羞怯地指指肚子。

我没问她那个被处决的学生的事，我不想知道她们在牢里是怎么过的，有什么共同的回忆。我觉得倘若她告诉我了，我八成会做出傻事，然后连下午的课也没办法上。我问她孩子多大了，但没问她丈夫是谁。我能问她我最爱问的问题："你们是恋爱结婚的吗？"我听说过太多女孩一出狱就结婚，因为结婚可以解除狱方的疑虑，他们多少认为女人结了婚就不会再从事政治活动；或者用结婚来向父母证明她们现在学"乖"了；或者纯粹只是没别的事可做。

"我一向认为《了不起的盖茨比》很美，"玛荷塔布起身准备离去时告诉我，"还有你念给我们听的那一幕，五年后黛西与盖茨比初次重逢那天，她的脸在雨中湿了。以及另一幕，她告诉他看起来很酷，其实言外之意是在说她爱他。我们在课上审判《了不起的盖茨比》玩得很开心，你知道吗？"是的，我知道。他们记得《了不起的盖茨比》，甚至记得上《了不起的盖茨比》时玩得很开心，若换作不同的情境，会让我觉得欣慰，可是当时我心里却有其他感触，阅读《了不起的盖茨比》的喜悦，如今竟与玛荷塔布坐牢和拉吉雅被处决的记忆牵扯在一起，永远蒙上阴影。

她们走了以后，我不得不开窗让空气透进来。从办公室，我看得见校园，雪花几乎轻抚过树梢。玛荷塔布走后留下一股沉重的气息，其中的痛苦无奈浓得化不开。她是幸运的吗？出了狱随便找个人嫁，每个月要去向狱警报到，家园尽毁，还有个两岁大的孩子，这样算幸运吗？她是幸运的，而拉吉雅死了。娜丝琳也说自己幸运；我的学生对于人生的幸与不幸倒是有自己独特的见解。

粉红色索引卡上的另一段摘录,记下了詹姆斯对鲁伯特·布鲁克斯之死的反应。这位年轻俊美的英国诗人在战时死于败血症。他写道:“我承认面临如此惊心、如此残酷、如此疯狂的事,我已失去冷静、信心和耐心,也无法做任何省思或自我安慰。对我而言,这种事是难以言喻的恐怖,且无可挽回,我只能瞪大愤恨、绝望的眼。”

在最后那几个字旁,我用铅笔加上批注:拉吉雅。

25

我的学生相逢于多么奇怪的地方,又是从多么黑暗的角落给我捎来消息!我无法到那些地方,即使到今天依然如此,不论我听说过多少次。然而身在狱中的拉吉雅与玛荷塔布尽管前途未卜,谈起菲茨杰拉德和詹姆斯,总有些值得高兴吧!或许“值得高兴”用词不当,但我会用这样的字眼是因为我根本想象不到她们竟会在那种地方,谈起我从另一个世界带来的黄金密使——最爱的小说。我想起拉吉雅在狱中,想起拉吉雅在某个黑夜面对行刑队时,或许那一夜我正在读《漫长的告别》(*The Long Goodbye*)或《波士顿人》(*Bostonians*)。

我现在仍记得,一如当时,拉吉雅最令人惊讶之处,是她对詹姆斯的热爱。我记得我在阿尔札拉大学教的那些课以及过程中的所有挫折。这家所谓的大学最显著的特征是:全伊朗唯一的女子学院。它的校园小小的,有个花木扶疏的美丽园子,回国第一年我除了在德黑兰大学任教,还在那儿兼了两堂课。期中考改考卷时,我赫然发现几乎全班都没直接回答我的问题,而只是照抄我上课的内容。其中有四人照本宣科的情况尤其让人匪夷所思,几乎逐字逐句复述我对《永别了,武器》的解说,连“你们知道”之类的口头禅,和我对海明威私生活的题外话,都一字不漏。看着这些试卷,感觉像是有人用它来挖苦嘲弄我的授课内容。

我认为她们作弊;不用笔记却可以如此准确地重复我的上课内容,在我看来是不可能的。不过我同事告诉我这是标准做法:学生背下老师所说的一切,再一字不改还给老师。

考完试后的下一堂课,我怒不可遏。那是我的教学生涯中,少数生气且表现在课堂上的一次。当时我年轻气盛,经验不足,认为某些标准是学生应该达到且理解的。我记得自己告诉她们,作弊都比这还好——起码作弊还需要动点脑筋——可是把我课堂上讲的逐字照抄,连自己的丝毫感想响应都没有……我滔滔不绝说下去,越说越义愤填膺,越说越觉得自己气之有理。这种愤怒会让人慷慨激昂,还可以回去炫耀给家人朋友听。

她们全都默默不语,即使是没犯下我指控的那些过错的人。我提早下课,不过有些罪魁祸首和另外几个人留下来求情。即便替自己辩白,她们都十分温驯:她们希望得到我的原谅,她们不懂得其他方法,以前大部分教授都要她们这么做。其中有两个眼泪汪汪。她们能怎么办呢?她们从没学过更好的方法,打从上小学第一天起,老师就教她们要死背,就告诉她们自己的见解不重要。

其他人都走了,拉吉雅还留着。她说想跟我谈谈。“这不是她们的错,”她说,“我的意思是,就某方面来讲,这不能怪她们。

不过我一直以为你是那种真正在乎的人。”她语气里的谴责意味令我吃了一惊。假如我不在乎,怎会这么生气?“没错,这么做比较容易,”她平静地说,“可是你必须考虑到我们的出身。这些女生大部分没被人夸赞过,从没有人告诉她们,她们本身的价值何在,或应该独立思考。现在你来向她们兴师问罪,责怪她们背弃从没人教过她们该重视的原则。你的能耐应该不止如此吧!”

这个小女子,我的学生,站在那儿教训我。她的年纪绝不会超过二十,但她丝毫不显得唐突,反而权威十足。她说她们都爱上这堂课,甚至学会爱上《华盛顿广场》的主角凯瑟琳·斯洛伯,即使她不美,又欠缺她们认为女主角所应具备的一切条件。我说在这革命的时代,学生不在乎 19 世纪末一个美国平庸富家女所遭受的磨炼与苦难,并不令人意外。可是她激动地抗议说,在这革命的时代,她们反而更在乎。“我不懂为何那些家境富裕的人,总认为际遇没他们幸运的人就不想拥有美好的事物,不想听好听的音乐,不想吃好的食物,或不想阅读亨利·詹姆斯。”

她是个瘦小、黝黑的女孩,那副严肃的表情恐怕对她娇小的身躯构成极大负担。即便如此,她并不单薄;我不明白看起来如此弱不禁风的一个人,为何能给人稳如泰山的印象。拉吉雅。我不记得她的姓氏,但我可以无须担心安全问题直呼她的名,因为她已经死了。只有死人才能用真名,似乎有点讽刺。同学都敬重她,在那意识形态挂帅的时代,来自意识形态相反两极的女生也都听她的话。她是人民圣战者组织活跃的一员,但她并不因此就不对他们的说辞存疑。她没有父亲,母亲靠做清洁工维持家计。

母女两人都对宗教十分虔诚,也因此她才加入穆加西定[①]:她瞧不起夺权的穆斯林。

拉吉雅对美的事物有惊人的包容力。她说:"我一辈子活在贫穷中,我得偷书、偷溜进电影院——可是天啊! 我还真爱那些书! 当我从我母亲工作的家庭借来《蝴蝶梦》或《飘》的译本时,我认为有钱人家的孩子绝不会像我那样珍惜这些书。可是詹姆斯——他是那么与众不同,和我读过的其他作家都不一样。"她笑着补充一句:"我觉得我恋爱了。"

拉吉雅身上混杂着各种矛盾的热情。她偏激、坚决、严厉、强悍,却以真切的热情深爱着小说与写作。她说她不想写作,倒是很想教书。她的文笔并不好,她说:"我们羡慕你这种人,很希望能像你一样;我们办不到,所以就毁了你们。"从那所大学离职后,我只见过她一次。我认为她觉得我舍她们的小学院而到德黑兰大学,无异于遗弃她们。我请她来上我的课,保持联络,可是她不曾出现过。

1981 年夏天那场血腥示威后几个月,有一天我走在德黑兰大学附近一条阳光灿烂的宽广大道上,看到迎面走来一个裹着黑色罩袍的娇小身躯。我注意到她唯一的原因是,她似乎惊讶地停顿了一两秒。那是拉吉雅。她没打招呼,从她的神情我看得出她的否定,一副不想被认出的样子。我们互望了一眼,然后擦身而过。那一眼我永远忘不了,还有她那极端瘦弱的身躯,窄小的脸孔和大眼,像猫头鹰,像虚构故事中的小妖精。

---

① 穆加西定(mujahideen),战士、圣战者。

26

为了纪念我的学生拉吉雅，我暂时插入一段题外话，谈谈她最爱的书，缅怀她短暂的一生。

《华盛顿广场》究竟是哪里如此吸引拉吉雅？没错，其中有所谓的身份认同——她确实在那不幸的女主角身上看到若干自己的影子——但不止这么单纯。

《华盛顿广场》表面上似乎够平铺直叙了，然而里面的人物却欺骗了读者：他们和我们所预期的正好相反，从女主角凯瑟琳·斯洛伯起就这样。凯瑟琳受困于她机智、有钱的父亲，不但被他冷落，还让他瞧不起。他挚爱的妻子死于难产，不论这羞涩的女儿对他多孝顺，始终无法原谅女儿夺走爱妻的性命。不仅如此，他还无法面对凯瑟琳生来平庸、不美所带给他的失望。凯瑟琳也深为自己对莫里斯·汤森的爱情所苦，这个“俊美”（套用她的说法）的纨绔子弟，为了她的钱而向她大献殷勤，苦苦追求。她守寡的姨妈佩尼曼太太肤浅、感情用事且爱管闲事，企图帮她说媒纾解她的浪漫幻梦，这三人正好形成邪恶三巨头。

凯瑟琳是个不寻常的女主角，对詹姆斯本人亦然。她违反了一般人对女主角先入为主的观念，不但强壮、健康、平庸、乏味、实事求是，而且诚实不阿。她在三个生动多彩、机灵干练、自我中心的人物夹缝间求存，他们不但欺侮她，还低估了她；她却始终保持忠贞善良。詹姆斯逐一剥夺凯瑟琳身上足以吸引人的女主角特质，再把这些特质分配给其他三个角色。他赋予莫里斯·汤森

“俊美”和光彩，给佩尼曼太太工于心计的天性，给史洛伯医师讥讽和洞察力。但同时他也从他们身上夺走那唯一令女主角与众不同的特质：怜悯之心。

和许多女主角一样，凯瑟琳错了；她善于自我欺骗。她相信莫里斯爱她，不肯接受父亲唱反调。詹姆斯并不喜欢把男女主角写得从不犯错，事实上他们全都会犯错，而且大多伤到自己。他们的错犹如古典悲剧中的悲剧性缺陷，成为他们人格发展与成熟过程中必要的因素。

三人中最令人反感的史洛伯医师，也是看法最精准的人。不论在专业领域或私生活，他都精确无误，对女儿的预测，甚至几乎所有事情，全被他一语中的。他以一贯的嘲弄口吻，准确预测到佩尼曼太太会设法让他女儿相信有个“留小胡子的年轻人爱上了她。而这是胡说八道，不论有没有留小胡子，没有年轻人会爱上凯瑟琳”。打从一开始，史洛伯医师就怀疑莫里斯·汤森对她女儿的动机，而且尽力阻挠他们的婚事。但他永远看不透的是女儿的心，她经常出乎他意料，因为他并非真正了解她。他低估了凯瑟琳，但他还做了更恶劣的事：他的错在于他辜负了女儿的心。因为凯瑟琳必须伤心两次，一次被她所谓的爱人伤害，另一次被她父亲所伤。他犯下的过错和他对莫里斯的指控相同，换言之，就是对女儿缺乏爱。思及史洛伯医师，便不由得联想起福楼拜的箴言：“人得先有心才能体会别人的心。”于是我又立即联想到可怜的戈米先生，他完全无法体会这所有的微妙之处——或者该说，对幸运的戈米先生而言，这类的顾虑是不存在的：以他的标准，女儿就得乖乖听从父亲的话，故事到此为止。

史洛伯医师看不出女儿的需要,他埋怨她一事无成,却从未发现她深藏对音乐与戏剧的向往。他只看到她的愚蠢,却忽略了她渴望被爱的心情。凯瑟琳在表姐婚礼上初识莫里斯·汤森时,之所以会“突然看上鲜艳的衣着”而穿着一件红缎衣服,并非偶然。叙述者告诉我们“她极大的放纵”其实“是渴望让她不善辞令的本性能够自己彰显出来;她想借由色彩艳丽的服装、直接而不做作的衣着,弥补她在口才上的缺乏自信”。这件衣服惨不忍睹,红色不适合她,使她看来老了十岁。这也成了她父亲冷嘲热讽的题材。当天晚上,凯瑟琳认识了莫里斯,爱上了他。她父亲两度错失了解她和帮助她的机会。

史洛伯医师因而犯下小说中最不可宽恕的罪过——盲目。诗人约翰·谢德于纳博科夫《微暗的火》中说,同情是通行暗语。这份对他人的尊重、同理心,正是小说的核心所在,也就是这份特质,使奥斯汀、福楼拜、詹姆斯、纳博科夫和贝娄一脉相承。我相信现代小说中的反派便是这么诞生的:一个毫无怜悯心和同理心的怪物。个人版的善与恶不但取代了史诗或浪漫传奇中较典型的英雄概念,也将其个人化了。英雄成为不计代价捍卫自我尊严的人。

我认为我多数的学生都会赞同这种邪恶的定义,因为它和他们的切身经验十分接近。在我看来,欠缺同理心是这个政权主要的罪恶,其他人便上行下效。我这一代尝过个人自由的滋味,虽然后来失去了,不论这损失多么惨痛,回忆始终存在,可保护我们免受现世荒漠之苦。但新的一代有什么可让他们自我防卫的?和凯瑟琳一样,他们的欲望、他们的憧憬和他们表现自我的冲动,皆以怪异的方式呈现。

当凯瑟琳受父亲冷落、被姨妈操弄、被追求者抛弃,她终于沉痛地学会了挺身面对他们每个人,不是按照他们的方式,而是以她自己平静、谦卑的方式。她在各方面维持自己待人处世的一贯作风。即使父亲将死,她仍违抗父亲的心意,不肯答应父亲绝不嫁给莫里斯,虽然到那时她自己也无意与他结婚。她拒绝向姨妈"敞开心门",满足她多愁善感的好奇心。在小说最后几页宁谧庄严的一幕,她回绝了见异思迁的情人在二十年后的求婚。她的一举一动都出乎他们意料,她所有行为的出发点都不是报复心,而是基于是否得体与有尊严的考量(套用詹姆斯的主角爱用的两个过时词汇)。

唯独凯瑟琳有改变和成长的能力,只不过我们的女主角在这里的处境一如詹姆斯好几部小说,为改变付出了惨痛的代价。她的确用某种方式报复了她父亲和追求者:拒绝向他们妥协。末了,她获得了自己的胜利。

如果我们可以称之为胜利的话。我们可以相信詹姆斯对"灾难的想象";他有太多主角到最后是不幸福的,可是他却赋予他们胜利者的姿态,这是因为那些人物高度仰赖他们人格上的尊严与完整,因此对他们而言,胜利无关乎幸福,反而与自我认同、一种使他们完整无缺的内省较有关系。他们的报酬不是"幸福"——这字眼在奥斯汀的小说中至为关键,却鲜见于詹姆斯的世界。詹姆斯笔下的人物得到的是自尊自重,当我们读到《华盛顿广场》最后一页,看着凯瑟琳的情人懊恼地离去时,便可了解这必定是世上最艰难的事,因为我们得知:"此时,大厅里的凯瑟琳,拾起她的小片刺绣，又拿着它坐了下来——因为生命，一如往常。”

27

我又按了一次他的门铃，依然没有响应。我倒退几步，朝他起居室的窗口张望：窗帘拉了下来，一片米白，显得静悄悄。我和他约好那天下午见面，然后比冉会来接我去一个朋友家吃晚餐。在我正打算去找电话打给他时，有个捧着一袋水果的邻居出现了，他打开前门，对我露出亲切的笑容，请我进去。我谢过他便跑上楼梯。他公寓的门开着，可是我叫了几声都没人应，于是我走了进去。

公寓整理得井然有序，所有东西都摆在它应有的位置：摇椅，花毯，整齐叠好摆在桌上的当天的报纸，铺得一丝不苟的床。我在每个房间逐一检查，想找寻是否有任何紊乱的蛛丝马迹，是否有打断这秩序的线索。大门敞着，他必定出去买东西了，也许买咖啡或牛奶，所以不关门，方便我自己进来。不然他怎会不在呢？还可能会有什么原因？会是他们来抓他吗？是他们把他抓走了？这念头一进入我脑海便挥之不去，像咒语般回荡萦绕：他们把他抓走了，他们把他抓走了，他们……这并非不可能，以前他们也曾这么对付过其他人。曾经有个作家的公寓被人发现大门没上锁，他的朋友在他厨房桌上发现吃了一半的早餐，在碟子里横流的蛋黄、一片吐司、奶油、一些草莓酱、喝掉半杯的茶。每个房间似乎都可述说出某件进行到一半的事：卧房有未铺的床；办公室有一叠叠散落在地板和大软垫椅上的书；书桌上摆着一本翻开的书和一副眼镜。两星期后,他们发现他被秘密警察突然带走,被抓去审讯,审讯内容包括日常生活的细节。

但为什么?为什么要抓他?他又没有政治盟友,也没写过煽动性的文章。不过话说回来,他有这么多朋友……我怎知他有没有秘密参加什么政治组织,或担任什么地下游击队的领袖?这念头虽荒谬,但任何解释都比没解释好,我必须为他这种生活规律的人突然失约找个理由,他对自己的义务十分在意,总是早五分钟赴约。我突然领悟到像他这种人是刻意借由他的规律来塑造自己的形象,故意撒点面包屑好让我们有迹可循。

我走到起居室的沙发旁,拿起电话。该打给他的至交雷萨吗?可是我也担心他——再等一会儿好了,说不定他会回来。万一他们又回头,发现我在这儿,那该怎么办?别说了,别说了!耐心等,他随时会回来的。我看了看表,他只不过迟到四十五分钟。只不过?再等半小时再说。

我走到书房,扫视着一排排的书,全都按照主题和书名摆得整整齐齐。我挑了一本小说,又把它放回去。我选了一本评论集,然后注意到艾略特的《四个四重奏》(*Four Quartets*)。对,这主意不错。我翻开它,照我们以前翻开哈菲兹的方式:闭着眼睛,问着问题,用手指随意点到扉页某处。我把书翻到《焚烧的诺顿》(*Burnt Norton*)中间的某页,一开头是"站在这转动世界的静止点上。既非肉欲亦非非肉欲;既非来亦非往;在静止点上,舞蹈即在此"。

我合上书,回到沙发那儿,感到精疲力竭。

电话响了。如果是朋友打来的,会响三声就挂断。如果不是呢？万一是他打来的呢？他把门开着，打电话到我家，没人接，所以打来这儿给我。可是为何不留字条？换作是我，八成也会忘了留字条，像我这种迷糊的人，可是他不会——他会记得。可是如果他没时间写，或不能写呢？如果他们过来把他抓走，他会说："等等，让我留张字条给我朋友，晚点你们可以再回头来抓她：亲爱的阿扎尔，对不起，不能等你了。你待着别走，他们很快就回来抓你。"

我突然慌了起来，心想，得打电话给雷萨。与其在这儿胡思乱想，倒不如打电话给他。三个臭皮匠胜过一个诸葛亮。我打给雷萨，解释了眼前的状况。他的声音令人安心，但是否隐约透露出一丝仓皇？他说："我半小时会赶到。"

我一把话筒放回去，便后悔打给他。如果大祸即将临头，何必把另一个人也牵连进去，如果他安然无恙……我回头继续看《四个四重奏》，这回从头看起，大学时初次上艾略特时，我总是大声念这几行给自己听：

> 现在时间及过去时间
> 两者或许都在未来时间，
> 而未来时间包容于过去时间。
> 如果所有时间永远存在
> 所有时间即无可赎回。

以往我读过许多次，怎会老是忽略现时逝去难追这一点？我开始朗读，在屋内绕起圈圈来。

或许存在的事情是个抽象概念
只在一个思辨世界里
保留一个永久的可能性。
或许存在的与已经存在的
指向一个始终存在的终结。

现在我念到最喜欢的部分,觉得泪水即将上涌。

记忆里的脚步回声
走在我们未走过的通道上
朝向那扇我们从未打开过的门
进入玫瑰花园,我说的话
于是在我心头回响。
但到底为什么
搅动一碗玫瑰叶上面的灰尘
我可不知道。①

我反复念最后两行,沮丧地感到泪水滑落脸颊。他朋友终于来了。我开门让他进来,立即接受他的安慰,将我的忧虑与恐惧向他一吐为快。他握住我的手,拍拍我的背。"别担心,"他说,"他向来疯疯癫癫的——也许他必须赶去开临时编辑会议。据说

① 译文摘自杜若洲译《荒原·四首四重奏》,台北:志文出版社,1985。

他为了那类任务,曾失踪过好几天。”但他是何时跟人家约的?难道不能留张字条吗?过了一会儿,我们都坐在沙发上,两手紧握着,因疑惑和恐惧而感到孤独无依,同病相怜。

我们没注意到门开了,只听见钥匙插入锁孔的声音。他忘了离开时没锁门,走进来的第一句话是:“不好意思,我跟小子出去了。”他脸色十分苍白,如果剑眉可以下垂的话,我敢说他的眉毛下垂了。他知道害我们担惊受怕,显得疲惫懊悔交集。我乏力地说:“最起码你也该被抓去,或者和侦查人员一起回来。你说你和小子出去了?”

“小子”是他给一个成年男子取的绰号,他在革命那年于课堂上认识小子时,那小子还是个十八岁的高中生。我的魔术师对小子有一份特殊的感情,当年小子想上医学院,却对他讲的埃斯库罗斯和卓别林深深着迷。他入学考了榜首,但为了一件事不得其门而入,因为他承认自己是巴哈伊教徒(Baha'i)。在巴列维时代,巴哈伊教徒深受保护,意气风发——此乃巴列维始终无法受宽宥的罪过之一。革命后,他们的财产被没收,领袖逐一遇害。在新的伊斯兰宪政下,巴哈伊教徒没有公民权,也不准进入中小学校、大学和工作场所。

小子大可像许多人一样,登报否认自己曾属于那腐败的帝国主义派系,与父母脱离关系(幸好他们人在欧洲,未遭殃及),并宣称因受某阿亚图拉的精神感召而改信伊斯兰。他只需这么做,所有的大门就会为他敞开。尽管他并非有实际作为的巴哈伊教徒,也没有宗教倾向,他却承认了自己的教徒身份,断送了自己在医学界的大好前程,要不然他无疑会成为一名优秀的医师。

如今他和老祖母住在一起，靠打零工过活——因为他无法保住固定的工作。目前他在药局上班，这是最接近他当初医生梦的一份工作。我没见过他，但听说过他、他令人倾心的英俊相貌，以及他对一位穆斯林女孩的爱。这女孩不久便抛弃他，嫁给一个年纪比她大得多的有钱人，后来她又以有夫之妇的身份企图和他复合。

小子在午餐前打电话来。他那久卧病床的祖母过世了。他从医院打来，重复不断地哽咽着说他不知该如何是好。于是我的魔术师便匆匆忙忙出门，以为可以赶在我抵达之前回来。

他发现他站在医院前，旁边有个柔若无骨的女人，是他婶婶。小子几乎要哭出来，但他不可能在他敬若神明的导师面前做出这种事，于是表现得像个大人，但那双干涸的眼睛却比泪水更糟。巴哈依教徒没有墓地，革命初年政府便毁了巴哈依教徒的墓园，以推土机将所有坟墓夷为平地。谣传那座墓园已被改为公园或游乐场。后来我发现那儿成为一座文化中心，叫“巴克塔朗”（Bakhtaran）。假如你的祖母过世了，却没有墓地可安葬，你该如何是好？

我站起身，开始在屋里走来走去。“你坐下，”他说着指指身旁沙发的座位，“坐下，安静，别这么坐立不安——这才乖。”我说：“趁你又要训我之前，先让我打通电话。我打给比冉，叫他先去赴晚餐的约，我随后再到。”打完电话回来时，我听见雷萨在说：“不可思议，不仅要占据生者，还要占据死者，简直是走火入魔。革命初年，革命党检察官铲平了礼萨·汗国王的坟，毁掉纪念碑，还在原地盖了个公厕——他以小便的方式为其举办了落成典礼。”我打断他们的谈话，问他们喝不喝咖啡。我端出三只款式不一的马克杯、一壶热水与速溶咖啡，一起摆在桌上。魔术师站起身，走到冰箱，拿给我们一盒巧克力；他始终是个周到体贴的绅士。

于是小子向朋友借来一辆车，和抽抽噎噎的婶婶站在一起。他实在不放心丢下小子，留他和婶婶独自处理遗体，便不顾他的强烈反对，决定与他们同去。他想到我，打电话去我家，但没人接。不，他没想到要打电话给雷萨或其他朋友，就直接和小子上了车。

他们开到医院后面，院方在那儿把已用白色裹尸布包好的遗体交给他们。他们各抬一端，将遗体放进后车厢，然后开往一座他听说位于德黑兰市郊、可供埋葬的花园。他们担心被拦下来——该怎么对民兵解释呢？要如何预防他们开后车厢检查呢？小子担心的是车子，毕竟这是朋友的车，他不愿牵累无辜的人。"无辜的人！"我的魔术师大叫，"你能想象吗？想安葬自己的祖母，给她举行个葬礼，不管体不体面，还得感到内疚？"

我想碰触他，可是这经历使他置身于我们碰不到的地方：他仍在那辆车上，仍在开往花园的途中。这种例子颇为常见，这时候我便无法用同情的方式来安慰对方了。若有人把处女被先奸后杀的事告诉你，你能说什么？说我很遗憾，我能体会你的痛苦？我的魔术师和娜丝琳是那种不要同情的人，他们要的是我们的理解，以及理解过后针对他们的创痛设身处地。当然对他而言，这情况倍加难受，他感到内疚和愤怒。

他们沿着那条走过无数次的公路开着，朝里海而去。陆地、树木和山脉飞逝而过，婶婶一句话也没说，只是坐在后座，偶尔传出啜泣和抽噎的声音。男士们也没办法谈什么，只是有一搭没一搭地谈着去年的奥斯卡金像奖。

那座花园看起来和别的花园没什么两样,在泥砖墙后,他看见里面耸立着高大的树木。他们按了喇叭,有个老人打开大门,让他们进去。他们参观了几块有墓碑的地;有两块刚挖好,随时可以下葬。死者家属必须完成洗遗体、穿寿衣的最后仪式。小子和婶婶进入一间小房子,我的魔术师则坐在那儿,手捧着一小束路上买的水仙花。其余的就像梦一样快转过去:遗体入殓,盖土,在新坟旁伫立片刻,把花留在坟上。小子付钱给老人后,他们便回车上,开车直奔他的公寓。“现在我来了,听候你的差遣。”他注视着我,眼底突然冒出满满的慈悲。“还要向你致歉,”他说,“我真是没脑子,居然没想到你会有何感受。”

我们又在那儿坐了一阵子,即使有交谈,我也记不得了。于是我站起来说:“能麻烦你帮我叫出租车吗?”他帮我叫了。门铃响起时,我花了点时间才套上外袍、头巾,找到我的包,向他道别。我们没谈到我此行的目的——那似乎无关紧要了。总是还有明天,我可以再打电话来跟他约,到时候再说。当时我亲了他们两人的脸颊,谢过雷萨,急忙冲下楼去搭等候多时的出租车。

28

交战城市初次宣布停火的前两天晚上,有几个朋友来我家里看约翰·福特导演的《红尘》(*Mogambo*)[①]。那时,弗萨提先生已

① 由克拉克·盖博与葛莉丝·凯莉主演。

养成拿录像带给我的习惯。有一天,他突然跟着我到办公室,手里拿着一个小包裹。那是《飞进未来》(*Big*)[①]的录像带。从此以后,他就经常送我片子,大多是二三流的美国片,据说是伊斯兰教徒从服役于波斯湾的水兵那儿取得的,这些水手得到特别通融可以看禁片,看完后就把影片走私上岸。过了一阵子,我开始向他订片,请他帮我找经典老片,如特吕弗的《祖与占》(*Jules and Jim*)和卓别林的《摩登时代》(*Modern Times*),或者霍克斯、约翰·福特、布努埃尔或费里尼的电影。这些名字他从未听过,起初找起来较困难,也许是因为这些片子引不起水兵的兴趣吧!有一天,他拿《红尘》给我,说这简直是绝妙佳作。他从没想到自己会爱上一部老片,可是真的就有这样一部片子让他爱上了。我欣赏他的直觉。

当晚停电了几小时,整座城一片漆黑。我们坐在烛火旁,一边谈天,一边喝自制的樱桃伏特加,平静的交谈只偶尔被远方的爆炸声响打断。隔天晚上,消息传来,伊拉克愿意接受停火协议,只要能再发射最后一枚飞弹。这就像两个孩子玩游戏一样——最重要的是谁能占到最后的便宜。

停火只维持了两天。很多人以为会持久,纷纷朝德黑兰汇拢。商店延后打烊,街上挤满了新年购物的人潮。停火协定解除前几小时,我和一个朋友打赌它会持续多久。这类的打赌已成为固定的习惯。我们拿飞弹击中市区的时间、地点和数目来赌,有助于缓解紧张气氛,不论赢了的赌注背后藏了多少哀伤。

---

① 汤姆·汉克斯主演。

星期一上午十点三十分,战火重新点燃。到星期二早晨,已经有六枚飞弹射中德黑兰。许多才刚回来的人即刻打包离去。全城顿时笼罩于一片沉寂中,只间歇听到从清真寺、政府办公室、革命委员会大楼以及民房涌上街头的军队行军声。行军声又被"重大宣布"打断,例如飞弹击中巴格达,又一次重创"帝国主义者兼锡安教徒的敌人"。照例,我们应对这些"光明战胜黑暗"的小捷欢欣鼓舞,并以伊拉克人也正忍受着相同命运的想法来自我安慰。

29

1988 年 3 月 21 日,大学于伊朗新年前夕关闭,直到停火协议签订才重新开放。大家已经厌倦,似乎再也不在乎政府的三令五申。婚礼与宴会无视于民兵与革命卫兵的存在,照样举行。摩托车上的黑衣骑士——民众给他们取了个绰号叫"死神的侍酒师"——不再出现于爆炸现场,倒是警察的分贝升高了,不但呐喊出内心的绝望与愤怒,更咒骂萨达姆和我们自己的政权。那段日子,日常生活几近停滞不前,我们便求诸更积极的逃避管道。攀登环绕德黑兰的群山或长途健行,已成为每日固定的活动,过程中我们结交了不少新朋友,尽管保持联系的不多。

伊拉克领导人已成为家喻户晓的名字,几乎和我们的最高领袖一样耳熟能详,因为他俩对我们生活的钳制,几乎相差无几。萨达姆对我们生命无比的影响力,使他变成一个入侵者。生活中若没将他和他未来的动向列入考量,便无法做出重大抉择。他的名字时常被不经意提起，成为小孩游戏中的要角，他过去、现在、未来的一举一动，都成为街头巷尾最爱谈的话题。

由于伊拉克持续集中轰炸重要城市，尤其是德黑兰，政府不得不放松对国内的钳制。革命卫兵与委员会破天荒变得不再随处可见；道德纠察队几乎完全撤离街头。最沉痛的时刻，德黑兰却能摆出最愉快的面孔。越来越多妇女舍弃规定的暗色调，换上自己最明亮的头巾；许多人化起妆来，袍子底下的尼龙丝袜也清晰可见。大家不顾纠察队的突袭检查，无须贿赂地方委员会便肆无忌惮开起音乐会、饮酒会。

讽刺的是，政府企图继续掌控的地方是我们的想象层面。电视上充斥着两次世界大战的纪录片。就在德黑兰近乎一空的街头如今变得热闹多彩之际，我们却在电视上看到伦敦人挖垃圾堆找食物，或一起畏缩在地下防空洞的情景。电视告诉我们斯大林格勒和列宁格勒的人，如何靠吃同志的肉，熬过严酷的围城封锁。这不只是在为一场逐渐失掉民心、捉襟见肘的战争正名、辩护（除非“解放”全伊拉克，否则政府绝不考虑结束战争），目的更在于威吓掌控日益难以驾驭的民众，其方式为加深更大不幸迫在眉睫的印象，顺便提醒我们西方阵线并非一向美好。

我们开始相信谣言，那年春天传出一个新的谣言：伊拉克拥有威力更强大的新飞弹，可以毫无预警便击中市内任何角落。因此我们告诉自己，来袭的是普通炸弹就该偷笑了，并祈祷飞弹不要来袭。到了 4 月，我们终于被那人人闻之色变的飞弹击中。不久，伊拉克以化学武器轰炸伊拉克境内的一座库尔德族城镇，为更惊心动魄的未来揭开序幕。最近的谣言是，伊拉克打算以化学武器对付德黑兰和伊朗其他主要城市。政府利用这消息制造大规模的恐慌,日报另出号外特刊,教民众如何抵御化学武器的攻击;政府还推出一种新的警报信号——这回是绿色的。绿色警报的一些措施,除了引起大众的恐慌,也令我们相信没人逃得过新式武器的麻痹作用。当局定了“化学炸弹抗战日”,期间革命卫兵戴着自己的防毒面罩,开着巡逻车在街头来回巡逻,全市的交通因而濒临瘫痪。

在这之后不久,有枚飞弹落入德黑兰闹市区的一家面包店。聚集在爆炸现场的民众,看见面粉形成的云烟飞升到半空中,便大叫:“化学炸弹!”许多人在紧接而来的人车推挤混乱中受了伤。革命卫兵为保险起见,于稍后戴着防毒面罩抵达现场救难。

至此,大多数区域都不可避免地带有曾遭飞弹重创的痕迹,而飞弹攻势仍持续未减。一排排的民房与商店逐渐由残破的窗户取代;然后是损坏范围较大的几栋房子;再后来就是瓦砾堆中一两栋只剩光秃骨架仍隐约可辨的房屋。去找朋友、上商店或逛超市开车经过这些景象时,仿佛沿着一条左右对称的曲线在移动。我们从毁灭曲线隆起之处开始,逐渐开到废墟的顶点,再缓缓下降到熟悉的地点,最后抵达目的地。

30

好一阵子没见到米娜了,伊朗新年的节庆气氛倒是提供了一个恢复交往的好借口。去她家那天的情景我记得十分清楚,因为那天刚好有两件重要的事:一位过去的同事结婚,以及德黑兰中了七枚飞弹。第一声爆炸响起时，我正好从花店走出来。店里的一名员工、一个过路人，还有我，站在原地观看爆炸的烟雾从市区西方地平线蹿升，它看起来够洁白无辜的，有如刚犯下杀人罪的稚子。

米娜见了我很高兴，那时，我在许多方面已成为她和学术界唯一的联系。她家人卖了家族的豪宅，搬去一栋新房子住，新房子却像阴魂不散的老房子缩小版。米娜仍穿着黑衣，看起来憔悴而不快乐。她告诉我她的忧郁症持续发作，正在服药治疗。我带着些许锲而不舍的坚持，询及她那本未完成的詹姆斯著作。我以单纯且一厢情愿的念头，认定一旦她重新开始写书，一切将会步入正轨。她说她不会再继续写那本书了。过了一会儿，她补充道，她需要时间喘口气，才能集中精神继续她的工作。在这同时，她翻译了伊德尔的《现代心理小说》(*The Modern Psychological Novel*)，目前正在译瓦特[①]的《小说的兴起》(*The Rise of the Novel*)。她说，当然，近年来这些书并不怎么流行，大家都走后现代的路子，连原文书都没办法读——他们太依赖某些冒牌哲学家来告诉他们这些书在说什么了。我叫她别担心，现在也没人教已不再流行的詹姆斯，不过这正显示现在是我们大有可为的时机。

因为米娜是个严谨仔细的译者，她与出版商发生了争执，因为后者希望她的译文能让大众“看得懂”。她对现今伊朗流通的伍尔夫译本不以为然，因此伊尔德书中所引用的段落，她不肯采用伊朗文版的《达洛维夫人》(*Mrs. Dalloway*)。如此一来她的麻

① 伊恩·瓦特(Ian Watt)，美国文学理论家。

烦更多。

她问我课上得怎样。我告诉她,学生和我上詹姆斯上得好辛苦,尤其常卡在文体上。她淡淡一笑。“那么你的学生有伴了,”她说,“有些最出名的批评家和作家也遇到了相同的困扰。”“没错,不过你也知道我们这儿的问题并不一样。我给他们指定过一听就知道很艰涩的作家,如纳博科夫和乔伊斯,可是他们却觉得詹姆斯更不易懂。表面上的写实主义让他们误以为他应该比较容易,但他们反而更加困惑,”我说,“例如 fuliginous① 这个字究竟怎么回事?他在《波士顿人》里用过‘fuliginouseyes’,在《奉使记》则用来形容威玛许的脸。这个讨厌的形容词到底是什么意思?我在《新世纪经典美语大辞典》(*American Heritage Dictionary*)里查不到。你知道吗?”

米娜无法再听我说下去,她对詹姆斯的忠贞不允许我再埋怨。她就像凯瑟琳·斯洛珀,有颗“专一的心”,尽管聪颖慧黠,有时看事情又太一板一眼。她激动地说:“若不给他的用字赋予相当的分量,他如何能创造人生的幻象?你打算放弃他吗?”

很久以前她就问过我相同的问题,每隔一段时间,这份焦虑又会卷土重来。我说:“不是,当然没有。我怎能放弃像他这样天纵英才的小说家?他描述一个聪明女人时所用的字眼,不是炫目耀眼,或灿烂闪亮,而是‘不隐不晦’,但愿我的文笔能像他那么复杂精细就好了。不过放我学生一马吧——别忘了他们大部分只有斯坦贝克的《珍珠》的程度。”

---

① 原意为“如烟灰般朦胧”。——编者注

我告诉她那天我们选出我们最好和最坏的段落时所发生的趣事。玛荷希选的是“被鸟盘踞的树”那段,娜丝琳则念了《奉使记》里描述左岸午餐的一段:“——维翁夫人坐他对面,中间隔着他们极白的桌布、西红柿蛋卷、带着稻草色的沙布利白葡萄酒,瞧瞧夫人以近乎赤子的微笑感谢他这一切的模样。她的灰眼睛于他们谈话间不断闪烁,一会儿融入已带有初夏悸动的和煦春风中,一会儿又回到他脸上和他们所谈论的平常问题。”

和米娜的这些谈话,似乎与发生在我们周遭的事件毫不相干,却给我俩带来极大的满足。直到今日,当我费劲拼凑那些日子的点滴残片,才发现我们几乎没谈过自己的私生活——没谈到爱与婚姻,以及生儿育女或不生孩子的感触。仿佛除了文学之外,政治已吞噬了我们,抹煞掉关乎私人的一切。

31

停火前最后落地的一批飞弹击中了附近的一栋房子,有两个朋友,即一对夫妻和他们的小女儿,就住在那条巷子里。他们在离家不远处开了一家出版社兼书店,许多伊朗作家和知识分子都在那儿聚集,唇枪舌剑往往延续到夜间。前一晚,有几个朋友,包括拉莉在内,留下来跟我们一起看录像带,直到将近黎明才休息。在外住宿的混乱中,我们准备了面包、鲜奶油、自制果酱和咖啡,弄了顿早餐。我人正在厨房,突然感到房子使劲往下一沉。那实在太近了,不久,我们便发觉有多近。

爆炸之后,有许多人跑向现场,而另外几十个人,大多是妇孺，则流着血，边哭叫咒骂边朝反方向跑。革命卫兵和救护车抵达时，哭喊声更大了。卫兵胆怯地开始勘查现场，有两个小孩毫无知觉地躺在飞弹击中的房屋院子里。卫兵从瓦砾堆下拖出两名妇女的尸体；其中一名年纪很轻，穿着彩色家居服，另一名是中年妇女，身材肥胖，裙子掀到了大腿上。

第二天傍晚，我们过去安慰朋友。雨轻柔地下着，空气中弥漫着新鲜泥土与春花的气息。有一小群人聚集在中弹的房屋附近。女主人带领我们走进去，而且一如往常般殷勤，招待我们香茶与可口的小糕饼。厨房里已摆满一盆盆不知她如何弄来的紫丁香。

窗户震碎了，玻璃碎片刮破了他们的名贵画作，他们前一夜都在忙着打扫清除屋里各角落的碎玻璃。她笑着带我们到屋顶，背后是我钟爱的山脉，前方则是那三栋被炸毁的房屋。在损毁最少的那栋房子里，有一男一女似乎在原本应是二楼的地方，搜索抢救劫后残存的物品。中间那栋几乎化为瓦砾。

32

战争结束得和开始一样突兀、平静，起码我们的感觉是如此。战争的效应将长久伴随我们，或许永远挥之不去。起初我们不知所措，不晓得该如何重新回去过战前的日常生活。伊朗由于抵挡不住伊拉克的攻击，只得勉强接受停战和约。战场上频繁的败绩，导致许多民兵和革命卫兵处于希望幻灭的绝望中，政府的拥护者情绪低落，最高领袖公开表示，停战对他而言，意味着“喝下毒药”。这情绪反映在各大学内，尤其是从战场上退下的国民兵和他们的盟友：对他们而言，和谈代表战败。

对外的战争已结束，对内的战争仍方兴未艾。和约签订后不久，最高领袖便在伊朗监狱成立三人委员会，以裁定政治犯对政府的忠诚度。数千名犯人就这么草率地、秘密地遭到处决，其中包括被羁押多年等待开庭审判和已服完刑即将出狱者。这场集体处决的受害者遭到二次谋杀，因为他们死得悄然无声，默默无闻，死得不明不白、毫无意义。套句汉娜·阿伦特[①]的话——这证明他们从未真正存在过。

学校终于复课时，我们几乎就从中断的地方继续接下去。有几张书桌被移走了，几个学生离奇缺席，又莫名其妙多了几个新学生，除此之外，看不大出来大学休课了两个多月。校园里不见欢闹的气氛，只流露出如释重负的疲惫。

这是希望幻灭、大梦初醒的开端。战争打输了，经济一蹶不振，工作机会少得可怜。那些曾冲到第一线却无一技之长的人，如今只得仰赖政府应允他们的退役薪俸。但即使是这些，也无法获得公平分配，这些以阵亡烈士为名的伊斯兰基金会，大部分已沦为贪污主管敛财的工具。日后这些革命之子将揭发其中的贪污舞弊，起而反抗。置身伊斯兰教团体内的人，已尝到权力和西方事物的滋味；他们的权势主要用在获取其他人接触不到的特权上。

① 汉娜·阿伦特(Hannah Arendt)，出生于德国的美国哲学家与政治学家，以对犹太事务的批判及极权主义研究著称，为海德格尔门生。

战后,弗萨迪先生所属的学生组织“伊斯兰圣战”变得更加开放,也和立场较保守的穆斯林学生协会成员更加公然对立。一恢复上课,我比以前更常见到弗萨迪先生。他热爱电影,有意开一家与录像带和影片相关的公司。由于他的协助,我才有办法为大学筹办一系列的文化课程。他本身并不是很有创意,他的创意是用在良性的自我推销和自我提升上面。

起初我感觉戈米先生仿佛老电影里的淡出画面,逐渐从我生活中消失。其实他并没有消失,他还继续来上课,对詹姆斯和我教的其他小说家的攻击火力,也丝毫未减。别的不说,他的愤恨与怒意增加了,沦为近乎幼稚的使性子。改变的是我们其他人,我们不再去注意他说什么;他讲话时,其他人会回嘴。他和他的朋友每天都得提醒我们,尽管萨达姆走了,但西方的威胁、帝国主义的威胁,以及锡安教徒与其内奸的威胁依然存在。我们大部分人连理都懒得理。

在靠窗倒数第二排戈米先生和纳贺维先生常坐的地方,我发现了一个安静的年轻人,他是小学教员,姑且称其为多瑞先生。接下来我的目光扫过弗萨提先生和哈米德,继续游移到教室另一边的女生座位,瞟过玛荷希、娜丝琳和莎娜姿。玛纳坐在中排靠走道的位置。我的视线暂停在玛纳的笑脸上,然后再往另一边靠走道的位置寻找尼玛的身影。

我的眼睛在玛纳与尼玛之间来回扫瞄,不由得忆起初次见到他们来班上的情景。他们的眼睛不约而同闪烁着光芒,使我联想到我那两个孩子串谋打算给我意外惊喜时的神色。当时,来我班上旁听的外校生数目已不算少。有毕业许久仍继续回来上课的老学生，有别所大学慕名而来的学生，有年轻的新秀作家，还有纯粹误打误撞跑来的陌生人。他们几乎没什么机会可以接触英语文学的讨论，因此即使没有学分可拿，也愿意花时间来听课。我唯一的条件是，他们应尊重正规修课学生的权益，不占用上课时间发言讨论。有天早上，我发现玛纳和尼玛站在我办公室门口，两人都笑吟吟地热切表达了旁听我小说研讨课的意愿，我毫不犹豫便答应了。

我渐渐发现，课堂上真正的主角都不是修学分的学生，我并非嫌他们不好，而是那些旁听的外人之所以来，是因为热爱我们所阅读的著作。

尼玛希望我担任他的博士论文指导教授，因为德黑兰大学没有一个教授懂亨利·詹姆斯。我早已发过誓，绝不再踏足德黑兰大学这个充满痛苦辛酸回忆的地方。尼玛从各种角度向我下手，最后说动了我。下课后，我们三人常结伴同行，玛纳很沉默，尼玛则告诉我身处当今政权下许多日常生活的荒谬故事。

通常他会走在我旁边，玛纳则跟在他斜后方。他身材高大，虽非过重，躯体却不小，好似尚未脱离童稚的圆润，长相带有娃娃脸的俊俏。他的眼神既和善又调皮，声音柔和得出人意料，但并非女性化，而是轻柔低沉，仿佛无法将声量拉升到某种程度。

说故事给对方听已成为我们的习惯与交往的固定模式。我告诉他们，听了他们的故事，再加上我自己的一些亲身经历，让我有种感觉，仿佛我们活在一连串的童话故事中，只是故事里的好仙子都罢工去了，把我们孤零零留在森林中央，而坏巫婆的糖果屋就在不远处。有时我们把这些故事说给彼此听，是为了让自己相信这些事真的发生过，因为唯有这时，故事才变成真的。

纳博科夫曾于《包法利夫人》的讲座中宣称，所有杰出的小说都是杰出的童话故事。尼玛问："那么你的意思是，我们实际的生活和想象的生活都是童话故事喽？"我笑了。的确，在我看来，我们的生活有时候比小说还更像虚构。

33

签订和平条约后不到一年，最高领袖便于1989年6月3日星期六逝世。他的死讯直到翌日清晨七点才正式发布，不过有许多伊朗人，事实上是大多数伊朗人，在那之前就已经猜到或有所怀疑，成千上万人聚集在他位于德黑兰近郊的宅邸外，等候消息发布。政府宣布前，已先采取了预防措施，关闭机场、封锁边界、切断国际电话线。

我记得听到他死讯的那天早晨，全家人都聚集在起居室，处于伴随死讯而来的震惊与迷惘中。而这可不是普通人的死讯呀！电台播报员崩溃了，并啜泣起来。从那时起，这成为每个公众人物的固定表现模式，不论出现在追悼会或个人专访，哭泣似乎是种必要的动作，好像除此之外，再无他法可表达我们的哀伤与沉痛。

坐在起居室里，闻着无可避免的咖啡与茶香并沉思着他的死，让我们所有人感到团结亲近。对于他的死，许多人拍手叫好，许多人畏惧，许多人殷殷企盼。如今真的发生了，却对亲者和仇者而言，都有点虎头蛇尾、草草落幕的奇怪感觉。自从20世纪80

年代初他第一次心脏病发作住院后,就有谣言说他命在旦夕,随时可能暴毙。如今真实的事件却不如焦虑的预测那么轰动惊人,横扫举国上下的全面性追悼仪式,也弥补不了这种大失所望的感觉。

这事件把一群不太可能碰头的人聚集在我家起居室。父亲和母亲分居多年,但最近因出了意外而暂住我弟弟空着的公寓,他来了,还有目前也暂居那儿的弟弟前岳母也来了。她和我母亲处不来,当时已经好几天不讲话。但这一天由于情况特殊,大家都自动暂时休兵。

我儿子坐我腿上,以幼童特有的姿势摊在我身上。他在我怀里的舒适自在感也传递给我,令我不自觉抚摸起他依然卷曲的细发和柔嫩无比的肌肤。我们大人正议论纷纷时,五岁大的女儿专注地望着窗外。忽然间,她回过头来大叫:"妈咪,妈咪,他没死!女人还戴着头巾哪!"我总是把他的死和妮佳单纯的断言联想在一起——因为她说得没错:女人在公共场合不戴头巾那天,才是他真正死亡和他的革命终结的一天。在那之前,我们将继续和他生活下去。

政府宣布了五天国殇日和四十天官方哀悼日。课取消了,大学也关闭了。可是我坐在起居室里觉得心浮气躁,老爱胡思乱想,于是决定还是去大学一趟。一切感觉都很模糊,像是高温暑气中的海市蜃楼。模糊的感觉,持续了一整天以及后来的整段哀悼期,因为那时候我们几乎都守在电视旁,观看葬礼和开不完的追悼会。

抵达校园时,只有几个人在校舍内。深沉的寂静几乎淹没了扩音器传出的追悼唱诵和进行曲。我爬上楼到我的办公室，拿了几本书，正下楼到半路时，遇见了弗萨提先生和他一位波斯语文学系的朋友。他们的神情肃穆，眼睛湿润。我带着窘迫的同情看着他们，不知该说什么好。他们带着一些印有领袖肖像的传单，准备张贴在墙上。我看了两张后就离开了。

日后领袖献给他妻子的苏非派诗集将会出版。既然人都死了，总有将他人性化一番的必要，即使此举是他生前所反对的。其实他也有我们少见的人性面，亦即在对待他年轻美丽的妻子上；他在她的笔记本中写下了最后的诗。在这本诗集的序里，她叙述他如何花时间与她谈话，教她哲学理论和神秘思想，以及她如何把笔记本交给他，让他在里面留下那些诗。据说她留着一头金色长发，我想象她和老人走在花园里，流连徘徊花丛灌木间、谈论哲学的情景。在他面前她戴头巾吗？当他们绕着花床来回散步时，他是否由她搀扶着？我买了那本薄薄的诗集，连同一些宣传小册子，一起带到美国，这是一个现实似乎极其脆弱的时代所留下的遗迹，有时脆弱到需要用这类确切的证据来证明它飘忽的存在。

我对日期和数字向来不太有记性——最高领袖的死辰我还得再三核对才能确定——可是我记得感觉和影像。那段日子的影像仿佛烦人的夜梦，在我记忆中与声音交杂混合，就像当年的实际状况：播报员尖锐、夸张的声音，总是濒临破裂的边缘，追悼进行曲、祈祷文、来自高层的讯息，以及咏唱哀歌的追悼者，淹没了其他的声音："今天是哀悼的日子！破除偶像的领袖，如今已和真主同在。"

星期一黎明时,领袖从位于德黑兰贾马朗的宅邸,移灵到北方一片被称为摩萨拉(Mosalla)的丘陵荒地,当地被规划为祷告场。遗体安放于用货柜拼装而成的临时讲台上,遗体躺在一只有空调的玻璃柜中,上面覆盖着白色裹尸布。他的双脚朝向麦加圣地,黑色包头巾摆在胸膛上,显示出他的宗教地位直承先知穆罕默德。

那个忙乱的日子,所有事件像残缺不全的片段,杂乱无章地回到我脑海。玻璃棺我记得很清楚,摆设于货柜四周的花是俗丽的剑兰。我还记得万头攒动的追悼者——据说有数十万人涌入德黑兰,仿佛挥舞着黑旗的黑衫军,男人撕扯衣服、捶胸顿足,女人在黑罩袍底下哀泣沉吟,身躯因忘我的忧伤而扭动不已。

现在我想起了水柱:由于高温加上人潮,消防队带来了水管,每隔一段时间就对着群众喷洒,让他们降温,但造成的效果反而使整个场面充满人性意味。我在脑海中重组当时的情景时,仍可听见水柱的咻咻声,每一滴水花都衬着天空留下了剪影。每隔一阵子就会有人晕倒,那歇斯底里、却又井然有序的惊人场面(仿佛一切都经过预先彩排),追悼群众很有默契,会把晕倒的人抬到头顶,一路传递过去,直到他抵达安全地点为止。

当我听说那天死了很多人,还有数万人受伤,便傻气地自问,这些死去的人会被追封什么样的地位呢?人死后所得到的地位与空间更胜活着的时候。政府的对手和巴哈依教徒没有身份地位,他们不能立墓碑,被丢到一般的公墓草草埋葬。接着是战争中的革命烈士,他们每人在墓园中都拥有自己特殊的位置,有假花和照片标示出他们的坟。这些人可被奉为殉教者吗?他们能在天堂获得一席之地吗?

政府供应大量食物和饮料给追悼民众。除了捶胸顿足、晕厥和念经的混乱场面外,路边还可看见一排排的哀悼者,大啖大饮三明治和饮料,仿佛假日的户外野餐。有许多领袖在世时极端厌恶他的人也来参加葬礼。大家对他死的时机都感到十分不满,甚至起初有些高层考虑趁夜里给他办丧礼,如此一来就会降低出席率。可是全国各地却涌来数百万人,我记得和一个在大学里工作的中年男子聊过,他住在城里较贫穷的旧区,他的邻居即使厌恶领袖和他的革命,仍和他一起坐上人满为患的巴士去参加葬礼。我问他为什么去,是被逼的吗?不是,不过他觉得似乎理当如此。大家都去了,他不去,像什么样?他顿了顿,又补充道,毕竟这种大事一辈子也只碰得上一回,不是吗?

游行队伍开始抬着遗体穿越街头,前往位于德黑兰城郊的葬礼会场时,四面八方的群众把道路挤得水泄不通,于是主办官员又改变主意,决定以直升机移灵。群众冲向直升机,直升机起飞时,地面扬起一片金黄色的飞沙,像飞舞的裙子一样,然后渐渐地,只剩零星舞动的尘埃微粒,像恍惚状态下的苦行僧般回旋不已。

到了贝黑士帖撒拉墓园,移灵者试图将遗体抬出直升机,群众再度蜂拥上前,这回让他们得逞了。他们从死人身上撕扯下小片的白色寿衣,害死者的一条腿露在白布外。遗体总算又被夺回,连忙送回德黑兰重新着装。几小时后遗体又送回来时,已装在金属棺中,革命卫兵与内圈的一些人逼迫群众后退。有个朋友记得亲眼目睹那泰诺里——他后来在总统大选中输给哈塔米总统——拿着鞭子站在灵柩附近,只要谁想越雷池一步,鞭子马上挥过去。就这样,总算完成了安葬。其名为“真主的灵魂”。

政府为了将他神圣化,在贝黑士帖撒拉墓园附近盖了一座纪念祠。纪念祠仓促建成,毫无品位与美感可言,伊朗向来以最优美的清真寺闻名于世,如今却给这位刚辞世的伊玛目建造了一座俗不可耐的纪念祠。祠堂盖在革命烈士的墓园附近,有座喷着红水的喷泉,象征烈士洒不完的热血。

最高领袖的死带来了各种不同的启示:有些像我这样,身在故乡仿佛异乡客;有的如我在葬礼数星期后碰上的一位出租车司机,从整场宗教骗局中觉醒过来(照他自己的说法)。他说:“现在我知道一千四百年前的伊玛目和先知是怎么创造出来的了,就像这家伙一样。所以没一个是真的。”

革命之初,盛传着一则谣言,说是在月亮上看得见死去领袖的影像。许多人相信了,包括绝对现代化的知识分子也声称他曾出现在月球表面。他刻意营造神话,把自己变为一则神话。战败和大梦苏醒后,他唯一能做的就是死,因此在这适时发生的死亡之后,他们所哀悼的,是美梦的死亡。他如同所有伟大的神话创造者,试图从他自己的美梦建立现实,到头来和亨伯特一样,造成现实与梦想玉石俱焚。除了罪恶、杀戮和折磨外,如今我们还得面临这最后的屈辱——扼杀梦想。然而他这么做却得到我们全面的配合、同意、共谋。

34

我不知不觉逛进德黑兰闹市区一家阴暗、发霉的古董店。我已经去过一条旧书店林立的街道，想找一本旧书送给尼玛，他最近拿了些得之不易的录像带给我，那是革命前相当走红的一套电视影集。当我走进店里时，坐在柜台后面的老板只顾看早报，懒得看我一眼。

店内光线昏暗，陈旧的木桌木架上，物品散乱杂陈。浏览之际，我的视线落在一把长相怪异的剪刀上——以手工精细打造，一边的把手比另一边大，形状好似公鸡，刀锋比一般的剪刀钝得多。我问老板这是什么，他耸耸肩说："我也不太清楚，也许是修胡须的吧！八成是欧洲来的，也许是俄国。"

我不懂自己为何深受这玩意儿吸引，不过我发觉它的来历颇不寻常，也许百年前这把剪刀——或胡须剪，或不管它是什么——大老远从欧洲被带过来，最后却落脚在这灰扑扑的小店最角落的一张旧桌子上。然而曾有太多的工夫耗费在这可有可无的小东西上。我决定把它买下，送给我的魔术师。我有个理论，认为有些礼物应该为了购买而购买，正因为它毫无用处。我相信他会欣赏这把刀，高兴收到一件他不需要的礼物，一件毫不奢侈的奢侈品。我没给尼玛买礼物，却带着我的公鸡头剪刀离开古董店。

我一边把剪刀送给魔术师，一边把想法解释给他听，当时他正在泡咖啡，似乎专注于手头的活儿，并未回答我。他端着两杯咖啡和一盒巧克力放到桌上，又走进书房。过了一会儿，他拿着一本皮面的书出来，庄重的绿皮上写着烫金的字，是《奉使记》。"既然你把该买给尼玛的礼物买给了我，我这儿有个礼物送他，叫他多读几遍葛洛里亚尼花园那一幕。你的尼玛似乎蛮需要我这种人经常去点拨他,那干脆叫他把那一幕多读几遍。”

我的魔术师给书中的两段做了记号,一段在序里面,詹姆斯提及经常为人引述的著名一幕,说那是他小说的“精髓”所在。另一段就是花园那一幕了,发生在名雕刻家葛洛里亚尼举办的宴会上。小说男主角兰伯特·史特雷瑟告诉他暗自认定为心灵接班人的年轻画家小比尔汉姆:“竭尽所能去过日子,否则你可就错了。你究竟做了什么并不重要,只要你拥有自己的人生。如果连自己的人生都没有,那你还有什么?我已经太老了,即使心有余也力不足。失去的就失去了,这一点要认清。不过我们仍然可以幻想自己是自由的;因此别像今天的我一样,连那份幻想的回忆都没有。我在该拥有那份幻想的时候,不是太蠢就是太聪明,轻易放过了它,如今我成了极力反对这种错误的人。因为那真是个错误呀!好好活,好好活!”

35

> 我们在黑暗中工作——我们尽力而为——我们付出所有,我们的怀疑是我们的热情,我们的热情是我们的任务。其余便是艺术的疯狂。
>
> ——亨利·詹姆斯

那是一大早的第一堂课;教室充满光亮,我正在给詹姆斯做总结。上次我们谈到詹姆斯的某些特征,以及这些特征如何出现在不同的人物与不同的环境,今天我想谈谈“勇气”,这个如今在我们的文化中引起极大争议的名词。

“詹姆斯作品中有各种不同的勇气。大家能举例吗？是的，娜丝琳？”“最显著的例子就是黛西。”娜丝琳说。她一股脑使劲往前挪，拨开额头上一缕不存在的头发，继续发言：“一开始黛西就叫温特伯恩不要怕，意思是要他别畏惧习俗与传统——这就是勇气的一种。”

“对，”我语带鼓舞地说，“黛西是个很好的例子，另外还有其他人物，其他我们从不认为具有勇气的角色，因为我们从不认为他们勇敢；我们认定他们是柔顺没骨气的。”玛荷希的脸亮了起来，在她还没鼓足勇气举手前，我就先转过去对她说：“是吗？”光彩从她脸上退去，她迟疑了。我坚持道：“告诉大家，玛荷希。”“你刚才说柔顺的时候，我突然想到凯瑟琳。她内向腼腆，不像黛西，可是她敢挺身面对所有比她外向突出的人，而且在面对他们时付出了极大的代价。她具有与黛西截然不同的勇气，但那仍是勇气的一种。我……”

就在这节骨眼，我们听见走廊上起了一阵骚动。我不去理会它，多年来我已习惯将这类课堂外的干扰视为上课本身的一部分。有一天，两名工友拿着两张椅子走进来，把椅子放在一角。离开时一句话也没交代，几分钟后又拿了两张来。另一回，一个歪脖子的工友拿着扫把进来，就开始扫地。我假装不注意他，继续讲我的《汤姆·琼斯》。

我接着说：“另外在《奉使记》里，我们可以发现几种不同的勇气，但其中最勇敢的人物，无疑是那些最富想象力的人，那些通过想象力能够对他人发挥同情心的角色。当你缺乏这种勇气时，便会对别人的感受与需求视若无睹。”

史特雷瑟在巴黎觅得的红粉知己玛莉亚，就具有“勇气”，而纽森姆太太只会“狂喜得意”。维翁夫人，亦即纽森姆太太执意要从她儿子生活中剔除的巴黎美人，当她还不确定对查德的爱究竟有多深时，就敢冒险以身相许，展现她的勇气。但纽森姆太太选择了保险的做法，她想象过每个人的德行，想象过他们的功能与角色，便拒绝再改变自己的盘算。若是在二流的小说家手中，她是个暴君，这种小说家根据自己的意识形态或喜好塑造他的人物，从不让他们有空间去发展成自己。为理想而死需要勇气，但为理想而活亦复如是。

从学生坐立不安和频频翘望门口的动作，我看得出他们无法专心听我讲这耐人寻味的重点，不过我打定主意，尽可能不受这一切的干扰，于是继续往下讲：“这部小说中最专制的角色是隐形于幕后的纽森姆太太，如果我们有意了解独裁心灵的本质，研究她就够了。尼玛，麻烦你念一下史特雷瑟形容她的那一段——‘那正是她的难题——’”

“‘那正是她的障碍难题——她不接受意料之外的状况。我认为这足以形容她的本质性格……她仿佛由精密冰冷的思维构成，她已预先在心里把整件事都盘算过，也像替她自己一样替我盘算好。只要她盘算好了，就再也没有置喙的空间，再没有容许变更的余地。她的心里装满了自己的成见，满溢、紧绷，往后也会这样持续下去……我没动摇过她，她是动摇不了的。我未曾像现在一样看清楚过；她紧守着自己无可挑剔的想法，只要对她的构思稍作变更，在她看来就是错的。’”

这时,外面的干扰变得愈来愈大声,有跑步声和叫喊声。鲁希小姐和哈泰夫小姐此时已心浮气躁,大声议论着,眼睛频频意味深长地瞟向门口。我派她们出去探个究竟并设法继续上课。

"我们回到那一段……"我立即被鲁希小姐和她上气不接下气的同伴打断,她们站在门槛处,仿佛不打算留下。据她们报告,有一名学生在空教室自焚,说完就一路跑下走廊,嘴里不断高喊着革命口号。

我们全都冲出教室,学生们沿着长廊两侧朝楼梯的方向跑过去。我在楼梯附近找了块地方站,就在一位同事旁边。有三个人抬着担架,企图在人群中杀出重围,往楼梯的方向移动。从他们抬担架的样子看来,负担似乎很轻。在担架上一条白床单底下,我隐约分辨出一张粉红得离谱的脸,上面有几块焦灰。一双焦黑的手纹风不动伸在白床单上方,仿佛不惜代价要尽量避免与床单接触。两只巨大的黑眼睛似乎经由两条隐形的线附着在脸上,看起来完全静止不动,好像目不转睛瞪着令人惊骇不已的一幕,却又似乎左右来回骨碌碌地转动。在那天早晨所有狂乱的影像中,唯有那双眼睛不断回到我脑海。

扩音器催大家返回教室,可是没有人动。他被抬下楼,仿佛盘旋而下,我们注视着他那粉红的脸、焦黑的手和炭灰的眼睛。喃喃语声先静止下来,随着担架接近、下楼后又喧腾起来。这种场面即使发生在眼前,也不仅仅像梦,而更像梦的回忆。

担架往楼下移动,逐渐远离视线时,窃窃私语愈来愈清晰大声。担架上那近乎神奇的家伙变得更加具体,有了背景、名字和身份。这身份主要与私人无关,他是穆斯林学生协会中至为活跃的一员。所谓的“活跃”,其实是狂热的意思。他所属的团体负责在墙上张贴海报标语,该团体获授权,可在大学门口张贴违反服装规定的学生名单。

我想象他躺在那担架上被抬下楼,经过如今已过时的战争照片,经过即使死后还以惯有的严厉眼神怒目而视的领袖,经过他珍贵的战争标语:**不论杀敌或被杀,我们终将获得胜利!我们将战斗!我们将死亡!但我们决不接受妥协!**

我们校园中充斥着像他这样的年轻人,在革命之初十分年轻的人,其中有许多来自乡下或传统家庭。每年有更多学生因其意识形态和忠于革命的立场,获准进入大学。他们多半是革命卫兵或革命烈士的家属,被称为“政府的股份”。这些正是革命之子,他们肩负着传承重任,有朝一日将取代西化的劳动人口。革命对他们而言,必定代表了多重的意义:主要是权势,以及畅行无阻。不过他们也是霸占者,他们之所以获准进入大学,掌控权势,并非因为自身的优点或勤奋,而是因为意识形态。这点,不论他们或我们都不会忘记。

我走下楼,这回走得很慢,因为周遭围了一群谈得眉飞色舞的学生。他的身份已成为我们追忆往事和诉说故事的一个借口。我的学生激动地说到他们在他的组织成员手中所遭受的屈辱。他们叙述了穆斯林学生协会另一个领袖的故事,那人死于战争,曾指控某个女学生因在头巾底下露出一小块儿白皙肌肤而挑起他的性欲。就算他死了,也抹煞不了那名女学生的白皙肌肤与无端受罚的记忆。

这些受辱的经历无从公开表达,于是我们在偶然的场合中,将内心的愤慨与憎恨编织成小故事,一旦故事被说出,冲击也失去了力道。我们对这名受伤学生的背景所知有限,似乎也没人关心。许久之后我才猛然发觉,尽管他和他同志的故事我记得一清二楚,我却想不起他的名字。他把自己变成革命分子、烈士和沙场老兵,却不是个个体。他谈过恋爱吗?他是否曾经渴望拥抱某个黑头巾下藏着白皙颈子的女生?

我和那所大学的许多人一样,曾经愤恨地爬上楼梯,穿越走廊。气愤抹去了我们在面对他这种人时内心的一切暧昧不明;我们已被两极化为"我们"和"他们"。当天我和学生同事们交换彼此听到的故事时,并未想到这点。我们就像同伙一样,因为比我们强大许多的对头受挫而幸灾乐祸。没想到表面上看似掌控如此强大权势的人,其实具有最强烈的自毁冲动。他是否借着自焚,剥夺了我们复仇的权利?

他在世时对我毫无意义,死后却成了我的萦绕不去的困扰。有关他的私生活,我们只知他出身贫寒,唯一的近亲是靠他赡养的高龄老母。他志愿从军,因弹震症而提早退役。显然他始终未曾复原。与伊拉克"和解"后,他回到大学念书。但和解造成了梦想的幻灭,战争的兴奋消失了,许多革命青年也随之失势。

这场战争对我们是天大的福气! 对我们而言,这是一场毫无参与感的战争。但对于像他那样的人而言,这场战争想必以某种奇怪的方式带给他福气。它赐给他们团结意识、目标和权势。一旦从前线返乡,他便失去了这一切。如今他的特权与势力对他毫无意义,而他的伊斯兰同学已经继续往前迈进了。当他眼见以往的同志们更热衷于通过违禁的卫星小耳朵观看奥斯卡颁奖典礼,而对战争剪辑兴趣缺乏,他心中作何感受?他面对得了我们,但如何面对弗萨提先生那种人,那种变得和詹姆斯小说人物一样陌生、令他困惑的人?

我不断想象他拎着两罐满满的汽油罐提早到大学的情景——八成没被搜身吧,因为他是退役军人特权分子。我看着他走进一间空教室,把汽油从头顶往下淋。接着他擦亮一根火柴,缓缓朝自己身上点燃——只点燃身上一个地方,还是许多处?然后他冲过走廊,奔进自己教室,高喊着:"他们出卖了我们!他们欺骗了我们!看看他们对我们做了什么!"这就是他最后的遗言。

我们不必认同他或赞成他,也能理解他的处境。他从战场上回来,回到一所他没有丝毫参与感的大学。没人想听他的故事,唯独死亡的刹那,他才激起旁人兴趣的火花。这个一生被刻板教条定型的人,如今却于死后衍生出如此复杂的意义,不可谓不讽刺。

那晚他死了。他的同志私下为他哀悼吗?在这丧礼比其他仪式华丽隆重的国度,没有人说一句关于他的话——没有缅怀,没有鲜花,也没有演说。而我这个敢于直言反对戴面纱和其他形式的骚扰并引以自豪的人,也保持着缄默。除了耳语不断,那天唯一的不寻常是,走廊上的扩音器基于某种理由,持续不断宣布当天下午照常上课。那天下午我们的确上了一堂课,不过却是和平常不一样的课。

奥斯汀 Austen

1

“穆斯林男子不论有钱没钱,总要娶个九岁大的处女做太太,这是举世公认的真理。”雅西以其单调、略带嘲讽,偶尔近乎戏谑的特有语气如是宣称。

“穆斯林男子总要娶一个以上的太太,这才是举世公认的真理吧?”玛纳回驳道。她心照不宣地瞅着我,黑眼珠流露调皮之色,因为她明白此言一出,必引起反应。玛纳与玛荷希不同的是,她总有法子与她喜欢的少数几人暗中沟通。眼睛是她主要的沟通管道,若非专注地望着你,就是完全回避你。我们之间已发展出一种暗号,而只有她觉得被触怒了——她很容易被触怒——才会垂下眼睛,将目光瞥向一边,说话也不再带有调皮的抑扬顿挫。

那是个阴冷的12月初的早晨,乌云密布的天空和冷飕飕的空气,似乎预告着下雪的可能。我请比冉出门上班前帮我生个火。此刻,炉火正释放出安适的暖意。“温暖舒适”——雅西常用的措辞——用来形容我们此时的感受最是贴切。所有必备的条件都有了:雾蒙蒙的窗户、热腾腾的咖啡、劈啪作响的炉火、松软的奶油泡芙、厚厚的羊毛衣,以及烟、咖啡与柳橙杂陈的气味。雅西半躺在沙发上介于玛纳与阿金之间的老位子，我再度感到纳闷不解，为何如此娇小的身躯会占据这么庞大的空间。阿金轻佻的笑声回荡于空气中，连玛荷希也难得赏了我们一个微微的笑意。娜丝琳已经把椅子移到火炉边，那双躁动不安的手正把柳橙皮扔进火里。

我们可从轻快的戏谑打趣转入严肃的小说讨论，这正显示出我们之间亲昵的程度。我们对所有作家的讨论充满了乐趣，尤其是奥斯汀。有时我们甚至玩野了，像孩子一样笑闹，自得其乐。凡是读过《傲慢与偏见》开场白的人，怎能不领略这就是奥斯汀要读者产生的反应？

那天早晨，我们正在等候莎娜姿的大驾。酒窝若隐若现的蜜德拉通知全班，莎娜姿要大家等她——她将带来一个惊喜。我们天马行空地臆测，但蜜德拉都以沉默的微笑回应。

“只有两件事可能发生。”阿金揣测。“会不会又跟她弟弟吵了一架，终于决定离开家，搬去跟她那个好阿姨住，”她抬起手，金银手镯铛铛作响，“不然，就是跟她心上人结婚了。”

“从蜜德拉的表情看来，有心上人的似乎不止一个。”雅西说着坐直了些。

蜜德拉的酒窝加深了，但对我们的激将法一概不予回应。我看着她，想起她最近与哈米德的婚事；他们的秘密恋情想必就是在浑然不觉的我面前发生的。他们邀我去参加婚礼，但在那之前，蜜德拉从未提起她与哈米德的关系。

“你们是自由恋爱的吗？”当时我忧心地问蜜德拉。玛纳不禁说：“又是这无聊的问题。”我老爱问已婚夫妻这个问题，已成为朋友和同事间的笑谈。“你们是恋爱的吗?”我急迫热切的语气,几乎总是激起对方包容的笑。蜜德拉脸一红,说:“嗯,是的,当然。”

“不过这年头还有谁考虑到爱情?”阿金故作纯洁地说。她的头发往后绑成一条马尾,当她转头时,成串的土耳其玉小珠便在耳朵底下微微发颤。“共和国已经把我们带回简·奥斯汀的时代。老天保佑媒妁之言的婚姻!今天女孩子结婚若非因为家庭的压力,就是为了绿卡,或为了经济保障,或性。她们为各式各样的理由结婚,唯独不为爱结婚。”

我看着玛荷希,她虽沉默不语,但表情似乎在说:“又来了。”

“况且,”阿金伸手去拿马克杯,接着说,“我们讲的是受过教育的女孩子——像我们这种上过大学,被认为应该会有更大抱负的女孩子。”

“不见得所有人都这样,”玛荷希冷静地说,看也不看阿金一眼,“有许多女人是独立自主的。你看我们有多少职业妇女,也有女人选择独居。”“是呀,你就是。”我心想。一个勤奋的上班女郎,三十二岁了仍和父母同住。

“但是大多数人并没有选择,”玛纳说,“而且我觉得我们远不如简·奥斯汀的时代。”这是我记忆中唯一一次玛纳公开支持阿金、反对玛荷希。“我妈可以选择她想嫁的人,我的选择就比较少了,我妹妹又更少。”她沮丧地说。

“临时婚姻如何?”娜丝琳边说,边把柳橙皮像拼图般一块块摆在她的盘子里,“你们似乎忘了我们总统那聪明的另一种选择。”她所指的是伊朗特有的一条伊斯兰教法规,根据这条法规,男人可以拥有四个法定太太和无数个临时太太。其背后的逻辑是，当他们的太太不方便或无法满足他们时，他们必须设法自行解决。男人可以任意签订这样的合约，短则十分钟，长则可达九十九年。当时荣膺改革者美名的总统拉夫桑贾尼，建议年轻人应该缔结这种临时婚姻。此话一出，同时得罪了保守派和进步派，保守派觉得这是总统取巧之策，目的在讨好年轻人，进步派则对总统的动机同样存疑，觉得这是极尽羞辱的做法，尤其对女性。有人甚至批评临时婚姻是漂白的嫖妓行为。

“我并不赞成临时婚姻，”玛荷希说，“不过男人比较软弱，也确实有比较强烈的性欲。”她审慎地补了一句：“何况决定权在女方，她们不必被迫接受。”

“决定权在女方？”娜丝琳显然不以为然，“你对决定权的认知倒挺有意思的。”

“有些男人，甚至教育水准极高的知识分子，把这视为进步的做法，”娜丝琳激动地接下去，“我不得不和一个朋友——男性朋友——争辩，我说他若想说服我相信这是进步的做法，唯一的方式是先叫法律赋予女人和男人相同的权利。你想知道这些男人的想法多开明？我指的不是宗教派，而是世俗的一般男子。”她说着又把柳橙皮扔进火里：“只要问他们对婚姻的看法就够了，你就会知道什么叫伪善！”

“的确，我母亲和阿姨们并非为爱结婚，”雅西说，皱起了眉头，“可是我所有的舅舅都是恋爱结婚的，想也奇怪。结果他们留给我们的是什么呢？”

经过片刻的沉思后，她开朗了些，接着说：“我猜假如奥斯汀与我们易地而处，会说穆斯林男子不论有钱没钱，总需要娶个九岁大的处女做太太，这是举世公认的真理。”就这样，奥斯汀著名的开场白成为我们快乐阅读的开端——想必每个奥斯汀的读者都会忍不住想尝试一次吧！

我们的笑闹被门铃声打断了。最靠近门口的玛荷希说：“我来开。”我们听见临街的门关上的声音、上楼的脚步声和一阵停顿的寂静。玛荷希打开门，迎面而来的是问候与笑语。莎娜姿春风满面走了进来，手里捧着一大盒糕饼。“为什么带糕饼来？”我问，“今天还没轮到你呀！”

“对，不过我有好消息。”她语带神秘地说。

“你要结婚了？”雅西从沙发深处懒懒地发问道。

“让我先坐下来。”莎娜姿说着，并脱掉长外套和羊毛头巾。她把头往一边甩，就像拥有美丽秀发的女人常做的那样，然后说：“快下雪了。”

即使在这种场合，即使她有充分的借口，而且没人怪她，她会不会为自己的迟到致歉？我心里揣测着。

“实在很抱歉，我又迟到了。”她说，平静的笑容显示她其实毫无悔意。

“你剥夺了我的权利，”阿金说，“迟到可是我的专利。”

莎娜姿想等到下课再公布消息。我们的规矩是，私事的谈论即使逐渐渗透周四的聚会，也不该干扰到上课的正事。可是今天的状况连我也兴奋得等不及了。

“整件事速战速决。”莎娜姿应我们要求，开始说明来龙去脉。有一天，他突然打电话来向她求婚——说什么快没时间了。他说他已经和父母商量过，而他们又和她父母讨论了（我注意到她父母并未先征求她的意见)。他们都乐见其成,由于兵役的关系,他不能回到伊朗,也许她和她家人可以去土耳其?伊朗人去土耳其免签证,可快速成行。她目瞪口呆,这是她朝思暮想的事,可是她无法相信此刻就要成真。“你的火快熄了,”她说,忽然中断叙述,“我是生火高手,让我来拨一拨。”她给逐渐转弱的炉火加了些木材,然后使劲拨了拨。一长串火冒了出来,但立即又熄灭。

20 世纪初,伊朗人的适婚年龄——根据伊斯兰教法(Sharia laws)是九岁——变成十三岁,后来又往后延到十八岁。我母亲自己挑选丈夫,而且她是 1963 年头一批当选国会议员的六名女性之一。在我成长的 60 年代,我的权利与西方民主国家妇女的权利相差无几。但当时很少有人会认为我们的文化与现代民主格格不入,很少有人认为有所谓西方版和伊斯兰版的民主人权。我们都想要机会与自由,所以我们才支持革命——我们要的是更多的权利,而非更少。

我在革命前夕嫁给一个我爱的人。当时玛荷希、娜丝琳、玛纳和阿金还只是青少年,莎娜姿与蜜德拉年纪更轻,雅西则只有两岁。五年后我女儿出生时,法律已倒退回比我祖母更古老的时代:新宪法通过数月前,第一条被废除的法令便是保障妇女在家庭与职场权益的家庭保护法。适婚年龄下降到九岁,据说是八岁加阴历半岁;通奸与卖淫要被处以石刑——用石头砸死;依法规定,女性的价值只有男性的一半。伊斯兰教法取代既有的法律制度,成为一般的律法。我年轻时亲眼目睹了两位女性的崛起,她们晋升到内阁部长。革命后,这两位杰出女性,因为与真主对立和教唆卖淫的罪名被判死刑。其中一位是妇女事务部部长,革命时人在国外,至今仍流亡在外,成为女权与人权议题的重要发言人。另一位是教育部长,也是我以前的高中校长。她被装进袋子里,不是被石块砸死,就是被枪杀了。这些女生,我的丫头们,总有一天会以景仰和期望的心情去看待这些女性:如果过去我们能出这样的女性,将来没理由不出现。

我们的社会比它的新统治者先进,而妇女不分宗教信仰和意识形态,都走上街头抗议新法。她们尝过权利的滋味,不打算未经奋战就束手放弃。直到那时,看来矛盾但试图让女权观念与伊斯兰教条达到一致的伊斯兰女性主义神话才开始生根。这段发展让统治阶层占尽了便宜:他们可以同时标榜自己既进步又符合伊斯兰教义,而现代女性却被诋毁为西化、堕落和不忠。他们一方面需要我们这些现代男性和女性指引明灯,同时又要我们安守本分。

这场革命与20世纪其他极权主义革命最大的区别是,它打着过去的名号:这既是它的强项,也是它的弱点。我们四代的女性——我祖母、我母亲、我自己和我女儿——既活在当下也活在过去,好像同时经历两个不同的时代。我心想,有趣的是,战争与革命反而使我们更清楚意识到私人的考验,特别是婚姻;追根究底,婚姻的问题便是个人自由的问题,这点简·奥斯汀早在两百年前就看透了。她早就看透了,而我们呢?身在另一个世纪的末尾的另一个国家、窝在这起居室的我们呢?

莎娜姿紧张的笑声把我从沉思拉回现实。“我实在很怕,”她说,右手伸到眉头拨开一缕根本不存在的发丝,“直到这一刻之前,嫁给他始终像个梦,是一件让我和弟弟争吵时可以想的事。

我从不知道，现在也还不知道，在现实生活中，真的结了婚会怎样。”

莎娜姿担心土耳其之行，以及再见到他的情况。“万一他不喜欢我呢?”她说。她没问“万一我不喜欢他呢?”或“万一我们处不来呢?”她弟弟会不会变得更恶毒，她母亲会不会变得更沮丧?她母亲会不会以殉道者的表情逼莎娜姿内疚，好像她故意让她失望? 这些对莎娜姿而言都是严肃的问题。她的土耳其之行究竟是要讨大家高兴，还是因为她自己爱那个男人? 这很难分辨。这是我搞不懂莎娜姿的地方——别人永远不知道她真正想要的是什么。

“都过了六年，天晓得他会变成什么样子。”娜丝琳说，心不在焉地旋转着手中的马克杯。我忧心忡忡地看着她。每当话题转到婚姻与男人，我总会这么做。我不由得怀疑她如何处置埋葬的记忆，她是否拿自己和没有这类经历的朋友做比较? 她们真的没有这类经历吗?

莎娜姿以责难的眼光看着娜丝琳。现在她需要听这些吗?无论如何，去一趟土耳其对她总是有益，即使他们之间没有结果，起码她可以不再对他魂牵梦萦。

“你爱他吗?”我问她，尽量不去理会其他丫头揶揄的笑容，“当你决定结婚时，冒险是免不了的，但问题是，你现在爱他吗?”

“我很年轻的时候爱他，”莎娜姿缓缓地说，无心与她们一起开玩笑，“现在，我就不知道了，我一向喜欢思念他的感觉，可是他离开了那么久。他有的是机会去认识其他女人……我有什么机会认识其他男人? 我阿姨说我不必马上做决定。她说，如果我们想了解对彼此真正的感觉,就应该在土耳其单独碰面。我们应该花点时间独处,不要有两家人在旁边当电灯泡。"

"真是个非常有见地的阿姨,"我忍不住以仲裁者的姿态插嘴,"她说得对。"

玛荷希抬起眼望了我一下,立即又垂下目光。阿金马上觉察了玛荷希的眼神,便说:"我同意纳菲西教授的话。做任何决定前先同居一阵子,这才是明智之举。"

玛荷希决定不上当,继续优雅地保持沉默。她垂下眼睛,把视线停驻于地毯上的一点;在那之前,她是否真的责怪地朝我望了一眼?还是我自己的想象?"若想测试你们之间是否合得来,应该先和他跳支舞。"娜丝琳说。

起初我们不懂她的意思,即使这句话出自娜丝琳的嘴,依然太没头没脑。片刻之后,我才恍然大悟,原来她指的是我在阿拉梅最后一年时大家创立的社团——"亲爱的简"!该社团的构想是从一场难忘的舞开始,但尚未成立便胎死腹中。

2

此刻我仿佛透过空旷花园中央一栋房子里的大窗户望过去,我把脸紧贴着玻璃。她们来了:五个女子,全都穿戴着黑袍和头巾。当她们一个个经过窗前时,我开始分辨出她们的脸;其中一人站着,正在看其他四人。她们一点儿也不文雅,彼此撞来撞去,还碰倒了椅子。她们以特有的矜持欢闹着。

那年春天,在我开的研究生研讨班中,我把《傲慢与偏见》的结构比喻为一场18世纪的社交舞。下课后,有些女生留下来跟我讨论这观点,她们不明白我的意思。我想最好还是通过与她们共舞的过程,一一解说给她们听。我提议:"大家闭上眼睛,想象跳舞的情形。想象你正在来回移动,如果能想象站在你对面的是无与伦比的达西先生,或者你自己的心上人,效果会更好。"我听见有个女生噗嗤一笑。我突发奇想,拉起不情愿的娜丝琳的手就跳起舞来,一——二、一——二。然后我请其他人排成一列,不久之后,我们全都跳起舞,当我们互撞或撞上椅子时,黑色长袍便像一朵花般旋开。

她们站在舞伴对面,微微欠身,往前踏一步,手碰手,然后旋转。我说:"不对,当你们手碰手的时候,要看着对方的眼睛;好了,现在来看你们的交谈能维持多久,跟对方讲讲话。"她们几乎没办法保持正经。茉吉甘说:"问题是我们都想当伊丽莎白和达西。""我不介意当简,"娜丝琳说,"我一直想做最漂亮的。""我们需要一个柯林斯先生。一起来嘛!玛荷希,不想享受一下踩我脚趾的快感吗?"玛荷希踌躇着。"我这辈子从没跳过舞。"她尴尬地说。"这种舞你不需要担心,"我说,"其实,身为你的教授,我命令你跳。就当作是作业的一部分。"我补充道,这是少数让我乐于发号施令的场合之一。"往前,往后,停,转身,转身,你必须配合舞伴,协调你的舞步,这就是重点所在;你关心的是你自己和舞伴,但同时也要顾虑到所有人——你不能不管她们,自己跳自己的。呃,的确,这就是困难的地方,但对伊丽莎白·班奈特小姐而言,这再自然不过。"

我告诉她们,跳舞即表演和展现:"但你们知道吗?不同的舞延伸出不同的诠释。”“喔，没错，”娜丝琳说，“和波斯舞比比看，如果那些英国人也能像我们这样抖动身体……跟我们比，他们实在太贞洁了！”

我问：“谁会跳波斯舞？”每个人都看着莎娜姿。她害羞，不肯跳。我们便开始逗她、激她，把她团团围住。当她开始不自在地扭动时，我们便鼓掌，哼唱起一首歌。娜斯琳警告大家小声一点。起初莎娜姿显得腼腆，只跨出优雅的小步，腰摆动的幅度也很小。但随着我们笑闹得愈来愈厉害，她也变得大胆起来；她开始左右摆头，身体的每个部位似乎都各有主张，与其他部位互相争宠。她一面跨着小步，以手和手指舞动，身体一面颤抖着。她脸上出现了一种特殊的表情，带有挑衅和引诱的意味，充满诱惑力，但在她停止跳舞的同时，却随着一股力量的消失而立即收敛起来。

引诱有不同的形式，我在波斯舞者身上见到的那种极其独特、含蓄与大胆兼容并蓄的特质，很难在西方舞蹈中发现。我曾在背景南辕北辙的妇女脸上，目睹相同的表情：迷蒙、慵懒、挑逗。多年后，我在那位受过法国教育的朋友、高雅的蕾丽脸上，发现了莎娜姿的表情，当时她忽然闻乐起舞，乐声中充满卖弄、挑逗、调情的意味，而这些字眼还不足以描述真实的感受于万一。

这种诱惑捉摸不定，它有动力和触感。它扭转、回旋、缠绕、展开。手卷了又开，腰似乎盘绕又盘绕。它经过仔细盘算，先预测效果再跨出一小步，然后再一小步。此种卖弄风情的方式是黛西·米勒小姐之类的人难以想象的。它公然引诱却不轻易屈从。这一切尽在莎娜姿的舞蹈中。大黑袍与黑头巾框限住她消瘦的脸庞、大眼睛和纤弱躯体，反而增添了举手投足的媚惑力。她似乎随着每个动作,一点一滴从层层黑布中解放出来。长袍变得模糊不明;它的质感增添了舞蹈的神秘。

一个开门进来的学生不但吃了一惊,也把我们吓了一跳。午餐时间已过,我们压根没注意到。我们看着一脚站在门槛、一脚跨进教室的那名学生,忍不住大笑起来。

这成了我们之间的一个秘密协议,我们谈起要成立一个秘密组织,取名"亲爱的简"社。大家聚会、跳舞、吃奶油泡芙、交换信息。虽然这秘密社团始终未成立,但从那时起,丫头们便经常自称为"亲爱的简",更为我们今天的地下课堂播下了种子。若非最近开始想起娜丝琳,这一切我恐怕早已遗忘。

现在我想起来了,就是玛荷希、娜丝琳和我一起走到我办公室那天,我不假思索便劈头问她们愿不愿意来上这堂秘密的课。看着她们惊奇的脸,我连忙将整个概念描述给她们听,或许还临时起意,告诉她们我心里已梦想和酝酿了多年。"我们需要做什么?"玛荷希问。"绝对投入于作品和课堂。"我以斩钉截铁的口吻说。不止要她们投入,我自己也已经先投入了。

3

我的学究气息太重,写太多的论文和文章,使我在把经历与观念转换为故事时,仍是权威语气十足,尽管我有强烈的说故事欲望,想重新创造我自己和其他所有人的故事。我写作时,看似一帆风顺,锡人找回了他的心,狮子找回了他的勇气,但这毕竟不是我的故事[1]。我走上一条不同的路,结果如何我无法预见。我对这条路的认识有限,就像爱丽丝刚去追那只穿背心、带怀表、口中念着"我迟到了! 我迟到了!"的白兔时,也不知道后来会怎样。

除了把它比喻为达西与伊丽莎白可能在舞会上跳的那种18世纪的社交舞,我不知该如何更清楚向学生解释《傲慢与偏见》的整体结构。虽然舞会也是奥斯汀其他小说的情节道具,如《曼斯菲尔德庄园》和《爱玛》,但唯独在此扮演着如此关键的角色。此处我所关注的不是舞会的确切数目,我说过,这部小说的整个结构就像一场舞,既是公开的举动,也是私人的行为,而《傲慢与偏见》的气氛的确带有舞会的欢乐。

因此小说的结构就是舞会的结构,充满了分散的枝节,而且平行发展,不仅事件与人物如此,连场景也形成对位关系。首先,我们看到伊丽莎白在她的场景中,接着她离开她的场景,来到达西的场景,然后我们看到达西在他真正的场景——观点每转换一次,就把他们的距离拉近一些。达西向伊丽莎白的求婚与柯林斯的求婚平行发展,达西与伟克翰这两个人物之间也存在着平行发展的情节。达西对伊丽莎白的观点,如照相机般拉近成特写;在小说的第二部,当伊丽莎白更接近达西时,相同的状况反其道而行之。

所有主要演员在第一场舞会皆已出场,场内所激起的冲突便是即将带领我们走过整部小说的张力。在第一场舞会上,伊丽莎白无意间听见达西告诉宾利她不够漂亮,引不起和她跳舞的兴

① 典出《绿野仙踪》。——编者注

致,伊丽莎白立即成为达西的对头。后来他于下一场舞会见到她,开始转变心意,可是她拒绝了他的邀舞。他们在尼德菲大厦再度相逢,这回他们共舞了,但这支舞表面上跳得客客气气,骨子里却剑拔弩张;他对她的好感恰与她对他的反感呈正比发展。双方言谈中的不协调,与肢体动作的流畅和谐相互矛盾。

奥斯汀的主角均是被摆在公众场所中的私密个人,他们渴望隐私和反省,却因时时处于狭隘社会的局限而身不由己,使他们不断受到整个社群的检验。在公众与私密之间取得平衡,成为这个世界的基本要求。

舞蹈倒退前进的节奏,在两位主角的行为与动作上重复着,而整个情节则围绕着他们发展。平行的事件把他们愈拉愈近,又突然将他们扯开。从头到尾,伊丽莎白与达西两人频频接近又分开。每回他们往前进,舞池便已准备好承接他们的下一个动作。伴随着倒退动作而来的,是对上一个前进动作的重新评估。舞蹈中存在着相互迁就的要素,必须时时配合舞伴的需要和步伐。柯林斯先生以及《诺桑觉寺》(*Northanger Abbey*)里粗鲁的索普在舞池中的表现,便惨不忍睹。他们无法把舞跳好,意味着他们无法调适自己去配合伙伴的需求。

《傲慢与偏见》偏重对话,配合这部小说舞会般的结构恰到好处。几乎每个场景都有一场伊丽莎白与达西的对话,有的真实,有的是想象,但始终萦绕不去,从与对方的交谈导入与自己的交谈。这种伊丽莎白与达西、伊丽莎白与自己的核心对话周围,还伴随着其他多重的对话。

《傲慢与偏见》最奇妙的一点是,它具体呈现出丰富多元的声音，其中有许多不同形式的对话，包括多人之间的对话、两人之间的对话、内心的对话和书信的对话。所有的张力皆通过对话创造出来，也通过对话化解于无形。奥斯汀能在凝聚的结构下，于人际关系与人际冲突中，创造出如此多重的声调，如此多元的声音和语调，正是小说展现民主特性的最佳一例。在奥斯汀小说中，反对立场有其存在的空间，因此无须为了自己的存在而除掉对方。其中还有自我反省和自我批评的空间——这不只是空间，更是一种必要。此类反省即是导致改变的因素。我们想证明自己的观点，不需要神谕，也不需要公开呼吁来得到多数票，只需阅读和欣赏这些嘈杂的不同声音，便能理解其中的民主规则。而这正是奥斯汀危险之处。

奥斯汀小说中最缺乏同情心的人，是无法与别人真正交谈的人，这并非偶然。他们只会大放厥词、说教、训斥，不但欠缺真正的对话能力，同时也毫无包容、自省与同情的能力。后来在纳博科夫的作品中，这份无能披上恐怖的外貌，出现于《洛丽塔》的亨伯特与《微暗的火》的金伯特身上。

《傲慢与偏见》不具诗意，但它自有其刺耳与协调之处；各种声音靠近又离开，再绕室一圈。此刻当我一页页翻阅时，这些声音跃然纸上。我听见玛丽拙劣单调的声音、凯蒂的咳嗽声、宾利小姐的含沙射影，以及卢卡斯爵士彬彬有礼的谈吐。我听不太清楚达西小姐说什么，因为她内向又矜持，不过我听得见上楼下楼的脚步声、伊丽莎白轻松的冷嘲热讽，以及达西内敛温柔的语调。当我合上书时，我听见叙述者讽刺的口吻。即使盖上了书，那些声音仍不停歇——余音与回响似乎从书页跳出，顽皮地把这部小说留在耳际,回荡不已。

4

阿金一边挑剔地检查自己的指甲,一边说:“我们的莎娜姿条件太好了,不需要那种没什么能耐的小子,他最大的本事就只是逃避兵役,要不就是搬到英国。”她的语气实在没必要如此恶狠狠,何况当时她并未针对特定的说话对象。就在此时,我才开始认真注意阿金的指甲。她把它涂成鲜艳的番茄红,似乎在其形状和色彩上下了不少功夫。整堂课只要一有机会,她就低下头去检查指甲,仿佛这红色的指甲油可让她通往另一个空间,一个只有她自己知道的地方。每当她伸长手拿蛋糕或柳橙,视线也紧紧追随着鲜红指尖的动作。

休息时间我们正在谈论莎娜姿。下星期她就该从土耳其回来了。蜜德拉是唯一和她有联络的人,她告诉我们:他非常体贴,她爱他,他们订婚了;他们一起去了海边,会带很多照片回来;阿姨不认为他是很好的对象,她虽觉得他人不错,但因为还不够成熟,比较适合当男朋友(蜜德拉酒窝加深了),不过我们的莎娜姿似乎不在意这些。

“年轻又没什么不好,”雅西尖声插嘴道,“我舅舅和他太太很年轻就结婚了,而且最重要的是,他们还没钱。其实仔细想想,我的三个舅舅都是这么结婚的。除了小舅之外。他没结婚——他加入了一个政治组织。”她补充道,仿佛这充分解释了他没结婚的理由。

最近我们常听说她舅舅的事,因为最近她大舅回伊朗度假三周,而他是雅西的最爱。他听她念自己的诗,帮忙检查她妹妹米娜的画,对她们内向母亲的事迹发表意见。他有耐心,会鼓励人,又非常专注,只是有点吹毛求疵,这是他的小毛病。每当他回来度假,偶尔写信回家,或从美国打电话来时特别要求跟雅西讲话,她就显得兴高采烈。他是唯一可以给雅西灌输某些观念而不会受责备的人,他也的确给她灌输了一些观念。首先,他鼓励她继续学音乐,问她为什么不去上德黑兰的那所大学。现在他建议她到美国继续深造。他告诉雅西美国生活的点滴——在他看来稀松平常的事——在她贪婪的眼中增添了一种神奇的光彩。她每隔一段时间就把这些故事说给我听,而我总是有我自己的经历可以补充。我觉得我和她舅舅仿佛串通好,打算让年幼的雅西误入歧途。而我也担心,万一我们鼓励她去过一种基本上对她不好的生活该怎么办?我看得出我们的鼓励也令雅西这个重感情、爱家人的女孩心里产生了矛盾,她常连续好几天情绪低落。她会自我解嘲,说她时常感到……"犹豫不决?"我问。"不对,那个词怎么说?"突然间,她的脸亮了起来,"心浮气躁!""不对,雅西,不是心浮气躁,绝对不是。""呃,是吧!我的确感到犹豫不决和力不从心,或许我也觉得心浮气躁。"

如今我所有的丫头似乎都想离开伊朗,只除了玛荷希,她比以往更投入工作,想得到升迁和专职的资格,但由于过去加入的宗教反对团体的政治立场关系,她遭到两者的排挤。蜜德拉已经去申请加拿大的签证,可是她和哈米德仍有顾虑。他母亲反对,而且去了加拿大一切都是未知数,目前的生活虽然有缺憾,至少是熟悉的。哈米德有份好工作,他们的生活有保障。“就像他母亲不断提醒我们的,在这里,我们还算是有头有脸的人物,可是到了那边……”

“我正在考虑离开。”阿金忽然说。“假如莎娜姿有一丁点儿理智的话,就干脆一走了之,或嫁给那个小子,去土耳其,再跟他离婚。怎么啦?”她自卫地问,面对所有人惊异的眼光,便紧张兮兮从她的皮包搜出一根烟,“我说了什么啦?”

她没点上烟——上课期间她从没点上烟——但她把它夹在涂成番茄红指甲的修长白皙手指间。她忽然注意到我们的沉默,像个偷巧克力当场被逮个正着的小孩子,看着那根未点的烟,露出投降的笑,把烟按进烟灰缸。

“你的指甲是怎么逃过检查的?”我问她,想改变话题。“我戴手套,”她说,“即使是夏天,我都戴深色手套。”涂了颜色的指甲和化妆一样,被查到了可是要接受处罚的,得处以鞭刑、罚金或最高一年的徒刑。她说:“当然,他们知道一般人玩的花样,如果真的要逮你,就会叫你把手套脱掉。”她又喋喋不休讲下去,说了些关于手套和指甲的事,然后突然打住。“这让我觉得快乐,”她说,微弱的声音听起来一点也不快乐,“它红到足以让我分神,不去想一些事。”

“不去想什么事?”娜丝琳问,头一回这么温和。

“噢,你知道,一些事情。”然后她忽然哭了起来。我们十分惊愕,谁也不敢出声。玛纳显然想抗拒阿金的眼泪,勉强将一盒纸巾递给她。玛荷希缩进她的壳里,娜丝琳往前靠,双手使劲绞在一起。离阿金最近的雅西靠了过去,轻轻按了按她的右肩。

5

如今我再也无法发现阿金隐藏的真伤，以及她揭露的假伤。我从大家在我德黑兰最后一夜拍的照片寻找蛛丝马迹，阿金的圆形金耳环发出的闪光吸引了我的视线。照片可能骗人，除非像我的魔术师一样能从人的鼻子弧度看出端倪。我没有这种天赋。

我看着那张照片，看不出阿金有什么苦。她显得逍遥自在，金发和白肤褐眼搭配得恰到好处。她喜欢给人放肆的感觉，结过三次婚的纪录又加深了这种印象。不满十八岁，她就嫁给第一任丈夫，不到一年就和他离婚。她从没解释过和第二任丈夫之间的事，或许她这么频频结婚，是因为在伊朗结婚比交男朋友容易。

她告诉我们，她感兴趣的一切事物似乎都令她先生觉得挫败。他嫉妒她的书、她的计算机和她的周四早晨。她带着苦笑，叙述她所谓的“独立精神”如何令他感到羞辱；他先毒打她一顿，又信誓旦旦，说他永远爱她，企图与她和解。我听她讲，几乎也跟着痛了起来。他的辱骂远比殴打更令我不安——他破口大骂，说没有人会娶她，说她是“二手货”，像破车一样，没有男人愿意娶个二手的太太。他告诉她，他可以去娶个十八岁的女孩，随时都可以再去找个全新、没人用过的青春少女。他对她说尽狠话，却又离不开她。她说的话我只记得大概，令我印象极深的是，当她继续诉说这可怕的故事时，脸上的微笑中含着莹莹泪光。说完她的故事后，她说：“现在你们知道我为什么上课老是迟到了吧？”事后玛纳不怎么同情地说：“我相信阿金即使面对自己的苦楚，也要从中捞点儿便宜。”

不久我们全都涉入了阿金的婚姻问题。我先在晚餐后说给比冉听，接着再转述给一个最要好的朋友听，她是位优秀的律师，只可惜失去了理想。我说服她接下阿金的案子，从那时起，阿金便常成为我们讨论的话题，不论是她的摇摆不定、她的丈夫、她的怨言、她的诚恳或缺乏诚恳。

这些私人的插曲本不该成为上课的内容，却悄悄渗透到我们的讨论中，而且步步入侵。一开始无意间提到时，大家纷纷神游至各自的经历。我们谈起了妇女身心受虐被法官判定为不足以构成离婚理由的不同案例。我们讨论到有些案子的法官不但驳回妻子提出的离婚诉请，还企图将丈夫的殴打归咎于她，命她反省自己究竟犯了什么错才会惹得丈夫不快。我们拿那个常打老婆的法官来开玩笑。在这里，法律真的是盲目，对妇女的不公平待遇，根本目无宗教、种族或信念。

6

据说个人的事就是政治的事。这当然不正确。在争取政治权益的背后，潜藏着渴望保护自己、预防政治侵犯个人生活的心态。个人的事与政治的事唇齿相依，却非同一件事。想象领域为两者之间的桥梁，时时以一方的观点重塑另一方。柏拉图笔下的哲人之王懂得这一点，盲目的审查官亦是，所以难怪伊斯兰政权的首要之务，便是模糊个人与政治的界线，进而毁灭两者。

每当有人询及我在伊朗的生活时，我始终无法将生活中最个人的隐私与盲眼审查官的虎视眈眈分割开来。我想起出身极端不同的丫头们，不论身世和信仰的歧异，她们把自己的困境拿出来讨论，而这些困境之所以产生，多半是因为这个政权剥夺了她们最亲昵的时刻和最私密的憧憬。这份冲突来自伊斯兰政教合一的统治所制造的矛盾。既然国家由神学士统治，宗教便被当作权势的工具，成为一种意识形态。这种信仰的意识形态化，是在位者与成千上万一般百姓最大的区别，像玛荷希、玛纳和雅西之类的信徒，赫然发觉伊斯兰共和国成了她们最大的敌人。我的同类痛恨压迫，但另外那群人却必须面对这样的背叛。但即使对他们而言，私人生活的冲突与限制远比战争与革命大事更加切身直接。我在伊朗生活了十八年，然而最初几年的翻天覆地，在公开处决与血腥示威之中，或红白警报交替、飞弹炸弹齐飞的八年两伊战争期间，我都没彻底领悟这真相。战争与最高领袖的死是迫使国家团结、防范杂音与矛盾浮现的两大因素，因此直到战争结束与最高领袖死后，我才恍然大悟。

等等，你们会说，杂音、矛盾？这不是希望、改革与和平的时刻吗？你不是告诉我们戈米先生的运势正在下降，弗萨提先生的运势正在上升吗？你们会提醒我在上一部的结尾，激进的革命党人，不是选择自焚，就是决定随着时代潮流改变吗？至于玛荷希、娜丝琳与玛纳，你们会说，她们活下来了——她们得到另一次机会。你们会问，你是否为了故事的戏剧效果而夸大其词？

不，我没夸大其词。伊朗的生活若要套入一般正常的戏剧效果，总嫌太爆炸性、太夸张、太混乱。和平时期往往会让损伤的程度浮出台面，凸显出昔日房屋所在的巨大坑洞。那时，缄默的声音、被困在瓶中的邪灵，才朝四面八方飞散出去。

玛纳曾说，伊朗有两个，一个是字面上的，一个是现实中的。字面上的伊朗，是从和平与改革的诺言中展开的20世纪90年代。有天早晨我们醒来时听到消息，说监护委员会经深思熟虑后，已选定前总统哈梅内伊为接班人。雀屏中选前，哈梅内伊的政治地位并不稳固。他在统治集团内与某些最保守反动的势力过从甚密，但他也是出了名的艺术赞助者。他结交诗人，因在谴责拉什迪的言辞上转趋软化而遭受过领袖严厉斥责。

但这同一个人，这位新的国家最高领导人，这个目前拥有国内最崇高政教头衔、要求人民给予最高敬意的人，却是个冒牌货。他知，我们知，更糟的是选他为领导人的同事与教友也知道。媒体与政府宣传刻意忽略此人一夜之间高升为阿亚图拉的事实；此一地位必须先实至名归才能予以任命，他的高升显然违反了神职人员的升迁规定。哈梅内伊选择加入最反动的一边；他作此决定不仅依据宗教信仰的引导，也基于必要性；他需要取得政治支持与庇护，以弥补同僚对他的轻蔑。他一夜之间从不温不火的自由派，摇身一变成为坚定不移的强硬派。有一次瑞兹凡太太难得直率地说："我比你更了解这些人，他们改口的频率比换衣服的次数还高。伊斯兰成了一门生意，就像石油之于德州石油(Texaco)。这些把伊斯兰拿来交易的人，每个都想把它包装得比下一个漂亮，我们根本摆脱不了他们，你总不至于认为他们会承认我们没有石油日子会过得比较好吧？他们能说一个好的政府不需要伊斯兰吗？不可能，不过改革派现在学机灵了；他们会把石油更便宜地卖给你，并且保证把石油滤干净一点。"

我们的总统拉夫桑贾尼不但是强势的前国会发言人,也是赢得改革者美名的头一人,他是我们的新希望,但这个自称为重建将军、绰号戈尔巴乔夫阿亚图拉的人,却因财政与政治腐败,以及涉嫌以恐怖手段对付国内外异己分子而染上污名。他曾谈到要放宽法律——又一次,正如玛纳所提醒:“这些改革代表你可以做个半吊子的伊斯兰教徒,你可以游走法律边缘,让一丁点儿发丝从头巾底下露出。”“换句话说,你也可以做个半吊子法西斯主义者或半吊子共产主义者。”我补充道。“或半吊子孕妇。”尼玛大笑着下结论。

此种修正主义的结果是,莎娜姿和蜜德拉不再忌讳以更大胆挑衅的方式戴头巾和露出一点头发,不过道德警察还是有权逮捕她们。只要她们搬出总统的话提醒警察,革命卫兵就会立即逮捕她们入狱,顺便破口大骂总统和他祖宗八代……怎会在伊斯兰国家颁布这种鬼命令。但总统的自由主义仅止于此,就像后来继任的哈塔米总统也一样。对他的改革信以为真的人付出了极高的代价,有的甚至送了命,逮捕他们的人却逍遥法外。另一个字面的伊朗与实际的伊朗倾轧冲突的例子是,当误以为得到总统支持的异议作家西札尼锒铛入狱,受尽凌虐,最后惨遭杀害时,没有人伸出援手——这种例子持续至今仍屡见不鲜。瑞兹凡太太喜欢提醒我,他们个人的利益凌驾一切。不论他们自称有多开放自由,永远不会放弃伊斯兰的招牌,这可是他们的注册商标。

没错,这是个满怀希望的时期,但我们却误以为满怀希望的时代便不会有紧张与冲突,以我的经验,这才是最危险的时候。某些人的希望等于另一些人的失望;当绝望的人重新燃起希望时，掌权者（亦是夺走希望的人）便开始害怕，更加维护他们岌岌可危的利益，采取更加压制的手段。在许多方面，这些满怀希望和宽恕的时代，其实和以前一样令人忧心忡忡。生活变得像低劣作家写的小说，无法以秩序、逻辑去规范笔下失去控制的人物。那是和平与重建的时代，应该让正常的步调与生活节奏重新接掌，结果反而有各式各样的杂音排山倒海而来，压倒战争的肃穆之声。

与伊拉克之战已经结束，但政府与其内敌之战方兴未艾，他们持续对付被他们视为文化堕落与西化媚外的代表。这一波的压迫行动非但没削弱、消灭这些眼中钉，在某些方面反而使其更壮大。政党与政敌纷纷被查禁、关进牢狱，但在文化领域，包括文学、音乐、艺术和哲学等，主流是跟着世俗势力走的；伊斯兰精英无法在这些领域取得主导权。随着愈来愈多激进的穆斯林青年知识分子、记者和学者往另一边投奔，文化战争也变得愈发重要。他们除了对伊斯兰革命希望破灭，又面临苏联解体带来的意识形态空虚，无所适从的他们，只得向曾遭他们极力唾弃的西方民主靠拢。遭伊斯兰政权以西化罪名毁灭和封口的人，如今再也无法被封口或消灭；他们和那些自命为国家守护者的人一样，都是伊朗文化重要的一环。但最令伊斯兰统治阶层心惊胆战的是，这些分子如今已成为日渐觉醒的前革命党人与所谓革命之子的年轻一辈效法的模范。

伊斯兰文化暨指导部有许多人开始支持作家与艺术家，准许原先可能被贴上非伊斯兰标签的书籍出版。我的纳博科夫论文得到该部内某些开明官员的支持，于 1994 年出版了。多亏思想先进的法拉比电影基金会(Farabi Film Foundation)主席,一些革命后被禁的老导演的电影才得以上映,不过这位主席后来遭到政府内反动势力的反对和弹劾。文化部本身成为不同派系(今日所谓的强硬派与改革派)间厮杀的战场。昔日许多革命党人,如今开始阅读并诠释西方思想家与哲人的作品,且质疑起自己的正统。他们正被自己一度费心摧毁的观念与制度所改造,这代表了一线希望,即使有点讽刺。

这些官员无法解析或领悟复杂纠结与不合常规的情况,加上受到同侪出卖的刺激,这些官员便不得不像对待真实生活一样,也在小说上头勉强套上他们的简单公式。就在他们以非黑即白的模式检查真实世界的色彩与色调时,也检查了想象世界的任何内在形式;讽刺的是,和他们的意识形态对手同出一辙,对他们而言,只要出自想象的创作不带政治信息,便一概视为危险作品。因此一个像奥斯汀这样的作家,不论他们认不认识,都自然成为他们的敌人。

7

“你不该再把我们所有的问题都怪罪到伊斯兰政权头上。”我的魔术师说。我皱起眉头,把靴尖戳入雪中。那是个下着雪的晴朗早晨,属于德黑兰冬季最美好的日子之一。光滑的白雪覆盖着树木,在人行道上堆得高高的,仿佛有上百万个小太阳在闪烁。

这种日子总会让人不由自主地兴高采烈,洋溢着赤子之心,尽管对污染以及更重要却无形的议题不满。即使在吐苦水之际,对母亲用新鲜冰雪调配的樱桃糖浆的淡淡回忆，冲淡着我的怏怏不乐。但我可不是轻易屈服的人；我心事重重，满脑子都是阿金的丈夫和莎娜姿的小伙子。过去十五分钟，我已经把丫头们遭遇到的考验与经历讲给我的魔术师听，并加油添醋，不论正当与否，都把矛头指向我们一切烦恼的祸源——共和国政权。

莎娜姿从土耳其回来后第一个星期，就带着略为压抑的兴奋心情回来上课。照片摊在玻璃茶几上：全家人在饭店大厅；莎娜姿和一个深褐色头发、褐色眼睛、身穿牛仔裤蓝衬衫的年轻人倚栏而立；订婚宴会；莎娜姿穿着红色洋装，头发披肩而下，抬头望着这风度翩翩的年轻人。他穿黑色西装和浅蓝色衬衫，深情款款地凝视她的眼睛；他把订婚戒指套入她手指，她则满怀憧憬地注视着戒指（她后来说，可惜他父母没先跟他们商量就买下了戒指）。这儿还有离经叛道的阿姨、垂头丧气的妈妈和惹人讨厌的弟弟。一晃眼，他就得回伦敦，而她得回德黑兰。（莎娜姿有点沮丧地说："阿里和我根本没什么机会说话，家里的人老是围在旁边。"）

两星期后，她在课堂上显得不再兴奋。休息时，愁容满面的莎娜姿先是为她的私事占用大家上课时间而致歉，接着一边含泪拨开额前那缕始终不在的头发，一边宣布一切都告吹，婚礼也取消了。她被甩了。他打了通电话来，说他实在不知道该如何带给她幸福，他还只是个学生，怎么养活她？他们要经过多久才能真正住在一起？他不断地说，这不公平，对她不公平；他提出了各式各样的借口。她说："我明白他的意思，我也有同样的顾虑，不过我希望他别那么一味讲求什么公平！"他说他会永远爱她。"他还能说什么?”莎娜姿问我们。我心想:“可恶的懦夫。”

结果这天大家都对莎娜姿特别好。他家人非常生那男人的气,他母亲说这些年来他和冷漠无情的英国人混久了,都被带坏了。他们西方人不像我们这么重感情。他父亲信心十足,说他会回心转意,只是要给他时间。他们没有人领悟到或许是因为他们居间搅和给了他压力,才逼得他走了连他自己也没把握的一步。

莎娜姿受不了所有人的可怜,连她弟弟也同情起她。听说,有另一个女人——“总是有另一个女人的,”阿金附和道,“男人就是这样。”莎娜姿回答玛荷希:“不是的,她不是波斯人,不过这也不重要了。”有人说是瑞典人,也有人说是英国人。当然啦!外国女孩,总是令人难以抗拒——不是有人说过?她家人和朋友在她身边时那副默不作声、阴阳怪气的样子,令她更加绝望。她勉强从泪眼中挤出笑容说,要是她弟弟跟她发发飙,或没收她的车,她感觉还会舒坦些。今天是她第一次有机会摆脱他们,她已经觉得好多了。

玛纳以难得的尖酸口气说:“得不到的男人总是比较讨人喜欢、令人向往。”停顿片刻后,她又令人不解地补了一句:“我这么说并不是要安慰莎娜姿。”

“男人!”娜丝琳愤怒地说。“男人!”阿金跟着说。雅西仿佛突然坐直起来,双手交握,摆在腿上。莎娜姿告诉我们,只有阿姨高兴。她的第一句话是:“谢天谢地,他可让你大梦初醒。你希望怎样?只有傻瓜才会以为像他那种年纪,或任何年纪的男人,可以独居五年而没有任何外遇。”“我就这么以为。”莎娜姿告诉她。“那么你是傻瓜。”阿姨说。

莎娜姿大致上的反应还算心平气和,她几乎是松了一口气。在内心深处,她始终认为这行不通,用这种方式根本不行。但伤害依然存在:他为何不要她?和别的女孩比较起来,例如那些不忸怩、不怕跟别人过夜的英国女孩,他是否嫌她太土气,不够大方?“心碎就是心碎,”我讲解给她听,“即使英国女孩或美国女孩一样会被情人抛弃。记不记得我们读过一些精彩的短篇小说——《威瑟罗老奶奶被人抛弃》(*The Jilting of Cranny Weatherall*)?当然还有《献给爱米丽的一朵玫瑰花》(*A Rose for Emily*)。”后来莎娜姿开玩笑,说她正考虑要模仿哈维辛姆小姐①,让自己永垂不朽;哈维辛姆小姐可是她当时心目中的女英雄。“只是她连结婚礼服都没买。”她惋惜地补充道。

我们怎会从莎娜姿的困境扯到共和国政权下的生活?我们试着以政府的八卦作结。我们八卦了持绿卡的神职人员与高官的人数,统治阶层的自卑情结——一方面焚烧美国国旗,另一方面谄媚西方人,尤其是美国记者。还聊到总统的女儿法雅洁·拉夫桑贾尼一身蓝色牛仔裤和锐步运动鞋的打扮,还有从罩袍底下露了馅的染淡了的发丝。

我把这一切巨细靡遗地说给我的魔术师听,生动地向他描绘了莎娜姿的伤心与阿金的忧愁。我夸张断定这个政权彻底渗入我们的心与脑,迂回地侵犯我们的住所,窥伺我们在卧房的一举一动,逐渐违反我们的自由意志去塑造我们。在这样的严密监视下,我们如何能将个人的苦恼与政治的苦难划清界限?弄清罪魁

① 狄更斯《远大前程》中让男主角误以为是恩人的老处女。

祸首是谁,至少聊以堪慰,这可是受害者的少数补偿之一——“而且受苦是另一个坏习惯”,正如贝娄在《赫索格》中所言。

我的魔术师把右眉一扬,露出疑问嘲弄的眼神,讽刺地说:“你倒是告诉我,一个漂亮的女孩被甩了,跟政权扯得上什么关系?你的意思是,世上其他地方的女人不会被丈夫虐待,不会被男朋友抛弃?”我觉得暴躁易怒和茫然无助,无法理智地响应,不过我知道他言之有理,于是我保持缄默。

“就因为政府纠缠不休,你便打算跟它合作,把生活掌控权完全交给它吗?”他滔滔不绝往下说,把他的观点发挥到淋漓尽致。“当然,你说得没错,”后来他说,“这政权已经无孔不入,使我们再也无法把私生活和它分隔开来。它变得无所不能,或许把我们爱情的成败归咎于它也不为过。我想用你最近的最爱,贝娄先生的话来提醒你。”他在“最爱”这两个字上停顿了几秒:“记得你引述他的那句话吗?我们这两周来热烈讨论的其中一句——‘这些人先谋杀你,再逼你思考他们的罪行。’”

“你在听吗?”他说,把疑问的眼睛凑近我的脸,“你神游到哪儿去了?”

“噢,我在这儿,”我说,“我只是在想事情。”

“是吗。”他以他的英式口吻说。

“我真的在听,”我说,“你刚刚帮我厘清了我最近常在想的一些事。”他等我往下说:“我最近常在思考人生、自由和追求幸福的问题。我想到我的丫头们都不幸福,我是指,她们觉得自己注定不会幸福。”

“那你给她们什么样的建议,让她们了解幸福是她们的权利?”他问,“当然不是鼓励她们以受害者自居,她们必须学会去争取自己的幸福。”

我继续把靴子往雪地深处挖,同时吃力地追上他的步伐。“不过只要我们无法理解这一点,只要我们继续争取政治自由,却不了解想得到政治自由必须先有个人自由,不了解你的莎娜姿不需要大老远跑到土耳其去给人追求,那么我们就不配得到这些权利。”

听了这一番训诫,我找不出任何说法加以反驳,我回到自己的思绪。我们默默走了好一阵子。“可是在设法让她们了解这点的过程中,我带给丫头们的伤害说不定大过好处,你难道看不出来吗?”我的语气或许相当戏剧化,“你知道,跟我在一起,听我说我过去的经历之后,她们开始勾勒另一个无可挑剔、闪闪发亮的世界,西方世界……我,不晓得,我想我已经……”

“你是说你已经帮她们创造出一个平行的幻想了,”他说,“这个幻想足以和共和国政权为她们的人生捏造的幻想分庭抗礼。”

“是的,是的!”我兴奋地说。

“呃,首先,这不能完全怪你。我们没有任何人能在共和国政权下这个幻想的世界里生活并幸存下去——我们都需要创造一个借以遁逃的乐园。何况,”他说,“有件事是你能够办得到的。”

“有吗?”我热切地说,既灰心又渴望知道。“有,其实你在课堂上已经做了,只要别做过头。学所有诗人对待他们的哲人之王那样,你不需要创造一个西方世界的平行幻想,只要把另一个世界所能提供的精华给她们就够了:把纯粹虚构的作品给她们——再把她们的想象还给她们!”他得意洋洋把话说完,然后看着我,仿佛期待我给他的睿智高见报以欢呼掌声。“如果你能改变一下做法，把你教学生的那一套具体践行出来，可能对你有好处。就拿简·奥斯汀来说好了。”他以类似施恩的态度说。

“你总是告诉我们她忽略政治，不是因为她不懂政治，而是因为她不愿让她的想象创作被周遭的社会所吞噬。在一个几乎全世界都栽在拿破仑手中的时代，她创造了自己的独立世界。而这世界在两世纪后的伊朗伊斯兰共和国被你奉为小说中的民主圭臬，拿去教学生。记得你自己说过的话吗？你不是说反抗独裁的第一课，就是做自己的事，并且满足自己的良心？”他耐心地往下说，“你常提到民主空间，以及人需要个人空间和创作空间。既然如此，就去创造这些空间啊！女人！别再发牢骚，别再把全副精神放在伊斯兰政权做了什么或说了什么，开始把注意力放在你的奥斯汀上面吧！”

我知道他说得对，不过我对自己太灰心、生气，无法承认这点。小说并非万灵丹，但它确实提供给我们一种批评的方法，让我们评价、理解世界——不仅是我们的世界，还有我们憧憬的另一个世界。他说对了，我没在听，否则我就必须承认我的丫头们和成千上万的伊朗人一样，由于不愿放弃追求幸福的权利，已在政权营造的严峻虚构世界里引起回响。

他又继续说着，声音仿佛来自远方，透过一层薄雾才传到我耳内。“当你在谈成立这个秘密课程时，我心想这可能是个不错的点子，有几分是以为它可以分散你对政治的注意力。结果我发现适得其反，你反而更投入。”

当我初次告诉他我决定辞掉大学的工作，开这个秘密课程时，他曾说过："你要如何活下去？你已经断绝了与外界的往来，教书成了你最后的避风港。"我说："我想开设一个班，在家里开一个文学工作室，精挑细选几个真正热爱文学的学生。你肯帮我吗？"他说："我当然愿意帮你，不过你清楚这代表什么吗？""代表什么？""不久你就会远离我们，你愈来愈缩回你自己的世界，逐渐远离所有的活动。""没错，不过假如我有了这个班呢？""你的课是在家里上的。你不是常说要用波斯文写本书吗？可是现在我们谈的净是你在美国或欧洲下一场会议的演讲内容。你写的书是给其他读者看的。"我说："我有你呀！"他说："我不是个好例子，你把我当成你梦想世界里的一部分了。"

我们分手时，我往回家的路上走，心情已经改变了。我正在想最近打算列入阅读清单的一本处理东西方各自难题的新小说——贝娄的《院长的十二月》。我对于自己向魔术师发牢骚感到愧疚，我多希望他当场就能改变一切，擦擦神灯，就使革命卫兵消失无踪，连同阿金的先生和玛荷希的老板一起不见。我要他了结这一切，他却叫我别这么投入。我不愿去理解他话中含意，就像个任性的小孩不小心揍了慈父一拳，我感到惭愧。

在回家的路上，太阳已开始西斜，似乎将撒在雪地上的光芒逐一收回。抵达家里时，我看见壁炉中已升起熊熊的火，不由觉得感激。比冉坐在火炉边的椅子上，正在读《漫长的告别》，显得平静安详，附近的桌上摆着一杯私酿的伏特加。我从窗口望出去，看见覆盖着白雪的枝丫，群山模糊的轮廓在暮霭中几难分辨。

8

“他们想尽可能表现得现代化。”雅西淡淡揶揄道，半躺在她平常的位子上。雅西正在叙述她最近和一位她所谓“绅士追求者”的冒险故事。她有相当大的结婚压力；她最要好的朋友和最亲的表姐妹不是结了婚，就是已论及婚嫁。“双方家长都同意我们应该先了解对方，再做进一步的决定。于是我们便去公园逛了一个钟头，边散步边聊天，有个初步的认识。”她的语气带着同样的嘲讽意味，不过从她的表情看得出她颇自得其乐。

“他和我走在前头，后面跟着我爸妈、姐姐和他的两个姐妹。我几乎可以听见他们假装闲聊各种话题，而我们两人则假装他们不在场。我问他从事哪方面的工作。‘机械工程。’‘喜欢看什么书？’‘没时间看书。’我觉得他很想看我，却又不敢。当他来我舅舅家正式邀请我时，从头到尾都低着头，到了公园，又没办法正眼瞧我。于是我们并肩走着，眼睛始终盯着地上。我心里一直在想些可笑的事，例如男人怎知他打算娶的女人不是秃头？”

“简单，”娜丝琳说，“古时候男方家的女人会给准新娘做彻底的检查，连牙齿也看。”

“幸好我牙齿都在！总之我们就这样消磨掉不少时间，后来我突发奇想，开始加快脚步，他们全都吃了一惊。当他们想追上我时，我又忽然刹住，害他们差点撞上。他真的很讶异，不过仍跟上我的步伐，并掩饰住他的惊讶。有好几次我试着去看他的眼睛，结果都失败了。当时我的想法是：如果他懂了，也笑了，我愿意给我们一个机会。如果他没有,就到此为止——我不想浪费时间。我知道如果换作是我舅舅,他一定会立即加入我的游戏。”说完后,她便默不作声。

“结果怎样?”“噢。”她说,仿佛刚从恍惚中回过神来。“没什么?”“没什么?”“没什么,那个笨蛋甚至没问我为什么要突然加快脚步。基于礼貌,他只有尽量跟上我的脚步而已,什么也没说。过了一阵子,我觉得烦了,我们就道别了。他们一直问我怎么回事,我都不回答,后来他们也懒得问。我相信现在他一定高高兴兴娶了个身上肉比我少的女孩子。”她说,高兴地看着我们。她总爱说好听的故事,即使她自己是故事中的笑柄。

这星期把雅西累坏了,不仅要应付这个新的追求者,她舅舅又要回美国。每当她舅舅来伊朗(次数并不频繁),总会激起雅西心中的困惑与疑问,害她不明就里为一些模糊不安的渴望苦恼好几个星期。如今她知道她非去美国不可,一如她十二岁时就知道她非演奏那禁忌的乐器不可。她演奏乐器,坚持上德黑兰的大学,决定加入这一班,全都是在为她走向最终目标而做的准备:实际置身于舅舅所在之处,品尝那可望不可及的果实。这果实向来悬在她母亲与阿姨的生活上空,招引呼唤,她们却始终触摸不到。她们不乏聪明才智,唯独欠缺自由。雅西别无选择,只能希望自己像舅舅——不见得要像他们一样,但至少要拥有他们那份在她看来似乎是不可剥夺的权利。

我不希望她结婚,我希望她经历一切的艰辛,克服万难。她遭遇到家人强大的反对,一个女孩子家到国外留学不仅史无前例,经济上也会碰上极大的困难。此外还有能否申请到美国的大学以及签证的问题。我希望她成功不只为她自己，也为我们其余的人。我总是热切盼望不可能实现的梦能实现。

这一天专门在讨论绅士追求者；莎娜姿也有好多故事要讲。解除婚约后，莎娜姿开始狂欢作乐，与不同的追求者约会，并且将她与在美国受教育、持有绿卡（代表某种地位象征）的工程师的交往过程，巨细靡遗叙述给我们听。他在一张家庭合照中看中了她，一抵达德黑兰就去找她，请她上瑞士餐馆吃饭；这个有钱的商人想要娶个有教养的美丽妻子，想把整间图书馆买下来给她，这样她就不需要离开家，诸如此类。这些约会对莎娜姿而言仅是一种发泄。

“看我的例子就够了，”阿金说，“你何必结婚？”那轻浮的语气又暂时出现在她声音里：“别把这些人当真，只要和他们出去玩玩就好。”

我的律师朋友在帮阿金忙时，遭遇了极大困难。起初阿金坚决要离婚。十天后她和先生、婆婆及小姑一起到律师事务所，说她觉得有可能与他和解。不久之后，她没事先预约又冲进事务所；她浑身是伤，说他又打她了，而且把女儿带到她婆婆家。到了晚上，他跪在她床边，哭着哀求她别离开他。我向阿金提起这件事时，她的泪水又夺眶而出，说她假如真的去办离婚，他会把孩子带走。女儿是她的命根子。“你也知道法庭总是把孩子的监护权判给父亲。”她知道他要孩子唯一的理由是想伤害她，他根本不可能关心女儿，八成会把她送到他妈妈家去。阿金已申请了加拿大签证，但即使申请下来了，没有先生的准许，她也不能出国，她绝望且戏剧化地说。

玛纳同意阿金的话,只是拉不下脸来承认。“如果我是你,我会趁还有机会的时候离开这个国家,”她对莎娜姿建议,“别留下来,也别嫁给非留下来不可的人,你在这儿只会沉沦。”

玛荷希非难地看着她。“这可是你的国家呀!”她说着并抿起嘴唇,“还有很多你可以做的事。”

“你什么事也做不了。”玛纳斩钉截铁地说。

“你可以写作,也可以教书,”玛荷希说,迅速瞥了我一眼,“我们需要优秀的评论家,也需要优秀的老师。”

“没错,”玛纳说,“像纳菲西教授这样。辛辛苦苦念了多年的书,然后呢?前天尼玛还在说,如果他不花这么多时间攻读文学硕士,改去当街头小贩,赚的钱还比现在多。”

“如果大家都离开了,谁来帮忙改善这个国家?我们怎能如此不负责任?”玛荷希说,眼睛直盯着地板。

这正是我日日夜夜问自己的问题。比冉告诉我,我们不能全都离开这个国家,这是我们的家呀!我把我的烦恼拿去请教我的魔术师。他说:“世界广阔无比,你在任何地方都可以写作、教书。事实上,到了外面,你写的东西和教的书会有更多人读到和听到。去或留?到头来,这纯粹是非常私人的问题。”我的魔术师分析给我听。“我一直很欣赏你那位前同事的诚实。”他说。“哪位前同事?”“A 博士,那个说他离开的唯一理由是他喜欢自由自在地喝啤酒的同事。我已经听腻了有些人老爱用爱国情操包装他们个人的缺失和欲望。他们留下是因为他们没本事在外地求生,因为假如他们离开了,就不再像在家乡一样风光;可是嘴巴上他们却说些为故乡牺牲之类冠冕堂皇的借口。而那些离开的人,又说他们离开是为了批判和揭发这个政权。何必找这么多理由来自圆其说呢?”

他言之有理,但事情没这么简单:我知道比冉想留下并非因为他在美国找不到工作或栖身之处,他的近亲大多都在美国,他自己在美国住过的时间比在伊朗还久。他告诉我:“我想留下是因为我爱这个国家。我们应该留下,作为一种反抗的形式,表示我们没被击败。我们的存在对他们而言如芒刺在背。”他问我:“世上还有哪个地方会像我们这儿一样,举办一场有关《包法利夫人》的演讲会吸引大批人潮,几乎引起暴动?我们不能因放弃而离开,这儿需要我们。我爱这个国家。”他又说了一次。“我不爱这个国家吗?”我自问。

“比冉同意你的话。”我告诉玛荷希。他更执着的是故乡这个概念。他创造了这个家,一手打造了我们的公寓和山中这个落脚处,而且建立了看英国广播公司的节目、请朋友来烤肉的习惯。若要把这世界瓦解,换个地方另起炉灶,的确困难得多。我说,正如我过去常说的:“我想重点就在我们必须根据我们的潜力和条件,作出自己的决定。”我也知道我这番话在她们听起来是多么肤浅。

“我去美国有最充分的理由。因为我这么胖,听说胖妞在那儿过得比较快乐。听说美国人喜欢有点肉肉的女生。”雅西厚颜地说。

“这得看是哪个女生而定。”蜜德拉浇了雅西一盆冷水。当然啦!以蜜德拉的酒窝和棕色大眼睛,到世上任何地方都没问题。她和哈米德已决定去叙利亚一星期,为加拿大居留权接受面谈,因为加拿大不接受在伊朗申请的移民签证。不过她在去留之间举棋不定。

“在这儿我们有自己的身份，”她犹疑地说，“我们可以确实掌握我们的人生。到了那儿，一切都是未知数。”

“自由的苦恼。”娜丝琳简要地说。节录自我最喜欢的贝娄名言。

只有玛荷希沉默不语。我知道她比其他人对自己想要的东西还有信心。她不想结婚，尽管抱持种种传统信仰和道德约束，玛荷希比莎娜姿更不适合结婚。她不赞同这政权，不过她的困扰比存在感的问题更实际。由于她对找到理想中的男人早就不抱希望，又很清楚自己无法在国外生存，便把生活重心全心全意放在工作上。当前的问题是，如何跨越主管愚昧无知的这层障碍，她的卖力工作只得到他们近乎嫉妒的回报，而且拿她的政治背景当钳制她的利器。

我担心玛荷希和她给自己选的孤独道路，也担心雅西和她对舅舅们居住的桃源仙境难以抑制的幻想。我担心莎娜姿和她的心碎，担心娜丝琳和她的回忆，也担心阿金。我替她们所有人担心，但最令我操心的是玛纳。她的聪明才智是最为正直、苛刻的那一种，即对自己的要求最严苛。她所处的现状样样惹她不快。从她和先生在经济上仍需仰赖她家人，到知识分子的庸碌表现，再到当局在日常生活上的残酷不仁，没有一件事令她满意。与她有着共同感受和欲望的尼玛，更加深了她的强烈孤立感。然而玛纳与雅西不同的是，她固执到不肯为她的处境做任何改善。明知她的才智将白白浪费掉，她似乎还觉得沾沾自喜。她就像我的魔术师一样，打定主意要把大部分过错怪罪在自己身上，而非周遭的世界。他们两人都认为，让如此低劣的人掌控他们的人生，错在自己。

“我们怎会扯来扯去，老是在婚姻上打转？”蜜德拉说，“我们到这儿谈的应该是书呀！”

我笑着说：“我们需要的是有个纳贺维先生在场提醒，我们去看奥斯汀的书和谈论婚姻，有多小家子气。”一身灰扑扑的西装，衬衫扣到底，层层厚重的头发，细扁的眼睛，每隔一阵子，纳贺维先生就成为我们取笑的目标。自从他宣称高尔基《母亲》中的主角比简·奥斯汀小说里所有反复无常的年轻小姐崇高许多的那天起，他在我心目中的形象永劫不复。

9

奥嘉沉默不语。

“啊！”弗拉季米叫道，“为什么你爱我不能像我爱你一样？”

“我爱我的国家。”她说。

“我也爱。”他激动地说。

“另外还有让我爱得更深刻的。”奥嘉接着说，挣脱了年轻男子的怀抱。

“那是什么？”他问。

奥嘉把一双清澈的蓝眼停驻在他脸上，立即回答：“是党。”

我们读过的每一本杰作都成为对统治者意识形态的挑衅。这些书之所以成为潜在的威胁与敌意,不仅是因为它们的内容,更因为叙述的方式和对真实生命与虚构世界所采取的态度。这种挑衅再没有比简·奥斯汀的例子更显著的了。

我在阿拉梅的课堂上,花了很多时间将福楼拜、奥斯汀和詹姆斯,与高尔基的《母亲》、肖洛霍夫的《静静的顿河》(*And Quiet Flows the Don*)等具有意识形态色彩的作品,以及伊朗本地创作的一些所谓写实小说,拿来对照。以上那段是纳博科夫在他的《俄罗斯文学讲座》中所摘录的,曾给我阿拉梅大学的课堂带来不少欢笑。我问学生,当我们把角色人物一丝一毫的独特性都予以否定时,会有什么后果?读者对谁的人性了解得较深?是包法利夫人,还是有清澈蓝眼的奥嘉?

有天下课后,纳贺维先生尾随我到办公室,想告诉我奥斯汀不仅反伊斯兰,还犯下另一条罪状:她是个殖民主义作家。当时从只会引述并误述《古兰经》的人口中听到这种话,我十分讶异。他告诉我《曼斯菲尔德庄园》是本姑息蓄奴的书,如今西方也觉悟到他们自己的错误。我困惑不解的是,我几乎可以肯定纳贺维先生不曾读过《曼斯菲尔德庄园》。

直到后来在一趟前往美国的旅途上,我买了一本萨义德所著的《文化与帝国主义》(*Culture and Imperialism*),总算发现了纳贺维先生的想法是从哪儿来的。讽刺的是,一个伊斯兰教基本教义派居然会引述萨义德的话来反对奥斯汀。同样讽刺的是,伊朗最反动的分子到头来居然会认同在西方被视为具革命性的作品与论述。

纳贺维先生继续跟我到办公室,口吐着这些智慧箴言。他很少在课堂上提出这些论点;上课时他通常保持沉默,脸上的表情沉着而疏离,仿佛意味着他愿意留下来上课已给我们极大的面子。纳贺维先生是少数几个难以让我找出补救特质的学生之一。我不妨学伊丽莎白·班奈特的口气,说他是个不明事理的人。有一天在疲劳轰炸似的辩论之后,我告诉他:"纳贺维先生,我想提醒你一件事:我没把你比喻成伊丽莎白·班奈特。说实在的,你身上没一点和她相像,你们的差异就像人类和老鼠的不同。可是你记得吗?她对达西有偏见,老爱挑他的毛病,几乎每认识一个人,就要从对方口中确认达西和她想象中一样坏。记得她和伟克翰的关系吗?她的同情与其说是建立在对他的真正怜悯上,倒不如说是建立在伟克翰对达西的反感上。看看你提起你所谓西方时的口气,每次一谈到西方,就少不了要给它冠上一些罪名——堕落、邪恶、腐败、帝国心态。小心落得和伊丽莎白一样的下场!"

我还记得我说这话时他脸上的表情,而我就这么一次利用老师的特权,占了口头的便宜。

纳贺维先生在我们大学里影响力不小,曾把娜丝琳一状告到纪律委员会。他那双鹰眼侦查到她有一天上课迟到时跑步上楼梯。起初娜丝琳拒签悔过书,不愿保证从此即使上课迟到,也不在大学校园内跑步。瑞兹凡太太最后总算劝动她,分析给她听,让她认识到为了这种小事被开除实在划不来。

回忆纳贺维先生过去的种种表现时,我注意到蜜德拉和莎娜姿喃喃低语,窃笑不已。我请她们把逗她们开心的事讲给大家听,莎娜姿便怂恿脸红的蜜德拉说。她坦承在朋友间,大家都戏称纳贺维先生为塔巴塔拜大学的柯林斯先生，即简·奥斯汀笔下妄自尊大的教士。

有天傍晚下课后，纳贺维先生突然出现在蜜德拉面前，看起来跟平常不太一样……“不像平常那么的来势汹汹？”积习难改的雅西接下话头。“不是，不是这样。”“高高在上？妄自尊大？枯燥乏味？”雅西不知节制，继续猜下去。“不对。”总之纳贺维先生不太像平常的他，当他把一个信封交给蜜德拉时，傲慢的神态已消失，只显得紧张兮兮。莎娜姿怂恿她描述一下那信封。她说那信封是难看的蓝色，而且有味道。“有味道？”“对，有廉价香水的味道，闻起来像玫瑰花露。”

蜜德拉在信封内发现了一张颜色和气味同样可怕的信纸，上面以黑色墨水写着工整的字迹。“告诉大家他开头是怎么写的。”莎娜姿怂恿着蜜德拉。

“呃，他一开始其实是写……”蜜德拉声音变小了，仿佛说不出口。

“我的金色水仙花！”莎娜姿高叫，然后爆笑起来。

“真的？金色水仙花？”没错，接着他开始表达对蜜德拉永志不渝的爱，她的一颦一笑都深深烙印在他的心坎里。没有一件事比她的微笑带给他的震撼更大，只愿那笑容是为他一人而绽放等等。

蜜德拉怎么做？我们都非常想知道。莎娜姿提醒我们，这一切发生时，蜜德拉与哈米德高度机密的恋情正在进行。第二天，纳贺维先生没头没脑冒出来，在街上拦下她，她向他解释她实在无法回报他的厚爱。他沉着地点点头走开，只不过两天后又出现。蜜德拉把车子停在大学附近的一条巷子里，正要打开那辆小车的车门时突然发现身后有个人。“像死神的影子。”娜丝琳不祥地插嘴道。总之她回过身，发现了满头卷发、眯眯眼、招风耳的纳贺维先生。他手里拿着一本书，是卡明斯的诗集，而且看得出书页间夹着另一个难看的蓝色信封。蜜德拉还来不及抗议，他就把书塞进她手里离开了。

“告诉纳菲西博士他写了什么，”莎娜姿催她，“如果她知道她教的课程让纳贺维先生派得上用场，一定会很高兴。”他在书里写着“给我羞涩的玫瑰”(“To my bashful rose”)。“还有什么呢?”“他抄了一首你以前在文学概论课教的诗。”

某个我从未旅行过的地方，愉悦地超乎
任何经验，你的眼睛自有其宁静；
你以最细微的姿态用东西将我包围
我无法触摸因为它们离得太近

你轻柔的注视会轻易打开我
哪怕我像手指一般闭锁我自己，
你总是一瓣一瓣地打开我，如同春天打开
(巧妙且神秘地触摸着)她第一朵玫瑰

或你若希望关闭我，我和
我的生命将会非常美丽地一瞬间关上，
仿佛就在这朵花的内心想象着

雪花在各地小心翼翼地下降;

没有一样我们在这世上所认知的东西能等同
你强烈的脆弱的那股力量:它的纹理
以它国度的颜色逼我让步,
每个气息都传送出死亡与永恒

(我不知道是你的什么关闭
又开启;只有我心某处懂得
你眼睛的声音深邃过所有的玫瑰)
没有人,甚至不是雨,有这样的小手。[①]

“这就足以让人对教诗倒尽胃口了。”我说,感染到她们小女生般的情绪。

“从现在起,你应该只教些毛骨悚然的诗,如《恰尔德·哈洛尔德游记》(*Childe Harold's Pilgrimage*)[②]或《古舟子吟》(*The Rime of the Ancient Mariner*)[③]。”玛荷希建议。

这次蜜德拉觉得她得采取更激烈的手段,免得情况失控。与朋友商量过后,她认为直接拒绝像纳贺维这样有权有势的人,不免危险,最好还是编个可信度高的谎话骗他,他才会死心。

---

① 20世纪美国诗人E. E. 卡明斯(E. E. Cummings)的作品《我从未旅行过的地方》(*Somewhere I Have Never Travelled*)——编者注。

② 英国19世纪浪漫派诗人拜伦的诗歌。

③ 英国19世纪浪漫派诗人柯勒律治的长诗。

到他们下一次不期而遇时，蜜德拉已有足够勇气可以拦下纳贺维先生。她涨红了脸，支支吾吾地告诉他，她一直都不太好意思说出拒绝他的真正理由：她已经订婚了，即将嫁给一个远房亲戚。他家非常有势力也非常传统，她担心万一他们发现了纳贺维先生对她的表白，不知会采取什么手段。纳贺维先生愣了一瞬间，仿佛脚底生了根，然后一句话也没说便转身离开，留下仍微微发颤的蜜德拉兀自站在大街中央。

10

瑞兹凡太太在德黑兰过的最后一个新年元旦，买了三只夹子送我。很多女人都用这种发夹来固定头巾。我始终不晓得该怎么把头巾戴好；在座谈会或讲座开始前帮我检查头巾的位置对不对，已成为我们之间的惯例。她说："我亲爱的纳菲西太太，送这种东西给你作纪念令我深感遗憾，不过我真的替你担心。你能答应我不在的时候用这些发夹吗？希望我回来的时候，还能在这儿看到你。"

瑞兹凡太太正准备前往加拿大，经过多年的努力，她终于申请到梦寐以求的博士奖学金。朝思暮想了多年，如今她急着要去享受这一刻的快乐。她经常为自己能否成功、能否胜任而忐忑不安。我很高兴她就要离开了，既为她也为我自己。这几乎让我松了口气。

当时我觉得她野心勃勃，利用我和像我这样的人来达到自己的目的。后来我才发现背后还有其他内情，她的野心不仅是想前往不同的地方或在校内爬到最高的职位，虽然这也是她要的。她渴望进入文学界：她对文学的热爱是真诚的，然而她的才华有限，对权力的野心有时又超越那份热爱，甚至与其冲突。她在我心中激起如此矛盾的情绪。我觉得她总是差点把内心话告诉我，那些话足以将她的真面目揭露在我面前。也许我该表现得更好奇些，也许我如果不老想着她对我的侵犯和苛求，就会注意到更多事情。

1990 年夏末，十一年来头一遭，家人和我前往塞浦路斯度假，顺便和我的小姑们见面，她们还没见过孩子。我被禁止出国多年，一旦获准出境，反而麻痹了，无法鼓起勇气去申请签证。若非比冉耐心十足，锲而不舍，我恐怕没办法坚持到底。不过我总算拿到我的护照，我们也真的出了境，过程中毫无差错。我们住在一个朋友家，她是瑞兹凡太太过去的学生，她说瑞兹凡太太曾问过她关于我、我的工作和我家人的事。

后来我们回到家后，这位朋友告诉我，就在我们离开那天，瑞兹凡太太八成也搭我们回程搭的那同一架飞机来到塞浦路斯度假。她独自一人，拜访我朋友时问到我，朋友告诉她我已经走了，瑞兹凡太太便要她带她去我们停留当地期间去过的地方。她问我在那儿做了什么，去了什么地方。有一天，她们还去我们游泳的海滩。

瑞兹凡太太不好意思穿泳衣见人，犹豫半天好不容易穿上了，却想去海滩人最少的地方，这样才不会有人看见她。她跑进水里，但过一会儿就出来，她告诉我朋友，无论她多努力尝试，还是无法习惯穿着泳衣在人前走来走去。

瑞兹凡太太离开伊朗后，便从我生活中消失。她的消失和先前的存在同样彻底，偶尔回伊朗度假也不曾写信或打电话；她的近况我都是从英文系秘书那儿辗转听来。她为了完成博士论文，申请过两次延期。有时经过走廊或瑞兹凡太太的办公室，我就想起她，她的离去既令人如释重负又觉得感伤。

我来到美国几个月后，听说她得了癌症。我打电话给她，她不在家。她回我电话，语气仍像在德黑兰一样亲切却拘礼。她想知道我们共同的学生的近况，还有我的工作，然后头一次敞开内心谈起自己。她没办法写东西，因为太吃力，她老是觉得虚弱疲惫。她大女儿在帮她。她有许多梦想，而且满怀希望。她的开诚布公主要不在她说了什么，而在她的语气，虽然表面上她说自己身体虚弱、无法写作、仰赖女儿极深，却流露出一股乐观的信心。尽管癌细胞已扩散得很严重，她对最新的治疗仍很有信心。她询问我工作的情形，我没说我身体健康，正在写一本书，而且大致而言，过得很快乐。

那是我最后一次跟她谈话，不久她就病得太厉害，连电话也不能听了。我不由自主老是想起她，当她只差临门一脚就快达到目标时，却得了癌症，老天对她似乎太不公平。我不想跟她讲话，以免再度提醒她我是幸运儿，能在世间多逗留些时候，多得到一段她被不公平骗取的时间。

我们最后一次谈话之后不久，她就过世了。如今她的入侵换上另一种不同的形式，偶尔我会在心中复活她，使她重生，设法穿透弥漫在我们之间那些未说出的感受与情绪。她总在摇曳的火光中朝我走来，就像我们认识那天，带着嘲弄的斜睨目光，穿过我的身体,留给我疑惑与遗憾。

11

大约在1996年春天,也就是3月初,我开始注意到娜丝琳外形上的改变,有一天她没穿戴平常的袍子与头巾来上课。玛荷希与雅西通常戴不同颜色的头巾,而且一踏进我家就把头巾摘掉。但娜丝琳总是打扮得一成不变,唯一的变化就是外袍的颜色,深蓝、深棕或黑色相互交替。

那天她比平常晚到,不经意脱掉外套后,露出了里面的浅蓝色衬衫,深蓝色夹克与牛仔裤。她的长发乌黑柔软,编成一条辫子,常随着头部的动作左右摇摆。玛纳与雅西互使了一个眼色,阿金对她说她看起来很漂亮,仿佛换了个发型似的。雅西以惯有的揶揄口吻说:"你看起来……你看起来勇猛无畏!我的意思是,好极了。"到那堂课上完时,娜丝琳对自己的新装扮已处之泰然,令我几乎想不起以前的娜丝琳是什么样子。

娜丝琳穿罩袍或戴面纱走路时,步伐桀骜不驯,和做每件事的神态一样躁动不安,带点儿逞强的意味。现在除去了面纱,她却弯腰驼背,好像想遮掩什么。在讨论奥斯汀的女性角色过程中,我才注意到她企图遮掩的是什么。在罩袍的覆盖下,根本看不出她的身材有多性感,线条有多美。我得强忍住冲动,才没叫她把手放下、不要遮住胸部。此时她没穿罩袍,我才发现原来罩袍正好可以用来遮掩她所不想承认的身材——因为她真的不知该拿它如何是好。她走路的样子摇摇晃晃,仿佛初学步的幼儿,随时都会跌倒。

几星期后，她在课后留下，问我能否另外约时间见面。我叫她来我们家就好了，可是她却一反常态，变得非常拘谨正式，要求到一家我和学生们常去的咖啡馆碰面。如今回顾当时，我发现，有多少她们最隐秘的私事和秘密，都是在公众场合中说出来的：我的办公室、咖啡馆、出租车，以及我家附近蜿蜒的街道。

我走进咖啡馆时，娜丝琳坐在一张小木桌旁，桌上摆着一盆蜡做的血红康乃馨。娜丝琳点了香草与巧克力冰激凌，我则点了冰咖啡。娜丝琳和我会面，正式宣布她交了男朋友。"我认识吗？"我问她。她正粗鲁地把汤匙搅进冰激凌里。"不认识，我是说——"她支支吾吾地说，"你可能见过他，他显然认识你。我认识他很久了。"她接着说，好像终于承认一件丢脸的事。"我认识他两年多了，"她叹口气，"不过最近这几个月才真正在一起。"

她透露的消息令我讶异。我想掩饰住我的惊奇，想找些适当的话来说，但她的表情不容我说出这类闪烁之词。"我很早就想把他介绍给你认识，"她说，"只是我不晓得该怎么开口。而且我心里也害怕。""怕什么？他这人很可怕吗？"我说，想说笑却不好笑。"不是，我怕你不喜欢他。"她说着，一面在融化的冰激凌里制造漩涡。"娜丝琳，"我说，"该喜欢他的人不是我。"

我替她感到难过，恋爱应该是一生中最美好的时光，可是她却担惊受怕，为许多事烦恼。当然，她得对她父亲撒谎说她需要花更多时间在翻译上。她活在众多平行的世界里：她家人、工作和社会构成的所谓真实世界；我们课堂与她那年轻男子的秘密世界；以及她的谎言虚构出来的世界。我不清楚她期望我如何表现？我该扮演母亲的角色，告诉她人生的真实面目？还是应该显示出更大的好奇，追问有关他的一切以及他们之间的交往情形？我等待着，努力想将视线从那盆有催眠作用的康乃馨移开，停驻在娜丝琳脸上。

“就算你取笑我，我也不会怪你。”她惨兮兮地说，在融化的冰激凌中旋转汤匙。

“娜丝琳，我绝不会取笑你，”我辩白道，“何况我干吗取笑你？替你高兴都还来不及呢！”

“真是可悲，”她说，丝毫没注意我说的话，只顾想她自己的，“我母亲在我这年纪的时候，孩子都大了，你也已经在教书了，我却还在这儿像个长不大的十岁小孩。我们课堂上应该来讨论这个。”

“讨论你像个十岁的小孩？”我问，不甚高明地想让气氛轻松些。

“不，不是，”她放下了汤匙，“是讨论我们这种女孩，这种读过奥斯汀、纳博科夫和许多大作家，口中高谈着德里达、罗兰·巴特与世界局势的女孩，怎会对男女之间的关系、与男人约会所代表的意义一无所知。我十二岁的侄女说不定比我还懂，约会过的男生比我还多。”她气愤地说，手指扣紧了又放松。

在某方面，她说得对，而她愿意把内心话说出来，令我不由得对她生出怜悯和保护之心。我告诉她：“娜丝琳，在这方面我们没有一个人像你所想的那么经验老到。我总觉得，只要换了一个对象，一切便重新开始。这些事是要靠直觉的，你需要学习的是抛开你的顾忌，重拾童年时期不假思索便和男孩子玩游戏的心境。”

娜丝琳没搭腔。她正在把玩蜡制假花的花瓣,抚摸其光滑的表面。

“你知道吗?”我说,“我和第一任丈夫……没错,在比冉之前,我结过婚,当时我还不满十八岁。你知道他为什么娶我?他告诉我他喜欢我的纯真,当时我连法式接吻是什么都不晓得。我出生和成长在自由开放的时代,活在自由开放的家庭——还不满十三岁,爸妈就把我送出国了——结果我却决定嫁给一个令我十分瞧不起的男人,他想娶的是贞洁的处女,很遗憾地,他看上了我。他跟许多女孩子交往过,当我和他一起搬去他读大学的俄克拉何马时,他的朋友都很讶异,因为直到他回伊朗过暑假那天,他一直跟一个美国女孩同居,在朋友面前他都称呼她老婆。所以你不必觉得难过,这种事是很复杂的。”

“你快乐吗?”我焦急地问她。她停顿很久,我趁这时候把那盆花推到旁边,靠墙放着。

“我不知道。”她说。“没人教过我要怎样才会快乐,我们受的教育都告诉我们快乐是极大的罪恶,性只为传宗接代,诸如此类。我有罪恶感,可是我不该有,不该因为我喜欢一个男人而心生罪恶。喜欢一个男人,”她重复道,“以我这种年纪!事实上,我根本不知道自己要什么,也不知道我做得究竟对不对。我一直以来接受的是非观念如今把我搅乱了。我知道我不要什么,可是我不知道我要什么。”她说着,低头看着几乎没碰过的冰激凌。

“你不会从我这儿找到答案的。”我说。我倾身向前,想摸她的手安慰安慰她。结果我还是没碰她,我不敢,因为她看起来似乎既疏离又退缩。“你需要我的时候,我会在这里,可是如果你要我给你建议,我不会给,你得自己去找出答案。”开心点吧!我乏力地恳求,怎会有人一边谈恋爱,一边不让自己快乐呢?

娜丝琳的小伙子叫拉敏,我在不同的场合见过他几次,第一次是我纳博科夫论文集的发表会上。他拿到哲学硕士的学位,兼职教书。他们在一场会议上认识,当时他在会中发表了一篇论文,会议结束后他们攀谈了起来。是一见钟情吗?我很想问她。他们花了多久时间才表白自己的感情?他们接吻过吗?这些都是我急着想知道的细节,不过当然我没问。

我们准备离开咖啡馆时,娜丝琳迟疑地说:“你想跟我们一起去听演唱会吗?”“演唱会?”“拉敏有几个学生要演奏,我们可以要几张票给你们全家……”

12

我应该在“演唱会”这三个字后面打上问号,因为这类文化聚会不过是拙劣的模仿,若非在私人住宅演出,就是在市政府于德黑兰南边盖的文化中心举行。这些活动成为众多争议的焦点。因为尽管已受限重重,许多政府官员仍认为不够正派。表演内容受到严密监视,而且大多由业余爱好者演出,就像那一晚我们看到的。可是会场总是挤得满满的,门票总是销售一空,节目总是延迟开演。

比冉不太愿意去,他宁可待在自己隐秘的家中,舒舒服服欣赏好听的音乐,也不愿屈尊来参加这些演出水准普通、还得大排长龙与人潮搏斗的演唱会。可是临了,他还是拗不过孩子们和我高昂的兴致。革命后,原本在公开场合举行的活动,如看电影、听音乐、喝酒或与朋友聚餐,几乎都转入私人住宅。偶尔出门一次感觉倒挺新鲜,即使是参加一场不怎么吸引人的活动。

我们在入口和他们碰面,娜丝琳显得紧张,拉敏则不大好意思。他高高瘦瘦,三十出头的年纪,但有着大男孩的可爱,始终未脱研究生的气息。我印象中的他,自信而健谈,但此时以新的身份介绍给我们,平日的侃侃而谈似乎完全消失了。谢过拉敏的邀请之后,我们便朝着一条多半是青年男女的长龙队伍前进。娜丝琳忙着和孩子们打趣,而我却突然变得口拙,结结巴巴问着拉敏教书的情形。唯独比冉似乎对这一刻的尴尬无动于衷,在平日的夜晚,要他离开舒适的家,对他而言已是一大牺牲,因此他觉得自己没有义务再去交际应酬。

当我们终于进入礼堂时,发现里面挤爆了,除了走道和地上坐满人,连墙边也站着一群群的观众。我们是贵宾,所以位置在第二排,而且真的有椅子可以坐。节目延迟开演,有位先生一开场便把观众训斥了十五到二十分钟,告诉我们,主管单位不希望娱乐那些深受西方文化污染的"有帝国主义色彩的有钱人"。这使得当晚许多为了听"吉卜赛王"①而来的人忍不住笑了。那位先生还告诫大家若有人表现出违反伊斯兰习俗的举止,将会被踢出场外。接着他教训女性同胞务必遵守戴面纱的相关规定。

那天晚上的情形实在难以确切形容,乐团由四名年轻伊朗男

---

① 吉卜赛王(Gipsy Kings),法国南部起家的流行乐团,乐风融合非洲、西班牙及吉卜赛音乐。——编者注

子组成。他们全都是业余玩家,重新诠释“吉卜赛王”。只不过主管单位不准他们唱歌,只让他们演奏乐器,他们也不可以对表演内容流露出任何违反伊斯兰文化的狂热与情绪。我坐在那满坑满谷的礼堂内,认定当晚唯一能从中得到乐趣的方式是假装自己是局外人,来这儿不是为了享受,而是以旁观者的角度来报道伊朗伊斯兰共和国的夜生活。

尽管限制重重,表演水准差强人意,我们的青年乐手打着灯笼也找不到比礼堂内这批人接受度更高、更能原谅他们的缺失、更欣然聆听他们音乐的观众了。每当观众(多数年轻且不见得富有)开始摆动或拍手,就有两名西装笔挺的男子从舞台两侧出现制止。即使我们想认真听音乐,尽量不去理会这些跳梁小丑,他们依然不放过我们,总是在我们的视线里徘徊,随时准备跳出来干预。一如往常,错的是我们。

乐手显得相当严肃。由于演奏时几乎不可能面无表情,他们索性摆出愠怒阴沉的脸色,首席吉他手似乎在生观众的气,眉头深锁,努力克制着身体不摆动——这不大容易,因为他演奏的可是“吉卜赛王”。

我们接受比冉的建议,尽量提早离场,因为如他所言,我们恐怕会遭群众践踏。这些观众无法在演奏会中抒发情绪,说不定会把气出在其他观众身上。到了场外,我们在入口处站了几分钟。很少开口的比冉深受这场面感动。

“我替这些孩子感到难过,”他说,“他们并非毫无才华,但他们的音乐水准永远没机会得到客观的评价。当政者批评他们西化堕落,观众却给他们毫无挑剔的赞美——并非因为他们的演出一流，而是因为他们演出的是禁忌的音乐。"他跟大家说，并补上一句："他们怎么会进步呢？"

"的确。"我觉得义不容辞，该填补紧接而来的沉默，"没有人是以他们的表演水准受到评判。连最基本的音乐常识都没有的人也到处招摇，还自称音乐家。"娜丝琳闷闷不乐，拉敏则安静压抑。我对他的判若两人感到讶异，暗自决定不逼他讲话，以免增添他的不自在。

娜丝琳忽然活泼起来，说："换作是纳博科夫也不愿意跟这扯上关系。"她兴奋地说："看看我们，跑来这儿找乐子。"她动了动手臂，上气不接下气地说，想借此一连串的发言掩饰内心的尴尬："假如他在这儿，八成会到野外度过美好的一天，说这简直是'poshlust'！"

"什么？"妮佳说。她享受的不见得是音乐，而是晚上外出的兴奋。

"Poshlust！"娜丝琳重复道，然后不再详加说明。这完全不像她的作风。

13

我一边心不在焉地把晚餐用的盘子摆在桌上，一边喃喃自语着。比冉转过来看我说："你在嘀咕什么？""你不会有兴趣的。"我以突兀的尖锐口气说。"说来听听嘛！"他说。"好，我正在想更年期的问题。"他转回头去看他的英国国家广播电台节目。"你说得对，我没兴趣。"他说。他为什么不感兴趣？为什么不想知道曾经发生在他母亲身上,将来也会发生在他妻子、姐妹和女儿身上的事?我继续愠怒地说,假如他有外遇,这也会发生在他情妇身上。我知道我对他不公平,他并非对生活在当今政权下的艰辛无动于衷,不过最近每当我发牢骚,他就采取防卫的姿态。我抗议的口气,他听来好像政府加诸我们身上的苦难都该怪罪于他,这逼使他退缩自闭,仿佛对这些他感受其实非常强烈的事毫不在意。

我们的上一堂课以奇怪的方式结束。我们谈到丫头们的母亲,包括她们的经历与苦难以及她们对更年期的一无所知。话题是玛纳开的头。前一天晚上,她和尼玛在小耳朵卫星频道第三次看明尼利的《风流记者》(*Designing Woman*)。看这部片子令玛纳十分难过,她突然想到在伊朗的环境,她从未体验过想象中的爱情。虽说爱情就是爱情,但诠释爱情的方式却有许多种。阅读《包法利夫人》或看《北非谍影》时,她可以感受到这些作品感官上的质地,她可以聆听、碰触、嗅闻、目睹,但她不曾听过一首情歌,或看过一部小说或电影后,觉得这可能成为她自己的经验。在伊朗电影里,即使两个恋人理应坠入情网,从神色与动作也感觉不出他们在谈恋爱。爱情是禁忌,不准出现在公众领域。如果连表达都是违法的,谈何体验?

那次的讨论令我大开眼界。我发现几乎每个丫头都把她们所谓的心灵或精神恋爱(好的)和性爱(坏的)分开。重要的显然是地位较崇高的精神爱,就连整个讨论过程中酒窝连连的蜜德拉,也主张性在两性关系中不重要,她从不在意性方面是否得到满足。我觉得最大的打击来自阿金。她以轻佻的语气,暗示她已恢复正常——这段时期她与丈夫处于半休战状态——并说人生最重要的事便是能够感受与天地宇宙的神秘结合。接着她又达观地补充道,男人只是承接那更崇高精神爱的器皿罢了。器皿?她接着发表她对性爱乐趣与肉体融合的宣言。即使和玛纳迅速交换了个眼色的玛荷希也显得讶异。

“这么说,”先前一直保持沉默的娜丝琳说,“当你先生打你的时候,你可以假装那全都在你脑子里发生,因为他只是用来盛装你幻想的空容器。不止阿金,你们其他人基本上论调都差不多。”

“你和尼玛呢?”蜜德拉问玛纳,“你们俩的关系似乎相当平衡。”

“我喜欢他是因为世上再没有其他人能像他那样和我谈心。”玛纳耸了耸肩说。

“可怜的尼玛。”雅西说。

“他没那么可怜啦!”玛纳那天感觉火气有点大,“他也是和我一样找不到人讲话,同病相怜可以强烈到转化为爱。”

“你们全都令我失望。”雅西说,“我还指望你们告诉我外表的吸引有多重要,爱情不只是精神上和心灵上的契合呢!我以为你们会告诉我总有一天我会懂得肉体的爱,且明白我以前是错了。我简直目瞪口呆。”她说着并陷进沙发里。“事实上,我真的被打败了。”她下了个结论,面露得意的笑容。

“哎哟!”我大叫。比冉从电视屏幕前抬起眼说:“没事吧?”“没事,我只是切到手了。”我正在切小黄瓜,准备搭配比冉赫赫有名的烤鸡肉串。他去浴室拿了绷带过来,仔细缠在我手指上。他不发一语,只是宽容地笑笑,然后走到柜子那儿倒了杯自制的伏特加,摆在托盘上一碟开心果旁,又回到他的英国国家广播公司的节目前。我继续在厨房进进出出,喃喃自语。难怪他能享受人生,如果我们住在美国,他的日子八成也是这样。我仿佛跟某个总是质疑嘲弄我每句怨言的隐形人嘀咕着:“这对我太苛刻了。”“对我实在太苛刻了。”我又说了一次,尽管明知比冉有他的苦却很少抱怨,而且不该剥夺他的伏特加与英国国家广播公司的节目时间。

等我切好小黄瓜和香料,把这两样材料加入酸奶时,得到了一个结论:我们的文化之所以避讳性是因为它涉入性太深。它必须激烈地压制性,而性无能的男人,也基于相同的理由把美丽的妻子关在家中锁起来。我们向来把性与感情及精神爱分割开来,因此正如娜丝琳的叔叔所言,女人不是纯洁高贵,就是龌龊可笑。性爱、真正的性欲对我们而言是陌生的。这些女生,我的丫头们,通晓简·奥斯汀,可以讨论乔伊斯与伍尔夫高深的作品,对自己的身体,对自己所谓万诱之源的躯体该有什么期待,却近乎无知。

该怎么告诉一个女孩子,她得先学会爱自己和自己的身体,才可能被爱或爱人?到了我在自己的盘子里添加盐巴和胡椒时,我已找到问题的解答。下次上课时,我一手准备《傲慢与偏见》,另一手拿着《我们的身体,我们自己》(*Our Bodies, Ourselves*)①——这是我找得到的唯一有关性的书。

---

① 由非营利组织“我们的身体,我们自己”发行的一本关于女性健康与生理的书。

14

夏洛蒂·勃朗特不喜欢简·奥斯汀。“她完全不懂热情,”她向一位友人抱怨道,“……即使是她偶尔优雅、但冷漠得如惊鸿一瞥般惠赐的感情,她也不懂;太常触及这些话题,只会搅乱她优雅的步伐。”了解夏洛蒂·勃朗特个性的人,便能理解一个优秀的作家怎会像勃朗特厌恶奥斯汀一样,如此厌恶另一位杰出的小说家。她的嫌恶既强烈又执着,1848 年她写信给刘易斯说:“你为何如此欣赏奥斯汀小姐?我实在不懂…… 我从没看过《傲慢与偏见》,直到看了你的评语,才去弄了一本。结果我发现了什么?只不过是一张普通面孔准确刻板的描绘;一座精心围篱、高度培育的花园,界线整齐,花卉细致,却见不到明亮生动的地貌,也没有开阔的乡野、新鲜的空气、葱郁的丘陵或宁静的溪涧。我可不愿在那些优雅却局促的屋舍与她的淑女绅士同住。”

这其中或许不无道理,但勃朗特的指控并非全然公平,我们不能说奥斯汀的小说缺乏热情。在她的小说里欠缺某种强烈的感官刺激,没有像简·爱和罗彻斯特那种未经过滤的浪漫狂放,她的小说有的只是无声的性感和间接的欲望。

请翻到第一百四十八页,阅读这段文字时请大家想象文字的情境。达西与伊丽莎白单独在柯林斯先生家中,达西逐渐领悟到他不能没有伊丽莎白。两人谈论着女人夫家与娘家距离远近所代表的意义。

达西先生把椅子往她那儿移了移,并说:“你不该这么眷恋故乡,你不可能一直待在龙柏恩吧!”

伊丽莎白显得有些惊异。达西心里一沉,把椅子往后挪了挪,从桌上拿起一张报纸,随意瞄了一眼,用较为冷静的口气说——

“你喜欢肯特郡吗?”

我们回头讨论前述这一幕。达西坚决的口吻代表他对伊丽莎白的热情,即使在最稀松平常的交谈中也压抑不了。从他说话的语调,我们可以追溯达西对伊丽莎白感情的发展,一路下来到求婚那一幕达到高潮。他的锲而不舍是负面的——他一开口就说:“我再怎么挣扎还是没有用,这样下去可不行。”这句话已近乎激烈,或多或少因为小说本身的基调非常拘谨,而达西又是所有人物中最拘谨的一个。

现在请仔细听那个“你”字。达西很少直呼伊丽莎白的名字,但有几次他在称呼她时以特殊的口吻说出“你”,使这个客观平淡的代名词转为高度的昵称。生活在我们这种文化中的人,应该不难明察其中的奥妙,因为在我们的文化中,每个人都被鼓励要以最夸张的方式表达对伊玛目的爱,却不准在公开场合流露私人的感情,尤其是爱情。

《傲慢与偏见》里鲜见对人物或场景的实际描写,但我们却觉得每个角色和他们的世界都似曾相识;我们好像认识他们,也感受得到他们的环境。我们看得见伊丽莎白对达西批评她容貌的反应、班奈特太太在餐桌前的八卦长舌,或伊丽莎白与达西在潘柏里庄园的树影中穿梭的情景。不可思议的是,这一切主要通过声调创造出来,不同的声调语气,使说出来的话变得高傲、调皮、轻柔、严厉、劝诱、虚荣、含沙射影、不可理喻。

奥斯汀小说中所欠缺的触觉,由声音与寂静构成的情色挑逗、形成的紧绷张力取而代之。她使两个相互倾心的人物意见不合,成功营造出渴望的感觉。伊丽莎白和达西在几个场景中被放在一起,但碍于公共场合无法私下沟通。奥斯汀将他们置于同一室内,却又令彼此可望不可及,借此制造出一股强大的挫折感。当所有人都期望简与宾利相爱,而对伊丽莎白与达西抱有相反的期待时,这份挫折感更形象深刻。

例如小说近尾声时伊丽莎白家宴会的那一幕,她急迫地想找时间与达西私下谈话。整个过程都充满焦虑:她站在姐姐旁边一边帮忙添咖啡、斟茶,一边自言自语着:"他要是到时候还不来我这儿,我就永远放弃他了。"他果然朝她跟前走来,可是有位小姐紧挨着伊丽莎白,小声对她说:"我绝不让男人过来把我们分开。这些男人我们一个也不要,你说呢?"达西走开了,她只得以目光紧紧跟随。她"羡慕每个跟他说话的人,简直没耐心给客人倒咖啡,然后又气自己怎会这么愚蠢!"这游戏持续了一整晚,达西送回咖啡杯时,又走近她的桌子,逗留了一会儿,互相寒暄几句,然后不得不走开了。

奥斯汀让我们意识到两性关系中最耐人寻味的一面:对一个若即若离的倾慕对象的强烈欲望与渴求。这样的渴求会得到满足,如此的悬宕将以两人的结合与幸福归宿收场。实际的亲热场面在奥斯汀小说中几乎看不见,但她的故事本身就是一个漫长而复杂的追求过程。显然她对幸福、爱情与相互了解的兴趣，高过婚姻与终身大事本身。这点从她小说中所有错配的婚姻便可看出端倪——《曼斯菲尔德庄园》的汤玛士爵士与伯特伦夫人、《傲慢与偏见》的班奈特先生与太太，以及《劝导》(*Persuasion*)的玛丽与查尔斯·莫斯葛罗夫。就像她故事里的山鲁佐德一样，读者发现其中有无限多幸福与不幸的婚姻，无限多好坏男女的组合。

勃朗特对于界线的指控也不完全正确。界线频遭奥斯汀小说中女人的威胁，她们觉得私下独处，置身内在与个人细腻的人际关系领域，远比来到公众领域自在得多。19世纪的小说，将个人、个人的幸福、苦难和权益摆在故事的核心，因此婚姻是最重要的主题。从理查生作品中命运乖舛的克拉丽莎、菲尔丁笔下内向温驯的苏菲亚，到伊丽莎白·班奈特，女性角色所制造的繁复性与张力推动着情节的发展，强调的信息也就是奥斯汀小说中所要表达的：重要的不是婚姻，而是婚姻里的真心与谅解；重要的不是墨守成规，而是打破传统。这些温文美丽的女人其实骨子里是道地的叛逆分子，她们回绝了愚蠢的母亲、无能的父亲(奥斯汀小说中几乎没有睿智的父亲)和严格的礼教社会替她们做的选择。她们冒着可能被排斥和贫穷的风险，为了争取真爱和伴侣，拥抱民主深处那难以捉摸的目标：选择的权利。

15

想象某个夏夜，我们参加宴会，坐在户外芳香扑鼻的花园中。在俯临泳池的大阳台上，品位卓绝的主人陈列了一些摆着细致蜡烛的小桌子。靠墙的角落里有许多彩色的垫子铺在一张波斯地毯上，有些人就倚着垫子靠墙而坐。葡萄酒和伏特加都是私酿的，但看颜色根本分辨不出。笑声私语飘浮弥漫于桌间，这群宾主放到世间任何地方都毫不逊色——修养绝佳、机智风趣、世故老练，有着说不完的故事。

我们这些坐在地毯上、背靠着垫子、手里把玩着酒杯的人究竟在听什么？主人正在叙述刚出炉的“巴士事件”，两天下来，我们不少人听过片段，但即使对我们这批饱经世故、听过无数难以置信故事的人，这个故事也太匪夷所思。主人是个可靠的人，更重要的是，他是从涉入其中的一位骑兵口中听来的。

大约两个月前，作家协会收到一封前往亚美尼亚参加会议的邀请函，邀请函请了所有会员。起初有许多会员接到情报部门的电话，警告他们不准参加，但后来政府态度似乎软化，甚至鼓励大家踊跃前往。到最后有二十多名会员接受邀请，他们决定租一辆巴士前往。此处的细节说法各有不同，有的说从一开始就怀疑事有蹊跷，有的指责彼此参与了阴谋。但大家说法一致的是，出发那天早上有二十一位作家前往公交车站。有的人发现车子不准时，驾驶也换了人，似乎不太对劲。有的人注意到某些同事在出发当天早上才反悔，临时决定不去。

他们终于上路了，旅途相当顺利，直到午夜过后，有人说是凌晨两点左右，才出现状况。当时乘客都睡了，只有一个失眠症患者醒着。他注意到巴士停了下来，司机不见了。他朝窗外望去，发现车子停在一处非常高的悬崖顶端。他立即跑向车子前头，坐进驾驶座，掉转车头。其他乘客惊醒过来，仓皇下车，这才发现驾着奔驰车与直升机的情报人员已在外面等候他们。乘客被带往不同的侦讯站,经过扣押和不准泄密的警告后被释放。第二天消息传遍全德黑兰,显然有人设计阴谋将巴士推下悬崖,再假托是意外事件。

和类似的事件一样,这事有许多相关的笑话。当晚稍后在回家路上,比冉和我讨论到那些作家恐怖的灾厄。他说:“奇怪,通常你谈到这大多数作家,是因为他们对文学所采取的意识形态立场令你心灰意冷,可是发生这样的事反而使那一切变得无关紧要。无论你多么不赞同这些人,或认为他们是多低劣的作家,怜悯最终会取代其他所有的想法。”

不久之后,有天清晨我们被一位朋友吵醒,她先生是作家协会的创办人之一。她的口气听起来很害怕,她想请我们打电话给英国国家广播公司,让他们知道发生了什么事。她和先生为了避风头,已被迫离开德黑兰好一段时间,她想请我收留她儿子几天。

许多作家先前已经历类似事件,一位德国领事在家中举行小型宴会,招待知识分子和作家,却遭到突击,宾客全数被捕;一位知名的左派记者莫名其妙失踪,一份畅销杂志的编辑与其他作家同时被捕,但所有人都被释放后唯独他仍遭羁押。后来听说他去了德国与妻子和她家人团聚,可是他根本未抵达德国。伊朗政府宣称他已经离开伊朗,是德国人扣留了他。德国政府否认这项指控,国际舆论对他失踪事件的高声抗议使整件事曝光。后来有一天他忽然出现在德黑兰机场,提出一套牵强的说词,说他曾去过德国,又从德国转赴第三国。几天之后,他写了一封公开信,描述他在伊朗政府手中遭受折磨,随即又被捕入狱。经过各国强大施压后，他总算被放了出来。没多久，帮助过他和其他异议作家的一位伊朗出版商，离开家门后就没再回去过。他被弃尸在德黑兰郊外，下场和许多异议人士相同。

20 世纪 90 年代中期，为了向欧洲伸出触角，多位西方知识分子应邀来到伊朗。法国诠释学家保罗·里科尔前来举办一系列演讲，一共三场，每一场都座无虚席，观众还挤到楼梯和走廊上。过了些时候，奈保尔来到伊朗，他在伊斯法罕时由名翻译家兼出版家阿哈玛德·米尔·阿赖作陪。此时，米尔·阿赖在他位于伊斯法罕书店的身影仍出现于我脑海，那家书店当时已成为文人作家聚会谈天的场所。他相当苍白，肤色淡得有些奇怪，身材矮胖，戴棕色圆框眼镜。苍白和矮胖的组合令人不明所以地信任他，愿意主动向他吐露心事。他的反应犀利机智，是那种看起来会认真倾听你、同情你的人。这或多或少是因为他与好战成性的朋友不同，不会咄咄逼人。我可以称他为受害者，因为他并未涉足政治——他遭流弹波及，有时不得不违反本性采取激烈的政治立场。他的翻译品位卓绝，所选的多半是奈保尔与昆德拉等名家。

奈保尔离开伊朗几个月后，米尔·阿赖陈尸在一条小溪附近的街上，他早上出门后就没再回去过。当天深夜，他家人接获他的死讯。他口袋里有一小瓶伏特加，酒洒满前襟，凶手似乎故布疑阵要让人以为他大白天狂饮酗酒，在街头心脏病发作。没人相信这种说法。他的胸口有一大块瘀青，胳臂上有个注射针孔的痕迹。他被拷问过后，便遭到盘问者意外或蓄意的杀害。

没过多久，研究古伊朗最著名的专家贾汉吉·塔法左利也被杀害。我跟他很熟。他内向瘦弱，有一头杂乱蓬松的黑发，一双在眼镜底下看起来特别大的眼睛。塔法左利并未涉足政治,不过他曾编纂过伊朗百科,这项计划由哥伦比亚大学一位杰出的伊朗学者负责,而该学者则是伊朗政府严厉谴责的对象。他擅长的领域,前伊斯兰的伊朗研究,正是伊斯兰政权深恶痛绝的。他在离开德黑兰大学回家的路上,从车上打了一通可疑的电话回家给女儿。后来被弃尸在离家和大学都很远的一条路边,据说他是在换轮胎时遭一辆汽车冲撞。

在追悼式、派对和聚会上,我和朋友、同事一再追溯这些死亡事件,我们执着地按官方说法演练死亡的过程,再重新“杀死”他们一次,设法查出他们真正的死法。至今我仍想象塔法左利坐在车上,两名杀手坐在他两侧,他被迫打电话回家给女儿的情景。然后再把一切化为空白,自问他们是在何时何地杀害他的?是在车上就给了他致命的一击?还是把他带到他们的秘密巢穴杀害,再弃尸偏僻的道路?

16

“如果你保证不乱来,我就给你一个惊喜。”我的魔术师在电话中说。我们约好在一家热门的咖啡馆见面,这家咖啡馆和餐厅相通,前面还附设糕饼店,名字我已经不记得了,不过我确信它和许多场所一样,革命后八成都改了名。

我拎着一袋书抵达时,发现我的魔术师已经坐在角落的桌子旁,正浏览着一叠书。“你在找英文的《一千零一夜》?”他说,“我帮你找了本牛津版。”我点了卡布奇诺,他则点了意式浓缩咖啡,还有两块店里最出名的拿破仑蛋糕。“我还带来了你一直在找的那首奥登的诗,虽然我不知道你找这要干吗。”他说着递给我一张纸,上面印着奥登的《给拜伦的信》(*Letter to Lord Byron*)。

“前天我们课堂上的讨论很有意思,”我说,“我们在讨论《院长的十二月》《洛丽塔》和其他上过的书。丫头之一,玛纳——你记得我的玛纳吧?”“是的,我记得玛纳,你的诗人。”“没错,玛纳问道,其他这些作家和简·奥斯汀扯得上什么关系? 她对世间和世人的看法比其他作家乐观多了。”

“大多数人对奥斯汀都会有这种误会,”他说,“他们应该把她的书看得更仔细点。”

“对,我是这么告诉她,奥斯汀的主题呈现的不是非常状态下的残酷,而是由我们一般人在正常状态下所犯的残酷,这自然更骇人,不是吗? 所以我才喜欢贝娄。”我夸张地说,心想着我的新欢。

“你真是善变,”他说,“纳博科夫呢? 才写过一本有关他的书,就把他淘汰出局啦!”“当然不是,”我说,不理会他的揶揄,“不过说真的,贝娄的小说写的是私下的残酷、有关自由的苦恼和选择的负担,这方面詹姆斯和他很像。自由为自己的抉择负起责任,可是会让人慌张害怕的。”“没错,”他说,“这样就没有伊斯兰政权可以怪罪了。”他停顿一会儿又道:“我不是说他们没有过错,绝对不是。”

“你听我念。”我说,翻找着《更多的人死于心碎》(*More Die of Heartbreak*),带这本书来纯粹是为了引述我最喜欢的几段给他听,“革命的意义在于俄罗斯企图孤立自己,以免承受现代意识所带来的苦难。那是一种内部的封闭，在这封闭的国家内，斯大林大肆致力于'旧的'死亡；而西方所经历的考验是一种'新的'死亡。自由世界的灵魂有何遭遇，没人提起。别管'日渐高涨的权利'，别管奢华的'生活方式'，我们被压抑的判断力可清楚得很。这一切都被遥远而不愿彻底清醒的意识中心看在眼里；彻底清醒，将逼迫我们面对新的死亡，亦即世界这一头的奇特苦难。开启真正的意识去面对实际发生的状况，将使我们受到无比磨难。"

"我喜欢这句'大肆致力于旧的死亡'，"我对他说，"他不知在哪儿提过'感觉萎缩症'——西方已普遍感染'感觉萎缩症'……"

"没错，"他说，"贝娄先生，也就是你学生口中的索尔，经常被人引述。我不知这是优点或缺点。"

"是谁给我起的头的？是谁送我《贝拉罗萨路子》(*The Bellarosa Connection*)？"我向他兴师问罪，"我认为这对我们班上很重要，拜当今政权所赐，她们看西方的眼光都太宽容了，把西方想象得无限美好。她们眼中一切美好的事物都来自欧美，从巧克力、口香糖到奥斯汀与《独立宣言》。贝娄提供了这另一个世界更真实的经验给她们，让她们看清它的问题与恐惧。"

"听着，"我说，"重点就在这儿，这就是我们正在经历的事……"他没看我。"你没在听。"我不耐烦地说。他正在看我身后，向服务生招手，服务生立即来到我们跟前。"怎么回事？"他问，"那边在乱什么？"我们后面有一些骚动，我只顾着强调贝娄的优点而毫未察觉。

服务生说是突袭检查，卫兵站在门口监视那些准备离去的人。他体贴地建议我们如果不是亲戚，我的魔术师应该移往另一桌，万一卫兵盘问我在这里做什么，我可以解释说我正在等向糕饼店订的东西。

我说："我们又没做错什么——我不换位子——"然后回头对我的魔术师说："你也不必换。""别傻了，"他说，"犯不着在这儿出糗。""我马上打电话给比冉。"我说。"那有什么用?"他反驳道，"连自己的老婆都管不住，你以为他们会听他的?"他端着咖啡杯就站起来了。"你忘了东西。"我说着把《一千零一夜》递给他。他用英文说："别孩子气了。""我认为你需要找点事忙，何况我已经影印了你给我的另一本。"他端着咖啡、捧着书，走到远远的一张桌子那儿。我独自坐着，一边吃我的拿破仑蛋糕，一边气冲冲地翻阅《更多的人死于心碎》，仿佛在为明天的考试临时抱佛脚。

革命卫兵走进咖啡馆就开始逐桌巡察。有几个年轻人及时溜走，有的可就没这么幸运了。一个四人家庭、我的魔术师、两名中年妇女和三名年轻男子被挡了下来。我订的蛋糕准备好时，我站起身，正在给那服务生过多的小费时，手里的一袋书却掉了，袋子破了，书撒得满地。我等服务生拿另一个袋子给我装书，然后不看魔术师一眼便离去。

在出租车上，我觉得迷惘、愤怒和一点点懊悔。我告诉自己，我要离开，我不能再这样过下去。每次发生这种事，我和许多人一样，就会想离开，去一个不必连日常生活也过得战战兢兢的地方。最近离开伊朗的念头已不只是单纯的情绪反弹，这类事件正缓缓增加它的强度。有些朋友同事试着去适应环境；有一位曾说："我们的感情与理智都不认同这政权，可是除了服从，我们还能怎么办？我该为了两束松脱的头发去坐牢，丢掉差事吗？”瑞兹凡太太说过：“事到如今我们应该习惯这一切了；这些女孩子被宠坏，期望太高、要求太多。看看索马里和阿富汗，跟他们比起来，我们过的日子简直像皇后一样。”

“我没办法习惯。”玛纳有一天在课堂上说。我不能怪她，拿我们的处境来跟我们的潜力及我们应该拥有的相比，我们快乐不起来，就算知道有上百万人比我们更不快乐，也无法带来安慰。别人悲惨并不表示我们就该比较快乐或满足。

我回到家时，比冉和孩子们在楼下我母亲家。我把买给他们吃的拿破仑蛋糕放进冰箱，胡萝卜蛋糕则摆在外面，准备拿去给我母亲。然后我直接从冷冻库挖了一大碗冰激凌，淋上咖啡与核桃，待比冉和孩子们上楼来时，我已经在浴室里大吐特吐。我吐了一整夜，我的魔术师打过电话来。“我很抱歉。”他说。我一身酸败味。“我也很抱歉，”我回他，“我们都很抱歉——别忘了在我的书上注明日期和签名。”

那晚我的胃几乎留不住东西，连水也不行，到了早上一睁开眼睛，头就开始天旋地转，眼睛金星直冒。我闭上眼再张开，那些要命的金星又跑出来。我抱着胃冲进浴室，除了胆汁什么也吐不出来。一整天我都躺在舒适的床上，皮肤对床单的接触十分敏感。

17

你带给她的冲击不可能胜过她带给我的；
乔伊斯在她身旁显得和小草一样纯真。

我十分不愉快地目睹
一个英国中产阶级的老处女
描述"铜臭"达成的恋爱效果,
如此坦白、清醒地揭露
社会经济的基础。[①]

有个女孩遭到强暴,被装进后车厢,接着遇害。有个年轻学生被杀了,连耳朵也给割掉。贝娄书中探讨到狱营、死亡及毁灭,在纳博科夫的作品里则有亨伯特那种强暴十二岁少女的怪物,即使是福楼拜的书也充满了伤痛和背叛——"那奥斯汀呢?"有一天玛纳问。

的确,那奥斯汀呢?奥斯汀的喜剧和宽宏大度的精神,有时令我的学生一概误以为她是个古板拘谨的老处女,安于世间的现状,浑然不知其残酷。我不得不以奥登的《给拜伦的信》提醒她们,在诗中他请拜伦告诉简·奥斯汀"她的小说在这儿有多受喜爱"。

奥斯汀的女主角都不轻易宽恕别人,尽管方式不同。她的小说处处皆是背叛、贪婪与虚情假意,充斥着不忠的朋友、自私的母亲、专制的父亲,虚荣、残酷与伤害溢满字里行间。奥斯汀对她的反派角色相当宽大,但这并不表示她会轻易放过任何人,即使是她的女主角。她自己最喜欢(却最没读者缘)的女主角芬妮·普莱斯[②]事实上吃的苦头也最多。

---

① 出自奥登《给拜伦的信》。——编者注
② 《曼斯菲尔德庄园》的女主人公。

现代小说凸显出家居生活、普通人际关系、你我这种一般人的邪恶——正如亨伯特所言:"我的读者! 我的兄弟!"奥斯汀书中的邪恶就像大多数优秀的小说一样,存在于对他人的"视而不见",以致无力去同情他人。可怕的是这种盲目有可能存在于我们之中最出色的人(伊丽莎白·班奈特)和最恶劣的人(亨伯特)。当我们过度扩张自己对他人的视野和欲望时,我们都有可能变成盲眼审查官。

一旦邪恶存在于个人,成为日常生活的一部分,抗拒邪恶的方法也随之个人化。"灵魂如何存活?"成为根本的问题,而爱与想象便是解答。斯大林由于大肆致力于"旧的"死亡,而清空了俄罗斯的灵魂。曼德尔施塔姆①和西尼亚夫斯基②借着向狱友朗诵诗歌和在日记写下此情此景,恢复了失去的灵魂。贝娄写道:"也许在此情况下维持诗人的身份,就等于碰触了政治的核心。人类的感情、人类的经历、人类的形态与面貌,收复了他们应有的地位——前景。"

18

离开伊朗的决定是无意间下的,至少表面看来如此。这类决定无论多重大,很少预先规划好,就像不幸的婚姻一样,是累积多

---

① 曼德尔施塔姆(Osip Mandelstam),俄国诗人,曾写诗批评斯大林而遭迫害,死于劳改途中。——编者注

② 西尼亚夫斯基(Andrey Donatovich Sinyavsky),俄国文学评论家兼小说家,批评官方文学后被判刑,后流亡法国。——编者注

年的怨恨与愤怒瞬间一发不可收拾的结果。离开的念头,一如离婚的可能性,鬼鬼祟祟潜伏在我们心底,只要稍受刺激便随时浮上水面。若有人问起,我就开始细数我们离开的各种理由:工作、身为女性的感受、孩子的未来,以及去了美国几趟后,再度使我们意识到我们的选择与可能性。

比冉和我因此第一次发生严重的争吵,那阵子我们之间除了去留的问题,几乎什么也不谈。当比冉发觉这一次我是坚决要走,便开始和我进入冷战期;跟着是漫长的激战期,连家人与朋友也卷入战争。比冉说现在走不妥,至少该等到孩子们大一点准备上大学再说;我的魔术师说这是我唯一该走的路;朋友的意见各执一派。丫头们不希望我离开,可是她们自己又多半决定走。爸妈要我们离开,即使我们离开后他们就得忍受孤独寂寞。为孩子争取更美好人生的机会,即使不切实际,总是令为人父母者难以抗拒。

到最后,一向慎重理智的比冉同意了——至少离开几年。他一接受我们新的命运便立即展开行动,他处理的方式非常实际,忙着"拆解"十八年累积下来的生活与工作,装进八只行李箱内,按规定这是我们能带走的行李数。我的处理方式则近乎逃避,他如此有风度地接受这样的决定,反而令我内疚,不禁犹豫起来。我迟迟不打包,不愿认真谈论此事。在课堂上,我那轻率闪烁的态度,令丫头们不知该作何反应。

我们从未在课堂上认真讨论我离开的决定。她们明白这堂课不可能再无限期延续,我也说过我希望她们能自己开课,引介更多朋友进来。我感觉得出玛荷希沉默下的紧张,也听出玛纳拐弯抹角暗示个人对家国的责任。其他人一想到这堂课即将结束,不免显出焦虑和难过的神情。雅西以一句波斯谚语表示:“你的位子会变得空荡荡。”——但她们自己也开始酝酿离开的计划。

当我们的决定已不可能更改时,大家就不再提这件事。父亲的眼神变得更缥缈,仿佛望着我们即将消失在地平线的那一点。母亲突然变得脾气很大,满腹怨气,暗示着我的决定再度证实了她最糟的怀疑——我的不忠。我的至交好友兴致勃勃地拖着我去买礼物,什么都谈,就是绝口不提我的美国之行。丫头们几乎察觉不到任何改变,只有我的孩子会以悲喜交加的口吻,提起这趟逐渐逼近的远行。

19

波斯语里有个词汇“耐心的石头”,往往用于焦虑心烦的时刻。人把所有的麻烦与困扰向这颗石头倾诉,它吸收了他的痛苦和秘密,他便痊愈了。有时石头不胜负荷,就会爆开。我的魔术师不是我的“耐心的石头”,不过他从未诉说过自己的事,只以“别人对他的故事不会感兴趣”一语带过。然而他却彻夜不眠倾听和吸收别人的困扰和烦恼。他给我的建议是我应该离开,离开后写出我的故事,开自己的课。

也许他对我的遭遇看得比我自己还透彻。如今我总算领悟到讽刺的一点——我愈依恋我的课和学生,和伊朗就愈疏离。我从生命中发现愈多情感元素,我自己的人生就愈像一张虚构的网。如今我可以头头是道谈起这一切,但当时可没如此清晰。当时,事情复杂得多。

当我在脑海中追溯通往他公寓的迂回路线，然后再次经过他家对面那棵老树时，突然冒出一个想法：回忆总有办法脱离它所唤起的现实而独立存在。它可以减缓我们受过的重创，也可以使我们憎恨我们无条件接受与深爱的人和事物。

我们又和雷萨围着同一张圆餐桌而坐，在那幅绿树绘画底下边聊天边吃午餐；午餐内容是禁止食用的火腿奶酪三明治。我们的魔术师不喝酒；拒绝与仿冒品妥协，所谓的仿冒品为盗版录像带、私酿酒和修剪过的小说和电影。他不看电视也不上电影院，要他用录像机看他喜爱的电影他根本不屑，不过他倒是会设法帮我们弄到他最爱的电影的录像带。今天他送我们自制的葡萄酒，带着罪孽深重的浅粉红色，分装于五只醋瓶中。后来我把葡萄酒带回家喝掉，这酒已走味，喝起来像醋，不过我并没告诉他。

当天的热门话题是穆罕默德·哈塔米与他最近的候选资格。哈塔米在知识分子圈稍有名气是因为他曾短暂担任过伊斯兰文化与指导部长，如今短短几星期内便成了家喻户晓的名字。不论公交车或出租车上，宴会或工作场合中，人人都在谈论哈塔米，仿佛我们的道德义务就是要投票给他。十七年来，神职人员年年宣布投票不只是国民应尽的义务，更是一项宗教责任。这还不够，如今连我们自己也要采取相同的立场。许多朋友为了这项议题闹翻。

那天当我走路到我的魔术师家。我一边忙着和头巾奋战不已，让它停留在脖子上，一边注意到对面墙上贴着一张哈塔米的竞选海报。海报上有候选人的巨幅照片，饰以巨大的字体：**伊朗再度坠入情网**。“噢，糟了，别又来了。”我气馁地自言自语。

我们围着魔术师那个听过无数故事的圆桌而坐，我把海报的事告诉他们。我们爱家人、情人、朋友,但非得连政客都爱不可吗?即使在课堂上,大家也为他起了争执。玛纳搞不懂为什么会有人投票给他;她说,能否戴浅色一点的头巾或多露些头发,对她而言并没差别。莎娜姿说,如果只有烂苹果能选,当然要挑个没烂透的。玛纳立即反驳,她要的不是一个更好的典狱长,而是出狱。阿金表示:"这家伙说他想以法治国?这套法律不正和准许我老公殴打我、又把我女儿抢走的那套法律相同吗?"雅西迷糊了,蜜德拉则说:"即使是这类选举,听说也要检查护照,如果没投票,就不准出国。"玛荷希尖刻地说:"又是谣言,不必当真。"

"人往往是自作自受。"雷萨一边说,一边大口咬着火腿奶酪三明治。我责备地瞪了他一眼。他说:"我真的这么觉得。如果我们准备要在每一场所谓的选举中受骗的话。我们都心知肚明那根本不是真正的选举,因为唯独具备无可挑剔的革命资历,并由监护委员会钦点、最高领导人同意的穆斯林,才有可能成为候选人。总之重点是,只要我们接受这所谓的选举把戏、配合演出,还指望某个拉夫桑贾尼或哈塔米可以拯救我们,日后希望破灭了,就是我们自己活该。"

"但这种失望并非单方面的。"我的魔术师补充道,"你们认为哈梅内伊先生眼看着你的蜜德拉和莎娜姿我行我素,带坏雅西和玛荷希这些穆斯林好女孩;或听到他们昔日的激进派开口闭口康德①或斯宾诺沙②,而不再引述伊斯兰箴言,他内心有何感受?还

---

① 18世纪德国哲学家。

② 17世纪荷兰哲学家。

有我们总统的女儿，为了拉票，到处开支票承诺妇女将来可享有在公共场合骑脚踏车的权利。”说着他嘲弄地瞟我一眼，扬起一眉。

“可是这一切都极其荒谬。”我说。

“你也许觉得荒谬。”他说，“但这位总统和他的拥护者可不觉得。他们得答应——起码拐弯抹角地答应——这批革命之子将来可接触到西方事物，才能赢得他们感情上和精神上的支持。”他颇觉有趣地补充道：“只不过这些年轻人听多了迈克尔·杰克逊，又读了你的纳博科夫后，得到的乐趣和产生的热忱，远超过你我在堕落青春期的程度。”

“何况，你有什么好担心的？”他说，“你很快就要离开我们和我们的问题了。”

“我不会离开你们和你们的问题，”我说，“我指望你继续让我知道国内的状况。”

“不，我不要，”他说，“你走了我们就不要再联络。”

他看了我震惊的表情，便又说：“你可以说我是自卫或懦弱吧！我不想跟任何一个幸运离开的朋友联络。”

“但是你鼓励我走的呀！”我说，对刚听见的话大惑不解。

“嗯，没错，不过那是两码子事。总之，这是我的规矩。眼不见心不烦，像我们这种老家伙总得懂得保护自己。”

他竭尽所能帮助我离开，然而当他确定我终于要走、结果一切顺利时，他却对我不满。他是觉悟了吗？他是否认为我的离去是对留下的人的某种批判？

20

娜丝琳来时我正在打电话,帮她开门的妮佳多此一举地直嚷嚷:"妈妈,妈妈,娜丝琳来了!"几分钟后怯生生的娜丝琳走了进来,踌躇地站在门边,仿佛对自己的来访感到懊悔。我招呼她到起居室等我。"我待会儿再打给你,"我对电话里的朋友说,"我的一个丫头来找我了。""丫头?"她问,其实她很清楚我指的是谁。"学生啦!"我说。"学生!好好过日子吧!小姐。为什么不回去教书?""我在教呀!""你知道我的意思。对了,说到你的学生,你的阿金快把我逼疯了。那女孩子若非搞不清自己在想什么,就是在玩一种连我也看不明白的把戏。"我连忙说:"她过度担心她女儿。好了,我真的得挂电话了,晚点再打给你。"

我走进起居室时,娜丝琳一边盯着天堂鸟瞧,一边心不在焉地咬着手指甲。我早该猜到她是咬指甲族,我记得我当时心想,她在课堂上必定极度克制想咬的欲望。

她一听到我的声音,便倏地转过身,本能地把双手藏到背后。为了掩饰她所引起的尴尬,我问她想喝什么。"不用了,谢谢。"她没脱掉外袍,只解开扣子,露出底下白衬衫和黑色灯芯绒裤的轮廓。她穿着一双锐步运动鞋,头发往后系成一束马尾。她看起来像个漂亮的女孩,年轻稚嫩,就像世上任何一个地方的女孩。她很焦躁,不断左右交换脚的重心,令我忆起将近十六年前初次见到她的情景。"娜丝琳,暂时站着不要动,"我平静地说,"如果你能坐下更好。请坐——算了,还是到楼下我的办公室,那儿比较隐秘。”

我在拖延她即将告诉我的事。我们先到厨房停留了一下，我把水果盘递给她，再把一瓶水、两个玻璃杯和几个碟子摆在托盘上。下楼途中她冷不防地说：“我要走了。”以我对她的了解，我知道我不该表现得太惊讶，以免她更不知所措。“你要去哪儿？”“伦敦，去我姐姐那儿住一阵子。”“拉敏呢？”我们已经来到我办公室，她等我开门，同时又把重心换到另一脚，仿佛两只脚都承担不了自己的责任。我从她苍白的脸色和错愕的表情意识到我问错了问题。“我和他结束了。”她喃喃低语着，和我走进办公室。

“你要怎么离开？”一坐下我便问她，她背窗而坐，我则瘫在靠墙的沙发上，墙上挂着一幅绘有德黑兰群山的巨大绘画，以这小房间而言，这幅画似乎稍嫌大了些。“偷渡，”她说，“他们仍不肯发护照给我，我只好自己设法走陆路去土耳其，在那儿等我姐夫来接。”

“什么时候？”“再过一个礼拜左右，”她说，“确切日期我还不知道，他们会通知我。”停顿一会儿之后她又说：“我会请玛荷希告诉你，我们班上只有她一个人知道。”

“有人要跟你一起走吗？”“没有，我父亲反对，他最后只答应替我出部分旅费。其余的我姐姐会负责，她说这是我的‘救援计划’。我父亲说，如果我坚持要继续进行这个疯狂的计划，往后就得靠自己了。对他而言，不论这些人多么令人深恶痛绝，都是我们的同胞。他已经失去了一个女儿，现在连另一个也保不住。他说先是上课，现在又是这个。”“我还以为他不知道上课的事。”我说。显然他知道，只是不说穿。

她不停地搓手，不愿直视我。这就是娜丝琳，坦白说，这就是我俩共同的写照：分享着最亲昵的时刻，却又要淡然地耸耸肩，假装一点儿也不亲昵。以此轻描淡写的方式处理强大的痛苦，背后所凭借的并非勇气，而是一种奇特的懦弱，一种毁灭性的自我防卫机制，迫使别人听着最为骇人的遭遇，却不让人同情自己："不必可怜我；没什么事是大到我应付不来的。这没什么，真的没什么。"

她告诉我，牢里、还有战争那些年都不算什么，这段适应期才最难熬。起初她以为只需要离开一阵子就好，但渐渐她领悟到自己想就此离开。他们不肯发护照给她，被迫用非法的手段，她也觉得无所谓。

我表现得仿佛和她谈的是一趟普通的旅行，一趟前往伦敦探望姐姐的寻常行程。"这时节去伦敦太潮湿了；别忘了叫他们带你去环球剧院①……你为什么和拉敏分手？"我终究忍不住问她，"他反对你离开吗？还是他给了你离开的念头？""不是，他，他——他知道我很想离开，为了我在牢里得的这种病。姐姐、妈妈和我已经考虑了很久，我们认为到那儿可能会有更好的治疗方式。"我从没问过她得的究竟是何种病。

"拉敏是个正直的人，"真心的微笑暂时恢复了她的少女情怀，"一开始他也同意我走，可是他认为最起码我们应该订婚。"我等着她继续往下说。可是后来我打破沉默："娜丝琳？"她停顿下来，垂下头，全神贯注于两只手上。她急匆匆地说："他……他比

① 莎士比亚生前演出的木造剧院。

其他人好不了多少。记得你从贝娄书上念的那句话吗？有关人总想把他的想法像倒垃圾一股脑倒给别人那句？”她又一笑说：“那是你所认识的拉敏和他的知识分子朋友。”

这太令人无法忍受了，即使像我这种经验老到的闪避高手也听不下去。就像我们在小说里读到的，喝口水是拖延时间的妙法。“你说比其他人好不了多少是什么意思？其他人是谁？”

“我叔叔比较粗糙露骨，”她缓缓地说，“你知道，比较像纳贺维先生。拉敏不一样，他读德里达，看伯格曼和阿巴斯[①]的电影。没有，他没有碰过我，事实上他刻意不碰我。他的情况更糟，我很难解释。是他的眼神。”“他的眼神？”“他看人、看别的女人的眼神。从眼神里你总是分辨得出来，”她说，然后悲惨地垂下头，手指交握，“拉敏认为女人有两种：一种是能引起性趣的女人，一种是结婚的女人。结婚的女人与他分享知性生活，得到他的尊重。”“尊重，”她气愤地又说了一次，“他用的就是‘尊重’这两个字，他尊重我。我是他的西蒙娜·波伏娃，除了性。他懦弱得没种直接去找别人上床，所以只好用看的过干瘾。后来居然在和我，说话时，直盯着我姐姐瞧。他光看。那种盯着女人看的眼神……就像我叔叔猥亵我的方式。”

我替娜丝琳感到难过，奇怪的是，我也同情拉敏。我觉得他也需要帮助——他也需要再多加了解自己，了解自己的需求和欲望。难道她看不出他和她叔叔不同吗？或许要她同情拉敏对她

---

① 阿巴斯(Abbas Kiarostami)，伊朗导演，题材贴近日常生活，叙事风格淳朴、意境悠远。

是太苛求了。她末了对他冷酷无情,硬逼自己相信不能在他身上再付出一丁点儿感情。她对他说他们之间已经完了,并以眼神清楚表示,他和他所批评鄙视的男人差不了多少,不过是五十步笑百步。"起码你知道你对阿亚图拉哈塔米抱持什么立场,可是这些满口仁义道德、政治正确的其他人才是最糟的。你们都想拯救人类,"她告诉他,"你和你那该死的汉娜·阿伦特。何不先处理处理你的性欲问题,先从拯救你自己开始?去找个妓女吧!别再盯着我姐姐了。"

每当想起娜丝琳,我的脑海总是先浮现那天下午她在我办公室宣布即将离开的画面,而最后的影像也是那一幕。那是傍晚时刻,屋外的天空显现沉沉暮色,既不暗也不亮,甚至不是灰色。雨势相当猛烈,雨滴垂挂在梨树光秃秃的黄褐色叶子底下。

她说:"我要走了。"她说她已经活到二十七岁,还不知道活着的真正意义。从前她以为牢里的日子应该是最苦的,结果不然。她从脸上拨开几缕发丝,说道:"在牢里我和其他人的想法一样,要不被杀一了百了,要不保住一条命总有出去的一天,一切就可以重新开始。"她说:"在狱中我们一心向往重见天日,重获自由,可是等真正出来了,却发觉我居然怀念起大家在牢里那种目标一致的感觉,和分享回忆与食物的情谊。其余的还好,最令我怀念的是希望。在牢里我们满怀希望,希望将来能出去、上大学、开心地玩、去看电影。我已经二十七岁了,还不知道谈恋爱是什么滋味。我不想永远躲躲藏藏,我想搞清楚娜丝琳究竟是什么样的人。或许你可以说这就是自由的苦恼吧!"她笑着说。

21

娜丝琳请我向全班宣布她即将离开的消息。她无法面对她们。她难以承受。最好是不告而别。我该如何向她们宣布这消息？“娜丝琳不来上课了。”这句话够简单了,关键在于如何说和把重点放在哪儿。我说得相当突兀且直截了当,令大家一阵错愕,哑口无言。我注意到雅西神经质的傻笑,阿金吃惊的目光,以及莎娜姿与蜜德拉之间快速的眼色交流。

“她现在人在哪儿?”经过好长一阵沉默,蜜德拉问。

“我不晓得。”我说,“这得问玛荷希。”

“娜丝琳前天出发,前往边境。”玛荷希冷静地告知大家,“她正在等偷运者和她联络,只要联络上,下星期她应该就已经骑着骆驼驴子或坐着吉普车穿越沙漠了。”

“不带女儿我不走。”雅西说着又紧张兮兮傻笑起来。“对不起,”她说,用手捂住嘴,“我觉得很难过。”

一时间大家对娜丝琳的偷渡臆测纷纷:从土耳其边境出发旅途中可能遇到的危险,她只身一人,她未来的选择等等。“别把她讲得好像已经死了,”阿金说,“她要去的地方比这里好得多,我们应该替她高兴才对。”玛荷希狠狠瞪她一眼。但阿金说得对,我们还能希望她怎样?

反应最激烈的是与我认同最深的玛纳,她的反弹并非针对娜丝琳,而是针对我的离开,因为娜丝琳的不告而别使分离的威胁更加具体。

“反正这堂课也很快就要结束了，”她说，眼睛不看任何人，“娜丝琳收到了纳菲西老师所要传递的信息。”“什么信息？”“那就是我们全都应该走。”

她的挖苦令我相当惊讶。我原本就已经够内疚了，仿佛决定离开违背了给她们的承诺。（“内疚已成为你性格的一部分，即使还没打算离开，你照样觉得内疚。”事后我向我的魔术师诉苦时，他这么说。）

“别傻了。”阿金转过去对玛纳说，口气充满责备的意味，“你觉得活在这里处处受限又不是老师的错。”

“我才不傻，”玛纳粗声说，“没错，我是觉得处处受限，我不该有这种感觉吗？”

阿金伸手拿她的包包，也许想去摸根香烟，但手再抽出来时却空无一物。“你怎能这样，说得好像一切都该怪罪纳菲西老师。”她对玛纳说，手微微发颤。

“没关系，让玛纳解释清楚。”我说。

“她的意思也许是……”莎娜姿拙劣地说。

“我自己可以解释，谢谢你。”玛纳不高兴地说。“我的意思是，你为我们立了个榜样，”她转向我，“让我们知道留下来是没用的，如果我们希望自己有一番作为，就应该通通离开。”

“不对，”我有点恼火地告诉她，“我从没说过我的经验应该成为你们的经验。你不能每件事都学我，玛纳。我是说，我们每个人都应该作出对自己最有益的决定，我顶多只能给你这个建议。”

“我唯一能说服自己你把我们丢在这儿的理由是，”玛纳说（我记得她的确说“把我们丢在这儿”），“我知道假如我有一半的机会,我也会走。我会丢下一切。”她再思之后说。“即使是尼玛?”“尤其是尼玛,”她以促狭的笑容反驳道,“我不像玛荷希,我认为我们任何人都没有留下来的义务。我们只有一辈子可活。”

这么多年来我一直是她们推心置腹的对象,她们把痛苦烦恼全数向我倾诉,仿佛我自己从来没有问题需要解决,仿佛我活在魔咒的保护伞下,不仅得以避开伊斯兰政权生活中的艰辛不如意,连一般的生活烦恼都不会上身。如今她们要我连抉择的责任也替她们扛,每个人都必须为自己做决定,旁人唯一帮得上的忙是帮她们搞清楚自己想要的是什么。谁可以告诉别人他应该要什么?(后来尼玛晚上打电话来。“玛纳怕你再也不喜欢她了,”他半开玩笑地说,“是她要我打给你的。”)

别人的忧愁与喜悦总会使我们联想起自己的忧愁与喜悦;我们之所以同情他人,或多或少是因为我们会自问:那我呢?我的人生、我的痛苦、我的烦恼呢?对我们而言,娜丝琳的离去必然会引起真心的关怀与忧虑,同时对她的新生活怀抱希望与不安。我们也受到失去她、课堂上少了她所造成的痛苦的冲击,起码暂时如此。可是到最后我们终究会反观自身,她离开的决定让我们想起自己的希望与焦虑。

蜜德拉头一个表达出内心的焦虑。近来,我在她身上观察到一股怨怒之气,由于她从来不曾如此,我更加担忧。她在随堂日志与笔记中提高分贝。从与丈夫游叙利亚那篇记述开始,头一件对她造成冲击的事,是伊朗人在大马士革机场所遭受的屈辱。伊朗人必须另排一列,像罪犯一样被搜身。然而最震撼她的是走在大马士革街上的感觉,她穿着 T 恤、牛仔裤,与哈米德手牵手,大摇大摆地逛街。她形容起和风与阳光抚在发丝与皮肤上的感受——最震撼人的总是这种感觉。对我如此,对后来的雅西与玛纳亦复如是。

在大马士革机场,她因自己的身份受到羞辱,回家时,她却为自己应做而没做的事感到愤怒。她气自己错失了这些年,气自己未享受到应得的和风与阳光,气自己没和哈米德携手散步。她惊叹地说,最特别的是,那样跟他走在一起,他仿佛突然变成了陌生人。这是他们关系的一个新领域;她甚至连自己也不认得了。她自问这是同一个蜜德拉吗?这个身穿牛仔裤、橘色T恤,和一位俊男并肩走在阳光下的女人,果真是蜜德拉吗?这女人究竟是谁?如果她要移居加拿大,有办法把这女人融入她的生活吗?

“你是说你对这里毫无归属感?”玛荷希问,挑衅地看着蜜德拉,“看来我是这儿唯一觉得应该感谢这块土地的人。”

“我没办法活在这种时时刻刻的恐惧下,”蜜德拉说,“随时都得为我的穿着打扮和走路仪态提心吊胆。对我而言再自然不过的事情,却被这社会认为罪孽深重,那我究竟该怎么做?”

“可是你明知道规矩,你知道这是法律的规定,”玛荷希说,“又不是现在才知道的。是什么改变了?为什么现在你才觉得受不了?”

“也许对你来说比较容易接受。”莎娜姿说,但玛荷希不让她说下去。

“你以为我能很容易地接受?”她说,犀利地扫了莎娜姿一眼,“你以为只有像你们这样的人在这国家才会受苦受罪?你根本连恐惧是什么都不懂。只因我的信仰和我戴面纱的关系,你就以为我感受不到威胁,感受不到恐惧?你以为唯一的恐惧就是你们的那种恐惧?这未免太肤浅了,不是吗?"她以少见的激动说着。

"我不是这个意思,"莎娜姿更温和地说,"就算我们对这些法律规定十分熟悉,也不代表这就是好法。我们不会因此就感受不到压力和恐惧。但起码对你来说戴面纱是理所当然;那是你的宗教信仰,你的选择。"

"我的选择,"玛荷希冷笑一声说道,"除了我的宗教,我还有什么,假如我失去了……"她话只说了一半,又把视线转向地板,喃喃地说:"对不起,我太情绪化了。"

"我知道玛荷希的意思,"雅西插嘴道,"一个人可能面临的最深恐惧,莫过于失去自己的信仰。因为到时谁都容不下你,不论是所谓的在俗者或你自己的教友都无法接纳你。这很可怕,玛荷希和我谈过,打从我们有记忆以来,我们的宗教就替我们规范了所有的言行举止。假如有一天我失去了信仰,那会像死了一样,得在一个毫无保障的世界重新开始。"

我为玛荷希感到心痛,她强作镇定地坐在那儿,满脸绯红,澎湃的情绪像细细的血管在她苍白的皮肤底下搏动。我心想,比起我其他在俗派的学生,玛荷希对宗教的困扰疑惑其实最严重。她在随堂日志与报告中,以和她笑容一样被压抑的怒气,提出了对于伊斯兰法统下生活细节的一些质疑。后来玛荷希写道:"雅西和我都很清楚我们正逐渐丧失我们的信仰,我们动辄质疑自己的信仰。在巴列维的时代,情况并不同。我觉得自己是少数族群,必须不顾一切险阻捍卫我的信仰。如今我的宗教得势了,我却觉得比以往更无助、更疏离。"她说自从有记忆以来,人家就告诉她异教徒国度的生活简直就是地狱,只要在正义的伊斯兰统治下,一切将会改观。她记述了上班时她的男上司从不看她的眼睛;在电影里,连六岁大的小女娃也必须戴头巾,还不准跟男孩子玩。她虽戴面纱,却也道出了被迫戴面纱的痛苦,她称它为面罩,女人通通被迫躲在后面。她冷酷地描述这一切,却又显得愤愤不平,在每个重点后面都打上问号。

“离开的决定是很难下的,”我说,首度觉得准备好要开诚布公,告诉她们我正在做的事和它所代表的意义,“我必须经历无数内心的交战,甚至考虑离开比冉。”(“真的?你没告诉过我。”后来我把我们的谈话内容说给比冉听时,他这么问。)这让她们暂时把注意力从自己的挫折与愤怒转移。我对她们说出自己的恐惧,告诉她们我如何夜半惊醒,感觉快要窒息,仿佛再也出不去,头晕恶心地整夜在屋里走来走去。我头一次向她们坦白,谈到自己的感觉与情绪,这对她们似乎有种奇特的安抚作用。到了阿金突然跳起来准备去探望她女儿时,我们都觉得轻松多了。阿金想起今天轮到她去看女儿妮佳——和我女儿同名——她女儿暂时与她先生家人同住。然后我们开始拿莎娜姿的众多追求者与雅西的减肥计划开玩笑。

在她们离去前,玛荷希拿起她带来的一个小包裹,说道:“我有东西要给你。娜丝琳要我代她向你致意,同时把这个交给你。”她递给我一叠厚厚的卷宗和一捆笔记。此刻这份卷宗就摆在这另一间办公室的另一张书桌上。它的颜色鲜艳,白底亮橘色条纹,绘有三个卡通人物,上面以龙飞凤舞的绿、紫两色字写着:**缤纷的佛罗里达见。阳光下一切都变得更美好!**卷宗内是娜丝琳整洁的字迹，她把我在阿拉梅最后三学期每堂课的上课内容，一字不漏抄下来，连标题和副标题都有。所有句子和题外话都记录了下来，詹姆斯、奥斯汀、菲尔丁、勃朗特、爱伦·坡、马克·吐温全都在。她没留下其他东西，没有照片也没有个人笔记，只在卷宗的最后一页写了一行字：**我还欠你一份《了不起的盖茨比》的报告。**

22

那个周四上完课的傍晚，我对比冉说："生活在这里就像跟厌恶的男人性交。"他回到家，发现我呆坐在起居室里的老位子，腿上摊着娜丝琳的卷宗，学生的笔记撒满桌，旁边则摆着一碟融化的咖啡冰激凌。他瞥了冰激凌一眼之后说："天啊，你的心情一定糟透了。"他面对我坐下，说道："别这么没头没尾的，解释一下你这句话的意思。"

"呃，这么说吧！假设你被迫跟一个讨厌的人性交，你会尽量让脑子一片空白，假装自己在别处，刻意忘记身体的存在，因为此时你痛恨自己的身体。我们的处境就像这样，时时假装身在他方，有时是刻意伪装，有时是不自觉幻想。下午丫头们离开以后，我一直在想这件事。"

历经激烈痛苦的争吵后，比冉和我反而变得比以往更亲密。比冉的沉默最能充分表达他的心情，我从他身上学会了沉默的众多情绪表现与细微变化：愤怒的沉默与不赞同的沉默；感激的沉默与爱恋的沉默。有时他的沉默累积到某种程度，会满溢出来化为滔滔不绝的话语,不过最近我们常一聊就没完没了。从我们决定向对方描述自己对伊朗的感觉开始,我们第一次开始从对方的角度看事情。由于他正逐步将自己从伊朗的生活抽离,亟需将内心的想法与感受一吐为快。我们促膝长谈内心的感觉和对家园的概念——对于我,家园就在心中,可以带着走;对于他,家是较传统、根深蒂固的观念。

我详细告诉他那天课堂上的激辩。她们走了以后,性骚扰这个比喻便一直在我脑海挥之不去。我说:“我猜这必定是玛纳的感受,而且一直用这想法折磨自己。”

比冉没吭声,似乎正在等我继续解释,可是我忽然无话可说了。我觉得轻松了点,伸伸懒腰,拿起几颗开心果来吃。我一边剥开心果一边说:“你有没有注意到,当你看着对面墙上的镜子,你看不到自己,只看到树木和高山,这感觉很奇怪,仿佛你用魔法把自己变不见了?”

“有,其实我也注意到,可是我不会为这种事而失眠。”他说着走进厨房拿他平常喝的伏特加。“不过你一定夜以继日在想这事。”他又补了一句,把酒杯和一碟新的开心果放在桌上。“至于你最贴切的比喻,你的丫头们一定很气,虽然你就要甩开‘这家伙’了,她们还得继续跟‘他’上床——至少她们其中几个逃不掉。”他说着并啜了一口酒。他若有所思地注视着酒杯:“我一定会怀念这个,你不得不承认我们的私酿伏特加世界一流。”

我打断他对我们上等伏特加的沉思,说道:“离开并不如你所想的那么管用。记忆和污点会跟随着你,这不是离开就摆脱得了的。”

“关于这个，我有两点意见要发表，”他说，“首先，任何人都免不了要遭受世间邪恶的污染，症结在于你用什么样的态度去面对。其次，你开口闭口都是‘这些人’对你造成的影响，你有没有想过你对他们造成的影响？”我狐疑地望着他。他接着说：“这份相互的关系在好的方面与坏的方面都不对等，他们有力量鞭打我们、杀害我们，可是这只会让他们想起自己的弱点。亲眼目睹昔日同志和自己孩子的遭遇，他们必定吓呆了。”

23

那是个高温的夏日，就在我和比冉那一席谈话的两星期后，我躲进一家咖啡馆。那其实是家糕饼店，是极少数从我小时候存活至今的糕饼店之一。它的俄式肉馅饼风味绝佳，常有人为它大排长龙。咖啡馆门边的大落地窗旁摆着两三张小桌子，我就坐在其中一张旁，面前摆着一杯冰咖啡。我拿出纸笔，望着空中，开始写了起来。一边望着空中发呆一边写东西，已成为我的特长，尤其在德黑兰最后这几个月。

突然间我注意到排队买俄式肉馅饼的队伍中，有张似曾相识的面孔，但又不够熟悉，无法一下子就认出来。有个女人正在看我，应该说盯着我瞧比较贴切。她面露微笑，放弃了好不容易排到的位子，朝我走过来。“纳菲西博士，你不记得我了吗？”她说。她显然是以前的学生，声音听起来耳熟，但我就是想不起她是谁。她让我想起奥斯汀和詹姆斯的课，她在我记忆中模糊的影像逐渐聚焦清晰起来，与眼前的本人合而为一，我终于认出她是多年不见的鲁希小姐。倘若她穿着能凸显其朝天鼻和防备笑容的罩袍，或许我会更快认出她。

她穿着黑色衣服，但不是罩袍，脖子上盘绕着一条长长的黑头巾，以一个银色的别针固定，这别针像蜘蛛网一样在黑布上颤动。她的妆画得苍白，有几缕深褐色的发丝从头巾底下露出。我老是想起她的另一种面貌，严峻的面貌，矜持肃穆，连嘴唇似乎也老是抿着。以前我觉得她其貌不扬，如今我才发觉她的长相一点也不平庸。

她停留在我桌边不去。既然她已经失去了队伍里的宝贵位子，我便请她一起坐下来喝杯咖啡。她犹豫了一下，然后小心翼翼地在椅子边缘坐下。大学毕业后，她在民兵组织里成为活跃的一员，但没多久就离开了。他们根本不在乎什么英语文学，她面带笑容地说……后来她结了婚，现在已经两年。她说她很怀念大学时代的日子，当时她常怀疑自己干吗要继续学文学，干吗不去上点实用的东西——说到这儿她又笑了——如今，她却很高兴当初她坚持到底。她觉得自己拥有别人没有的东西。“你记得我们课堂上讨论《呼啸山庄》的情形吗？”

“是的，我记得。”我们边谈话，我对她的记忆就愈清晰；影像驱逐着眼前这张不熟悉的脸，另一张如今也变得有点陌生的脸取而代之。我想象自己回到四楼那间教室里走道旁的第三、还是第四排？我只认得出其中两张脸，其抄笔记时乏味而不以为然的神情如出一辙。我进教室前她们就在那儿了，离开教室后她们仍不走。其他人大多对她们怀有戒心，她们是穆斯林学生协会的活跃分子，即使和伊斯兰圣战组织里较自由派的分子如弗萨提先生，也无法打成一片。

我记得她,我记得那次讨论《呼啸山庄》的情景,因为我记得鲁希小姐如何从朋友那儿抽身离开,跟着我走出教室,几乎把我推到走廊的角落,扑向我,气急败坏地冲口说出她对凯瑟琳与希思克利夫寡廉鲜耻的不屑,慷慨激昂得把我吓呆了。她到底在胡扯些什么呀?

我并不打算再拿另一本小说来公审。我告诉她,以这种态度谈论一本伟大的小说才是不道德,小说人物不是阐述道貌岸然的道德规范的工具,阅读小说更非为了纠举其中的过错。她提到其他教授在过滤、删减教材上的用心,连教的小说中出现"葡萄酒"的字眼儿,都会刻意删除,以免冒犯到学生的伊斯兰意识。我心想,是呀!所以他们教来教去都只有《珍珠》这部小说。我对她说她大可退掉这堂课,或把这件事呈报高层,不过这就是我上课的作风,而且我还会一直这样教下去。我留她独自在那长廊黑暗的角落中。后来我虽然又再见到她,可是在我心目中她永远被我留在那个角落。如今她让自己出土,刷新了自己的形象。

她也反对《黛西·米勒》,她觉得黛西不仅不道德,还愚蠢至极,"不可理喻"。不过尽管我们意见相左,她也不赞同我所教的小说,第二年她还是来修我的课。有谣言说,她和穆斯林学生协会的一个大人物有染,娜丝琳总爱拿这些谣言来引起我的注意,以兹证明"这些人"有多伪善。

如今她说她怀念大学时代。当时她并没什么感觉,可是后来才发觉自己十分怀念。她想念我们一起看的影片和课堂讨论。"记不记得你们那个'亲爱的简'社?"我困惑不解,她是怎么知道的？那只是我和少数几个学生之间的玩笑。她说："以前我一直很想加入，我觉得一定会很好玩。我真的好喜欢简·奥斯汀——你不知道有多少女生迷恋达西先生！"我说："我倒不晓得你们组织容许你拥有一颗正常人的心。"她说："信不信由你，我们也是经常恋爱和失恋。"

她曾尝试学习阿拉伯文，也将一些英文短篇小说与诗译成波斯文——她想了一下又说，那是为她自己而译，她以波斯语说"为了我自己的心"。沉默片刻后她补充道："后来我结婚了，现在有个女儿。"不知她是否嫁给传言中的男主角，我记得我并不喜欢那个人。

我问她女儿多大了。她说十一个月大，顿了一下之后，她以狡猾的笑容说："我给她取了个纪念你的名字。""纪念我的名字？""我的意思是，她的出生证明上写的是另一个名字——叫作法希梅，纪念我一位英年早逝的阿姨——不过她有个小名，我叫她'黛西'。"她说起初她在黛西和丽西（伊丽莎白的昵称）之间犹豫不决，后来她决定选择黛西。丽西是她梦寐以求的，可是嫁给达西先生简直是不可能实现的奢望。"为什么叫黛西？""你不记得黛西·米勒吗？你没听说假如给孩子取个有意义的名字，将来她就会变得和这同名的人一样吗？我希望女儿成为一个我做不到的人，像黛西那样。你知道，就是很勇敢。"

黛西是最受我女学生认同的小说人物，有的人甚至到了几近着魔的地步。后来在我的私人课堂上，她们仍经常回头提起她，说她的勇气是她们自己所欠缺的。玛荷希与蜜德拉在写作中提起她时语带惋惜，她们觉得自己和温特伯恩一样，注定要亏待她。

鲁希起身道别,我迟疑地望着她,终于还是忍不住说:“我可以问你一个非常私人的问题吗?你说你结婚了,你先生是怎样的人?”“我嫁给毕业后认识的人,”她说,“他从事计算机工作。”“思想非常开通。”她笑着补了一句。

她再不走不行了,她有个十一个月大、小名黛西的女儿在家里等着。“你知道吗?当时我并没想到,不过我们上的课真的很有意思。”她说。我们为了这些作家争论不休,仿佛他们所说的是攸关生死的大事——詹姆斯、勃朗特、纳博科夫、简·奥斯汀。

24

有些回忆,就像雅西快乐时用一双细腻的手比出的假想气球,从我们所谓的记忆深处浮升。这些回忆和气球一样,轻巧明亮,稍纵即逝,即使周遭环绕着“哀愁的空气”(套句贝娄的说法)。我在伊朗的最后几周,丫头们和我除了周四早晨固定的课程,其他日子也在城里不同地点碰面。我们甚至一起去逛街购物,因为我决定要买些礼物送给在美国的亲友。

有天下午,我走进我最爱的咖啡馆找我的丫头,却遍寻不着。我半途拦下一名服务生,是个年纪很大的服务生,穿的裤子有点短,手上端着糕点和两杯热腾腾的咖啡。我问他有没有看见几个年轻女孩子来。“她们没有男士陪同吗?”他问。我讶异地看着他。“噢,是的,她们应该没有男士陪同。”“那么她们大概在后面那一区。”他朝左边主餐厅的所在地点点头。“你知道规定,”他说,“没有男士陪同的女人不能坐这一区。”

丫头们靠窗而坐。这偌大空间里唯一的另一桌，是靠墙的小桌子，有两名妇女正坐在那儿喝咖啡。“没有男人就没有特权，”玛纳兴高采烈地大声说，“这时候尼玛就还有点儿用处。”最后这几周我们全都在场时，娜丝琳的缺席更加显著。我问玛荷希有没有她的消息。她说没有消息，然后又冷嘲热讽加了一句：“没消息就是好消息。”

玛纳和阿金都把她们的相机带来了——“咖啡馆的回忆。”玛纳说。离开的日子愈逼近，我愈执迷于记录一切生活细节的影像。没有真正的照相机时，就把自己变成照相机，热衷于写下德黑兰附近高山度假胜地波陆尔的飞鸟；几可触碰感觉的空气，尤其清晨太阳即将升起时；以及最后这几周围绕于我们身边的可爱面孔。

蜜德拉情绪有点低落。我还没到时，她正告诉其他人她在家里遇上的麻烦，现在她继续往下说。哈米德的母亲极力反对他们去加拿大，她的反对导致哈米德经常摇摆不定。蜜德拉说：“令我生气的是，她不仅不要我们离开，还老是插手干涉我们的事。先前她要我们生孩子——希望我们趁她年纪还没太大生个孙子给她玩——现在又是这件事。”蜜德拉和哈米德自己也举棋不定，哈米德有份好工作和经济保障，到了加拿大他们得一切从零开始。她说她觉得自己变了，变得更焦虑、敏感，而且开始做噩梦。有天晚上她醒来，觉得整栋屋子在摇晃，结果只是她自己在摇晃床头柜。“有时我觉得男人根本无法体会在这个国家做个女人有多辛苦。”她沮丧地说。“对他们来说，一切轻松多了，”雅西说，“就某方面而言，这里堪称男人乐园。”蜜德拉说：“哈米德告诉我，假如我们收入不错,随时都可以出国度假。”

“情势对男人绝对有利,”阿金说,“你们看看婚姻法和离婚法;看看有多少所谓世俗的男人娶了第二个老婆。”“尤其是某些知识分子,”玛纳说,“那些人还满口自由民主的高调呢!”

“并非所有男人都像那样。”莎娜姿提出异议。

阿金突然眼睛一亮,转过去对着莎娜姿说:“嗯,没错,有些男人不会,比如说你的新男朋友……”

“他才不是我的男朋友。”莎娜姿抗议道,接着马上吃吃傻笑起来,显然历经了长期的阴霾,总算雨过天晴了。“他是阿里的朋友,从英国回伊朗探亲,”莎娜姿对我说,觉得有必要向我解释清楚,“我们以前就认识了,因为阿里的关系,我们算是朋友吧!他原本要做我们的伴郎,因此他来探望我,表示一点心意。”

蜜德拉的酒窝和阿金会意的笑容暗示着应该不止是“表示一点心意”这么单纯。“什么?”莎娜姿说。“其实他一点儿都不好看,”她眯起眼睛说,“长得还蛮丑的。”“应该说是粗犷吧?”雅西满怀期望地说。“不对,不是粗犷,是丑,可是他人很好,体贴亲切。我弟弟老是拿他来开玩笑,”她说,“你知道有时候我很想跟他出去做点儿什么,前几天他抱怨说他在这儿没办法穿短袖或去游泳。他走了以后,我弟弟就开始模仿他,并且说:‘真是高明的勾引新招,我的傻姐姐正是那种会吃他那套的女孩子。’”

服务生过来帮我点东西。我叫了一杯冰咖啡,然后看了玛纳一眼说:“麻烦你待会儿再给我们每个人一杯土耳其咖啡。”自从我母亲每次上课都给我们煮土耳其咖啡开始,我们已养成用杯底残渣算命的习惯。玛纳和阿金老爱抢着帮别人算命,上次阿金已经帮我算过,我答应玛纳很快就会轮到她。

服务生离开时,阿金说:“真想给他照张相。你们来分散他的注意力,我来给他照相。”“要怎样分散他的注意力?”玛纳问,“你可别害我们因为挑逗这老头子而坐牢!”

服务生送上我们点的东西时,我看见阿金拿出她的相机,朝我旁边的雅西打暗号,然后不经意地把相机往我的方向移动,假装对着墙壁。“我的咖啡可以不加糖吗?”雅西问那名服务生。“我不知道,通常糖已经加在里面了。”服务生不高兴地说。一听到咔嚓声,他迅速转过身,狐疑地望着我们无辜的表情,然后离开。“不晓得照出来怎样。”阿金说。以后就知道了。照片中他站在我旁边,脸对着雅西,不过由于他的下巴抬得老高,我们根本照不到他的脸。他无头的上身略微驼背,一手拿着空托盘;雅西和我都朝他的方向看,我护卫似的捧着我的冰咖啡,仿佛怕它随时都会被抢走。

后来我把最后这几周拍的照片拿给我的魔术师看。我告诉他:“人要离开一个地方的时候会有种奇怪的感觉,好像即将怀念的不只是你所爱的人,还有此时此地的自己,因为往后不复存在。”

服务生端来用不同颜色的小杯子装的咖啡,我们一边喝,一边思索在伊朗的作家必须经历的历练与苦难:有太多话要说,却不准说出口。我看看表,我已经迟到了。“我们来听玛纳算命,然后我就得走了。”我说。我拿起笔和日记准备写,同时告诉玛纳我打算记下每个字,她得说慢一点。“记得加里·格兰特在那部美妙的电影中说的吗:说出去的话和失去的机会一样收不回来。”

玛纳拿起我的咖啡杯,开始算我的命:“我看到一只像公鸡的鸟,这代表好消息,可是你自己的心情却动荡不安。有一条看起来明亮的道路,你正跨出第一步。你的脑子里同时想着一百件事。有条路封闭黑暗,另一条开阔光明。两条路都可以走,端看你的选择。有把钥匙,有个问题会解决。看不到财运。一艘小船仍在港口,还没扬帆。”

25

是否每个货真价实的魔术师都像我的魔术师一样,会唤起所有人变魔术的潜能,让我们发挥连自己也不知道的能力?此刻,他坐在我正凭空捏造的椅子上,我写着写着,椅子就变出来了:胡桃木制、棕色椅垫、有点不舒服但可让人提高警觉。这是把椅子,可是他没坐在椅子上;坐在那上面的人是我。他坐在沙发上,有同样的棕色椅垫,也许更柔软,他看起来比我更自在,那是他的沙发。他像往常那样坐着,坐在沙发中央,两边都留下相当大的空位。他没靠着椅背,而是正襟危坐,双手摆在腿上,脸庞瘦削。

在他开口说话前,我要让他先去厨房,因为他待客殷勤,绝不会不招待我茶、咖啡或冰激凌,让我干着嘴说上好久的话。今天就喝茶好了,装在两个不成套的马克杯里,他的是棕色,我的是绿色。他优雅尊贵的清贫,他的马克杯,他褪色的牛仔裤,他的T恤,他的巧克力。趁他在厨房的时候,让我安静地思考他是如何仔细建立起他的日常惯例——早餐后看报纸,晨间与傍晚散步,电话响两声就接听。我突然感到无限怜惜:在我们看来他似乎十分坚强，然而他的生命却何其脆弱。他端着两杯茶进来时，我告诉他："你知道吗？我觉得我这辈子到目前为止是一连串的分离。"他眉毛一扬，将马克杯摆在桌上，看我的眼神仿佛我期待的是位王子，结果等到的却是只青蛙。然后我们相视而笑。他仍站着，说道："在这四面墙的隐秘空间里，你可以说这种废话——我是你的朋友，我愿意原谅你——可是别把这种话写进你的书里。"我说："但这是事实呀！""小姐，"他说，"我们要的不是你的真实，而是你的想象，如果你真的很行，你的想象或许还会透出若干真实，可是别把你的真实感受摊在我们面前。"

他回厨房翻找冰箱，然后端着盛有五片巧克力的小碟子回来。他面对我坐下，几乎坐在沙发边缘。"恐怕冰箱里什么也没有了，只剩几片巧克力。"

我跟他说我要写一本书，在书中我要感谢当今政权教我的一切，它教我爱上奥斯汀与詹姆斯，冰激凌与自由。我说："目前光是感激这一切还不够，我还要把它写出来。"他说："你写奥斯汀的时候，恐怕没办法不写到我们，不写到这个让你重新发现奥斯汀的地方。你没办法把我们抛诸脑后，等你试试就知道了，你所知道的奥斯汀永远和这个地方、这片土地、这些树木割舍不开。你不会以为这就是你和奥斯汀学者法兰其博士研究的同一个奥斯汀吧？是法兰其博士没错吧？这是你在这里读到的奥斯汀，这里除了审查官几近全盲，还会在街上吊死人，会在海上放张布帘来隔开男女。"我说："等我把这一切写下来时，也许我会多些宽容，少些愤怒。"

我们就这么坐着，他坐他的沙发，我坐我的椅子，编织着说不完的故事。在我们身后，摇椅前方的椭圆形光圈变得愈来愈窄，愈来愈小，最后完全消失。他打开灯，我们继续谈。

26

“我反复幻想着《权利法案》中多加了一条：想象的自由。我逐渐相信，若缺乏想象的自由或不受限制使用想象作品的权利，真正的民主就不存在。一个人若要拥有完整的生命，必须能够公开塑造和表达内心的世界、梦想、思想与欲望，并时常能在公众与私人领域之间进行对话。不然我们怎知自己存在过，有感觉，有欲望，会怨恨，也会恐惧？

“我们老说事实事实，然而事实若非通过情绪、思想与感受重组创造，在我们看来事实便不是完整的事实。在我看来，我们仿佛不曾真正存在，或只部分存在，因为我们无法以想象将自己具体化并与世界产生互动，因为我们让想象之作沦为政治伎俩的工具。”

离开魔术师家那天，我坐在公寓楼梯顶阶，拿出笔记本记下1997年7月23日这个日期，又在日期旁批注：新书的资料。那天之后，过了一年，我才又想起写这本书的事，然后又过一年，我才有办法提笔写奥斯汀和纳博科夫，以及那些和我一起阅读他们、体验他们的人。

离开魔术师家那天，阳光正逐渐退去，空气温和宜人，树木苍翠繁茂，我有充分的理由感到哀愁。每个物体和每张面孔已失去它的具体性，看起来就像珍贵的回忆：父母、朋友、学生、这条街、这些树、映在镜中逐渐从群山消逝的光线。但同时我隐约感到兴奋，此时以斯帕克精彩的小说《刻意的闲荡》(*Loitering with Intent*)女主角的写照形容我当时的心情，再贴切不过。我欢欢喜喜踏上我的路，心想在20世纪的尾声，当个女人和作家是件多美妙的事呀！

后　记

1997年7月24日，我离开了德黑兰，去追求盖茨比一度相信的“绿灯”。我来到一个没有群山环抱，但春光明媚、秋色宜人的小镇，在一栋建筑物的六楼，又继续写作、教书。我仍然教纳博科夫、詹姆斯、菲茨杰拉德、康拉德，也教抵达美国后发现的其他作家，如20世纪美国民俗学家和作家赫斯顿、土耳其小说家帕慕克，以及我最喜爱的伊朗小说之一《我的舅舅拿破仑》(*My Uncle Napoleon*)的作者佩泽施克乍德。如今我知道我的世界和纳博科夫的小说主角普宁的一样，将永远是个“带得走的世界”。

我离开了伊朗，但伊朗并未离开我。自从比冉和我离开后，伊朗的外观改变了不少，玛纳和其他女人的仪态变得愈来愈叛逆，头巾的颜色多了，袍子的长度短了；如今她们还化妆，和不是父兄丈夫的男人大方走在一起。在这同时，突袭、逮捕和公开处决依然持续未减。但要求自由的声浪愈来愈高；我一边写着，一边摊开报纸，阅读最近学生为了声援一名异议分子所展开的示威行动。该异议分子因提出一般民众不该像猴子般盲从神职人员，呼吁进行宪法改革而被判死刑。我阅读青年学子和前革命分子的文章以及求民主、争自由的口号,如今我十分明白,未来的轮廓将决定于今日的伊朗青年、革命之子这份对生命、自由、幸福锲而不舍的追求,和昔日革命分子沉痛的自省。

离开伊朗后,我尊重魔术师的意愿,没打电话也没写信给他,但他的魔术已渗入我的生命,无所不在。有时我忍不住自问,他真的存在过吗?他是我想象出来的吗?我是他创造出来的吗?

有时我会在计算机上收到像萤火虫般闪烁不定的电子邮件,或接到印着德黑兰或悉尼邮戳的信,这些都是以前的学生寄来的,告知我他们的近况,顺便聊聊往事。

我知道娜丝琳安然抵达英国,之后怎样就不清楚了。

在我迁往美国几个月后,蜜德拉也去了加拿大。以前她都会定期写电子邮件或打电话给我,但现在已经很久没有她的消息。雅西告诉我她又回去念大学,如今有个儿子。

刚到美国时我也听说了莎娜姿的消息,她从欧洲打电话告诉我她已经结婚了,打算再回大学进修。可是阿金告诉我她放弃了读书的计划,目前是个家庭主妇。

我初到美国时不常有阿金的消息,她往往在我生日时才打电话来。有个过去的学生告诉我阿金在阿拉梅教书,教我曾经教过的同一个科目和同一批书。她促狭地补上一句,她最后听说阿金要搬到我五楼旧办公室的隔壁。我时常想到她和她漂亮的小妮佳。几个月前,她突然从加州打电话来,那快活轻浮的语气听起来很耳熟。她再婚了,新夫婿住在加州。她前夫把妮佳抢走,而德黑兰已不再值得眷恋。她满脑子都是回到大学上课、展开新生活的念头。

在我离开后，玛荷希、玛纳和雅西仍继续聚会。她们读伍尔夫、米兰·昆德拉和其他作家的作品，写电影、诗歌的评论以及她们身为女人的生活感想。玛荷希终于获得早该得到的职位，如今是资深编辑，也出版自己的书。

雅西在伊朗的最后一年私下开了一堂课，找了些敬爱她、常和她一起去登山的学生来上课，她在写给我的电子邮件里，总是忘我地提起这项新开发的潜能，同时也为了前往美国深造而勤奋工作。2000年，她终于收到德州莱斯大学的入学通知，如今她在那里攻读博士学位。

尼玛在教书，不出我所料，他正是我们所谓天生当老师的料。他也写詹姆斯、纳博科夫和他最喜爱的伊朗作家的评论短文，但都未完成。不过他仍提供趣闻轶事，带给我不少快乐。玛纳继续写自己的诗，最近我告诉她我在给这本新书写后记，关于她的部分正苦思不知该写什么，她便寄了这段文字给我：

> 自从每个周四早晨，我们开始在那向云彩借光的房间阅读《包法利夫人》，享用酒红碟子盛装的巧克力，至今已过了五年。马不停蹄的生活几乎一成不变，但我的内心深处却起了变化。每天早晨，随着周而复始的旭日东升醒来时，除了对镜戴上面纱外出成为所谓现实的一部分，我还知道有另一个“我”赤裸呈现于书页之间：在虚构的世界里，我像罗丹的雕像一样定住不动，只要你眼中有我，我就会一直维持这样的姿势，亲爱的读者。

谢　词

有许多人的实体、幽灵或影子栩栩如生浮现在本书的字里行间，有的我已认识很久，与他们共同经历前述的人生点滴；有的仿佛相识一生一世，即使当时他们并不在场。短短数语，实难道尽对他们的感激。他们就像保护纳博科夫笔下普宁的好仙子与好精灵，一直是我这本书的守护天使，我的感谢溢于言表。

我母亲娜扎特·纳菲西于2003年1月2日去世，在她最后数月缠绵病榻和临终时，我未能随侍在侧。这份哀伤将始终与我们两人对极权体制共同的憎恨相伴相随，纳博科夫便谴责极权体制是以绑架感情的方式绑架了人民。对于我母亲，对抗专制并非一场政治之战，而是一场生存之战。身为女儿和独立的个人，我始终未达到她期许我达到的完美境界，但我的作品确实带给她乐趣，而且我们有着相同的理想和价值观。她期盼阅读这本书，于是我将它献给母亲，来缅怀她的勇敢与真诚。她和我父亲都是我作品的头一个支持者，也是最热心、最无私的支持者。

父亲是生命中第一个说故事给我听的人，他为我，也和我一起编织过无数的故事。他教会我许多事，包括如何相信理想，以虚构世界创造出的无限可能去对抗现实世界。弟弟穆罕默德和我分享生命中最初的梦想与故事(这经验我后来继续与心爱的侄女莎南·巴努·纳菲西分享);尽管写这本书时我们分隔两地,他的批评指教与同情关爱长伴我左右。我先生比冉与我共同经历了书中提到的许多事。在这项苦差事中,和其他的苦难一样,他始终是我“更好的另一半”。他是除了我和编辑之外唯一读过最后手稿的人,他以公正不阿的判断、正直无私的道德和无限的真情,给了我极大的助益。我的孩子达拉和妮佳对我付出的爱与支持,有时令我恍觉彼此角色互易。

其他家人与朋友所提供的支持与鼓励,帮助我在写这本书时更加顺利:Manijeh 和 Q. 阿加扎德;塔拉和莫·沙姆扎德;还有帕文珍贵的友谊与不辍的支持令我难以用言语表达内心的感激,还有霍斯劳、塔敏·琼恩、戈雷、卡里姆、纳海德和扎里;我的至交 Mahnaz Afkhami 在我最艰难、孤单时,不吝给我友谊和睿智的忠告;保罗,特别要感谢你介绍我读《迫害与写作的艺术》(*Persecution and the Art of Writing*);卡尔·格什曼、希勒尔·弗拉德金,以及自由大学的好同事们;伯纳德·刘易斯为我开启了这扇门;Hayedeh Daragahi、Freshteh Shahpar、Farivar Farzan、Shahran Tabari 和 Ziama 令我了解贝多芬与自由的关系;Lea Kenig;失去联系多年又重新找回的童年伙伴 Farah Ebrahimi 和 Issa H. Rhode;以及我的良心之声与知己 Ladan Boroumand、Roya Boroumand 与阿布迪·纳菲西。

我永远感恩我的学生,尤其是阿金、雅西、莎娜姿、蜜德拉、玛荷希、玛纳、阿瓦、荣吉甘、娜丝琳和尼玛这几位,他们为我开启了生命与文学的新视野。本书几乎每一页都是我教学生涯的回响,因此每一页都可说是献给他们的。

自从1997年离开伊朗后,约翰·霍普金斯大学高等国际研究学校[1]便一直是我学术生涯和知识领域的家,今昔同事与教职员所表现出的开放无拘、渴求知识和学术自由,令我获益匪浅。感谢他们提供了活泼、充满冒险精神却不做作、故步自封的学术氛围。在此特别要向外交研究所的同仁与所长汤姆·基尼博士,致上我十二万分的谢意。

史密斯·理查森基金会(Smith Richardson Foundation)慷慨提供我写作本书和在SAIS从事研究的机会。尤其要感谢马林·斯特默基和萨曼莎·拉维奇,因为他们深信,无论生活在地球上任何地方的个人,都拥有生存、自由和追求幸福的权利。书中所摘录的那位领袖的言论与其生平,皆出自巴吉尔·穆安所著《霍梅尼:阿亚图拉的一生》(1999年由J. B. Tauris出版)。

谢谢兰登书屋员工的热心支持与专业表现,尤其要感谢韦罗妮卡·Windholz的细心校对与对专制独裁的同仇敌忾;罗宾的笑口常开与适时伸出援手已远超出她的职责,令我仰赖甚深。以前我常不懂为何有些作家对他们的编辑极尽歌功颂德,等我自己开始与Joy de Menil共事,总算明白原因何在。我感激她在我写作本书期间对我付出的友谊、创意十足的见解与建议、不厌其详的校订,以及她自己对小说杰作的热情与欣赏。

最后,始终要感谢独一无二、无可救药的R先生,不论他此时身在何处,正在编织或参与什么样的故事。

---

① Paul H. Nitze School for Advanced International Studies,简称SAIS。